KB266643

강남 형사

강남형사

Chapter 4

브로커

알레스 K 지음

스토리정글

목차

등장인물
Characters

박동금(34세, 남)

순경 출신으로는 최초로 뉴욕총영사관 주재관을 지냈다. 대학교 때까지 골프 선수였다. 큰 키에 잘생긴 얼굴, 뛰어난 비주얼을 자랑한다. 경찰에 들어오기 전에는 청담동 돌아이로 불릴 정도로 놀아본 선수였다. 타고난 눈썰미와 천부적인 감각으로 사건을 해결한다.

이세인(31세, 여)

전직 영화배우. 연예계 활동 당시 후배들의 고민을 잘 들어주는 선배로 유명했다. 연예계 생활에 지쳐 결혼과 함께 은퇴했지만 3개월 만에 이혼했다. 결정적인 순간마다 박 형사를 돕는다.

태왕배(58세, 남)

씨름 선수 출신의 부동산 개발업자. 대형 교회인 만복교회 장로로, 신도들 사이에서 '성인'으로 추앙받고 있다. 큰 덩치에 어울리지 않게 겁이 많은 편이다.

정충만(57세, 남)

송충이 눈썹이 인상적인 남자. 화려한 인맥을 자랑하며, 유력 대선주자인 국민당 송명준 의원의 후원회장이다.

송명준(62세, 남)

검사 출신의 4선 국민당 실세 의원. 충명회 좌장으로, 차기 대권을 노리고 있다.

용태복(38세, 남)

'인간 사냥꾼'이라는 별명을 가진 검사. 칼로 톱질하듯 수사한다는 소문으로 악명이 높다.

부기원(53세, 남)

강남경찰서 형사과 강력 3팀장. 전라도 출신으로 수사 능력은 타의 추종을 불허한다.

권수찬(44세, 남)

180센티미터가 넘는 큰 키에 떡 벌어진 어깨를 가진 광수대 조폭팀 출신 형사. 무도 단증 합계가 14단일 정도로 싸움을 잘하지만 집에서는 공처가이다.

김정선(34세, 여)

사이버 특채 출신 여경. 수사 능력이 뛰어나고 육감적인 몸매와 외모로 인기가 많다.

신수석(29세, 남)

경찰대 출신의 막내 형사. 똑똑하지만 자존심이 세다.

서문
Prologue

"완벽한 범죄는 없다. 그러나 완벽한 누명은 있다."

이 소설은 범죄자의 이야기지만 억울한 누명을 쓰는 사람들의 이야기이기도 합니다. 작가는 브로커를 중심으로 펼쳐지는 주변 인물들의 다양한 희로애락을 보여주고 싶었습니다. 그 과정에서 정의로 포장된 또 다른 이면이 있다는 것, 그리고 우리가 보는 세상의 선악이 항상 올바른 것은 아니라는 점 또한 이야기하고 싶었습니다.

그래서 이 이야기를 쓰며 가장 오래 붙잡고 있었던 질문은 이것이었습니다. 우리는 과연 얼마나 쉽게 누군가를 범인으로 규정하고, 또 얼마나 빨리 납득 가능한 이야기 하나로 사건을 정리해버리는가. 복잡한 구조와 이해관계, 말해지지 않은 맥락들은 종종 불편하다는 이유로 생략되고, 그 자리에 단순하고 명쾌한 서사가 들어섭니다. 그러나 현실에서 누군가의 삶을 무너뜨리는 것은 대개 그렇게 축소되고 단순화된 판단일지도 모릅니다. 가장 큰 거악은 거기에 이해관계가 개입되는 경우로, 이때 정의와 부조리의 경계는 허물어지고 만다는 것입니다. 이 소설은 그 지점에서, 우리가 너무 쉽게 믿어온 '정의로운 설명'과 '그럴듯한 결론'에 대해 한 번쯤 멈춰 서서 생각해보고자 합니다.

작가는 독자분들께 역으로 묻고 싶습니다. 과연 이 소설 속에서 진짜 빌런은 누구일까요? 독자분들도 소설의 마지막 페이지를 넘긴 후 잠시 동안 상상의 날개를 펼치시면 어떨까 합니다.

이번 소설 '브로커'는 《강남형사》 시리즈의 완결판입니다. 그만큼 작가는 애정을 듬뿍 담아냈습니다. 마지막 장을 마무리할 때는 혼자서 감격하기도 했습니다. 저의 감격이 독자분들의 감동으로 이어지길 소망합니다.

- 알레스 K

Gangnam Detective

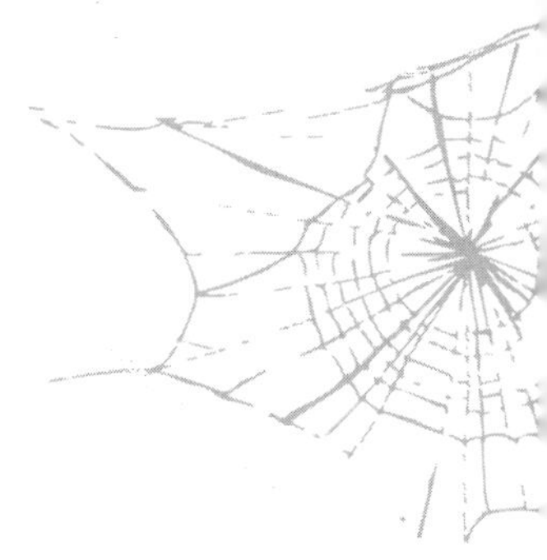

01
프롤로그

"그 자를 어떻게 믿나? 용 한번 되어보겠다고 지금까지 잡아먹은 짐승이 한둘이 아닌데….”

"어르신.”

청록색 정장의 사내가 찻잔을 내려놓았다. 도자기가 받침과 부딪치는 소리가 고요한 방 안을 채웠다. 그의 맞은편에는 '어르신'이라 불리는 스웨터 차림의 남자가 앉아 있었다.

"어르신의 사주는 대지입니다. 산과 들을 품은 굳건한 흙. 사방의 쇠붙이와 나무와 물과 불을 모두 품고 다스리는 중심이지요.”

정장의 사내는 잠시 어르신의 반응을 살피다 말을 이었다.

"그 사람은 다릅니다. 불꽃입니다. 촛불처럼 타오르는 화(火)의 기운이죠. 불은 타고나면 어떻게 됩니까? 재가 되어 흙을 기름지게 만듭니다. 화생토(火生土). 그 사람이 아무리 타올라도, 결국 어르신의 땅을 더 단단하게 만들 뿐입니다. 본인은 꿈에도 모르겠지만요.”

어르신이라 불린 남자의 눈빛이 달라졌다. 이제껏 보이지 않았던 흥미가 그의 깊은 눈동자를 조금씩 물들이기 시작했다.

"내가 괜히 호랑이 등에 날개까지 달아주는 게 아닌가 싶어 그러네. 그 자의 성질이 어디 만만해야 말이지."

어르신은 자신의 말에 돌아올 정장 사내의 답을 기다리며 낮게 웃음을 흘렸다.

"…그래서입니다, 어르신."

정장의 사내는 일부러 무심한 척 빨간 포켓스퀘어를 만지며 입을 열었다. 그는 확신이 짙게 묻은 말투로 승부수를 던졌다.

"세상이 바뀌면… 누가 어르신 손에 쥔 칼이 되어 주겠습니까? 더 높은 곳으로 날아오르고자 하는 자일수록 좋습니다. 호랑이 등에 날개를 달아주십시오. 제아무리 날아올라 봤자, 결국에는 어르신 손바닥 안의 고양이일 테니까요. 명(命)이 그렇게 엮여 있습니다."

어르신은 천천히 고개를 돌려 창밖을 응시했다. 서울 도심이 한눈에 내려다보이는 33층. 이 높이에서는 사람들이 개미처럼 보였다. 저 아래 어딘가에, 그가 지난 사십 년간 쌓아 올린 것들이 뿌리를 내리고 있었다.

긴 침묵이 흘렀다. 어르신의 손가락이 팔걸이를 두드리기 시작했다. 규칙적인 리듬이었다. 정장의 사내는 한 치의 미동도 없이 그 리듬을 들었다. 그는 저 손가락질 하나로 재계 순위가 뒤바뀌고, 장관이 경질되며, 법안이 통과될 수 있다는 사실을 누구보다 잘 알고 있었다. 마침내 리듬을 만들던 손가락이 멈췄다.

"…그러한가?"

어르신이 천천히 몸을 돌렸다. 입가에는 희미한 미소가 번졌다. 실로 오랜만에 보는, 진짜 미소였다. 그가 손바닥으로 팔걸이를 탁! 쳤다. 결정이 내려지는 순간이었다.

"좋소, 회장 말대로 하지! 자네가 그렇게까지 보증을 서는데."

어르신으로부터 회장이라 불린 청록색 정장 사내의 입꼬리가 살며시 올라갔다. 그것은 미소라기보다는 어떤 만족에 가까운 표정이었다. 마치 오래 공들인 바둑판에서 마지막 수를 둔 사람처럼….

"현명한 결정이십니다, 어르신."

정장의 사내는 어르신에게 공손히 고개를 숙였다. 하지만 그의 눈은 숙인 고개 너머로, 벌써 다음 수를 계산하고 있었다.

"한 실장과는 내일 잘 만나겠습니다."

어르신은 아무 말도 하지 않았다. 그의 시선은 다시 창밖을 향해 있었다. 더 이상의 말은 필요 없었다. 정장의 사내는 자리에서 일어나 방을 나섰다. 그가 문밖으로 나오자 한 실장이 그림자처럼 서 있었다. 정장의 사내는 한 실장의 곁을 스치듯 지나가며 낮게 속삭였다.

"내일 연락 주게."

"예, 회장님."

정장의 사내가 건물 밖으로 나오자 대기하고 있던 검은색 세단의 문이 열렸다. 사내는 뒷좌석에 앉자마자 휴대폰을 꺼냈다.

'모든 것은 인맥이지. 그리고 그 인맥을 가진 사람이 결국 모든 것을 움켜쥐는 법이고.'

사내는 천천히 움직이기 시작한 세단 안에서 창밖을 보며 생각했다. 그때 휴대폰 너머에서 목소리가 들려왔다.

"여보세요?"

정장의 사내는 옅은 미소를 지으며 입을 열었다.

"됐습니다."

휴대폰 너머에서 안도의 한숨이 흘러나왔다.

"오! 정말이야? 그 의심 많은 영감이 승낙했단 말이지? 역시… 역시 자네밖에 없어. 내가 뭘 믿고 이 바닥을 버티겠어?"

목소리는 한껏 사내를 추켜세우듯 말했다. 하지만 사내는 창밖을 쳐다보며 무심한 말투로 대꾸를 이어갔다.

"내일 오전 11시, 명단 보내드리겠습니다. 말씀드렸다시피, 김 부장은 꼭 챙겨주셔야 합니다."

"김 부장? 지난번 그 김 부장 말하는 거야?"

두 사람 사이로 잠시 침묵이 흘렀다. 먼저 입을 연 것은 휴대폰 너머의 목소리였다. 그는 어색한 헛웃음을 터뜨리며 물었다.

"…그 친구는 또 언제부터 자네한테 줄을 댄 거야?"

"이젠 저도 슬슬 꿈나무 하나쯤 키워야 하지 않겠습니까? 보험도 여러 개 들어 놓아야 확실히 보장받을 테니까요."

"자네한테는 내가 종신보험 아닌가? 그거 말고 뭐가 더 필요하다고…. 보험 여러 개 들어 봤자 보험료만 더 나가지, 안 그래?"

휴대폰 너머의 목소리가 웃으며 말했다. 그러나 그 웃음은 온기라곤 느껴지지 않는 냉소에 가까웠다.

"좋아. 김 부장도 챙겨주지! 어차피 내 후배 놈이니까 귀여운 척이라도 해줘야지."

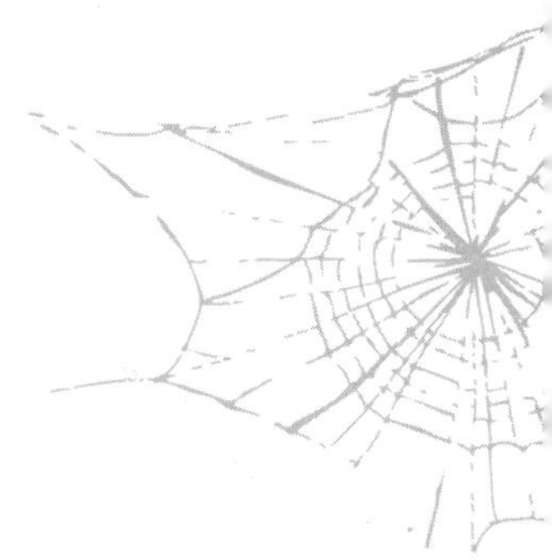

02
비명

출근 시간이 지난 때였음에도 테헤란로의 인도는 길을 오가는 사람들로 분주했다. 그렇게 모두가 각자의 걸음에 집중하고 있던 순간, 어디선가 고통으로 가득 찬 비명이 터져 나왔다.

"으… 아악…!"

절규에 가까운 비명 소리의 주인은 나이든 남자였다. 여이은 비명 소리에 행인들이 하나둘 남자가 있는 곳으로 고개를 돌리기 시작했다. 지나가던 젊은 여인 하나가 끔찍한 광경에 두 눈을 가리며 비명과 동시에 울음을 터뜨렸다.

"꺄악-!"

여인이 풀썩 주저앉기 무섭게 다른 행인들의 눈에도 경악과 공포가 피어올랐다. 추레한 옷을 입은 두 명의 남자가, 곤색 양복을 입은 노년의 남성에게 경쟁하듯 칼을 휘둘러 대고 있었다. 차마 눈 뜨고 볼 수 없는 끔찍한 범죄 현장이었다. 칼을 쥔 괴한들은 행인들이 경악에 빠지거나 말거나 노인을 향한 칼질을 멈추지 않았다. 노인을 공격하고 있는 두 괴한은 각각 검은 모자와 파란색 야구모자를 눌러쓰고 있었다. 검은 모자의 사내는 흰색 바지에 베이지색 티를 입고 있었고, 파란색 야구모자의 사내는 회색 운동복 바지에 흰색 티셔츠를 입고 있었다. 둘 다 마스크를 쓴 탓에 얼굴은 보이지 않았다. 연이은 칼부림에 노인의 목소리는 바람이 빠져가는 풍선처럼 쪼그라들었다. 마침내 두 괴한 중 하나가 마지막 일격을 가하려는 듯 두 손으로 쥔 칼을 높이 들어 올렸다. 그때, 어디선가 구원의 외침이 들려왔다.

"경찰이다!"

행인들 중 하나가 괴한의 일격을 막고자 임기응변으로 경찰이라 소리친 것이었다. 놀란 두 괴한은 칼질을 멈추고 주변을 두리번거렸다. 파란색 야구모자가 검은 모자에게 소리쳤다.

"이만하면 됐어, 튀자!"

두 괴한은 칼을 든 채 허둥지둥 이면도로를 따라 골목길로 달아나기 시작했다. 도망치던 파란색 야구모자가 큰길가인 테헤란로를 몇 번이나 힐끔힐끔 돌아보았다. 이내 두 괴한은 범죄 현장에서 모습을 감추었다.

잠시 후 택시에서 내린 칠십 대 택시기사가 긴장이 역력한 표정으로 쓰러진 노인에게 다가갔다. 피 웅덩이 속에 잠긴 그는 눈을 뜬 채 죽어 있었다. 노인의 죽음을 확인한 택시기사는 소스라치게 놀라 뒷걸음질을 치다 엉덩방아를 찧고 말았다. 택시기사의 모습을 본 행인들 중 누구도 근처로 다가올 생각을 하지 못했다. 살면서 살인 사건을 눈앞에서 마주하게 되는 사람이 얼마나 있겠는가? 그러니 형언할 수 없는 충격에 온몸이 얼음처럼 굳어 버리는 게 당연했다.

봄철 햇살이 따사로운 5월의 첫날, 곤색 양복의 사내는 그렇게 자신의 사무실인 테헤란로 영국빌딩 이면도로에서 생을 마감했다.

＊ ＊ ＊

그 시각 강남경찰서 강력 3팀 사무실

당직팀인 강력 3팀 사무실 무전기에서 다급한 목소리가 흘러나왔다. 목소리의 주인은 강남경찰서 상황실의 복명기 경위였다.

"주급[1]! 주급! 역삼역 8번 출구 앞 이면도로! 남자 흉기 피습!"

대기 중이던 강력 3팀 부기원 팀장을 비롯한 형사들은 후다닥 사무실 밖으로 뛰쳐나갔다. 큰 키에 유독 눈에 띄는 옷차림을 한 박동금 형사가 서둘러 형기차 문을 열었다. 3팀 형사들은 동금이 운전석에 앉는 것이 당연하다는 듯 조수석과 뒷좌석에 착착 올라탔다. 지금처럼 다급한 상황이 터질 때면, 운전 실력이 가장 좋은 동금이 운전대를 잡는 것이 자연스러웠다.

강력 3팀 형사들을 태운 형기차[2]는 사이렌 소리를 크게 울리며 테헤란로를 질주했다. 그렇게 5분쯤 지난 뒤, 형기차는 피습 현장인 역삼역 8번 출구 앞 이면도로에 도착했다. 현장에는 이미 지구대 경찰관들이 순찰차를 세워 놓고 통제 중이었고, 119 구급차도 도착해 있었다. 지구대 경찰관들과 구급대원들이 119 구급차에서 보관하던 흰 천을 꺼내 피해자 주변에 서서 펼쳐 들고 있었다. 시민들이 잔혹한 현장을 보지 않도록 하기 위한 조치였다. 물론 그럼에도 불구하고 구경

---

1 '빨리' 또는 '신속'을 뜻하는 경찰 무전 용어이다.
2 범인을 검거하는 등 공개수사를 할 때 사용하는 도색된 스타렉스 경찰 차량을 말한다.

꾼들은 적지 않았다. 놀라움 반, 호기심 반의 구경꾼들은 천 너머를 보려고 까치발을 들기도 하고 휴대전화로 카메라를 실행시키기도 했다. 그때, 역삼지구대장 여현동이 기원을 발견하고 급히 다가왔다. 시커멓게 질린 표정으로 다가온 그는 구경꾼들이 듣지 못하도록 속삭이듯 입을 열었다.

"현장에서 죽었어…! 얼마나 칼질을 당했는지 차마 눈 뜨고 보지 못할 정도로 끔찍해."

기원과 동금을 비롯한 3팀 형사들이 흰 천으로 둘러싸인 사체 앞으로 다가섰다. 피 냄새가 진동하는 현장이었다. 죽은 남자는 하늘을 바라보는 자세로 누워 있었는데, 얼마나 억울했으면 눈을 뜬 채 죽어 있었다. 사체 곁에는 알이 깨진 뿔테안경이 나뒹굴고 있었고, 흰색 와이셔츠는 피로 물들어 붉은색 셔츠가 되어 있었다. 칼질로 인해 생긴 양복과 와이셔츠의 구멍들이 처참했던 당시 상황을 증명해 주는 듯했다. 산전수전 다 겪었다 자부하는 기원조차 핏기가 가신 얼굴로 시체를 바라보며 작게 혀를 찼다.

"…잠시만요."

기원의 뒤에 서 있던 동금이 나지막이 말하며 앞으로 나섰다. 그는 죽어 있는 남자의 옆으로 다가가더니 허리를 굽혀 앉았다. 그러곤 양복 안주머니에서 지갑을 꺼내 안을 살폈다. 지갑 속에는 주민등록증과 신용카드 두 장, 얼마의 현금이 들어 있었다. 지갑 이곳저곳을 살펴보던 동금의 눈동자가 한곳에 고정됐다. 그가 꺼내 든 것은 신분증 비슷한 무언가였다.

등록번호 296××호… 이정명… 1956년생… 대한변호사협회…

동금은 혹시나 하는 생각으로 휴대폰을 꺼내 인터넷 포털사이트에 접속했다.

'이정명이라…'

포털사이트에서 검색된 프로필 사진과 피해자의 얼굴을 번갈아 보던 동금이 기원에게 휴대폰을 내밀었다.

"팀장님, 피해자가 대법관 출신 변호사님이신데요!"

"뭐라구야?"

동금의 보고를 들은 기원이 놀라 소리쳤다. 잠시 후 차근모 형사과장이 현장에 도착하자 기원은 간단한 브리핑을 했다. 죽은 남자가 대법관 출신 변호사라는 이야기에 형사과장의 얼굴도 사색이 되었다.

"뭐… 뭐라고? 대법관이라고?"

차근모 형사과장은 크게 당황한 표정으로 사체를 쳐다보았다. 대법관 출신 변호사 정도로 중요한 인물이 피해자일 경우, 서울청에 바로 보고를 올려야 했다. 약간의 시간이 흐른 뒤, 형사과장의 보고를 받은 승진수 강남경찰서장도 현장에 모습을 드러냈다. 그는 보고받은 것 이상으로 참혹한 광경을 보자 할 말을 잃고 침통해했다. 현장 주변에는 어느새 기자들까지 몰려와 카메라와 방송 장비를 들고 서 있었다. 형사과장뿐만 아니라 경찰서장까지 출동한 현장임을 알게 된 기자들이 먹잇감을 찾은 피라냐처럼 달라붙어 마이크를 들이밀었다.

"서장님, 피해자가 전직 대법관이라는 말이 있던데 사실인가요? 범인은 특정했습니까? 한 말씀 해 주시죠!"

기자들이 끊임없이 이빨을 들이밀었지만, 경찰들은 사안이 사안인 만큼 침묵으로 일관했다. 어느새 현장 주변은 정보를 파악하려는 기자들과 불나방 같은 구경꾼들로 아수라장이 되고 말았다. 차근모 형사과장이 기원을 비롯한 3팀 형사들에게 소리치듯 명령했다.

"부 팀장, 현장에서 사망했는데 굳이 이곳에서 검시할 필요는 없지 않나? 송석 대학병원 영안실로 빨리 옮기도록 하지!"

전직 대법관인 이정명 변호사가 피살된 일은, 언론에서도 온종일 속보로 처리할 정도로 큰 관심사였다. 강남 한복판에서 벌어진 사회 저명인사의 피습과 죽음은, 자극적인 소재에 목마른 대중들의 호기심을 불러일으키기에 충분했다.

경찰에서도 즉시 강남경찰서 강력 3팀을 중심으로 수사본부가 차려지도록 했다. 또한 경찰청장뿐 아니라 법무부 장관까지 나서서 신속한 범인 검거를 주문했다. 사건이 남다른 만큼 일단 범인을 신속하게 검거하는 것이 급선무였다.

* * *

송석 대학병원 장례식장

동금의 연락을 받은 이정명 변호사의 유가족들이 영안실에 도착했다. 이정명의 부인 정은주는 갑작스러운 비보에 반쯤 실성한 모습이었다. 딸과 아들 또한 아버지의 죽음이 믿기지 않는 듯, 정신을 어디에 두어야 할지 모르겠는 얼굴로 털썩 자리에 주저앉았다. 황망한 얼굴로 어쩔 줄 몰라 하던 딸이 눈물을 터뜨리자, 부인과 아들도 뒤따라 울음을 터뜨렸다. 아침만 하더라도 부인의 배웅을 받고 웃으며 출근했던 한 가장이, 유언 한마디는 물론이고 작별 인사조차 남기지 못한 채 돌아올 수 없는 길을 떠났다. 동금과 기원은 잠시 유가족과 슬픔을 함께한 뒤, 조심스럽게 면담을 시작했다.

"사모님, 혹시 대법관님께서 최근에 원한을 살 만한 일이 있었을까요?"

동금은 영안실로 이동하면서 이정명의 경력에 관해 인터넷으로 알아둔 참이었다. 이정명은 어려운 가정 형편에도 주경야독하여 검정고시를 보고, 대학에 진학해 대법관까지 지낸 입지전적인 인물이었다. 그는 대법관 이후에도 후학 양성을 위해 석좌교수로 제일 대학교에 적을 두었고, 이후에는 소외된 사람들을 위한 공익 변론 활동에 적극적으로 나섰다. 그래서일까? 이정명에 관한 언론 기사 대부분이 미담 기사로 도배되어 있었다.

"…글쎄요. 대법관님은 누구에게 원한을 살 분은 아니었어요. 요즘 특별히 골치 아파하는 일도 없었고요."

정은주는 흐느끼면서도 차분하게 이야기했다. 이후에도 동금은 그녀의 진술에 몇 번이나 고개를 끄덕이며, 자신의 형사 수첩에 꼼꼼히 메모했다.

이정명 변호사의 빈소에는 정관계 인사들과 법조인 등 각계각층 조문객들의 발길이 끊이지 않았다. 조문객들의 침통한 표정이 이정명 변호사가 생전에 얼마나 좋은 사람이었는지 보여주고 있었다. 그러나 적막이 감도는 장례식장 안과 달리 밖은 그렇지 못했다. 간간이 새어 나오는 유가족의 흐느낌을 묻어버릴 정도로, 장례식장 밖에서는 기자들이 몰려와 취재 경쟁으로 소란을 일으키고 있었다.

"예의라곤 털끝만큼도 모르는 한심한 인간들 같으니라고…."

조문객 중 하나가 입안으로 소주를 털어 넣으며 중얼거렸다.

* * *

오후 3시 경부고속도로 만남의 광장 휴게소 주차장

건장한 체격에 어깨가 떡 벌어진 남자가 굳은 표정으로 누군가를 기다리고 있었다. 그는 입에 담배를 문 채, 낡은 검은색 각그랜저[3] 승용차 옆에 기대어 서 있었다. 사십 대 중반 정도로 보이는 그는 검은색 반소매 티셔츠에 검은색 면바지를 입고 있었다. 잠시 후, 남자가 서 있는 방향으로 고급 제네시스 승용차가 천천히 다가왔다. 덩치 큰 남자 앞에 멈춰 선 제네시스 승용차의 앞좌석 창문이 열렸다. 승용차 앞좌석으로 다가가 안을 살피던 덩치의 눈빛이 순간 달라졌다. 특유의 거친 인상과 달리, 그는 운전석의 남자 앞에서 한없이 작아진 듯한 몸짓으로 눈인사를 건넸다.

"뉴스 봤어요?"

덩치의 물음에 운전석에 앉은 남자가 말없이 고개를 끄덕였다. 모자를 깊게 눌러쓴 운전석의 남자는 검은색 선글라스를 썼을 뿐만 아니라 손에도 검은색 장갑을 착용하고 있었다.

"알지? 조용해질 때까지 잠수 타야 하는 거. 잔금이 5억 원이다."

운전석의 남자가 버튼을 눌러 트렁크를 열어 주며 말했다.

"당분간 연락하지 말고."

덩치는 고개를 크게 위아래로 흔든 뒤 제네시스 트렁크 쪽으로 향했다. 트렁크 안에는 커다란 흰색 자루가 들어 있었다. 덩치는 자루의 줄을 살짝 풀어 안을 살펴보았다. 자루 안에는 한눈에 보아도 두터운 오

---

3 1986년도에 현대에서 출시된 그랜저 1세대 모델을 지칭하는 별명. 각진 형태를 띠고 있어 '각그랜저'라고 불린다.

만 원권 묶음이 가득했다. 덩치의 얼굴에 웃음이 일었다. 그가 자루를 들어 트렁크 밖으로 꺼내자, 운전석의 남자는 버튼을 눌러 트렁크 문을 닫았다. 그러곤 작별 인사조차 없이, 서둘러 주차장을 빠져나갔다.

* * *

밤 8시 강남경찰서 대회의실

강남경찰서 대회의실에는 이정명 변호사 사건의 수사본부 인원으로 구성된 형사들이 모여 있었다. 사건의 전담팀인 강력 3팀과 그 외 4개 팀의 형사들이었다. 사안이 사안인 만큼, 차근모 형사과장이 직접 회의를 주재했다.

"강남 한복판에서 시민들이 보고 있는 백주대낮에 끔찍한 살인 사건이 발생했다. 세계 최고 치안을 자부심으로 삼아온 우리 경찰이 시험대에 올랐다."

형사과장이 무거운 침묵을 깨고 입을 열었다. 이번 사건은 피해자가 존경받는 대법관 출신 변호사라는 점에서 무게가 남달랐다.

"부 팀장."

형사과장이 기원에게 마이크를 넘겨주었다. 자리를 넘겨받은 기원은 피해자의 신상을 보고하기 시작했다.

"전직 대법관 출신인 이정명 변호사는 1956년생으로 70세입니다. 가족으로는 부인과 함께 자녀로 1남 1녀를 두었고요. 최근에는 부인과 단둘이 금호동 새푸른 아파트에 거주하고 있었습니다. 사건 당일, 이정명 변호사는 평소처럼 9시 10분경 집에서 나와 금호역에서 지하철을 타고 출근 중이었습니다. 그리고 사무실이 있는 역삼역에 9시

52분쯤 도착했습니다.”

형사과장이 잠시 멈추라는 듯 손을 들었다.

“피살 장면은 CCTV 화면을 띄워 놓고 설명하지.”

기원은 강력 3팀의 홍일점인 김정선 형사의 도움을 받아 빔프로젝트에 CCTV 동영상을 띄웠다. 그리고 다시 보고를 이어갔다.

“이정명 변호사는 역삼역 8번 출구로 나왔습니다. 그리고 역에서 350미터 떨어진 곳에 위치한, 자신의 사무실이 있는 영국빌딩 방향으로 걸어가던 중 피습을 당했습니다. 이정명 변호사를 덮친 범인은 두 명입니다. 다행히 이정명 변호사가 피습당한 현장을 비추는 CCTV가 있었습니다. 하지만 CCTV가 피습 현장에서 30미터가량 떨어진 건물에 설치되어 있어서, 범인들의 얼굴이나 옷차림이 자세히 구별되지는 않았습니다. 확인 결과, 괴한들은 2시간 전부터 영국빌딩 주변을 배회했습니다. 보시다시피 이정명 변호사는 영국빌딩 앞 인도에서 모자를 눌러쓴 두 명의 괴한에게 칼로 난도질을 당했습니다.”

빔프로젝트를 통해 재생된 잔혹한 장면에 형사들 모두 치를 떨었다. 기원이 보고를 마치자 회의실 안은 형사들의 한숨 소리와 분노로 들끓었다. 그때, 강력 5팀 문흥수 팀장이 손을 들었다.

“과장님, 범인들은 조직폭력배일 가능성이 크다고 생각합니다. 대법관님 사체를 보면 자상만 27곳입니다. CCTV 좀 보세요! 이 정도로 대담하게 칼을 다룰 정도면, 칼잡이가 아니고서야 설명이 안 됩니다.”

형사과 최고참인 강력 4팀 이경수 팀장도 의견을 냈다.

“청부살인 아닐까요? 아무래도 죽은 변호사님이 맡으셨던 업무와 관련이 있을 거라 생각됩니다.”

이경수 팀장은 ‘몇 년 전에도 서초동에서 변호사가 칼부림을 당한 사건’이 있었다고 덧붙였다. 그가 말을 마치기 무섭게 중견 형사인 강력 1팀 이진표 경위도 손을 들었다. 그는 얼마 전 언론에 대서특필되었던 ‘오피스텔 방화 살인 사건’을 해결한 담당으로, 강력 1팀의 에이스로 인정받는 형사였다.

“범인들이 조선족 출신일 가능성도 있습니다. 옷차림이 어딘지 빈티가 나 보입니다. 칼을 대담하게 휘두르는 것 또한, 평상시에 칼을 소지하고 다니는 조선족 출신 범죄자들의 특징과 일치합니다.”

여러 형사들이 동조의 뜻으로 고개를 끄덕였다. 이진표 형사의 말처럼, 범인들의 옷차림이나 신고 있는 운동화가 무척이나 추레해 보였다. 그때, 주무팀인 강력 3팀의 권수찬 반장이 목소리를 냈다.

“이 형사! 연변 조선족 출신이라면 더 큰 문제 아냐? 출국이라도 했으면 어떡하냐고?”

수찬의 한마디에 대회의실이 일순간에 찬물을 뿌린 것처럼 조용해졌다. 수찬은 광역수사대 조폭팀 출신으로, 강력 사건에서는 잔뼈가 굵은 형사였다. 형사들은 속으로 깊은 한숨을 내쉬었다. 그들의 머릿속에서는 형사 특유의 감이 한목소리를 내고 있었다.

‘이 사건은 쉽게 해결될 수 없다.’

만약 정말로 청부살인에, 그것도 칼을 휘두른 범인들이 조선족 출신이고 출국이라도 했다면…. 사건 해결은 사실상 불가능에 가까울지도 몰랐다. 어떻게 해서든 현장에 있던 범인들의 신원을 특정하는 것이, 이번 사건을 해결할 유일한 방법이었다.

한편, 국과수에서는 이정명의 시신을 피습 다음 날 바로 부검했다. 워낙 세간의 이목이 쏠린 사건인지라, 법의학과장인 황규호 박사가 직접 집도했다. 부검에는 사건 주무팀인 강력 3팀의 기원과 수찬, 그리고 동금이 참석했다. 예상대로 이정명 변호사의 사망 원인은 장기 손상 등에 의한 과다출혈이었다.

5월 3일 밤 8시 강남경찰서 회의실

차근모 형사과장 주재로 3일 차 수사 회의가 열렸다. 회의실 분위기는 폭탄이라도 맞은 것처럼 무거웠다. 단서가 될 만한 증거를 최대한 수집했지만, 결정적인 증거는 발견하지 못했기 때문이다. 무엇보다 가장 중요한 CCTV 수사에서 별다른 수사 단서를 발견하지 못했다는 점이 문제였다. 이런 강력 사건은 초동 수사가 매우 중요하다. 그렇기에 형사들의 마음은 시간이 흐르면 흐를수록 더 조급해질 수밖에 없었다.

"현재, CCTV가 없는 골목길에서 사라진 범인들의 이동 동선이 오리무중입니다. 목격자 수사에서도 별 소득이 없었습니다. 범행 시간대와 같은 시간대에 현장에 나가 목격자를 찾았지만, 도움이 될 만한 목격자를 발견하지 못했어요. 피해자 주변 수사도 마찬가지입니다. 이정명 변호사에게 개인적인 원한을 가진 사람으로 볼 만한 인물은 나타나지 않았습니다."

보고를 들은 형사과장의 안색이 굳어졌다. 언론과 경찰 지휘부의 관심이 큰 사건이었기에, 조기에 해결하지 못한다면 그에게도 인사상 불이익이 갈 수밖에 없었다.

전체 회의가 끝난 후, 강력 3팀 형사들은 자신들의 사무실에 모였다. 그들은 사건의 주무팀인 만큼, 다른 팀에 비해 사건 해결에 대한 압박과 부담이 컸다. 현재, 강력 3팀은 총 다섯 명의 형사들로 이루어져 있었다. 팀장인 부기원을 필두로 반장인 권수찬과 홍일점 여경인 김정선, 뉴욕총영사관 경찰주재관 출신인 박동금, 그리고 경찰대를 나온 막내 형사 신수석이 한 팀이었다.

강력 3팀은 몇 년 전 서울경찰청 광수대에서 '쌍둥이 수표' 사건을 수사했던 형사들이 강남경찰서 형사과 강력 3팀에서 다시 뭉친 팀으로, 작년에도 대한민국 최대 연예기획사를 성공적으로 수사해 명성을 얻은 팀이었다. 먼저, 팀장인 부기원은 53세로 전라도가 고향이었다. 그는 광수대 시절 에이스로 손꼽힌 베테랑 형사로, 6년 전에는 광수대에서 동금의 조장이기도 했다. 기원은 말수가 거의 없었지만, 가끔 촌철살인 같은 유머 한마디로 후배들을 즐겁게 해 주었다. 반장인 44세 권수찬은 180센티미터가 넘는 큰 키에 어깨가 떡 벌어진, 무도 단증만 총 14단인 형사였다. 그는 광수대 조폭팀에서 오래 근무한, 소위 말하는 '깡패 잡는 싸움꾼 형사'였다. 미혼의 34세 김정선은 사이버 특채 출신 형사로, 오목조목한 이목구비와 건강미 넘치는 육감적인 몸매로 미혼 남성 형사들의 관심을 한몸에 받는 형사였다. 마지막으로 29세의 신수석은 경찰대 출신의 엘리트로, 똑똑했지만 높은 자존심에 비해 미숙함도 있어 종종 실수를 저지르곤 했다. 선배들은 경찰대 출신인 수석에게 '장래에 경찰청장이 돼라'는 희망을 담아 '신청장'이라는 별명으로 부르고 있었다.

"휴…. 아까 회의 직전에 과장님한테 불려 갔다 왔는데, 위에서 난리가 났어야! 하루빨리 범인 잡으라고 목에 칼 들이대듯 하시더라고. 이거 정말 큰일이야!"

기원이 깊게 한숨을 내쉬며 말하자, 정선이 재빨리 보고를 올리기 시작했다.

"팀장님, 이정명 변호사 사무장과 면담을 했는데요. 최근에 이정명 변호사가 맡은 사건은 거산마을 개발을 반대하는 주민들을 대리하는 일이었대요."

"거산마을이라…. 거기가 어디야?"

기원이 생소한 지명에 고개를 갸우뚱하며 물었다.

"강남 끝자락인 수서역 인근 그린벨트에 있는 마을입니다. 100여 가구 정도가 옹기종기 모여 있어요. 땅주인들뿐만 아니라 오갈 곳 없는 사람들이 터를 잡기도 했다고 합니다. 그런데 최근, 이곳 그린벨트를 해제하고 고급 아파트를 분양하는 계획이 추진 중이었대요."

정선은 그 말과 함께 거산마을 청년회장 '서호영'의 연락처를 테이블에 내밀었다. 서호영은 이정명 변호사가 최근 가장 자주 만난 사람이었다. 뒤이어 동금이 입을 열었다.

"저는 내일부터 5팀이 보았던 CCTV 영상을 다시 돌려 볼 생각입니다."

팀원들이 일제히 고개를 끄덕였다. 동금은 그야말로 타고난 눈썰미를 자랑하는 형사였다. 경찰이 된 뒤, 그 눈썰미를 활용하여 고비를 넘긴 순간이 한두 번이 아니었다. 기원이 자리에서 일어나 손뼉을 치며 팀원들을 독려했다.

"자! 이런 사건이 어디 한두 개야? 답이 안 보일 때가 제일 가까이 와 있는 거라고! 우리 빨리 해결하고 을지한우 가서 폭탄주 시원하게 땡기자!"

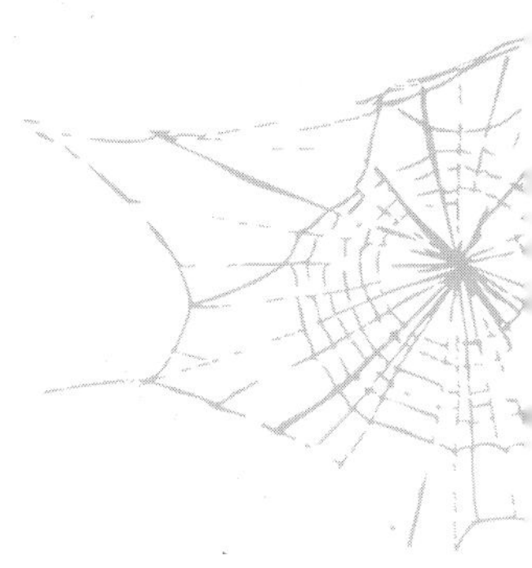

03
빨간색 광역 버스

5월 5일 아침 7시경 만복교회 주차장

어린이날을 맞이한 만복교회는 이른 아침부터 행사 준비로 분주했다. 마침 아침 예배를 위해 이성민 담임목사가 탄 차가 교회 본관 건물 앞으로 들어섰다. 주차장에서 봉사 중이던 지긋한 나이의 남자들이 대통령이라도 경호하듯 이성민 담임목사의 차를 에워쌌다. 여기에는 이유가 있었다. 최근 만복교회 설립자를 지지하는 일부 목사와 장로, 신도들이 성민을 향해 돌진하는 불상사로 번지곤 했기 때문이다.

만복교회는 원래 박성도 목사가 설립한 교회였다. 그러다 박 목사가 은퇴한 이후, 그의 제자이자 사위였던 49세의 성민이 교회 담임목사가 되었다. 그런데 이 과정에서 은퇴한 박 목사를 따르는 신도들과 성민을 따르는 신도 사이에서 갈등이 일어났다. 이 갈등이 아직 완전히 해소되지 못한 탓에, 성민을 지지하는 신도들이 적극 그를 경호하게 된 것이다.

차의 뒷좌석에서 성민이 내리자, 육중한 체격을 가진 남자 하나가 주차 봉사를 멈추고는 쪼르르 달려왔다. 남자의 이름은 태왕배. 58세인 그는 부동산 개발업자로, 꽃사슴 같은 큰 눈에 큰 귀와 둥근 주먹코가 인상적이었다.

"하늘 같으신 우리 목사님 나오셨습니까?"

왕배가 굵고 큰 목소리로 인사를 건넸다. 그가 90도로 허리를 크게 굽혔다 펴자 커다란 배가 통- 하고 출렁였다. 왕배는 육중한 몸에 배까지 나온 탓에 안 그래도 큰 덩치가 더 커 보였다.

"우리 태 회장님께서도 아침부터 고생 많으십니다."

"아닙니다, 하늘 같으신 우리 목사님. 하느님의 종이 하느님을 위해 봉사활동을 하는 것은 너무나도 당연합니다."

성민은 왕배가 '하늘 같으신 우리 목사님'이라는 호칭을 할 때마다 왠지 모르게 기분이 좋았다. 그는 흐뭇한 얼굴로 왕배에게 눈인사를 하고 교회 안으로 들어갔다. 성민의 뒤를 따르며 수행하던 수석 장로가 왕배를 칭찬했다.

"목사님, 태 회장만 한 사람이 없습니다. 봉사활동뿐만 아니라 신앙생활에도 따라올 사람이 없어요. 오늘도 어린이날을 맞아 기부를 많이 했더군요."

왕배는 며칠 후 있을 만복교회 장로 선거에 출마한 상태였다. 이번 선거에서는 신도들의 투표로 세 명을 선발할 예정이었는데, 담임목사인 성민의 의중도 무시할 수 없었다. 이를 잘 아는 왕배는 2년 전부터 아침 주차 봉사를 시작했다. 물론 기부도 빠짐없이 했다. 주차 봉사를 마친 뒤, 왕배는 성민이 주재하는 아침 예배에 참석했다. 본당에서 그의 자리는 성민과 가까운 앞줄이었다.

"가라사대, 진실로 너희에게 이르노니. 너희가 돌이켜 어린아이들같이 되지 아니하면, 결단코 천국에 들어가지 못하리라!"

성민의 설교는 신도들에게 감동을 줄 정도로 뛰어났다. 그가 마태복음 성경 구절에 있는 천국을 언급하자, 갑자기 왕배가 자리에서 일어나 두 손을 들며 크게 외쳤다.

"하느님 아버지! 아멘!"

얼마나 크게 외쳤는지 주변 사람들의 시선이 모두 왕배에게 쏠렸다. 그러나 왕배는 그런 시선을 아랑곳하지 않았다. 그는 자리에 앉기 무섭게 또 한 번 육중한 몸을 일으키며 두 팔을 들어 올렸다. 성민의 설교 내내 왕배의 외침은 계속되었다.

"할렐루야!"

왕배는 성민의 예배가 끝난 후에도 기도실에 홀로 남았다. 그는 두 눈을 감고 양팔을 들어 올린 채 울부짖으며 기도했다.

"하느님 아버지, 이 어린 양을 올바른 길로 인도해 주옵소서…! 그리고 제 죄를 사하여 주십시오!"

왕배의 고향은 전라도였다. 커다란 덩치에 힘이 좋아 초·중학교 때까지는 씨름 선수를 했다. 그러다가 십 대 후반 즈음 서울로 상경했고, 이후로 신발 장수부터 시작해 안 해 본 일이 없을 정도로 다양한 일을 전전했다. 그렇게 좀처럼 한곳에 자리 잡지 못하던 왕배는 삼십 대 중반 즈음에 고향 선배의 소개로 부동산 개발회사에 들어갔다. 부동산 개발사업을 하다 보면 현장에서 주민들과의 갈등이 잦았다. 왕배는 큰 덩치와 씨름 선수였던 경험을 살려 물불 가리지 않고 현장에서 몸을 던졌다. 그는 곧 사장의 눈에 띄었고, 그렇게 부동산 개발사업을 배울 수 있게 되었다. 그러던 어느 날, 왕배에게 뜻하지 않은 행운이 찾아왔다. 경기도 용인에 개발 붐이 불면서, 사장이 새로운 부동산 개발회사를 차리게 된 것이다. 평소 왕배를 눈여겨보았던 사장은 무일푼인 왕배에게 20%의 지분을 내어 주며 공동 동업자로 이름을 올려주었다. 성실하면서도 충성을 다해온 왕배를 높이 평가한 듯했다. 그렇게 두 사람의 사업은 때맞춰 불어준 부동산 가격 폭등으로 날개를 달았고, 이후 왕배는 사장에게서 독립했다.

그 후로는 하는 일마다 술술 풀렸다. 물론 부동산 개발사업이라는 것이 필요에 따라서는 깡패들도 동원해야 했고, 공무원들에게 뇌물도 주어야 했다. 그러다 보니 왕배에게도 이런저런 별[4]이 몇 개 따라오게 되었다. 시간이 흐르며, 왕배는 경험을 통해 '사업도 결국 인맥 싸움'이라는 사실을 알게 되었다. 좋은 인맥을 쌓는 일에 혈안이 된 왕배는 우연히 '대형교회만큼 인맥 쌓기에 좋은 곳이 없다'는 사실을 알게 되었고, 그런 이유로 정관계 인사들이 많이 다닌다는 '만복교회'를 찾아가게 되었다. 왕배는 대형교회인 만복교회에 들어온 뒤, 담임목사인 성민과의 인연을 만들고자 부단히 애를 썼다. 현재 왕배의 목표인 만복교회 장로라는 지위만큼, 교회 신도 누구에게나 내세울 수 있는 확실한 명함은 없었기 때문이다.

* * *

오전 예배를 마친 성민은 외부 출타를 위해 교회 본관에서 광장 쪽으로 이동하고 있었다. 그런데 그때, 만복교회 설립자인 박 목사를 지지하는 신도 20여 명이 피켓과 성경을 들고 우르르 성민에게로 몰려들었다.

---

4 전과를 뜻한다.

"목사님, 피하지만 말고 대화 좀 하자니까요!"

당황한 성민은 몸을 피할 새도 없이 순식간에 신도들에게 둘러싸였다. 성민 주변에도 일부 장로와 경비원들이 있었지만, 한꺼번에 달려드는 20여 명을 당해 낼 수는 없었다. 흥분한 신도들이 성민의 팔을 잡고 옷을 잡아당겼다. 그 순간, 마침 기도를 마치고 밖으로 나오던 왕배가 위기에 처한 성민을 발견했다. 하늘 같으신 담임목사가 봉변을 당하는 모습을 본 왕배의 눈이 뒤집혔다. 그는 천둥이 내리치는 듯한 소리를 내며 성민을 둘러싼 무리에게로 날려들었다.

"주여! 하느님 아버지! 이 개자식들, 감히 우리 하늘 같은 목사님 몸에 손을 대?!"

왕배는 오십 대 후반의 나이였지만 왕년에 씨름 선수였던 실력이 없어진 것은 아니었다. 멧돼지처럼 돌진한 그는 성민을 둘러싸고 있던 신도들을 힘껏 밀어 내동댕이쳤다. 몇몇 성도들이 그런 왕배를 말리려고 달려들었지만, 그는 자신에게 덤비는 사람들을 솥단지 같은 손으로 잡아 던졌다. 성민을 찾아온 성도 대부분이 나이 많은 신도들이었기에, 그들은 왕배를 당해 낼 재간이 없었다.

물불 안 가리는 활약으로 성민을 데리고 나온 왕배는 곧장 송석 대학병원 응급실로 차를 몰았다. 성민은 응급실에서 간단한 치료를 받은 후, 병원 맨 위층의 VIP 특실에 입원했다. VIP 특실 앞에는 성민이 도착하기도 전부터 만복교회 내에서 힘깨나 쓴다는 장로와 신도들이 10여 명 정도 대기 중이었다.

"이것은 살인미수야, 살인미수! 경찰이 제대로 처리하지 않으면 내가 두고 보지 않겠어."

만복교회 신도 중 한 사람인 방효석 부장검사가 주변 사람들이 들으라는 듯 큰소리로 외쳤다. 성민이 그런 방 검사를 진정시키며 왕배를 찾았다.

"태 회장님, 고맙습니다. 태 회장님이 아니었다면 내가 큰 곤욕을 치를 뻔했어요. 태 회장님 같은 분이 장로가 되어야 우리 교회가 반석에 설 수 있습니다."

왕배는 성민이 자신의 양손을 잡고 격려하자 감격의 눈물을 뚝뚝 흘렸다.

"그리고… 하느님의 뜻에 따라 태 장로님께 '모세'라는 거룩한 이름을 허락하겠습니다. 오늘부터 새로운 삶을 시작하십시오."

"하늘 같으신 우리 목사님! 감사 또 감사합니다. 앞으로 목사님께 충심을 다하겠습니다. 영광! 할렐루야!"

며칠 후, 장로 선거에서 태왕배는 그토록 고대했던 만복교회 장로가 되었다. 새로운 이름, '태모세'와 함께….

＊　＊　＊

5월 5일 밤 9시 강력 3팀 사무실

야근에 시달리는 강력 3팀 사무실 문이 열리며 어둠 속에서 피어난 장미 한 송이 같은 여인이 모습을 드러냈다. 길고 우아한 목선에서부터 자연스럽게 흘러내리는 어깨선까지…. 한 떨기 꽃 같은 그녀의 아우라는 구겨진 옷차림으로 컵라면을 후루룩거리는 형사들의 공간과는 전혀 어울리지 않았다.

"…우리 팀엔 왜 저런 간식 담당이 없는지 몰라."

강력 4팀 이경수 팀장이 강력 3팀으로 들어가는 미녀를 보며 부러운 듯 중얼거렸다. 반면에 3팀 형사들의 표정은 아침 햇살을 마주한 듯 환해졌다. 여인의 이름은 이세인. 31세인 그녀는 전직 영화배우로, 작년에 강력 3팀에서 수사한 'AI 엔터테인먼트 사건'의 숨은 공신이었다. 세인은 당시, 사건을 일으킨 주범들의 간계에 휘말려 성폭력 피해자가 될 뻔했지만 동금 덕분에 위기를 모면했다. 이후로 그녀는 적극적으로 동금을 도와주었고, 덕분에 동금을 비롯한 강력 3팀은 사건의 범인들을 일망타진할 수 있었다.

사건이 모두 종결된 뒤, 세인은 자신의 은인인 강력 3팀 간식 담당을 자처하며 사무실을 종종 방문했다. 하지만 3팀 형사들은 그녀가 '강력 3팀을 찾아오는 이유'가 따로 있음을 잘 알고 있었다. 그녀는 자신을 구해준 박동금 형사에게 마음이 있었다. 문제는 동금에게 이미 세인보다도 미인인 아내, '황지혜'가 있다는 사실이었다. 지혜는 동금이 광수대 막내 시절 수사했던 '쌍둥이 수표'[5] 사건에서 만난 여인으로, 당시 사건의 범인들 중 한 사람의 딸이었다. 드라마나 영화 같은 두 사람의 러브스토리는 경찰서 내에서도 모르는 사람이 없을 만큼 유명했다. 때문에 형사들 중 몇몇은 세인이 동금에게 상처를 받지는 않을까 걱정하기도 했다.

"세인 누나!"

막내 수석이 반갑게 세인을 맞았다. 세인도 자연스럽게 미소로 화답하며, 가져온 치킨과 음료수를 테이블 위로 꺼내기 시작했다.

"세인 씨가 때마다 우리 팀 간식을 챙겨주시니 어쩌나 고맙소잉.

---

5 《강남형사》 시리즈 1편인 〈쌍둥이 수표〉를 읽어보실 것을 추천드립니다.

진짜 뭣으로 보답해야 할지 모르겠어라!"

자리에서 일어난 기원이 테이블로 다가가며 감사를 전했다. 세인은 기원에게 인사를 건네며 슬쩍 동금이 앉아 있는 자리를 쳐다보았다. 동금은 세인이 사무실에 왔음에도 여전히 자신의 컴퓨터 모니터 속 CCTV 영상을 보느라 정신이 없었다.

잠시 후 3팀 형사들과 세인이 테이블을 가운데 두고 빙 둘러앉았다. 그들은 일반인인 세인을 의식하지 않고 사건에 대한 의견을 나누었다. 그만큼 세인을 한 가족처럼 여기고 있다는 뜻이었다. 기원이 양념치킨 다리를 물어뜯으며 중얼거리듯 말했다.

"어느새 닷새나 지났는데 칼춤 추던 놈들은 여전히 오리무중이니…. 김 형사, 통신 수사에서는 뭐 좀 나온 거 없어야?"

기원의 물음에 정선이 들고 있던 닭날개를 오독- 부러뜨리며 답했다.

"범인들이 휴대폰을 갖고 있지 않았는지… 아직 단서라고 할 만한 게 없어요."

닭다리의 살 한 점까지 쪽 빨아 먹은 기원이 뼈다귀를 빈 봉투 안으로 던져 넣으며 다시 입을 열었다.

"아무리 돌려봐도 청부살인인데…. 그렇다면 현장에서 칼을 휘두른 범인을 찾아야 사주한 놈 턱밑까지라도 갈 수 있을 텐데…."

기원은 베테랑답게 청부살인 사건이야말로 최고 난도 사건이라는 것을 잘 알고 있었다. 그 사이 정선은 새로 닭날개 하나를 집어 들며 고개를 가로저었다.

"피해자 주변 수사를 해봤는데…. 최근에 개인적인 원한을 가진 사람은 없었어요. 피해자가 고령이라 통정[6]도 없었고요. 금품 관련 내용도 전혀 없습니다."

그때, 콜라가 담긴 종이컵을 와인 잔마냥 빙빙 돌리던 동금이 입을 열었다.

"지난 이틀 동안 강력 5팀에서 보았던 CCTV를 다시 돌려보고 있는데요. 피살 현장에서 50미터쯤 떨어진 곳 건물 CCTV에서 의문스러운 장면을 찾아냈습니다."

치킨무를 아그작 씹던 기원이 놀란 표정으로 고개를 돌렸다.

"박 형사야, 그걸 왜 이세야 말한나냐!"

"저도 조금 전에 찾아서요. 이쪽으로 잠시 와보시겠어요?"

동금은 테이블에서 일어나 자신의 자리로 기원을 데려갔다. 세인과 다른 형사들도 자연스럽게 우르르 일어나 그 뒤를 따랐다.

"여기 좀 보세요. 파란 모자를 쓴 범인이 도망가던 중에 반대쪽 테헤란로 큰길 방향을 두 번이나 뒤돌아서 쳐다보더라고요."

"그게 왜? 뭐가 이상한데?"

동금이 화면을 일시 정지하자 수찬이 입 안 가득 퍽퍽살을 우물거리며 물었다.

"보통 도주하는 범인들은 도망가기 바빠서 반대쪽을 쳐다볼 여유가 없잖아요."

동금이 친절하게 부연 설명을 덧붙이자 정선이 고개를 끄덕이며 동의했다.

"박 형사 말이 맞아요. 팀장님, 첫날 보았던 피살 현장 CCTV 기억나시죠? 그때도 파란 모자를 쓴 범인이 도망가면서 테헤란로 방향을 힐끔 쳐다보는 장면이 있었잖아요."

동금은 자신이 돌려보던 영상과 정선이 언급한 영상을 나란히 띄웠다. 두 영상을 비교해 보니 범인의 시선이 향한 방향이 정확히 일치했다. 잠시 강력 3팀 사무실에 침묵이 흘렀다. 등골에 오싹한 전율이 흐르는 순간이었다.

"아직 확실한 건 아니지만…. 아무래도 파란색 야구모자의 시선이 향한 곳에 누군가 서 있었던 것 같습니다. 범인들과 크게 관련된 인물이요."

수찬은 소름이 돋은 듯, 닭기름으로 범벅이 된 것도 잊은 채 손으로 팔뚝을 문질렀다. 다른 형사들 또한 수찬과 별반 다르지 않았다. 동금의 발견은 어둠 속에서 발견한 빛 한 줄기와 같았다. 사건 발생 후, 5일 만에야 숨겨진 퍼즐 조각 하나를 찾아낸 것이다.

"그러니까… 현장에 있던 범인이 두 명이 아니고 세 명이었다는 말이잖아. 맞지?"

동금이 고개를 끄덕이자 기원이 불끈- 주먹을 쥐었다. 3팀 형사들이 서로 눈빛을 교환했다. 마침내 이 미궁 같은 사건 속에서, 탈출구로 이어진 실타래를 잡은 듯한 희망이 보였다.

"우선은 그놈의 존재를 파악하는 것이 급선무다. 신 청장아, 테헤란로 인도를 비추는 CCTV는 없는가?"

"…예. 건물이 있어야 그 건물에 CCTV도 있잖아요? 테헤란로 큰길 인도에는 건물이 없습니다. 그나마 200미터 떨어진 테헤란로 차도에 방범용 CCTV가 한 대 있었는데요. 그 CCTV는 박 형사님이 말한 장소까지 비추기에는 너무 멀리 떨어져 있었습니다."

수석이 풀죽은 목소리로 답변하자 정선이 길게 한숨을 내쉬었다.

"후…. 정말 산 넘어 산이네요!"

동금의 눈썰미로 범인이 세 명일 가능성을 찾아냈지만, 나머지 한 명의 모습은 아무리 돌려보아도 CCTV에서 찾을 수 없었다. 경찰 일을 하다 보면, 수사라는 것이 일사천리로 풀리는 경우는 매우 드물다는 것을 알게 된다. 하지만 아무리 그렇더라도, 이번 사건은 정말이지 너무 힘든 사건이었다.

고개를 돌려 보니 어느덧 시계가 밤 10시를 가리키고 있었다. 기원은 동금에게 세인을 바래다주라 명령했다.

"박 형사님, 저 괜찮아요. 집에도 못 들어가고 피곤하실 텐데…. 그냥 버스 타고 가도 돼요!"

기원을 비롯한 3팀 형사들은 5일째 사무실에서 밤샘 중이었다. 하지만 동금은 세인의 거절을 뒤로하고 차키를 챙겨 사무실을 나섰다. 그런 동금의 뒤를, 세인이 종종걸음으로 뒤따랐다. 멀어지는 두 사람의 뒷모습을 보던 수석이 안타깝다는 표정으로 중얼거렸다.

"세인 누나가 나중에 상처받지 말아야 할 텐데…."

＊ ＊ ＊

"광역버스 배차 시간이 꽤 길죠?"

동금이 조수석에 앉아 있는 세인에게 말을 걸었다. 두 사람은 동금의 미니 쿠퍼를 타고 세인의 집이 있는 당산동으로 이동 중이었다. 동금은 평소 의도적으로 세인을 제대로 쳐다보지 않으려고 노력했다. 거기에는 분명한 이유가 있었다. 세인이 마치 도플갱어라 해도 좋을 정도로, 동금의 부인 지혜와 판박이처럼 닮았던 것이다. 쌍꺼풀 없는 큰 눈에 오뚝한 콧날, 도톰한 아랫입술, 늘씬한 몸매에 풍만한 가슴까지…. 동금이 전방을 주시하며 재차 입을 열었다.

"세인 씨, 요즘도 버스 타면 멀미하세요? 차 막히는 시간이면 당산역에서 삼성역까지 꽤 걸리잖아요?"

"동금 씨가 말해준 대로 되도록 버스 앞자리에 앉으니까 멀미가 좀 덜하더라고요."

"버스 앞자리요? 아, 그렇지. 내가 그런 말을…."

순간, 동금의 머릿속에 무언가가 스쳤다.

'블랙박스…!'

동금은 심장이 한 박자 건너뛰는 것을 느끼며 핸들을 움켜쥐었다.

"세인 씨. 세인 씨가 타는 광역버스 말이에요. 운전석 쪽에 블랙박스가 달려 있지 않나요?"

"네, 맞아요. 그건 왜요?"

세인의 답을 들은 동금의 눈이 번뜩였다. 그는 차를 천천히 세운 뒤 세인에게로 고개를 돌렸다.

"버스 블랙박스는 인도를 비추죠? 그렇죠?"

동금의 두 눈을 마주한 세인이 뺨을 붉히며 고개를 끄덕였다.

"맞아요, 비추던데요?"

동금의 손이 떨렸다. 마치 로또에 당첨된 것처럼 온몸이 짜릿했다.

"…내가 왜 그걸 생각 못 했지?!"

테헤란로를 지나가는 버스들. 그 버스 중에는 세인이 이용하는 광역버스처럼 블랙박스가 설치된 버스들이 있었다. 그리고 그 블랙박스는 승하차하는 승객을 찍느라 인도를 비춘다. 그러니 이정명 변호사가 피살당한 전후 시간대의 버스를 찾는다면….

'인도에 서 있던 그놈을 잡을 수 있을지도 모른다!'

문제는 시간이었다. 버스의 블랙박스 보존 기간은 일주일이었기 때문이다. 내일은 사건 발생 6일째였다. 즉 형사들에게 남은 시간은 딱 하루뿐이라는 뜻이다. 동금은 급히 휴대폰을 꺼내 수석에게 전화를 걸었다.

"신 청장! 피살 전 2시간, 피살 후 1시간! 그 시간대에 현장 지나간 버스 목록 전부 뽑아서 내일 아침 6시까지 팀장님 책상 위에 올려 놔. 한 대도 빠뜨리지 말고!"

"선배님! 저더러 밤새우라는 소리죠? 아오~! 내가 뭐가 좋다고 강력반을 와서…!"

수석은 입으로는 투덜거리면서도 키보드를 두들기기 시작한 듯, 휴대폰 너머로 타닥거리는 자판 소리가 들려왔다. 동금은 전화를 끊은 뒤 깊게 숨을 내쉬었다. 범인을 잡을 수 있다. 처음으로 그런 확신이 들었다.

＊ ＊ ＊

5월 6일 아침 6시 강력 3팀 사무실

다음 날 아침, 사무실에서 꼬박 밤을 샌 수석이 라꾸라꾸 침대에서 곤히 잠들어 있었다. 수찬이 그런 막내를 보며 민망한 웃음을 지었다.

"나도 잘 때 저렇게 코를 곤단 말이지? 우리 마누라가 나보다 먼저 잠들려고 하는 이유를 알겠구먼."

"반장님 코 고는 소리는 신 청장보다 두 배는 더 크다고요."

수찬은 정선의 농담을 들으면서 기원의 책상 위에 놓인 서류를 눈으로 확인했다. 수석을 비롯한 3팀 형사들 모두가 달려들어 확인한 버스 목록이었다. 이정명 변호사가 피살된 시간 전후 3시간 사이, 피살 현장을 지나간 버스들이 정리된 자료였다. 목록은 노선 번호와 차량 번호가 일목요연하게 표로 정리되어 있었다.

"박 형사, 갑자기 이런 훌륭한 아이디어는 어디서 튀어나온 거야? 너는 진짜 우리 팀의 동아줄이다, 동아줄!"

동금은 감탄스럽다는 표정으로 말하는 수찬에게, 세인과 이야기를 나누다가 버스 블랙박스를 떠올렸음을 말해 주었다. 버스 목록표를 살펴보던 기원이 결연한 표정으로 팀원들을 훑으며 입을 열었다.

"오늘 버스 CCTV를 놓치면 기회가 없어! 이런 천금 같은 기회는 다시 오기 힘들다는 거, 다들 잘 알지야? 자, 우리 파이팅 한번 하고 출발하자!"

＊　＊　＊

3팀 형사들은 각자 배분받은 버스 회사로 찾아가 CCTV를 확보하기 시작했다. 확보 작업은 오후 2시쯤 모두 끝났다. CCTV는 총 37개. 일부 버스는 보존 기한이 5일이라 블랙박스가 이미 삭제된 탓이었다. 남은 일은 서른일곱 대의 버스 블랙박스에서, '현장에서 범행을 지시한 것으로 보이는 범인의 단서'를 발견하는 것이었다. 밤을 새운 수석도 졸린 눈을 비비며 버스 블랙박스를 돌려보았다.

"팀장님, 찾았습니다!"

블랙박스를 보기 시작한 지 2시간 정도가 지난 무렵, 동금이 가장 먼저 손을 들었다.

"에이! 졌다, 졌어!"

수찬이 활짝 웃으며 양손을 번쩍 들었다. 대한민국 경찰 전체를 뒤져봐도 동금의 CCTV 보는 속도와 정확성을 따라올 형사는 없었다. 그만큼 동금의 눈썰미는 남달랐다. 팀원들이 책상 앞으로 모여들자, 동금은 천천히 자신이 발견한 부분을 재생시켰다. 92××호 빨간색 광역버스의 블랙박스 영상이었다. 영상 속 시간은 이정명 변호사가 피살된 직후인 10시 12분경이었다.

"저 새끼네!"

기원의 외침에 형사들이 CCTV 속 한 남자를 응시했다. 건장한 체격에 어깨가 떡 벌어진 남자였다. 남자는 검은색 반소매 티셔츠와 검은색 바지를 입고 있었다. 그는 인도에 서서 팔짱을 낀 채, 피살 현장을 바라보고 있었다. 파란색 야구모자를 쓴 범인이 쳐다보던 바로 그 방향이었다. 남자가 찍힌 장면은 버스가 지나가는 1초도 안 되는 순간이었지만, 다행히 전체적인 윤곽과 얼굴 모습이 식별 가능한 수준으로 찍혀 있었다.

"어? 휴대폰!"

남자의 손에 휴대폰이 들려 있는 것을 발견한 정선과 수석이 기쁨의 하이파이브를 나눴다. 범인이 현장에서 휴대폰을 소지했다는 것은, 통화 내역을 수사할 수 있을지 모른다는 중요한 단서였다. 짐작컨대 영상 속 남자는 칼부림을 벌인 둘과 달리 자신은 목격자 정도로만 여겨질 것이라 생각하며 안심한 듯했다.

물론 난관은 여전히 존재했다. 용의자를 발견한 것은 큰 성과였지만 신원을 특정하는 일은 또 다른 문제였기 때문이다. 대한민국에 덩치 좋은 사십 대 남자가 한둘이라면 모를까….

"팀장님, 이놈 100% 물 좀 먹은 조폭입니다. 제가 광수대 조폭팀에서 구른 게 몇 년인지 아시잖아요! 이거 완전히 프로 냄새 나는 건달입니다. 대한민국 강남 한복판에서 이 정도 칼부림을 대담하게 계획한다? 이건 조폭이 아니면 쉽지 않은 일이라고요!"

수찬이 입에서 침을 튀겨 가며 주장했다. 그의 말은 일리가 있었다. 조폭 풍의 체격과 옷차림뿐만 아니라, 이 정도 피살을 용의주도하게 계획할 정도면 우선은 경험이 있어야 했다.

"좋아, 권 반장 말을 믿어 보자! 그럼 조폭 중에서 이 녀석을 찾아야겠지? 어디 보자…. 오랜만에 막고 푸는 수사를 해야겠는데! 다만 머리를 좀 써야겠지."

기원이 특기인 '막고 푸는' 수사를 제안했다. '막고 푼다'라는 말은 기원의 고향인 전라도 속담으로, '저수지에 있는 물고기를 잡는 가장 확실한 방법은 저수지 물을 모두 빼는 것'이라는 데에서 기인한 수사 방법이었다.

"신 청장아! 이놈이 가장 잘 나온 사진을 캡처해서 지방청 조폭 전담팀에 긴급 공문 만들어 보내거라! 이메일 수신했는지 꼭 확인하고 전화까지 돌리고! 퍼뜩퍼뜩 서두르자!"

전국에는 수십 개의 조직폭력배 조직이 있다. 그리고 이 조직에는 수천 명의 조직폭력배가 있다. 또한 전국 모든 지방청에는 조폭 수사팀이 있다. 조폭 수사팀에서는 범죄 예방 차원에서 그 지역의 조폭들 명단을 작성해 동향을 파악하고 관리한다. 즉 전국 지방청에 있는 조폭 수사팀에 영상 속 남자의 모습을 캡처해 보낸다면, 반드시 이놈을 아는 형사가 한 명쯤 있을 것이다. 수찬의 말대로, 영상 속 남자가 조폭이라면 말이다.

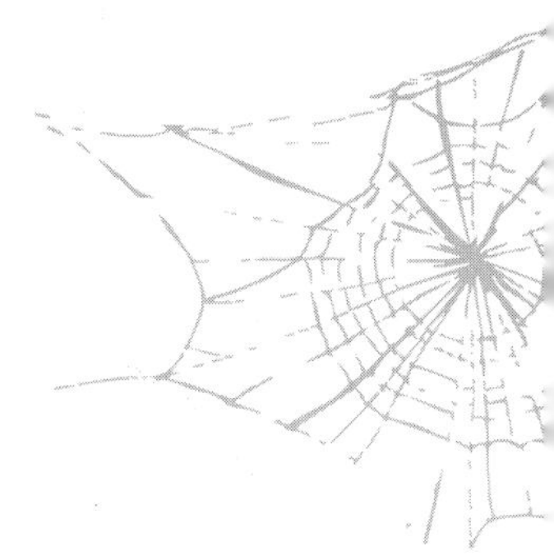

04
몽당연필

5월 9일 거산마을

동금은 수석과 함께 거산마을 서호영 청년회장을 만났다. 거산마을은 강남 끝자락에 위치한 곳으로 마을 뒤에는 대모산에서 이어지는 나지막한 산이 있었고, 앞에는 밭농사를 지을 농지가 있었다. 올해로 60세인 호영은 오랜 농사일 때문인지 손은 거칠었고 얼굴은 검게 타 있었다. 동금은 호영과 악수를 나누며 입을 열었다.

"강남에도 농사꾼이 있는 줄은 몰랐네요."

"나는 조상 대대로 12대째 이곳에서 살고 있어요. 배운 것이라곤 농사일뿐이라 다른 일은 생각도 않고 있고요."

동금은 호영에게 이정명 변호사와의 관계를 물었다. 그러자 호영은 잠시 목이 메는지 말을 잇지 못했다. 호영의 말에 의하면, 1년 전부터 이곳 거산마을의 그린벨트가 풀린다는 풍문이 돌았다고 한다. 강남의 마지막 노른자 땅인 거산마을에 고급 아파트와 복합 쇼핑 시설이 들어온다는 소문이었다. 만일 소문대로 계획이 이루어진다면, 이곳은 강남 여느 지역 못지않은 수준이 될 것이다. 무엇보다 거산마을은 전국으로 통하는 SRT 노선 출발 지점인 '수서역'과 가까워, 최고의 황금 요지로 여겨질 만한 위치였다. 그런데 언젠가부터 이곳 지주들에게 땅값을 '현재 시세로, 강제 수용 방식으로 매수'한다는 이야기가 돌기 시작했다. 현재 거산마을은 개발 소문이 나서 평당 3천만 원 정도의 시세를 보이고 있었다. 고개를 끄덕이며 호영의 이야기를 듣던 동금이 '마을 주민들이 이정명 변호사를 찾은 이유'를 물었다.

"우리 같은 농사꾼들이 부동산 개발에 대해 무엇을 알겠소?"

강제 수용 방식으로 매수한다는 이야기에, 몇몇 뜻있는 거산마을 주민들이 대책을 마련하고자 한자리에 모였다. 그리고 머리를 모은 끝에 생각해 낸 것이 '믿을 만한 변호사를 찾아보자'는 것이었다. 주민들은 인터넷으로 검색도 해 보고, 이런저런 수소문도 한 끝에 이정명 前 대법관을 찾아냈다. 무엇보다, '이정명 대법관님은 약자들을 돕는 일에 앞장선다'는 기사를 보고 연락을 하게 되었다. 그렇게 지난 연말 즈음, 주민들의 이야기를 들은 이정명 변호사는 일단 거마비[7] 정도의 최소 수임료만 받고 변론을 하기로 자청했다.

"이번에 알게 된 사실인데, 3년 전부터 타지 사람들이 우리 마을 땅을 야금야금 사 모으고 있었지 뭡니까? 우리 주민들이 개발 정보를 알기도 전에, 진즉부터 우리 마을 땅을 헐값으로 사들였던 것이지요."

당시 땅을 팔고 떠난 주민들의 이야기를 들어보니, 타지 사람들이 찾아와 "이곳은 그린벨트라 농사밖에 용도가 안 된다. 차라리 지금 땅값을 잘 쳐 줄 테니 팔라."고 설득했다고 한다. 거산마을은 크기가 약 20만 평 정도였는데, 그중 약 10%가 이미 타지 사람들의 소유

7　교통비 등을 말한다. 보통 법조계에서 소액을 받는 수임료를 비유하는 말이다.

로 넘어가 있었다. 개발 계획을 알지 못했던 일부 마을 주민들은 평당 1000만 원도 안 되는 헐값에 땅을 넘겼던 것이다. 즉 그때 땅을 산 사람들은, 2년 만에 땅값으로만 3배에 달하는 시세 차익을 얻은 꼴이었다. 물론 이것조차 현재의 시세다. 만일 이곳이 계획대로 개발된다면, 평당 분양가는 7, 8천만 원이 넘을 것이다. 심지어 개발 후에는 평당 1억 원이 훌쩍 넘을 것이라는 이야기까지 나오고 있었다. 호영이 분개하며 덧붙였다.

"그… 뭡니까? 이정명 변호사님은 마을 주민들의 탄원서를 받아 관계 기관에 진정을 넣으려고 준비 중이셨죠!"

＊ ＊ ＊

5월 11일 오후경 강력 3팀 사무실

강력 3팀 사무실로 한 통의 전화가 걸려왔다. 정선이 전화를 받자 건너편에서 걸쭉한 전라도 사투리가 튀어나왔다.

"강남경찰서 형사과지요잉?"

전화를 건 사람은 광주경찰청 조직폭력 전담팀의 구본찬 반장이었다. 구본찬은 강남경찰서 강력 3팀이 의뢰한 '92××번 광역버스 블랙박스 영상에 찍힌 남자'가, 광주청이 관리하는 관리 대상 조폭 '대국파'의 행동대장 '양철구'라는 사실을 알려주었다. 전국 지방청 조폭 팀에 의뢰한 지 닷새 만에 이뤄낸 쾌거였다.

강력 3팀 형사들은 구본찬으로부터 전달받은 정보를 토대로 '양철구'에 대한 조사를 시작했다. 조사 결과, 양철구는 자기 명의로 된 핸드폰이 없었다. 그 말인즉슨 블랙박스에서 그가 쥐고 있던 핸드폰은 대포폰이 틀림없다는 뜻이었다. 의외의 수확이라면 양철구의 명의로 된 그랜저 승용차가 있다는 것이었다. 정선은 전국 차량 판독기 시스템을 통해, 양철구가 그랜저 승용차를 이용해 이동한 동선을 찾아냈다. 그렇게 양철구 그랜저의 이동 동선을 따라 사용된 휴대전화를 맞춰 본 결과, 양철구의 대포폰 번호를 특정할 수 있었다.

"하! 이런, 몽당연필 수준밖에 안 되는 놈들이 백주 대낮에 강남 한복판에서 칼질을 했다는 거야? 겁대가리 없는 새끼들…!"

강력 3팀 형사들은 양철구가 사용한 대포폰을 통해, 이정명 변호사 피살 당일 양철구와 통화한 두 명의 남자를 확인할 수 있었다. 한 명은 38세의 전직 택시기사 유길수였고, 다른 한 명은 35세의 무직 최명상이었다. 두 명 모두 간단한 폭력 전과 두세 개를 제외하면 별다른 전과는 없었다.

두 용의자의 신상을 파악한 형사들은 나이가 많은 유길수부터 검거하기로 했다. 강력 3팀 형사들은 정선만 사무실에 남고 다 같이 길수를 잡기 위해 움직였다. 사무실을 나선 수찬은 차에 오르기도 전부터 콧노래를 불렀다. 광수대 시절에도 가장 싸움 잘하는 형사로 유명했던 그는, 범인을 검거할 때가 가장 행복하다는 현장의 적토마 같은 형사였다. 검거 현장에서는 어느 정도의 폭력이 허용되기에, 범인을 적당히 두들겨 패줄 수 있었다. 무엇보다 지금 검거할 놈들은 전직 대법관을 잔인하게 칼로 살해한 놈들이 아니던가. 검거 과정에서 주먹 좀 휘둘렀다고 문제 될 가능성은 없었다.

＊　＊　＊

5월 12일 중곡동 PC방

길수의 휴대폰을 위치 추적한 3팀 형사들은 중곡동의 어느 PC방으로 출동했다. 길수가 있는 PC방은 지하 1층에 있었다. 기원과 수석은 1층 출입문을 지키며 대기하고, 수찬과 동금이 PC방 안으로 진입해 길수를 체포하기로 했다. 만에 하나 길수가 흉기를 소지했을 것에 대비해 수찬과 동금은 상의 속에 방검복을 착용했다.

PC방은 그리 크지 않았다. 낮 시간대라 그런지 손님도 많지 않았다. 동금이 먼저 출입문을 지키고, 수찬이 PC방 안으로 들어가 길수를 찾았다. 잠시 후 수찬은 PC방 안쪽 구석자리에 앉아 있는 길수를 찾아냈다. 길수는 언제 씻었는지도 알 수 없을 초췌한 모습으로, 범행 당시 착용했던 파란색 야구모자를 쓴 채 고스톱 게임을 하고 있었다. 수찬은 삐쩍 마른 길수를 살피더니 동금에게로 돌아왔다.

"박 형사, 아무래도 유길수는 네가 잡아야겠다. 잘못하면 내 주먹 한 방에 죽을 것 같아. 대신 최명상은 내 거다!"

동금은 허탈한 웃음과 함께 PC방 안으로 들어갔다. 그리고 수찬이 알려준 구석자리로 뚜벅뚜벅 걸음을 옮겼다. 길수는 게임에 집중한 나머지 동금이 다가오는 것을 전혀 눈치채지 못했다.

"길수?"

동금이 길수의 등 뒤로 다가가 허리를 굽히며 나지막이 이름을 불렀다. 그러곤 큼지막한 두 손을 길수의 어깨에 올린 뒤, 적당히 힘을 주어 주무르기 시작했다. 형사와 범인이라는 관계를 모르는 사람이 본다면, 친구라고 보아도 무방할 정도로 다정한 모습이었다. 중요한 것은, 그 어떤 호의일지라도 상대방의 동의가 없다면 그건 폭력이라는 것이다.

"악! 이, 씨발! 뭐야?!"

길수는 화들짝 놀라며 욕지거리를 날렸다. 전직 골프선수였던 동금의 손 힘 때문에, 마치 압축기에 낀 것처럼 어깨가 아팠던 것이다.

"너 뭐야?!"

길수가 열 뻗친 얼굴로 뒤를 돌아본 순간, 동금의 오른손이 날아들었다. 짜악-! 경쾌한 타격음과 함께 길수의 왼뺨에 동금의 손바닥이 꽂혔다.

"아악…!"

동금은 길수의 얼굴에 연달아 싸대기를 날렸다. 영문도 모른 채 얻어맞던 길수가 발악하듯 소리를 지르기 시작했다.

"…이 개새끼가! 죽고 싶어 환장했냐?!"

"환장했다, 이 개새끼야! 너야말로 오늘 나한테 죽어 봐라!"

형사들은 입이 거칠다. 특히 검거 현장에서는 더욱 그렇다. 동금은 CCTV를 통해 확인한 길수의 무자비한 범행과, 지난 12일 동안의 밤샘 근무로 쌓인 스트레스를 마음껏 발산하고 있었다. 무엇보다 수찬이 길수를 자신에게 넘긴 것에 동금은 심사가 뒤틀려 있었다. 동금 또한 형사가 되기 전에는 '청담동 돌아이'라 불릴 정도로 싸움에 자신이 있었기에, 수찬이 마치 '하수는 동금이 네가 맡아!'라며 길수를 떠넘긴 것 같아 기분이 상했던 것이다.

"이익…! 악…!!"

동금은 의자에서 일어나려는 길수의 어깨를 찍어 누르며, 주먹으로 얼굴을 가격하기 시작했다. 순식간에 길수의 얼굴이 벌겋게 달아

오르며 퉁퉁 부어올랐다. 주변 손님 중 몇이 동금을 말리고자 했으나, 수찬이 나타나 "형사가 범인을 검거 중입니다."라며 손님들을 막아섰다. 은연중에 동금이 길수를 마음껏 두들길 수 있도록 도와준 것이다. 결국 길수의 입에서 살려 달라는 애원이 터져 나오기 시작했다.

"…사, 살려주세요! 잘못했습니다! 누가 경찰에 신고 좀 해주세요! 사람 살려요!"

"경찰? 신고? 내가 경찰이다, 이 쓰레기 같은 새끼야!"

동금은 경찰을 불러 달라는 길수의 얼굴에 마지막 한 방을 꽂은 뒤, 두 손을 탁탁 털었다. 수찬이 빙긋 미소를 지으며 동금의 곁으로 다가왔다.

"어때, 스트레스 좀 풀렸지?"

동금 또한 수찬을 보며 피식 웃었다. 수찬이 일부러 길수라는 샌드백을 넘겨주었다는 사실을 그제야 알아차린 것이다.

"자자, 범죄자 나가십니다. 모두 비키세요~!"

동금과 수찬은 얼굴이 호빵처럼 부어버린 길수를 체포해 PC방을 떠났다.

＊ ＊ ＊

동금은 강력 3팀 사무실로 체포되어 온 길수 앞에 수사 기록을 보여 주었다. 이정명 변호사의 피살 현장 사진과 부검 전 모습이었다. 길수는 자신의 앞에 펼쳐진 사진에서 눈을 돌렸다.

"똑바로 봐."

동금이 길수의 머리를 잡아 돌리며 말했다. 형사들은 살인 사건 피의자를 검거하면, 본격적인 조사에 들어가기 전에 피해자의 사진을 보여 준다. 본인이 저지른 죄를 정면으로 보게 함으로써 심경의 변화를 일으켜 자백을 받아내기 위한 수사 방법이다.

"이 씨발 놈아, 네가 죽인 대법관님을 똑바로 보란 말이야!"

길수는 울상이 된 얼굴로 이정명 변호사의 사진을 바라보았다. 38세의 이혼남인 유길수는 1년 전만 하더라도 택시기사였다. 하지만 교통사고로 일을 그만두게 되었고, 고향 선배의 소개로 양철구를 만났다. 양철구는 길수에게 "내가 시키는 대로만 하면 현금 5천만 원을 주겠다."라며 꼬드겼고, 길수는 무슨 일인지도 모른 채 하겠다는 대답부터 했다. 그만큼 그는 돈이 궁했다.

"내가 하겠다고 했더니 한 명을 더 데려오라고 했습니다. 그래서 나처럼 배달 일을 하다가 백수가 된 후배 최명상을 꼬드겼어요. 최명상도 5천이라는 얘기를 듣자 무슨 일이든 하겠다며 따라나섰고요."

길수와 명상은 살인 청부 대상이 대법관 출신 변호사라는 사실은 꿈에도 몰랐다. 양철구는 두 사람에게 칼을 건네며 '그냥 나이 든 노인 하나만 죽이면 된다'고 했던 것이다. 길수와 명상은 그저 5천만 원을 받는 것이 유일한 목표였다.

"왜 도망치면서 양철구를 몇 번이나 쳐다본 거지?"

동금이 가장 궁금했던 것을 물었다. CCTV 속 파란 야구모자였던 길수의 행동 덕에 양철구를 찾을 수 있었다.

"양 사장이 우리를 계속 지켜보고 있었으니까요. 괜히 제대로 못했다면서 돈을 못 주겠다고 하면 큰일 아닙니까? 그래서 도망쳐도 되는 건지 확인하려고 몇 번이나 쳐다본 겁니다. 다른 이유는 없어요."

"흉기는 어떻게 했어?"

길수는 도주하던 중 아무 데나 버렸다며, 정확한 장소는 기억나지 않는다고 했다.

"도주로는 누가 고른 거야?"

"양 사장이 미리 알려주었습니다. 일주일 전부터 같이 사전답사를 했어요. 그래서 CCTV가 없는 골목을 골라 거기로 도망치라고 했습니다. 시간, 장소, 그리고 칼까지…. 전부 양 사장이 시키는 대로 했을 뿐이라고요."

길수는 양철구로부터 범행 전 착수금으로 2천만 원을 받았고, 범행을 마친 당일에 잔금인 3천만 원을 받았다. 그 후로 양철구와 다시 연락한 적은 없었다.

"양철구는 누구한테 사주받은 거야?"

동금이 혹시나 하는 생각으로 물었지만, 길수는 역시나 모른다며 고개를 가로저었다. 물론 동금도 그럴 것이라 짐작하고 있긴 했다. 양철구가 하수인에 불과한 길수나 명상에게, 범행을 사주한 사람에 대한 이야기를 할 가능성은 없었기 때문이다. 동금의 질문을 받은 길수는 오히려 "양 사장에게 이 일을 시킨 사람이 따로 있나요?"라며 놀란 얼굴로 되물었다.

양철구는 경찰의 추적을 피하기 위해, 조폭인 자신과는 전혀 연결점이 없는 길수와 명상을 칼잡이로 골랐다. 제대로 칼을 사용할 줄 아는 조폭 부하를 동원하지 않으면서도 확실하게 이정명 변호사를 살해하기 위해 두 명의 일반인을 고르는 치밀함을 보인 것이다. 동금은 속으로 작게 한숨을 내쉬었다. 만에 하나 도주하던 길수가 양철구를 쳐다보지 않았다면 어떻게 되었을까? 그리고 자신이 길수의 이상행동으로 양철구의 존재를 의심하지 않았다면? 그랬다면 이 사건은 정말로 미제 사건이 되어 버렸을지도 모른다.

길수의 조사가 끝날 무렵, 상쾌한 얼굴의 수찬이 최명상을 데리고 3팀 사무실로 돌아왔다. 명상의 얼굴도 길수의 얼굴과 별반 다르지 않았다. 그렇게 명상 또한 퉁퉁 부어버린 얼굴로 수찬에게 조사를 받았다. 조사 결과, 명상의 진술도 길수와 별반 다르지 않음을 확인할 수 있었다.

이렇게 강력 3팀은 이정명 변호사 살인 사건 발생 후, 정확히 12일 만에 범인 두 명을 검거했다. 물론 이것으로 수사가 종결되는 것은 아니었다. 살인을 지시한 양철구와 양철구에게 살인을 사주한 인물까지 잡아야 했기 때문이다. 정선이 회의 테이블에 모인 팀원들에게 자료를 펼쳐 보이며 입을 열었다.

"먼저 양철구가 속한 '대국파'라는 조직부터 말씀드리겠습니다. 대국파는 광주 지역에서 유명한 폭력 조직입니다. 과거에는 광주를 중심으로 활동했지만, 지금은 광주보다도 서울에서 활동하는 조직원들이 더 많습니다."

"활동 분야는?"

기원의 물음에 정선이 자료를 넘기며 답했다.

"주로 코인 거래와 M&A 업계이고, 일부는 연예기획사에도 진출해 있어요. 다른 조폭들보다 한 단계 업그레이드된 조직이라고 보시면 됩니다."

정선은 양철구의 신상 자료를 팀원들에게 나눠 주었다.

"양철구는 폭력 전과 12범입니다. 특이한 점은…. 상해치사로 이미 징역 7년의 실형을 선고받고 만기 출소한 전력이 있다는 겁니다."

수찬이 기가 막힌다는 듯 헛웃음을 터뜨렸다.

"상해치사? 그럼 이미 사람을 죽여 본 놈이란 얘기잖아?"

"그렇습니다. 그리고 더 중요한 건…."

정선이 타임라인 자료를 검지로 가리키며 말을 이었다.

"양철구는 이정명의 피살 사건 이전까지 서울에서 거주했습니다. 그런데 사건 이후 지방으로 떠난 뒤, 행방이 오리무중입니다."

"완전히 잠적했다는 거지?"

기원이 팔짱을 끼며 물었다.

"네, 팀장님. 휴대폰도 꺼져 있고, 기존 서주지에도 나타나지 않고 있습니다."

생각에 잠겨 턱을 만지던 기원이 수찬에게로 고개를 돌렸다.

"권 반장아, 대국파 라인 좀 더 파고들어 봐라. 양철구가 누구의 지시를 받고 움직였는지, 그리고 현재 어디 숨어 있을 가능성이 높은지…. 그쪽 조직원들 압박해서 정보 좀 캐내 봐."

"네, 알겠습니다."

"그놈 고향이 광주라고 했지? 그러면 광주 쪽 경찰에도 협조 요청해. 혹시 모르니까 양철구의 광주 쪽 지인들이랑 가족들 동선도 체크하고!"

이틀 후, 유길수와 최명상은 구속되었고 언론은 '이정명 변호사를 직접 살해한 범인들이 체포되었다'는 소식을 경쟁적으로 보도했다. 덕분에 '전직 대법관 살인 사건'이라는 무거운 짐을 졌던 경찰도 안도의 한숨을 돌릴 수 있었다.

얼마 후, 재판으로 넘겨진 길수와 명상은 범행의 잔혹성으로 인해 무기징역을 선고받았다.

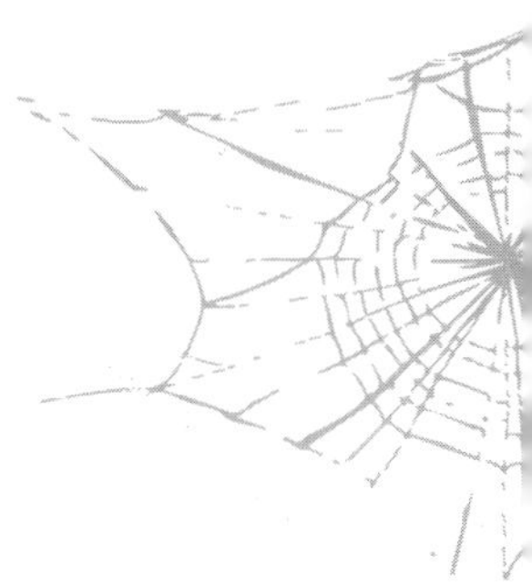

05
간증

"양철구 흔적이 마지막으로 발견된 곳이 어디라고?"

"대전입니다. 대전까지 본인 그랜저 차량으로 이동한 뒤, 흔적도 없이 사라졌습니다."

동금의 답에 기원이 인상을 찌푸렸다.

"고향인 광주로 간 정황도 없고?"

"없습니다. 그런데… 범행 당일 양철구 통화 기록에서 이상한 게 발견됐어요."

'이상한 발견'이라는 동금의 말에 기원이 눈을 반짝였다.

"뭔데?"

"양철구가 통화한 사람이 유길수, 최명상 말고 한 명 더 있습니다. 당시 양철구가 노숙자 명의의 대포폰 사용자와 통화했는데요, 그 대포폰 사용자가 이 사람한테 전화를 걸었습니다."

동금이 기원에게 서류 한 장을 내밀었다.

[태왕배, 1968년생, ㈜로마개발 대표이사]

"태왕배…? 부동산 개발 시행사 회장?"

“예. 양철구가 대포폰 쓴 놈한테 보고하고, 그놈이 다시 태왕배라는 사람과 38초간 통화했습니다. 대포폰을 사용한 놈이 태왕배에게 보고를 한 게 아닐까요?”

기원의 눈빛이 날카로워졌다.

“그러니까 네 말은… 태왕배도 범행에 대한 보고를 받은 라인으로 볼 수 있다는 거지?”

“네, 양철구에서 대포폰 사용자로, 대포폰 사용자에서 태왕배로 연결되고 있으니까요.”

“흠…. 거산마을 개발하고 딱 맞아떨어지긴 하는데….”

기원이 거산마을을 떠올리며 중얼거리자, 동금이 얼른 의견을 덧붙였다.

“맞습니다. 죽은 이정명 변호사가 거산마을 주민들 도와서 진정 준비 중이었으니까요.”

기원은 고개를 끄덕이며 생각에 잠긴 목소리로 중얼거렸다.

“이정명 변호사는 거산마을 개발이 불법이라며 관계 기관에 탄원서를 넣으려 했고…. 그 와중에 강남 한복판에서 칼에 찔려 죽었다…. 당연하지만 유길수, 최명상은 이정명과 일면식도 없는 놈들이고….”

“네, 유길수와 최명상은 아무것도 모른 채 양철구의 지시로 움직였죠. 하지만 정황상, 양철구도 대법관 출신의 이정명 변호사와는 직접 엮일 일이 없어 보입니다.”

동금이 서류를 톡톡 치며 말했다.

“그렇지. 그렇다면… 양철구도 누군가의 사주를 받았다고 보는 것이 가장 가능성이 높다. 이 말이지?”

“네. 제 생각에는, 그 누군가가 태왕배일 가능성이 커 보입니다. 다만…."

기원이 팔짱을 끼며 되물었다.

"다만?"

"이정명 변호사와 태왕배 사이의 통화 내역이 전혀 없습니다."

기원의 한쪽 눈썹이 올라갔다.

"그 말인즉, 둘 사이에도 직접적인 연결 고리는 없다?"

"예. 태왕배가 왜 이정명을 죽여야 했는지, 명확하게 동기로 볼 만한 게 잡히지 않습니다."

기원이 창밖을 보며 중얼거렸다.

"그렇지, 지금 상황에서는 단지 거산마을 개발을 반대하는 주민들을 대리한다고 변호사를 죽인 꼴인데…."

"맞아요. 그렇게만 보기에는 좀 지나친 감이 있습니다. 뭔가 더 있을 거라 생각됩니다."

생각을 마친 기원이 탁! 책상을 내리쳤다.

"태왕배 주변을 파보그라. 그놈 헌티서 구린내가 진동을 하는구먼!"

기원의 명령에 따라 동금은 태왕배에 대한 정보를 수집하기 시작했다.

'태왕배…. 씨름 선수 출신으로, 전라도에서 올라와 갖가지 일을 전전하던 끝에 지금은 부동산 개발 회사인 로마개발의 회장이 되었다….'

자료를 보던 동금이 눈을 반짝였다. 왕배가 다니는 만복교회는, 다름 아닌 이세인이 다니는 교회였다.

'그러고 보니… 오늘 세인 씨와 저녁 먹기로 했었지?'

*** * ***

"태왕배요…? 아뇨, 잘 모르겠는데요?"

세인은 눈을 동그랗게 뜬 채 고개를 가로저었다.

'하긴… 신자만 수만 명인 교회라고 했으니… 아는 게 더 이상할지
도.'

세인과 식사를 마친 동금은 그녀를 바래다 준 뒤 사무실로 복귀했
다. 그런데 자리에 앉기 무섭게 세인으로부터 연락이 왔다.

"세인 씨, 아직 안 주무셨어요?"

"아, 네. 다름이 아니라… 아까 말씀하신 태왕배 씨 말인데요. 친한
교회 분들에게 전화를 돌려 보니 아는 분이 있더라고요. 얼마 전에 만
복교회에서 장로 선거가 열렸거든요? 저는 그때 급한 일이 생겨 예배
만 드리고 귀가했었는데…. 그때 선거에서 1등으로 당선된 장로 이름
이 태왕배래요."

세인은 마침 이번 주 토요일 정오 예배에서 신임 장로 태왕배의 신
앙 간증[8]이 예정되어 있다는 정보도 알려주었다. 동금은 그렇게, 왕배
가 신앙 간증을 하기로 한 자리에 세인과 함께 직접 가 보기로 하고
통화를 마쳤다.

*** * ***

5월 18일 만복교회 예배당

담임목사 성민의 설교가 끝나자 신임 장로 세 명의 소개가 이어졌
다. 동금은 특히 한 사람에게 주목했다. 그가 이 자리에 오게 된 이유

인 '태왕배'였다. 왕배는 건장한 체격에 이목구비가 모두 커 한눈에 알아볼 수 있었다. 다른 두 신임 장로가 왜소한 노인들이라 그런지 왕배의 덩치는 더욱 두드러졌다. 잠시 후, 왕배에 대한 소개를 듣던 동금이 고개를 갸우뚱 기울였다.

'이름이… 뭐? 태모세? 태왕배가 아니고?'

커다란 고목나무 같은 왕배와, 그런 왕배 곁에 매달린 매미 같은 장로들에게 꽃다발 증정식이 이루어졌다. 대부분은 가족과 지인들이었으나, 동금은 왕배에게 꽃다발을 주는 사람들만큼은 휴대폰으로 하나씩 촬영해 두었다. 잠시 후 왕배의 신앙 간증이 시작되었다.

"저는… 고등학교만 겨우 졸업했습니다. 공부는 잘했습니다. 주변에서 서울대에 가라고 할 정도였으니까요. 하지만 집이 가난했습니다. 혈혈단신으로 서울에 올라왔을 때, 제 손에는 천 원짜리 한 장 들려 있지 않았습니다."

왕배는 잠시 숨을 멈춘 뒤, 떨리는 목소리로 다시 입을 열었다.

"29살에는 강동 천호동에서 신발 장수를 했습니다. 정말이지 서울에 올라온 뒤 10년 동안은… 그야말로 지옥 같았습니다. 몇 번이나 한강 다리에 올랐는지 모릅니다."

왕배가 말을 잇지 못하고 고개를 숙였다. 목이 메는 듯한 그의 모습에 신도들 사이에서 "아멘" "주님" 하는 소리가 잇따라 터져 나왔다. 잠시 후 신도들로부터 용기의 박수가 쏟아졌다. 박수를 받은 왕배는 손수건을 꺼내 눈물을 닦더니 다시 고개를 들었다.

"그런데… 이 교회에 나오고, 하느님을 믿기 시작하면서 모든 게

8　교회 신자가 자신이 겪은 경험을 이야기하면서 신앙심을 드러내는 일

달라졌습니다!"

"아멘!" "할렐루야!"

신도들의 함성이 터졌다. 왕배는 한층 커진 목소리로 간증을 이어 갔다.

"사업이 잘되기 시작했습니다. 하느님께서 저를 인도한 것입니다! 그런데 말입니다. 형제자매 여러분, 그때 저는 갑자기 대장암 4기 판정을 받았습니다."

드라마가 따로 없는 왕배의 간증 스토리에 신도늘 사이에서 탄식이 흘러나왔다. 왕배가 두 손을 높이 들어 올렸다.

"맞습니다. 대장암 말기였습니다. 담당 의사는 고개를 저었죠. 하지만 저는… 저는 기도했습니다! 그리고 어느 날 새벽, 기도하던 중에 하느님의 음성을 들었습니다! '병원에 가거라!' 저는 그 음성에 순종했습니다! 이후, 저는 몇 개월간 투병 생활을 했습니다. 외로운 새벽, 의지할 존재라곤 오직 하느님뿐이었습니다. 저는 새벽마다 무릎 꿇고 울며 기도했습니다!"

왕배의 눈에서 눈물이 주르륵 흘러내리자 또다시 "아멘" "하느님" 같은 소리들이 곳곳에서 터져 나왔다.

"여러분, 지금의 저를 보십시오! 저는 완쾌되었습니다! 이것이 하느님의 은혜가 아니고 무엇입니까!"

담임목사 성민이 자리에서 일어나 박수를 보냈다. 그러자 성민의 뒤를 이어 다른 신도들도 기립 박수를 보내며 환호했다. 왕배는 만복 교회 신도들의 박수를 받으며 두 손으로 얼굴을 감싸고 흐느꼈다. 왕배를 향한 박수 소리가 예배당을 가득 채웠다.

신앙 간증이 끝나자 성민이 다가가 왕배의 어깨를 토닥였다. 잠시 후 왕배 주위로 양복을 입은 장년의 남자들이 여섯 명 정도 모여들었다. 아마 기념 촬영을 하는 듯했다. 동금은 그 남자들 또한 놓치지 않고 촬영한 뒤, 세인과 함께 교회를 떠났다.

＊ ＊ ＊

며칠 뒤, 동금은 막내 수석을 데리고 태왕배의 양재동 사무실을 기습 방문했다. 왕배의 사무실은 양재역 근처에 위치한 20층 건물에서 3개 층을 사용하고 있었다. 건물 이름이 로마빌딩인 것으로 보아, 왕배의 소유인 듯했다.

'태왕배와 양철구 사이에 돈이 오고 간 거래명세서는 없다. 당연히 청부살인 대가를 계좌로 쏴줬을 리는 없겠지…. 지금 내가 쥐고 있는 패는 태왕배와 노숙자 명의의 휴대폰 통화 내역뿐….'

호랑이를 잡으려면 호랑이굴로 들어가야 한다. 그래야 이놈이 크기는 얼만한지, 상태는 어떤지, 약점은 뭔지 알 수 있을 것 아닌가?

"경찰입니다. 태왕배 회장님을 만나러 왔습니다."

1층 안내데스크 남자 직원은 '경찰'이라는 말을 듣자 호들갑을 떨며 어딘가로 전화를 걸었다. 그러곤 한참이 지난 뒤에야, 1층 나무의자에 나란히 앉아 있던 동금과 수석에게로 다가와 말을 전했다.

"올라오시랍니다. 회장실은 20층에 있습니다."

엘리베이터를 타고 20층으로 올라간 동금과 수석은 '회장실'이라고 쓰인 곳으로 걸음을 옮겼다. 안으로 들어가자 단정한 원피스 유니폼을 입은 여직원이 예쁘게 웃으며 인사를 건넸다.

"들어가도 되겠습니까?" 수석이 여직원의 옆에 위치한 문을 보며 물었다. 그러자 여직원은 "잠시만 기다려주세요."라 말하며 두 형사를 소파에 앉게 했다. 잠시 후 사십 대 후반으로 보이는 비쩍 마른 남자가 나타났다. 남자의 이름은 박대수. 로마개발의 이사인 그는 동금에게 자신의 명함을 건네며 방문 목적을 물었다.

"그건 태왕배 회장님을 직접 뵙고 말씀드리죠."

동금의 깐깐한 대답에 박대수가 기분 나쁘다는 눈으로 동금을 노려봤다. 하지만 이내 별수 없다고 생각한 듯 "잠시 기다리쇼."라 말하곤 여직원 옆에 위치한 문을 열고 그 안으로 들어갔다. 그렇게 1~2분 정도 지났을까? 다시 밖으로 나온 박대수가 두 형사를 회장실로 안내했다.

"들어오시랍니다."

동금은 회장실로 들어가기 무섭게 방안을 눈으로 스캔했다. 회장실은 꽤 넓었다. 커다란 책상 앞에는 책상만큼이나 커다란 소파가 놓여 있었고, 그 근처 구석에는 커다란 검은색 금고가 놓여 있었다. 또 맞은편 벽에는 예수의 십자가상이 마치 남들 보란 듯 걸려 있었다.

"내가 로마개발 태왕배 회장이요."

왕배는 동금과 수석을 힐끗 보더니 용건도 묻지 않고 거드름부터 피웠다. 58세의 왕배는 이미 산전수전을 모두 겪은 수천억대 자산가였다. 그에 비해 지금 자신을 마주 보고 앉아 있는 형사들은 잘 봐줘야 삼십 대 전후로 보였으니 얕잡아 볼 만했다. 왕배의 회사로 치면, 이제 겨우 대리 정도의 나이였으니 말이다. 그런 왕배를 수석이 찌릿- 노려보며 명함을 내밀었다. 그러나 왕배는 그런 수석을 보며 콧방귀를 뀌더니, 마지못한 듯 자신의 명함을 테이블 위로 던지듯이 내려놓았다. 자존심 상한 수석의 얼굴이 붉으락푸르락 달아올랐다.

"…강남경찰서 형사? 그래, 무슨 일로 온 거요?"

왕배는 대충 동금과 수석의 명함을 훑어보더니 '빨리 말하고 꺼지라'는 듯한 표정을 지었다. 수석은 그런 왕배를 성난 강아지처럼 노려보았지만, 동금은 한껏 여유로운 표정으로 먼저 잽을 날렸다.

"양철구와 어떤 관계이시죠?"

왕배는 영문을 모르겠다는 표정으로, 곁에 앉은 박대수를 쳐다보았다.

"어이, 박 이사. 양철구가 누구인지 알아?"

박대수가 고개를 가로젓자, 왕배도 동금을 돌아보며 모르는 사람이라 답했다. 동금은 잠시 뜸을 들였다가 다시 질문을 던졌다.

"대국파 행동대장, 양철구를 정말 모르십니까?"

순간, 왕배가 들고 있던 동금의 명함을 떨어뜨렸다. 그리고 동금은, 왕배가 '대국파'라는 단어를 듣는 순간 흔들린 것을 놓치지 않고 캐치했다.

"어… 어…."

왕배는 잠시 할 말을 잃은 듯 당혹감 가득한 표정으로 어버버거렸다. 그런 왕배를 보며 동금은 속으로 미소를 지었다. 왕배가 어디에 반응할지 보고자, 일부러 '양철구'와 '대국파'를 순차적으로 던진 덫에 제대로 걸려든 것이다.

"무… 무엇…. 아니, 무슨 일 때문에 그러십니까?"

왕배는 자세까지 공손해져서는 존대로 묻기 시작했다. 우위를 점한 동금은 더 여유로운 표정으로, 왕배의 두 눈을 똑바로 쳐다보며 되물었다.

“회장님, 아직 제 질문에 답변을 안 하셨는데요? 제가 먼저 물어봤으니 답변부터 주시는 것이 순서 아닐까요? 보아하니 대국파에 대해서는 좀 아는 것 같습니다만?”

동금은 이정명 변호사 피살 당일, 양철구와 태왕배를 잇는 휴대폰 내역에 대해서는 아직 모르는 척할 생각이었다. 왕배가 ‘대국파’에 반응을 보이는 것으로 보아, 분명 찔리는 부분이 있어 보였기 때문이다.

“그… 글쎄요. 제가 나이가 들고 보니 기억이 가물가물해서…. 대국파야 뭐, 한 가닥 한다는 조폭 아닌가요?”

왕배는 대답 대신 자신의 기억을 탓하는 것으로 노련하게 동금의 물음에 답을 피했다. 동금은 곧바로 다음 질문을 던졌다.

“그럼, 얼마 전에 강남 한복판에서 피살된 이정명 전 대법관님은 아시나요?”

“모릅니다.”

왕배는 이번만은 일말의 망설임도 없이 즉답했다. 동금은 날카로운 눈으로 왕배를 쳐다보며 그를 연달아 몰아붙였다.

“모른다고요? 그렇다면 훗날, 거짓말 탐지기 조사를 요청하면 응해 주시겠습니까?”

왕배의 커다란 눈 속에 불안함이 비쳤다. 동금은 그런 왕배에게 틈을 주지 않고 서류 한 장을 내밀었다. 거짓말 탐지기 조사에 응한다는 동의서였다. 동금의 행동에 맞춰 수석 또한 굵은 매직펜을 꺼내 동의서 위에 올렸다. 형사들의 맹공에 왕배의 얼굴이 사색이 되었다. 그는 왕방울 같은 큰 눈을 껌뻑이며 신음소리를 냈다.

“허… 참! 그것이… 으음….”

그때, 왕배의 옆에 앉아 있던 박대수가 참지 못하고 짜증 섞인 목소리로 끼어들었다.

"아니, 이보시요! 갑자기 방문해서는 예의도 없이 우리 회장님을 다그치면 어쩌자는 겁니까?"

동금은 그런 박대수를 무시한 채 왕배에게 물었다.

"태왕배 회장님, 지금 제가 다그친다고 생각하십니까? 내키지 않으신다면 여기서 중단하겠습니다."

동금의 강공에 왕배는 물론, 박대수까지 꿀 먹은 벙어리가 되어 입을 다물었다. 동금이 그런 왕배에게 답변을 재촉했다.

"회장님, 아직 답변 안 하셨는데요?"

왕배는 동금의 닦달에 마른침을 꿀꺽- 삼키더니 겨우 입술을 떼었다.

"바… 박 형사님. 갑작스러운 방문에 제가 전혀 알지 못하는 일들을 물으시니 어떻게 답변하는 게 옳을지 모르겠습니다. 죄송하지만… 다음에 변호사와 상의해서 알려 드리겠습니다."

동금은 고개를 끄덕이며 자리에서 일어났다. 수석 또한 그런 동금의 뒤를 따랐다. 왕배는 허둥지둥 일어나 젊은 두 형사를 회장실 밖까지 배웅했다. 조금 전, 동금과 수석을 처음 만났을 때와는 180도 달라진 태도였다. 그는 박대수에게 "두 형사님, 밖까지 잘 안내해 드리게."라고 당부하곤 도망치듯 회장실로 사라졌다. '약자에게 강하고 강자에게 약한 인물.' 왕배의 행동은 그가 얼마나 비겁한 인간인지를 낱낱이 보여 주고 있었다.

"이름, 이름이…"

살찐 쥐새끼마냥 회장실로 도망쳐 들어온 왕배는 떨리는 손으로 동금의 명함을 집어 들었다.

[강남경찰서 형사과 강력 3팀 박동금 경위]

왕배는 의자에도 앉지 못한 채, 불안한 표정으로 연신 물만 들이켰다.

'양철구…. 대국파 행동대장이라고…? 지금 형사들이 나를 찾아왔다는 것은…. 경찰이 나를 의심하고 있다는 의미겠지?'

왕배의 머릿속은 온갖 최악의 시나리오로 뒤죽박죽이 되었다. 그는 덜덜 떨리는 손으로 들고 있던 물컵을 내려놓았다. 식은땀이 연신 등줄기를 타고 흘러내렸다.

'혹시 CCTV에 찍힌 건가? 아니면… 목격자가 나왔나? 그것도 아니면…?'

한참을 고민하며 방안을 이리저리 돌아다니던 왕배가 휴대폰을 꺼내 들었다.

"정 회장, 오늘 좀 만나자! 급한 일이야. 내가 그쪽으로 갈 테니 장소만 알려 달라고!"

06
서울역 딸랑이

5월 25일 강남경찰서 앞

검은색 제네시스가 강남경찰서 정문 앞에 정차하자, 뒷좌석에 타고 있던 남자가 모습을 드러냈다. 양복 차림에 빨간색 포켓스퀘어를 단 남자였다. 그의 이름은 정충만. 57세인 그는 보통 키에 다부진 체격을 가졌고, 짙은 눈썹 아래 날카로운 눈이 인상적이었다.

충만은 주변을 한 번 슥- 훑어보더니 대한은행 삼성역 지점으로 발걸음을 옮겼다. 그는 ATM기에 카드를 넣어 오만 원권으로 현금을 인출했다. 인출금은 총 오백만 원이었다. 그는 양복 상의에서 흰 봉투를 꺼내 현금을 넣은 뒤 제네시스로 돌아갔다.

잠시 후 충만은 강남경찰서 서장실 앞에 서 있었다. 미리 약속되어 있었던 듯, 사십 대 여직원이 충만을 보자마자 서장실로 안내했다. 문이 열리자 경찰복을 입은 승진수 서장이 충만을 반갑게 맞이했다. 55세의 승진수는 2 대 8 가르마 머리에 기름까지 바른, 전형적인 경찰관의 인상이었다. 충만이 명함을 건네며 인사했다.

"처음 뵙겠습니다. 정충만이라고 합니다."

승진수도 자신의 명함을 내밀며 인사를 나누었다.

"승진수 서장입니다. 송명준 의원님께 말씀 많이 들었습니다."

두 사람은 원탁 테이블에 자리를 잡았다. 나이 든 여직원이 차를 들고 들어왔다가 나가자, 충만이 승진수의 얼굴을 살피며 입을 열었다.

"저는 지방에서 호텔 사업을 합니다. 서울에도 건물을 몇 채 가지고 있어 임내업도 겸하고 있지만… 겨우 입에 풀칠이나 하는 수준입니다."

정충만이 겸손을 가장해 재력을 드러내자, 승진수가 고개를 끄덕이며 맞장구를 쳤다.

"송 의원님과는 인연이 깊으신가 봅니다. 안 그래도 의원님께서 정 회장님과 잘 지내라고 신신당부하시더군요."

충만은 지갑에서 또 다른 명함을 꺼내 건넸다. 직전에 건넨 것과는 다른 명함이었다.

"제가 송 의원님 후원회장을 맡고 있습니다. 믿고 맡길 사람이 저뿐이라며…. 하도 성화를 부리셔서 어쩔 수 없이 맡았지요."

검사 출신인 송명준 의원은 국민당 대표까지 지낸 4선 정치인으로, 다음 대선의 유력 주자였다. 그렇게 두 사람 사이에는 한참 동안 정치 이야기가 오갔다. 흐름은 대체로 충만이 말하고 승진수가 맞장구치는 식이었다. 30분쯤 지나자 승진수가 벽시계를 흘끗 보았다. 대화를 마치자는 신호였다.

"…서장님, 태왕배라고. 사업을 크게 하는 제 오랜 벗이 있습니다."

충만은 대화를 끝낼 즈음이 되어서야 본론을 꺼냈다. 며칠 전, 강력

반 박동금 형사라는 사람이 왕배의 사무실로 예고 없이 들이닥쳐 거짓말탐지기 조사를 하자며 떠들다 갔다는 이야기였다.

"태 회장이 최근 대장암 수술까지 받아 건강이 말이 아닙니다. 정식으로 절차를 밟으면 될 일을, 약속도 없이 와서는 모르는 사람 이야기만 잔뜩 하고 갔다더군요."

승진수는 메모지를 집어 들어 '박동금', '태왕배', '거짓말탐지기', '대장암'을 적었다. 그러자 충만이 슬쩍 승진수의 눈치를 보더니 양복 안주머니로 오른손을 집어넣었다. 그 순간, 승진수가 떨떠름한 표정을 지으며 자리에서 일어났다. 그 또한 이 자리에 오기까지 별별 사람을 다 겪은 눈치 구단이었다. 지금 충만이 무엇을 하려는지 누구보다 잘 알고 있었던 것이다.

"정 회장님 말씀 잘 알겠습니다. 어떤 상황이었는지 확인해 보고 연락드리죠."

충만은 아쉬운 표정으로 자리에서 일어나 승진수와 악수를 나누었다. 서장실을 나와 엘리베이터에 오른 충만의 얼굴이 일그러졌다. 자신의 호의를 무시한 승진수가 괘씸했다.

"일개 경찰서장 주제에 잘난 체하긴!"

경찰서 1층으로 내려온 충만은 운전기사에게 전화를 걸었다. 그때 형사과 사무실 쪽에서 강력 4팀 이경수 팀장이 슬리퍼를 끌며 어슬렁 걸어 나왔다. 55세인 그는 괄괄한 성격의 소유자로, 강남경찰서 형사과의 최고 선임자였다. 이경수는 용산경찰서와 남대문경찰서 강력반에서만 30년 넘게 근무한 베테랑으로, 작년에 장기근무자[9]로 지정되어 원치 않게 강남경찰서로 전입을 왔다.

담배 한 개비를 꺼내던 이경수는 충만을 발견하고 가만히 쳐다보았다. 마치 아는 사람 같은데 가물가물하다는 듯한, 기억을 더듬는 눈빛이었다. 반면에 충만은 나이 든 형사가 자신을 뚫어져라 쳐다보자 그대로 몸이 굳어버렸다.

'젠장… 그냥 지나가, 이 새끼야. 제발 그냥 가…!'

충만이 표정을 관리하며 이경수를 마주 보는 순간, 이경수가 입가에 미소를 띠더니 오른손을 번쩍 들어올렸다.

"야, 인마!"

빠악! 이경수의 손이 충만의 뒤통수를 후려쳤다.

"너 서울역 딸랑이 맞지? 그렇지?!"

뒤통수를 맞은 충만이 불쾌한 얼굴로 이경수를 노려보았다. 방금 전만 해도 경찰서장과 차를 마시며 '회장님' 소리를 듣던 그였다. 그런데 슬리퍼 질질 끄는 볼품없는 형사가 30년 전 자신의 별명을 부르고 있었던 것이다.

"누구십니까? 나를 아시나요?"

충만이 부글거리는 속을 누르며 점잔을 뺐다. 하지만 이경수는 충만이 그러거나 말거나 주변을 의식하지 않은 채 큰 소리로 떠들어대기 시작했다.

"이 자식 좀 보게. 나 몰라? 벌써 치매라도 온 거냐? 용산서 이 대감, 이경수 형사를 기억 못한다고? 아무리 강산이 세 번 바뀌어도 그렇지, 서울역 광장에서 원숭이 데리고 좀약 팔던 딸랑이를 내가 잊어버렸겠냐?"

---

9 경찰에서는 한 경찰서에 오랜 기간 근무한 경찰관들에 대해서 강제로 다른 경찰서로 전출시키는 제도를 시행한다. 아무래도 한 경찰서에 오래 근무하면 부패 발생 가능성이 커지기 때문이다.

마침 사무실로 복귀하던 동금과 수석이 그 모습을 보았다. 충만은 젊은 형사들의 시선을 의식한 듯, 더는 참지 못하고 이경수에게 벌컥 성을 냈다.

"당신 뭐 하는 사람이야? 나 승진수 서장 손님으로 온 사람인데, 어디서 반말지거리야!"

이경수는 그제야 움찔했다. 경찰서장을 만나러 온 손님이라니, 더는 함부로 할 수 없었다. 그는 머리를 긁적이며 뒤늦게나마 사태를 수습하고자 말투를 바꾸었다.

"…죄송합니다. 내가 사람을 잘못 본 것 같네요."

이경수는 '내가 30년 전 용산서 막내였는데, 그때 서울역 광장에서 좀약 팔던 정덕배와 이목구비가 하도 비슷해 오해했다'고 거듭 사과했다.

"난 강남 논현동에서만 평생 살아온 정충만이오! 오늘은 승 서장 체면 봐서 넘어가는 거야!"

충만은 이경수를 노려보다가, 제네시스가 도착하자 냉큼 자리를 떠났다. 이경수는 멀어지는 충만의 뒷모습을 보며 담배에 불을 붙였다.

"거 참, 딸랑이 새끼가 강남으로 넘어왔단 얘긴 들었는데…. 이름까지 바꿨구먼?"

"팀장님, 누굽니까? 아는 사람이세요?"

동금이 다가와 묻자, 이경수가 담배 연기를 푸- 뿜으며 헛웃음을 쳤다.

"있어, 정덕배라고. 30년 전 서울역에서 좀약이나 팔던 녀석인데…. 소문에 돈 좀 벌어 강남으로 떴다더니 여기서 볼 줄 누가 알았겠어?"

동금이 고개를 갸웃했다. 아까 그 사람은 분명 자신을 '정충만'이라 했지 않은가?

"…사업하는 사람인가요?"

"사업은 무슨! 내가 알기론 고등학교도 못 나온 채 서울로 상경한 놈이야. 그때만 해도 용산구청 공무원들 똥구멍이나 빨던 새끼였는데…. 머리는 비상해서 공무원 상대로 연줄을 쓰곤 했지. 참나, 저 딸랑이가 회장 소리 들으며 서장님까지 만날 동안 나는 뭘 했나 몰라!"

이경수의 허틸한 웃음을 들으며 동금은 휴대폰을 꺼냈다. 그러곤 며칠 전 만복교회에서 찍어 둔 사진을 열었다. 그랬다. 정충만은… 왕배의 신앙 간증 때 모습을 드러냈던 남자들 중 하나였다.

＊ ＊ ＊

"이 대감… 이 개새끼가 왜 아는 척을 하고 지랄이야? 에잇, 똥 밟았네! 우배야, 빨리 가자!"

충만은 제네시스 안에서 욕설을 내뱉으며 가슴을 쓸어내렸다. 여기서 자신을 알아보는 사람을 만날 줄은 몰랐다. 그것도 30년 전 '정덕배'였던 자신을 기억하는 이 대감을….

'이경수… 저 새끼가 어떻게 강남서 형사를 하고 있지?'

충만은 30여 년 전만 해도 서울역 광장에서 원숭이를 데리고 사람을 끌어 물건을 팔던 장사꾼이었다. 그는 일개 장사치였지만 머리만큼은 비상했다. 충만은 일찍부터 대인관계를 넓혔고, 운 좋게 용산에 땅을 많이 가진 지주의 눈에 들었다. 지주 아래로 들어간 충만은 그를 위해 인맥을 총동원했다. 용산구청 공무원들을 움직여, 지주 주차장부지를 상업용지로 용도변경하게 만든 것이다. 지금은 말도 안 되는 얘기지만, 당시엔 가능한 일이었다. 충만 덕에 떼돈을 번 지주는 그를 크게 신임했고, 마침내 충만은 큰돈을 만지기 시작할 수 있었다. 이때부터 충만의 직업은 '인맥을 활용하는 일'이 되었다.

충만이 탄 제네시스가 한강을 건넜다. 그는 오늘 한 곳을 더 들러야 했다. 잠시 후 '국회의원 조준희'라고 쓰인 건물 근처에 차가 멈췄다. 충만은 강남경찰서 앞에서와 마찬가지로 근처 대한은행 ATM기에서 돈을 인출했다. 이미 품속에 오백만 원이 있었지만 아랑곳하지 않고 이번엔 천만 원을 더 뽑았다.

봉투에 돈을 넣은 충만은 조준희 의원의 사무실로 올라갔다. 여직원의 안내를 받고 사무실로 들어선 충만을 조준희 의원이 반갑게 맞았다. 초선 의원인 그는 충만의 옷차림을 힐끗거리며 악수를 나누었다.

"조 의원님, 송명준 의원님께서 꼭 인사드리라 해서 들렀습니다."

"잘 오셨습니다. 저도 정 회장님 말씀 많이 들었습니다. 여러 가지 사업을 크게 하신다죠?"

충만은 굳이 부인하지 않았다. 그렇게 두 사람은 국민당 대표 선거와 관련한 이야기를 한참 나눴다. 잠시 후 충만이 다른 약속이 있는 듯 벽시계를 힐끔 보았다. 그러곤 조준희 의원의 눈치를 살피며 양복 안주머니로 오른손을 넣더니 만지작거리는 시늉을 보였다. 조준희 의원은 승진수와 달리 아무 반응을 보이지 않았다. 충만은 보일 듯 말 듯 미소 지으며, 천만 원이 들어 있는 흰 봉투를 꺼내 조준희 의원 앞에 내려놓고는 자리에서 일어났다.

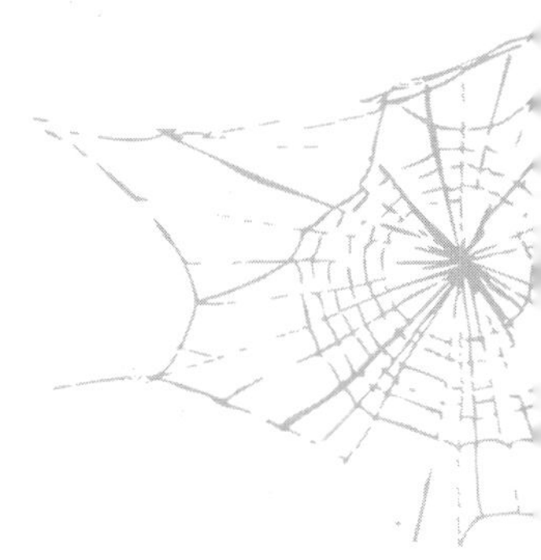

07
팔자걸음

5월 29일 강남경찰서 강력 3팀

강력 3팀은 고민 끝에 양철구를 공개 수배하기로 했다. 교도소를 여러 번 들락거려 본 범죄자들을 일반적인 수사 기법으로 찾아내는 일은 매우 어렵다. 무엇보다 지금 강력 3팀이 잡아야 하는 양철구는 유명 조폭의 행동대장이었다. 이런 경우 조직원들의 도움을 받기에 몸을 숨기는 일이 타 범죄자보다 훨씬 수월했다.

공개 수배를 하면 생각 이상으로 많은 제보를 받을 수 있다. 또한 양철구를 심리적으로 압박해 수면 위로 드러날 만한 실수를 유도할 수도 있고, 양철구를 숨겨 주는 사람이 있다면 '범인은닉죄'로 처벌받을 수 있음을 알려 신고를 유도하는 효과도 기대할 수 있었다.

* * *

5월 30일 밤 11시경 강남경찰서 강력 3팀

강력 3팀 형사들이 공개 수배를 내건 지 이틀 만에 결정적인 제보가 들어왔다. 천호동의 어느 허름한 모텔에서 그를 보았다는 신고가 접수된 것이다. 신고가 밤 11시에 들어온 탓에 강력 3팀 형사들이 긴급 소집되어 천호동으로 출동했다. 형사들은 상대가 상대이니만큼 만반의 준비를 갖추었다. 테이저건은 물론 권총까지 준비한 것이다.

"쳇, 그런 놈이랑은 한판 붙어 봐야 되는데…."

천호동으로 이동 중인 차 안에서 수찬이 중얼거렸다. 싸움꾼인 그는 양철구 정도 되는 조폭과 일대일로 붙어 보지 못한다는 사실이 못내 아쉬운 듯했다.

＊ ＊ ＊

5월 31일 새벽 1시경 천호동 모텔

딩-동-

천호동의 어느 모텔. 607호의 초인종이 울렸다. 벨을 누른 사람은 후드티를 뒤집어쓴 남자로, 어디서나 볼 법한 평범한 체격이었다. 심지어 마스크까지 착용해 얼굴을 완전히 감추고 있었다. 다만 후드티 소매 밖으로 삐져나온 파란색 셔츠 소매와 베이지색 면바지가 중년이나 할 법한 옷차림임을 짐작하게 했다. 방 안에서 기척이 없자 남자는 다시 한 번 초인종을 눌렀다. 마침내 문이 열렸다.

"혀… 엉님."

방 안에서 나온 사람은 팬티만 걸친 남성이었다. 그는 운동깨나 한 듯 우람한 어깨를 자랑했고, 전신에는 용과 호랑이가 뒤엉킨 문신이 새겨져 있었다. 손에는 양주병을 들고 있었다.

"드, 드러오쎄요…."

방주인은 술에 취한 듯 비틀거리며 후드티 남자를 안으로 들였다. 후드티 남자는 방주인을 따라 들어가 침대 끝자락에 걸터앉았다. 방주인은 허공을 보는 듯한 멍한 눈길로 알 수 없는 말을 중얼거리더니, 몽롱한 눈으로 후드티 남자를 돌아보았다.

"혀…ㅇ 님. 이 더위에 왜 장갑을 끼이고… 이써요?"

방주인으로부터 '형님'이라 불린 후드티 남자는 말없이 슥 방 안을 훑어보았다. 방 안은 그야말로 엉망이었다. 허물처럼 바닥에 내팽개쳐신 옷가지들과 수 개의 양주병까지…. 후느니 남자는 폭탄이라노 맞은 듯한 방에서 눈을 돌려 방주인을 쳐다보았다.

"일단 한숨 자고 얘기하자. 누워라."

"에이… 한 잔만. 딱 한 잔만 더어….'

방주인이 혀 꼬부라진 소리로 중얼거리자, 후드티 남자는 방주인의 팔을 잡아 침대로 당겼다. 방주인은 반항했지만, 후드티 남자는 그런 그를 아기 다루듯 어르고 달래 기어코 침대에 눕혔다. 그렇게 침대에 눕게 된 방주인은 머리가 닿기 무섭게 코를 골기 시작했다.

"드르렁- 푸우-"

후드티 남자는 테이블 위에 놓인 담뱃갑을 보더니 한 개비를 꺼내 입에 물었다. 그는 상념에 잠긴 듯 천천히 담배를 태우며 천장을 맴도는 하얀 연기를 바라보았다. 그리고 잠시 후, 믿을 수 없는 일이 벌어졌다. 후드티 남자가 허리춤에서 가늘고 긴 칼을 꺼내더니 일말의 망설임도 없이 방주인의 명치에 쑤셔 넣은 것이다.

"…!!!"

불의의 공격을 당한 방주인이 번쩍 눈을 뜨며 비명을 지르려 했지만, 그의 입은 후드티 남자의 다른 손에 의해 단단히 막혀 있었다. 방주인은 믿을 수 없다는 표정으로 후드티 남자를 쳐다보았다. 그의 눈은 마치 '형님이 대체 나한테 왜?' 하고 묻는 듯했다. 복잡한 감정이 담긴 눈물이 방주인의 두 눈에서 주르륵 흘러내렸다.

"왜 이렇게 해맑게 울고 그래? 사람 마음 아프게."

말과는 달리, 후드티 남자는 방주인의 숨이 완전히 끊어진 뒤에야 손을 떼어 냈다. 그는 마치 자신이 만든 작품을 음미하듯 방주인의 사체를 가만히 바라보았다. 방주인의 명치와 입에서부터 흘러나온 피가 쉴 새 없이 침대를 붉게 물들였다. 그야말로 처참한 살해 현장이었다. 후드티 남자는 한심하다는 눈으로 사체를 향해 입을 열었다.

"양철구… 이 쥐새끼 같은 놈아. 감히 대법관을 죽이고도 살기를 바랐냐? 저세상에서 대법관님 만나거든, 무릎 꿇고 사과해라."

후드티 남자는 그 말을 끝으로 방을 빠져나갔다. 양철구의 바지 주머니 속에 있던 차키와 함께….

＊　＊　＊

5월 31일 새벽 2시경 천호동 모텔

강력 3팀이 탑승한 차량은 새벽 2시 즈음 천호동 H모텔에 도착했다. 정보에 따르면 양철구는 607호에 투숙 중이었다. 형사들은 다 같이 6층으로 올라가 607호 앞에 섰다. 방검복을 입은 수찬과 동금이 테이저건을 든 채 마스터키로 문을 땄다.

"…!"

먼저 방 안으로 들어간 동금을 맞이한 것은 이상한 냄새들이 뒤섞인 공기였다. 술 냄새와 비릿한 피 냄새, 그리고 또 다른 역한 냄새까지…. 동금은 한 손으로 입과 코를 막은 채 전등 스위치를 찾아 켰다. 널브러져 있는 양주병과 맥주병, 옷가지들이 눈에 들어왔다.

"윽!"

동금과 수찬을 뒤따라 들어오던 수석 또한 역한 냄새에 코를 막았다. 잠시 후 방 안으로 완전히 들어간 동금이 허탈하게 한숨을 내쉬었다.

"…한발 늦었네요."

동금의 말을 들은 3팀 형사늘이 차례차례 방 안으로 들어왔다. 새빨간 침대 위에 비명횡사한 듯한 모습의 양철구가 누워 있었다. 동금은 방바닥에 떨어져 있는 옷가지들을 확인했다. 범행 현장에서 양철구가 입고 있던 검은색 반소매 티셔츠와 면바지였다. 수찬이 굳은 얼굴로 걸어와 양철구의 시신을 살폈다.

"팀장님, 이놈 이거… 한칼에 갔는데요? 이럴 수가 있나…."

서울청 광수대 시절, 조폭팀에 가장 오래 몸담았던 수찬이 보기에도 지금 현장은 보통 놈이 벌인 짓이 아니었다. 글자 그대로, 보기 드문 '진짜 칼잡이'의 솜씨였다.

잠시 후 서울청 과학수사대 감식팀과 검안의가 H모텔 607호에 도착했다. 현장에서 검시한 결과, 수찬의 말대로 양철구는 흉기에 명치 부분을 찔려 사망한 것으로 보였다. 강력 3팀 형사들은 머리를 감싸 쥐었다.

'양철구를 타고 태왕배를 잡으면 끝날 사건이라고 생각했는데….'

사건은 다시 미궁 속으로 형사들을 이끌고 있었다.

＊　＊　＊

양철구의 부검은 발견된 다음 날 이루어졌다. 부검 결과, 양철구의 사인은 '과다 출혈'이었다.

"예리한 흉기가 단숨에 가슴뼈 아래 명치를 관통했어. 급성 마약 중독 증상까지 있는 걸로 보아 맨정신에 당한 게 아닐 수도 있지만⋯ 그렇다 해도 이렇게 깔끔한 칼솜씨는 정말 오랜만이야."

부검에 참가한 동금과 수석은 담당 부검의인 서진철 박사의 소견을 들은 뒤, 강남 3팀으로 돌아가기 위해 차에 올랐다.

"아오⋯! 이해가 안 된다고!"

조수석에 앉은 수찬이 머리카락을 쥐어뜯으며 소리쳤다.

"박 형사, 솔직히 말해서 이해가 안 돼. 내가 광수대 조폭팀에서 별별 꼴을 다 봤지만 말이야. 양철구의 죽음은 내 상식으로 도저히 이해가 안 간다고!"

동금도 고개를 끄덕이며 수찬의 말에 동의했다. 수찬이 계속해서 말을 이었다.

"양철구는 전문적인 칼잡이에 의해 살해됐어. 이 정도로 칼을 다룰 수 있는 놈이라면 조폭일 확률이 높지. 아마추어는 절대 아니야."

"그 말은⋯ 양철구를 죽인 놈은 조폭 중에서도 오랫동안 칼을 써 온, 전문가일 거란 얘기죠?"

"맞아. 그런데 말이야⋯."

수찬이 담배를 꺼내 물고는 머리를 긁적이다 다시 입을 열었다.

"너도 대국파가 어떤 조직인지 알지? 놈들은 전라도 광주 지역을 휘어잡고 있는 유명 폭력조직이야. 한마디로 전국구 조폭이라고. 건

달 세계에서 대국파를 모르는 사람은 없어. 그만큼 큰 조직이지.”

“양철구는 거기서 넘버 3, 행동대장이었고요.”

수찬이 어두운 표정으로 고개를 끄덕였다.

“그래, 그게 문제라는 거야. 조폭들 사이에도 불문율이 있거든? 대국파 행동대장을 살해한다는 건, 대국파와의 전면전을 의미하는 거라고. 완전히 무모한 행동이지. 생각해 봐. 대국파와 전면전을 벌일 정도의 폭력조직이 대한민국에 몇이나 있을 것 같아?”

동금이 잠시 생각하다가 답했다.

“현실적으로 없겠죠.”

“맞아. 설령 있다 하더라도 그건 두 조직 다 불구덩이에 뛰어드는 불나방 꼴이 되는 일이야. 그런데 더 기가 막힌 게 뭔지 알아? 서 박사님 말처럼 양철구는 마약에 취한 상태라 방어가 불가능한 상태에서 칼을 맞았어. 즉 양철구가 마약에 취하지 않았다면, 아무리 상대가 칼잡이라도 이렇게 허무하게 당하지는 않았을 거란 얘기지. 너도 알잖아? 조폭 행동대장급이면 싸움 실력도 만만치 않다는 거.”

“그러니까… 범인은 양철구를 잘 아는 면식범일 가능성이 높다는 말씀이죠?”

동금이 눈을 가늘게 뜨며 말하자, 수찬이 주먹 쥔 손에서 엄지를 세워 들었다.

“정확해.”

수찬은 입에 문 담배를 잘근잘근 씹었다. 나름대로 생각을 정리해 보는 듯했다.

“…유명 조폭 행동대장을 사주해서 전직 대법관을 살해하고, 그다음에 누군가 그 유명 조폭을 다시 칼잡이를 동원해서 살해했어. …

왜? 그야 뻔하지. 입을 막기 위해서겠지."

북치고 장구 치며 자문자답하는 수찬의 모습에 동금이 피식 웃으며 의견을 덧붙였다.

"확실한 증거 인멸이네요. 일명 꼬리 자르기…."

"맞아. 문제는 말이지, 그 '누군가'가 어느 정도 세력일지 예상조차 할 수 없다는 거야! 대국파를 건드릴 수 있을 정도의 세력이라는 건데, 그럼 이게 어디 보통 조직이겠어?"

수찬의 말을 들은 동금도 심각한 표정으로 고개를 끄덕였다.

"…상상 이상의 큰 세력이 배후에 있다는 얘기네요. 그것도 조직폭력배를 칼잡이처럼 쓸 수 있는 배후가."

＊ ＊ ＊

다음 날, 동금은 수석을 데리고 천호동 모텔로 현장 수사를 나갔다. 양철구의 시신을 발견한 지 이틀째 되는 날이었다.

"신 청장, 당시 상황을 천천히 복기해 보자."

강력 3팀 형사들은 새벽 2시에 607호로 들어갔다. 발견 당시, 양철구는 이미 칼에 찔려 사망한 상태였다. 동금이 태블릿을 꺼내 영상을 재생했다.

"모텔 현관 CCTV 확인 결과, 양철구를 죽인 것으로 추정되는 범인은 새벽 12시 55분경에 계단으로 6층까지 올라갔어. 그러곤 25분 후 1층 현관으로 나갔지."

"25분이면 범행 시간으로 딱이네요."

"그래, 근데 특이한 점이 있어."

동금이 태블릿 화면을 주차장 CCTV 영상으로 바꿨다.

"범인은 차를 가져오지 않았어. 그런데 주차장에서 차를 찾는 모습이 보여. 그 말은… 양철구의 차를 찾았다는 이야기잖아? 왜 범인은 양철구의 차를 찾았을까?"

화면 속 남자는 보통 키에 평범한 체격이었다. 후드티에 모자, 마스크까지 쓴 탓에 얼굴은 전혀 식별할 수 없었다. 심지어 손에는 장갑도 끼고 있었다. 그럼에도 동금은 무언가를 포착해 내겠다는 듯, 영상을 멈추었다가 다시 재생하기를 반복했다. 몇 분 뒤, 마침내 동금의 맹수 같은 두 눈동자에 반짝 불꽃이 튀었다.

"신 청장, 이 놈 걸음걸이 좀 봐봐. 어딘지 특이하지 않아?"

동금의 말에 수석도 CCTV 화면을 여러 번 돌려 보았다.

"어? 이거 팔자걸음이잖아요! 제 동기 중에도 교정받는다고 고생한 친구 있는데! 이게 성인이 되면 거의 못 고친다고 하더라고요."

동금은 수석의 말에 귀를 기울이며 다시 한 번 영상을 재생했다. 그러곤 범인의 걸음걸이를 신중하게 여러 번 확인하며 중얼거렸다.

"범인이 얼굴은 감추었지만, 걸음걸이는 숨기지 못했군."

＊ ＊ ＊

6월 3일 삼성동 남해일식

강남에서도 최고급 일식집으로 알려진 '남해일식' 특실에 VIP들의 모임이 잡혔다. 가장 먼저 도착한 사람은 충만이었다. 그는 늘 그렇듯 1등으로 도착해 VIP들을 맞이할 준비를 했다. 뒤이어 도착한 사람은 왕배였다. 둘은 서로 오랜 친구 사이인 듯 스스럼없이 포옹하며 인사를 나누었다.

"캬, 남해일식이라니. 내가 이래서 우리 정 회장을 좋아한다니까!"

왕배가 호탕하게 웃으며 말했다. 충만 또한 껄껄 웃으며 장단을 맞추었다.

"태 회장, 너는 사업만 열심히 해라! 우린 깐부 아닌가? 사업 외의 나머지 일들은 다 나한테 맡기라고!"

충만의 '깐부' 소리에 왕배가 또 한 번 크게 웃으며 고개를 끄덕였다.

"그럼, 그럼! 깐부 좋지!"

두 사람의 대화가 이어지는 동안 내빈들이 속속 도착했다. 오늘 모임의 참석자는 모두 여섯 명이었다. 미닫이 출입문을 바라보는 상석인 안쪽 가운데 자리에는 송명준 의원이 자리했다. 송명준의 오른편에는 고려일보 논설위원 홍광일이, 왼편에는 청와대 정무수석 황태균이 앉았다. 충만은 송명준의 맞은편 자리에 앉았고, 그 오른편에는 송명준 의원의 검찰 후배 김기식 부장검사가, 왼편에는 왕배가 앉았다.

김기식 부장검사	정충만	태왕배 회장
황태균 청와대 정무수석	송명준 의원	홍광일 논설위원

"정 회장! 한마디 하지!"

한 상 잘 차려진 테이블을 앞에 둔 송명준이 충만을 지목했다. 충만은 술잔을 높이 들며 입을 열었다.

"우리 '충명회' 회장이신 송명준 의원님 사주를 보니 불(火)의 기운이 왕성하십니다! 마치 한겨울 추위를 녹이는 뜨거운 아궁이 불처럼,

의원님의 '火' 기운은 나라의 얼어붙은 민심을 녹이고 따뜻하게 데우실 겁니다. 올해 천을귀인(天乙貴人)[10]이 대운에 들어오고 내년에는 정관운(正官運)[11]이 겹치니, 그 불꽃이 청와대까지 활활 타오를 것입니다. 대한민국을 환히 밝히실 불꽃 같은 지도자, 송명준 의원님을 위하여!"

충만과 송명준은 5년 전 의기투합했다. 정치인 송명준은 후원자가 필요했고, 충만은 자신이 주특기를 발휘할 수 있을 수준의 명성을 가진 '든든한 뒷배'가 필요했다. 이에 충만은 '송명준에게 충성'이라는 의미를 가진 '충명회'를 만들었다. 그리고 송명준의 후원회장이 됨으로써 사업에 날개를 달게 되었다. 실세 정치인인 송명준의 주선으로, 공직자뿐만 아니라 원하는 사람은 누구든 만날 수 있게 된 것이다. 충명회에서 충만이 맡은 가장 중요한 역할은 후원금을 낼 사람을 끌어모으는 것이었다. 이에 충만은 왕배를 가장 먼저 끌어들여 '충명회'의 가장 중요한 물주 역할을 맡겼다. 그리고 나머지 멤버들은 왕배의 사업을 도울 수 있는 사람들로 추려 송명준에게 추천했다. 술잔을 기울이던 송명준이 황태균을 보며 입을 열었다.

"황 수석, 그린벨트 문제는 좀 진전이 있는 거야?"

"정부에서도 강남 집값을 잡기 위해 그린벨트 일부를 해제해야 한다고 생각은 하는데…. 환경단체에서 워낙 반대가 심해서요. 섣불리 결정 내리지는 못 하는 상황입니다."

왕배는 홍광일에게 술을 따라 주면서도 황태균의 말에 귀를 쫑긋 세웠다. 그가 따르고 있는 술은 로얄살루트 38년산으로, 이 또한 충만

---

10 하늘이 보내준 귀한 조력자
11 출세길이 열리는 운

이 준비한 것이었다.

"김 부장님, 이정명 대법관님을 살해한 범인은 어떻게 죽은 겁니까?"

왕배로부터 술을 받은 홍광일이 안타깝다는 표정으로 김기식을 향해 물었다. 아무래도 언론인이다 보니 숨은 이야기는 없는지 궁금한 듯했다. 송명준도 혀를 차며 동조했다.

"이정명… 그 형님 정말 인간적인 분이셨는데…! 길바닥에서 그렇게 비명횡사할 줄 누가 알았겠나?"

"그러고 보니… 의원님이 이정명 대법관님과 연수원 동기셨지요?"

홍광일이 눈을 빛내며 송명준에게 묻자, 송명준이 술잔을 기울이며 고개를 끄덕였다. 그 말대로, 죽은 이정명 변호사와 송명준은 연수원 동기였다. 이정명은 군대까지 마친 뒤 늦깎이로 대학에 들어오는 바람에 대학 4학년 때 사법시험에 합격했다. 상황이 그러한 탓에 송명준보다 8살이나 많은 동기였지만, 두 사람은 돈독한 친분을 쌓았다. 이후 연수원을 수료한 뒤 송명준은 검찰로, 이정명은 법원으로 진로를 정했다.

"내가 대법관님과 연수원에서도 같은 반이었지. 그래서 항상 형님으로 모시며 지냈고…. 장례식에서 형님 영정 사진을 보니 얼마나 옛날 생각이 나던지…. 지금도 눈에 선하다네."

송명준은 잠시 추억에 잠긴 듯 말을 잇지 못했다. 김기식이 그런 송명준을 대신해 말을 이었다.

"이정명 대법관님을 죽인 놈이 양철구라고…. 전라도에 있는 대국파 행동대장 출신입니다. 그런데 양철구 이놈이 얼마 전 죽은 채로 발견되었습니다. 사건의 중추와도 같은 놈이 죽었으니… 대법관님을 살해한 배후를 밝히기는 더 어려워질 것 같습니다."

김기식의 말을 유심히 듣던 왕배는 묘한 웃음을 지으며, 다른 충명회 회원들과 연신 건배를 나누었다. 충만이 그런 왕배를 보다가 입을 열었다.

"의원님, 여기 내 깐부가 만복교회에서 장로가 되더니 '태모세'라는 새 이름까지 얻었답니다. 그뿐만이 아닙니다. 좋은 일은 겹친다더니, 얼마 전에는 몇 년 동안 앓던 이가 스스로 쑥 빠졌다지 뭡니까? 이제 음식도 마음껏 먹게 되었다고 얼마나 자랑을 하던지요."

충만의 말을 들은 송명준이 반색하며 왕배를 쳐다보았다.

"아니, 그런 희소식이 있었어? 그럼 내가 오랜만에 '희로애락 주' 한잔 제조해야겠구먼! 예전 실력이 나올지 모르겠네!"

송명준은 여종업원에게 왕배의 구두 한 짝을 가져오라고 시켰다. 그러곤 구두를 테이블 위에 올려놓고 그 안에 양주를 따르기 시작했다.

"이 첫 잔은 기쁨의 잔이요. 둘째 잔은 분노의 잔이요. 셋째 잔은 슬픔의 잔이요…."

송명준은 구두 속으로 양주를 쪼르륵- 쪼르륵- 쪼르르륵- 세 번 따르더니 마지막으로 맥주까지 가득 부어 넣었다.

"이 마지막 잔은 기쁨과 분노, 슬픔을 모두 즐거움으로 바꾸는 잔이다. 태 회장, 아니 태모세 장로! 여기 '희로애락 주' 한잔 드시게!"

왕배는 송명준이 건네주는 구두를 무릎 꿇은 자세로 받아들었다. 그러곤 일체의 망설임도 없이, 단번에 구두 속 술을 들이켰다.

"캬~~아! 맛 좋다~~!! '희로애락 주'를 마셨으니 이제 앞으로 50년은 끄떡없겠습니다!"

왕배가 머리 위로 구두를 엎어 터는 흉내를 내자, 다들 손뼉을 치며 박장대소했다. 김기식이 송명준을 향해 양 엄지를 추켜세우며 아부했다.

"선배님, 예전 솜씨 그대로십니다. 전혀 녹슬지 않으셨어요!"

＊ ＊ ＊

왕배는 모임이 끝난 뒤 VIP들에게 미리 준비한 홍삼 박스를 한 개씩 선물로 주었다. 송명준이 가장 먼저 박스를 받아 들고는 사람들의 배웅을 받으며 귀가했다. 그 모습을 보던 왕배가 충만을 보며 한마디를 건넸다.

"야, 정 회장! 만날 너 좋아하는 양주만 가져오지 말고 다른 술도 좀 준비해 봐라!"

순간, 왕배의 말을 들은 충만의 얼굴이 굳었다. 겉으론 깐부니 뭐니 친한 척했지만, 실은 어느 순간부터 왕배가 자신에게 함부로 하는 것을 느끼고 있었다.

'이 덩치만 산만한 쫄보 새끼가… 많이 컸네!'

충만은 속내를 숨긴 채 황태균을 보며 물었다.

"황 수석님, 우리 어디 가서 한잔 더 할까요?"

"아이고, 정 회장님! 우리나라에서 제일 출근 시간 이른 게 청와대인 거 아시잖아요. 다음에 한잔하시죠!"

황태균은 뭐가 그리 바쁜지, 왕배가 건네준 홍삼 박스를 신줏단지 모시듯 받아 들고는 택시를 불러 귀가했다. 충만은 멀어지는 택시를 보며, 쓸쓸한 표정으로 헛웃음을 지었다.

‘황태균…. 나한테 매달릴 때는 언제고…! 청와대 들어가더니 이젠 내가 안 보이나 보지?’

충만은 충명회를 만든 자신을 몰라주는 회원들의 언행에 내심 이를 갈았다. 그러나 지금 그가 어찌할 수 있는 일은 없었다. 혼자 남은 충만은 별수 없이 휴대폰을 들어 기사를 불렀다.

“우배야, 어디 있어?”

＊ ＊ ＊

그 시각, 강남경찰서 3팀 사무실

동금은 이정명 변호사의 사무장으로부터 전달받은 자료들을 살피고 있었다. 이정명 변호사가 준비 중이던, 거산마을과 관련한 자료들이었다.

‘거산마을 청년회장 서호영은 타지 사람들이 3년 전부터 거산마을 땅을 매수하기 시작했다고 했어. 3년 전에… 무슨 일이 있었던 건가?’

동금은 이정명 변호사가 소지했던 서류들을 하나씩 꼼꼼히 살펴보았다. 서류 중에는 마을 주민들이 개발을 반대한다는 탄원서만 수십 장이 있었다. 이정명 변호사의 모임이 기재된 일정표 달력도 눈에 띄었다.

“…이게 뭐지?”

탄원서를 살피던 동금의 눈에 빳빳한 종이 한 장이 들어왔다. 종이의 정체는 지난 대통령 선거에서의 ‘국민당 선거대책본부 조직도’였다.

‘이런 게 왜 여기 들어 있지?’

동금의 눈이 한곳에 꽂혔다. 조직도에서, 한 사람의 이름에만 노란색 형광펜이 칠해져 있었다. 형광펜 표시의 주인은, 선거대책 공동위원장 중 한 명인 송명준 의원이었다. 동금은 고개를 갸우뚱했다.

'거산마을 주민들 탄원서와 지난 대선 선거대책본부 조직도에 어떤 관계가 있지? 아니면… 그냥 우연히 서류 뭉치 속에 섞인 건가?'

＊ ＊ ＊

다음날, 기원을 중심으로 강력 3팀 형사들이 원탁에 모여 앉아 있었다. 대한민국을 뒤흔든 '전직 대법관 출신 변호사 피살 사건'이 발생한 지 어언 한 달이 지나가고 있었다. 동금의 동물적인 감각 덕에 칼을 휘두른 유길수와 최명상은 잡았다. 그들을 움직인 양철구도 특정했다. 문제는 양철구가 정체 모를 누군가에게 살해당함으로써 수사 또한 여기서 멈춰 서게 되었다는 것이다. 3팀 형사들의 머릿속에는 지난 며칠 동안 같은 질문이 둥둥 떠다니고 있었다.

'양철구에게 이정명 변호사 살인을 사주한 놈은 누구인가? 또, 양철구를 죽인 놈은 누구인가?'

이정명 변호사 피살 당일, 양철구는 대포폰으로 누군가에게 전화를 걸었다. 그리고 그 누군가는 다시 로마개발 회장인 태왕배에게 전화해 38초간 통화했다. 즉 정황상으로는 이정명 변호사 살인을 사주한 배후가 태왕배일 가능성이 높았다. 문제는 태왕배와 죽은 이정명 사이에 아무 접점이 없다는 것이다. 그나마 둘을 연결하는 유일한 고리였던 양철구마저 살해당했다. 이런 상황에서 통화 기록 한 건만으로 왕배를 잡을 수는 없었다.

누구도 입을 열지 못한 채, 무거운 침묵만이 테이블 위를 맴돌았다. 그때, 사무실 문이 살며시 열리며 누군가 들어왔다. 하얀 원피스를 입은 세인이었다. 축 늘어져 있던 사무실 분위기가 단번에 밝아졌다.

"오늘 회식하기로 한 날… 맞죠? 정말 제가 껴도 되는 건가요?"

세인은 자신을 반기는 형사들에게 조심스레 물었다. 그녀의 말대로, 오늘은 벼르고 벼르던 강력 3팀의 회식 날이었다. 기원이 활짝 웃으며 답했다.

"세인 씨도 우리 강력 3팀 여섯 번째 명예 형사니까, 회식에 당연히 참석해야지요이!"

* * *

잠시 후 강력 3팀 형사들은 '을지한우'에 도착했다. 을지한우는 강남에서도 손꼽히는 최고급 한우집으로, 아무리 기원이 수사비 100만 원을 고이 아껴 왔다지만 월급쟁이인 형사들이 부담 없이 드나들 수 있는 곳은 아니었다. 그러나 강력 3팀에게는 을지한우에 올 수 있는, 와야만 하는 이유가 있었다. 을지한우의 사장 박부경이, 바로 박동금 형사의 아버지였기 때문이다.

"기원 아우님! 대체 몇 번을 오라고 했는데 이제야 오는겨? 한 번만 더하면 백 번째였어!"

부경은 기원을 얼싸안으며 호통 같은 농담을 날렸다. 그 말대로, 부경은 평소 '을지한우로 회식 좀 하러 오라니께!'라며 늘 성화를 부리곤 했던 것이다. 그에게 있어 강력 3팀은 동생 같고, 자식 같은 형사들이었다. 수찬 또한 부경을 끌어안으며 인사를 건넸다.

"아부지, 건강하시죠! 여기 박 형사가 이번에 그 뭐냐? 천부적인 눈 썰미로 범인들을 잡았다니까요!"

수찬이 넉살 좋게 부경을 '아버지'라 부르며 동금을 띄워 주었다. 부경 또한 그런 수찬에 함박웃음을 지으며 고개를 끄덕였다.

"아이고, 수찬아! 여기 내로라하는 선배들이 잘 가르쳐 주니께 우리 박 형사가 일할 수 있는 거 아니었냐! 제까짓 게 혼자였으면 뭔 일을 하겠어?"

"아버님, 안녕하세요? 잘 지내셨죠?"

정선 또한 부경에게 미소 지으며 인사를 건넸다. 부경도 딸을 보는 듯한 미소를 지으며 정선을 반겼다.

"이게 누구여? 우리 정선이 아니여! 이렇게 참한 아가씨가 아직도 결혼을 안 하고 있으니…. 시방 이게 말이 되는겨? 정선아, 느그 주변에 남자라곤 다 장님밖에 없는겨?"

부경은 정선을 볼 때마다 빨리 결혼하지 못한 것을 안타까워했다. 그렇게 형사들을 쭉 둘러보던 부경의 눈이 한곳에서 멈췄다. 다름 아닌… 이세인에게서….

"어… 엇…."

부경은 마치 오래된 앨범을 넘기다 멈춘 듯, 얼어붙은 시선으로 아무 말 못 한 채 세인을 쳐다보았다. 세인을 본 순간, 봉인해 두었던 기억상자 하나가 열린 것이다. 몇 초의 시간이 흐른 뒤, 겨우 정신을 차린 부경이 떨리는 목소리로 말문을 열었다.

"저… 함께 오신 분은… 누구신지…?"

눈치 빠른 기원이 재빨리 나서며 상황을 수습했다.

"아, 사장님. 여기는 이세인 씨라고. 이번 수사에 큰 도움을 주신 분이구만요. 그래서 특별히 초대했습니다요.”

세인은 부경에게 예의 바르게 인사를 건넸다. 세인의 인사를 받은 부경은 3팀 형사들을 자리로 안내해 준 뒤, 술 한 잔씩을 따라 주고 식당 홀로 돌아갔다.

“자, 폭탄주 나갑니다!”

수찬이 본격적으로 폭탄주를 말았다. 술이 몇 순배 돌자, 술 취한 수석이 높아진 언성으로 탕탕 큰소리를 치기 시작했다.

“팀장님! 태왕배 데려다 바로 구속해 버리자니까요! 태왕배 그 새 끼가 이정명 변호사 죽이라고 사주한 놈인데 왜 조사를 못 합니까? 제가 내일 당장 목덜미 잡고 와서! 자백 받아내겠습니다!”

수석이 테이블까지 주먹으로 내리치며 빽빽거리자, 수찬이 수석의 머리를 쥐어박았다.

“인마, 닳고 닳은 태왕배가 순순히 자백할 것 같냐? 그놈이 ‘난 양 철구 몰라요~’라고 한마디만 하면 게임 끝나는 거야!”

꿀밤을 맞은 수석이 울상을 짓자, 동료 형사들이 모두 크게 웃어젖 혔다. 수석은 그 뒤로도 “아니, 글쎄! 내가 자신이 있다니까요!”라는 말만 되풀이하다 테이블에 머리를 박고 잠들었다.

강력 3팀의 회식은 밤 10시가 다 되어서야 끝이 났다. 동금은 택시 를 불러 기원, 수찬, 정선, 수석을 차례로 태워 보냈다. 남은 사람은 세 인과 동금뿐이었다. 동금은 대리기사를 불러 자신의 미니쿠퍼로 세인 을 집까지 데려다주기로 했다. 부경은 을지한우를 떠나는 아들의 뒷 모습을 보며 고개를 설레설레 흔들었다.

‘닮아도 너무 닮았구먼…. 우리 동금이가 빨리 잊어야 허는디….’

＊　＊　＊

"박 형사님, 아까 신 청장이 태왕배 씨 얘기했잖아요?"

세인이 왕배를 언급하자, 창밖을 보던 동금이 고개를 돌렸다.

"요즘 만복교회가 말이 아니에요. 어린이날에 담임목사님이 반대쪽 신도들한테 폭행당했대요."

"…폭행이요?"

"네, 크게 다친 것도 아닌데…. 주변에서 부추겨서 담임목사님이 신도들을 고소했어요. 제가 아는 신도분도 고소당했는데요. 그분 말로는 오히려 자기들이 태왕배한테 더 심하게 맞았대요."

동금의 눈빛이 달라졌다.

"태왕배에게 폭행을 당했다고요? 신도들이?"

세인이 한숨을 쉬며 고개를 끄덕였다.

"네, 어떤 노인분은 허리를 다쳐서 지금 병원에 누워 계시대요. 그런데도 경찰에서 태왕배 수사는 안 하고 반대쪽 신도들만 수사한다고 불만이 엄청나요. 그래서 그분들도 고소하겠다고 난리예요."

동금의 눈이 번뜩였다.

'태왕배가 폭행이라…. 잘하면 태왕배를 경찰에 부를 수 있을지도…?'

동금이 세인을 똑바로 바라보며 물었다.

"세인 씨, 혹시 그 피해자분들 연락처 아세요?"

"네? 왜요?"

"그분들, 제가 한번 만나 볼 수 있을까요?"

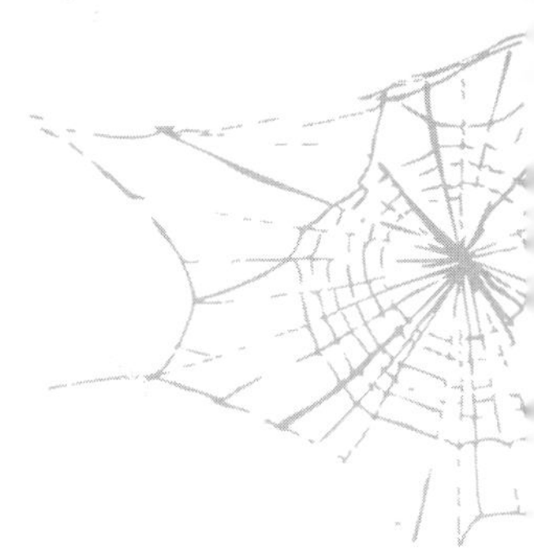

08
택시비

6월 6일 오후 만복교회 앞 커피숍

"암요~! 우리가 전혀 잘못이 없다는 얘기가 절대 아닙니다."

동금은 커피숍에서 세인과 함께 만복교회 신도들과 마주 앉아 있었다. 한 명은 66세 여성 신도 한미숙, 다른 한 명은 65세 남성 신도 윤근식이었다. 백발에 안경을 쓴 윤근식이 서류 몇 장을 보여주며 억울함을 호소했다.

"우리가 그렇게 할 수밖에 없었던 이유가 있습니다. 이성민 담임목사는 반대쪽 신도들을 피하기만 하고 대화 요구에 전혀 응하지 않았어요. 어떻게든 대화를 나누고 싶은 마음에, 예배를 마친 담임목사를 기다렸다가 대화를 시도한 것뿐입니다. 그게 폭행 시비로 휘말릴 줄 누가 알았겠습니까?"

동금은 윤근식의 이야기를 들으며 가만히 고개를 끄덕였다. 전직 은행장이었던 윤근식은 이에 힘을 얻은 듯, 더 목소리를 높였다.

"피켓을 들고 있던 20명 중 10명이 고소를 당했어요. 실제로 그 10명이 담임목사님 몸에 손을 댄 것도 아닌데 말입니다. 흥분한 대여섯 명이 목사님 팔이나 옷을 잡고 당겼을 뿐이에요. 그런데 살인미수라 뇨? 아무리 그래도 그렇지. 어떻게 목사라는 사람이 자기 교회 신도를 살인미수로 고소할 수 있습니까?"

고소당한 10명 안에 포함된 한미숙도 동금에게 하소연했다.

"나는 더 억울해요. 사람들이 목사님 팔 잡는 걸 말리다가 고소를 당했어요. 너무 억울해서 요즘 수면제 없이는 잠도 못 잔다니까요."

한미숙은 며칠 전 강남경찰서로부터 출석을 요구받았다. 담당은 형사 2팀 성병수 형사로, 그는 전화로 출석을 요구하면서 빨리 나오라고 고래고래 소리를 질렀다고 한다. 한미숙이 변호사 선임을 이유로 조사 연기를 요청했지만, 성병수는 무조건 나오라며 고압적으로 응대했다.

"세인 씨에게 들었는데… 오히려 폭행을 당하셨다면서요?"

동금은 세인에게 들었던 이야기를 토대로 설명을 요구했다.

"태왕배라고, 장비처럼 덩치 큰 양반이 있어요. 이번에 장로가 된 사람인데… 그 나이에도 힘이 장사예요. 어디서 나타났는지 갑자기 달려들어 우리를 잡아 내동댕이치더라고요. 그 바람에 우리 성도들 중 한 분은 허리를 다쳐서 아직도 병원에 있어요. 우리가 훨씬 큰 피해를 봤다고요."

고소당한 신도들은 성병수에게 자신들도 피해를 입었다고 했지만, 그는 전혀 귀 기울이지 않고 목사가 피해자라는 말만 반복했다.

"아무래도 목사님 쪽 빽을 받은 것 같아요!"

한미숙이 격분해 소리치자, 동금은 차분히 물었다.

"그 사실을 증명할 CCTV는 없습니까?"

"교회 광장이라 CCTV가 없더라고요."

동금은 그렇게 한참 윤근식과 한미숙의 이야기를 들어주다가 자리
에서 일어났다.

＊＊＊

세인과 헤어져 강남경찰서로 돌아온 동금은 형사 2팀으로 향했다.
마침 일근[12]인지, 사무실에 성병수 형사가 있었다. 성병수는 47살로,
뚱뚱한 체격을 가진 게으른 형사였다. 그는 술을 자주 즐겼고, 다음
날이면 민원인이 있거나 말거나 의자에서 코를 골며 졸곤 했다. 조사
중 상대가 마음에 안 들면 소리부터 지르는 것으로도 유명했다. 이런
저런 이유로 인해, 형사들 사이에서는 '형사 망신 다 시키는 놈'이라
는 소리도 곧잘 듣곤 했다.

"선배님, 만복교회 '담임목사 폭행 사건' 하고 계세요?"

의자에 몸을 기댄 채 졸던 성병수가 눈을 비비며 일어났다.

"어, 박 형사⋯. 그래, 하고 있지. 근데 이거 진짜⋯."

성병수는 크게 하품하더니 얼굴을 쓸어내렸다.

"고소당한 사람이 10명인데, 대부분 노인네라 말도 안 통하고 골치
아프다니까. 피해자 조사는 겨우 끝냈어. 목사 양반 조사 마치고⋯ 이
제 고소당한 사람들 조사 시작해야 하는데⋯."

성병수는 책상 위에 쌓인 서류를 보자 한숨을 쉬며 말을 이었다.

"얼마 전에 가해자들에게 전화했더니 이런저런 핑계 대며 출석만
자꾸 늦추고⋯. 자기들 변명만 잔뜩 늘어놓더라고. 아오, 미치겠다!

---

12 주간에 근무하는 것을 말한다.

더 짜증나는 게 뭔지 아냐? 과장님이 가끔 진행 상황을 물어보신다는 거야. 그러니 게으름 피울 수도 없잖아…."

동금은 한숨을 푹 내쉬는 성병수에게 조심스레 물었다.

"선배님, 제가 사건 기록 좀 봐도 될까요?"

성병수가 손을 흔들며 허락하자 동금은 기록을 펼쳤다. 담임목사 이성민은 전치 3주 진단서를 고소장에 첨부했다. 죄명은 상해가 아닌 살인미수였다. 동금은 속으로 헛웃음을 지었다.

'만복교회 담임목사 주변에도 아첨꾼이 많나 보군. 겨우 전치 3주 에 살인미수라니….'

＊　＊　＊

6월 9일 태왕배 회장실

왕배는 갑작스러운 문자 한 통에 들고 있던 펜을 떨어뜨렸다. 경찰 로부터 온 메시지였다.

[태왕배 씨, 귀하에 대한 상해죄 조사를 위해 6월 12일 오후 2시 강남경찰서 형사과 형사 2팀으로 출석해 주시기 바랍니다. 기타 궁금 한 사항은 성병수 형사(02-55×-1112)에게 문의 바랍니다.]

왕배는 화들짝 놀랐다. 아무리 생각해도 자신이 누군가에게 상해 를 입힌 기억은 없었다. 왕배는 씨름 선수 출신에 육중한 체격이지만 성격은 소심했다. 오랜 세월 부동산 개발을 하며 불법을 일삼다 보니 '경찰'이라는 말에도 깜짝 놀라곤 했다. 그런 왕배에게 성병수에게 직 접 문의할 용기가 있을 리 없었다. 왕배는 성병수 대신 충만에게 급히 전화를 걸었다.

"정 회장, 내가 방금 받은 문자 하나 보낼 테니 어떻게 된 건지 확인 좀 해줘라!"

전화를 끊은 충만의 입가에 비릿한 웃음이 번졌다.

'쫄보 새끼. 덩치는 산만한 놈이….'

충만은 문자를 확인하고 성병수에게 연락했다.

"성병수 형사님 됩니까?"

"무슨 일이시죠?"

"태왕배라고, 경찰에서 출석 요청을 빋있는데 무슨 일인지 일고 싶어 전화했습니다."

"본인인가요?"

"음… 태왕배 변호사입니다."

"성함이요? 선임계는 내셨나요?"

"어… 황동현입니다. 선임계는 곧 접수하겠습니다."

충만이 아는 변호사 이름을 둘러댔지만, 상대는 단칼에 잘랐다.

"선임계가 없으면 고소 내용을 알려드릴 수 없습니다. 이만 끊겠습니다."

소득 없이 통화를 마친 충만은 별수 없이 승진수 서장에게 전화를 걸었다. 충만의 전화를 떨떠름하게 받은 승진수는 알아보겠다며 전화를 끊었다가 몇 분 뒤 다시 연락을 주었다.

"정 회장님, 확인해 보니 태왕배 씨가 만복교회에서 신도들을 폭행해 확인차 부르는 것이라 합니다."

승진수는 최소한의 예의를 차릴 정도로만 충만에게 정보를 주었다. 지난번 충만과 만났을 때, 그가 질 좋은 사람으로 보이지 않았기 때문이다. 하지만 충만이 송명준의 후원회장인 것을 무시할 수는 없었다. 반면에 충만은 이 정도로도 감지덕지였다. 승진수에게 감사를 전한 충만은, 전화를 끊기 무섭게 왕배에게 전화를 걸었다. 그러곤 승진수가 전해준 내용을 각색해 왕배에게 생색을 냈다.

"어이, 태 회장. 만복교회에서 사람 때린 적 있어?"

왕배는 지난 어린이날을 떠올렸다.

"우리 하늘 같은 목사님을 때리던 놈들을 막은 것뿐인데, 그것도 죄가 되나?"

"자네가 여러 사람을 때려서 담당 형사가 아주 고약하게 보던데? 신경 좀 써야겠더라."

충만은 뜬구름 잡듯 넘겨짚으며 겁을 주었다. 보통 때라면 충만의 말에 신경 쓰지 않았을 왕배였지만 이번에는 달랐다. 지난번 동금이 대국파 양철구 일로 방문한 날부터 불안감에 시달려왔기 때문이다.

"정 회장, 네가 좀 나서줘라. 경비는 걱정 말고!"

＊ ＊ ＊

6월 11일 저녁 7시 남해일식

왕배의 부탁을 받은 충만은 평소 형·동생 하는 전직 경찰 엄도수 경감을 통해 성병수와 식사 약속을 잡았다.

"동생, 이분이 내가 말한 회장님이야. 송명준 의원 알지? 다음 대통령! 그분 후원회장이셔. 무슨 얘긴지 알지? 송 의원이 대통령 되면 인사 판을 짤 분이라고."

엄도수가 치켜세우자 충만도 얼굴 가득 미소를 지었다.

"성 반장님이 강남경찰서 최고 형사라는 얘기 많이 들었습니다. 앞으로 자주 식사도 하고 그럽시다. 참, 승진수 서장은 잘 계시죠? 그 친구 요즘도 머리에 기름 바르고 다니나요?”

성병수는 ‘승진수’라는 말에 호기심을 보였다. 안 그래도 그는 올해 승진을 할 차례였다. 그런 만큼 경찰서장의 추천은 매우 중요했다. 성병수가 눈을 반짝이며 물었다.

“어이구, 회장님께서 우리 서장님을 잘 아시나 보죠?”

눈치 구단인 충만은 성병수의 속내를 놓치지 않고 캐치하며 말을 이었다.

“승 서장이 워낙 깐깐하게 굴다 보니 주변에 사람이 없어요. 그래서 총경 승진할 때도 내가 힘 좀 써줬지요. 그 후로 나보고 평생 은인이라며, 형님이라고 부르면서 잘 따르고 있지요.”

성병수는 충만의 말에 껌뻑 넘어갈 수밖에 없었다. 순경 출신으로 우여곡절 끝에 총경이 된 승진수의 이력과 깐깐한 성격을, 충만이 훤히 아는 듯 보였기 때문이다. 성병수는 가슴이 두근거렸다.

‘그 까다로운 서장님의 은인이라니….’

성병수의 목소리가 급격히 공손해졌다. 눈앞에 앉은 이 사람이 서장님조차 형님으로 모시는 분이라니, 어찌 공손하지 않을 수 있겠는가?

‘윤 법사가 올해 내가 관(官) 기운이 세다고 했지…. 드디어 그 운이 시작되는 건가?’

충만은 어느새 성병수의 잔을 한 손으로 받으며 ‘아우님’이라는 호칭을 사용하고 있었다. 얼마 지나지 않아 엄도수가 잠시 화장실에 간다며 자리를 피해주자 충만은 작업을 시작했다. 그는 늘 그래왔듯, 양복 안주머니에서 봉투 하나를 꺼내 성병수에게 건네주었다.

"아우님, 얼마 되진 않지만 이따 택시비나 하세요."

성병수는 얼른 봉투를 바지 주머니에 넣었다. 엄도수가 돌아오자 충만은 본론을 꺼냈다.

"병수 아우님, 태왕배라고 내 친구가 있는데… 억울한 일이 있으니 잘 좀 살펴봐주세요."

충만은 지난번 통화할 때 변호사 흉내를 냈던 것을 들키지 않으려고 굳이 자세히 설명을 덧붙이지 않았다.

충만과 헤어진 뒤, 성병수는 봉투를 열어보았다. 그 안에는 백만 원이 들어 있었다. 이때만 해도 그는 꿈에도 몰랐다. 이 봉투 하나로 자신의 18년 경찰 인생에 종지부를 찍게 될 것이란 사실을….

＊ ＊ ＊

6월 12일 오후 2시 강력 3팀 사무실

왕배는 경찰의 요구대로 강남경찰서 1층 현관에 도착했다. 어젯밤, 충만은 왕배에게 '성병수 형사와 모든 것이 잘 얘기되었으니 걱정 말고 조사받고 오라'며 변호사도 데려갈 필요 없다고 말해주었다. 자신만만한 충만의 말을 들은 왕배는 뒷짐을 진 채 강남경찰서 1층 곳곳을 호기심 어린 시선으로 살펴보았다. 그때 형사과 사무실 안쪽에서 어깨가 떡 벌어진 사람이 나타났다.

"태왕배 씨 되시죠?"

왕배가 고개를 끄덕이자 덩치 큰 형사가 앞장을 섰다. 그런데 뭔가 이상했다. '형사 2팀'이 아니라 '강력 3팀'이라는 표지가 달린 사무실

문을 열고 들어가는 것 아닌가? 왕배는 고개를 갸우뚱거리며, 휴대폰을 열어 문자메시지를 확인했다. 메시지에는 분명 '형사 2팀 성병수 형사'라고 되어 있었다.

왕배는 의문을 품은 채 형사의 뒤를 따라 강력 3팀 사무실로 들어갔다. 그 순간, 왕배의 눈에 낯익은 형사가 보였다. 지난번 자신의 양재동 사무실로 찾아온, 영화배우처럼 잘생긴 형사였다.

"아, 오셨네요? 저 기억하시죠? 박동금 형사입니다. 이쪽으로 오세요. 바로 조사 들어가겠습니다."

왕배의 얼굴이 순식간에 석고처럼 굳었다. 그는 커다란 눈을 동그랗게 뜬 채, 도무지 이해가 되지 않는다는 목소리로 물었다.

"어… 성병수 형사님이 내 담당으로 알고 있습니다만…?"

기원은 정신을 차리지 못하는 왕배에게 '이제부터 강력 3팀이 성병수 형사의 만복교회 사건을 인계받아 수사한다'고 말해주었다. 왕배에게는 그야말로 날벼락 같은 소식이었다. 당황한 왕배는 휴대폰으로 누군가에게 전화하려 했으나, 동금은 그런 왕배를 자기 책상 앞에 앉힘으로써 저지했다. 그러곤 왕배가 정신을 차릴 틈도 주지 않고 인정신문을 시작했다.

"학력이 어떻게 되시죠?"

홍조를 띤 얼굴로 머리를 긁적이던 왕배가 모기 기어가는 소리로 답했다.

"…중학교를 졸업했습니다."

동금은 빙그레 웃으며 다음 질문을 이어갔다.

"건강은요?"

왕배는 최근 대장암 수술을 받았다며, 아직도 건강이 좋지 않다고 엄살을 떨었다.

"대장암은 몇 기에 발견했지요? 내가 아는 분도 3기에 대장암 수술하셨다가 지금은…."

동금이 말끝을 흐리며 말을 건네자 왕배가 대답했다.

"다행히 초기에 발견해서… 그나마 목숨은 건졌습니다."

인정신문을 마친 동금은 본격적으로 '만복교회 폭행 사건'에 대해 묻기 시작했다.

"태왕배 씨, 반대쪽 신도 여러 명을 내동댕이쳐서 큰 피해가 발생한 사실 알고 계시죠? 그중 한 사람인 김광삼 씨는 허리를 다쳐서, 전치 6주의 상해진단서를 제출했습니다. 폭행 사실, 인정하십니까?"

동금은 반대쪽 신도들이 제출한 상해진단서를 일일이 왕배에게 확인시켰다. 왕배에게 폭행당했다며 상해진단서를 제출한 사람은 총 다섯 명이었다. 눈앞의 종이를 보던 왕배의 눈알이 갈피를 못 잡고 흔들렸다.

"…하, 하늘 같으신 우리 목사님이 맞는 것을 막으려고…! 그, 뭡니까? 그… 뭐라고 하더라?"

왕배는 머리까지 쥐어뜯으며 하고픈 단어를 찾았다. 결국, 보다 못한 동금이 대신 입을 열었다.

"정당방위요?"

"그렇지! 맞습니다! 정당방위가 맞습니다."

왕배는 정당방위를 주장했지만, 동금은 '방어행위로는 지나쳐서 태왕배 씨와 이성민 목사님을 폭행한 신도들을 모두 쌍방폭행으로 입건했다'고 말해주었다.

"태왕배 씨에게 곧 구속영장을 신청할 예정입니다."

"…저, 정말입니까? 이런 일로 구속이라고요?"

왕배의 얼굴이 새하얗게 변했다. '구속'이라는 말을 듣는 순간, 등줄기가 서늘해지며 숨이 턱 막혔다. 게다가 동금은 무슨 이유인지 몰라도, 2시간 동안 조사를 한 뒤에도 왕배를 보내줄 마음이 없는 듯했다.

"30분 쉬었다가 다시 이어가겠습니다."

왕배는 혼자가 되기 무섭게 충만에게 전화를 걸었다. 그리고 충만이 전화를 받자마자 버럭 소리를 질렀다.

"야 인마! 너 지금 어디야? 씨발, 박 형사가 지금 네 깐부를 구속하겠다고 난리라고! 이게 대체 어떻게 된 거냐?!"

전화를 받은 충만도 황당하긴 마찬가지였다. 충만은 일단 기다려보라 말한 뒤, 부랴부랴 성병수에게 전화를 걸었다.

"형님, 아무리 찾아봐도 내가 하는 사건 중에 태왕배란 이름은 없는데요."

"아우님! 만복교회 담임목사 사건 몰라?"

"아, 그 사건이요? 내가 하다가 강력 3팀으로 넘어갔는데요."

충만은 그제야 아차 싶었다. 며칠 전, 자신의 정체를 숨기고 전화했을 때 통화한 형사의 목소리와 성병수의 목소리는 분명 달랐던 것이다. 남해일식에서 자세히 물어보지 않은 것이 큰 실수였다.

'큰일이네. 쫄보 새끼한테 어떻게 구라를 치나?'

충만이 왕배에게 어떻게 거짓말을 지어낼까 궁리하던 그때, 왕배는 다시 강력 3팀 형사들에게 모진 수모를 당하고 있었다.

"지금부터는 이정명 변호사 피살 사건에 관한 조사입니다."

왕배는 '이정명'이란 이름을 듣자 순두부마냥 몸을 부들부들 떨었다. 그런 왕배를 보며 동금을 비롯한 형사들은 속으로 미소를 지었다.
이렇듯 중요한 조사를 마지막에 하는 것도 형사들만의 전략이었다.

"박 형사님, 물 한 잔만 주시겠습니까?"

동금이 왕배에게 물 한 잔을 건네주고 다시 질문을 시작했다.

"거산마을, 잘 아시죠?"

왕배는 눈만 껌뻑일 뿐, 아무 대답도 못했다. 답변을 못 한다는 것
은 곧 긍정의 의미였다.

"거산마을에서 어떤 사업을 할 계획이었습니까?"

왕배가 여전히 아무런 답변을 하지 않자, 그를 데려왔던 수찬이 언
성을 높였다.

"당신, 뭐 숨기는 거라도 있어? 왜 대답을 못 해?"

왕배는 무척이나 자존심이 상했다.

'부동산 개발사 회장이자 대형교회 장로인 내가 이렇게 조리돌림
을 당하다니…!'

동금은 그런 왕배의 마음은 일절 신경 쓰지 않고, 이정명 변호사가
살해당한 날의 통화내역을 보여주었다. 양철구에서 노숙자(불상)로,
그리고 그 노숙자에서 태왕배로 이어지는 3자 통화 내역이었다.

"양철구의 전화를 받은 이 사람 누굽니까? 이 사람 전화 받았죠?"

"모르는 사람입니다. 기억에 없습니다."

머릿속이 하얘진 왕배는 고개를 푹 숙인 채 모르쇠로 일관했다. 보
다 못한 기원이 자리에서 일어나 삿대질을 하며 소리를 질렀다.

"자꾸 모른다고 잡아뗄 거요? 만복교회 장로라는 양반이 거짓말을
밥 먹듯이 하는구먼! 당신이 그러고도 장로 맞아? 얼마 전에는 이름
까지 '모세'로 개명했다며? 모세가 얼마나 훌륭한 사람인데, 그런 성

스런 이름을 갖다 쓰면서 구라를 치고 있어?"

지금 이 순간, 왕배는 충만이 미친 듯 원망스러웠다. 충만의 말만 듣고 변호사를 대동하지 않은 것이 후회막심했다.

"송명준 국민당 의원과는 어떤 관계입니까?"

동금은 숨겨두었던 일침을 날렸다. 이정명 변호사 사무실에서 받은 자료들 속, 조직도에서 형광펜으로 표시되어 있던 이름을 던져본 것이다. 상상도 못한 이름이 거론되자 왕배의 얼굴이 벌겋게 달아올랐다. 동금은 아무 말도 못 하는 왕배의 눈을 노려보며, 빨리 대답하라는 무언의 압박을 주었다. 결국 동금의 눈빛을 견디다 못한 왕배가 입을 열었다.

"사업하다 보니… 이런저런 이유로 만나기도 한 것 같습니다."

왕배의 조사는 오후 2시에 시작해 저녁 7시가 되어서야 끝이 났다. 5시간 만에 자유의 몸이 된 왕배는, 강남경찰서 주차장에 자신의 차가 도착하자마자 기절하듯 뒷자리에 쓰러져 버리고 말았다.

＊ ＊ ＊

다음 날 오전, 충만은 왕배가 입원해 있는 사당동 K병원 특실로 찾아갔다. 조심스럽게 문을 열자, 링거를 맞으며 누워 있는 초췌한 왕배가 보였다. 충만을 발견한 왕배는 환자답지 않게 벌컥 소리부터 질렀다.

"야! 너 대체 일을 어떻게 처리한 거야?!"

충만은 속으로 한숨을 쉬며 마음을 가라앉혔다. 일단은 왕배를 달래는 게 우선이었다. 다 된 밥에 재를 뿌릴 수는 없었다.

"…말도 마라! 원래 성병수 형사가 담당이었는데, 갑자기 위에서 박동금 형사로 바꾸라고 지시가 내려왔다는 거야!"

충만은 거짓말로 상황을 모면하려 했지만, 왕배는 생각보다 예리했다.

"인마! 지난번에 네가 경찰서장까지 구워삶아 놨다고 하지 않았어? 너 이 새끼! 한 입으로 두말할 거야?"

왕배의 날선 목소리에 충만도 그를 노려봤다. 그러나 그는 이내 표정을 풀었다.

'안 돼, 참아야 한다.'

경찰은 분명 태왕배를 중심으로 '거산마을' '양철구' '이정명' '송명준'이 연결되어 있다고 의심하고 있을 것이다. 이런 상황에서, 충만 자신에게까지 불똥이 튀는 일만큼은 무조건 막아야 했다. 충만이 열심히 머리를 굴리는 사이, 왕배가 링거 줄을 만지작거리며 재차 투덜거렸다.

"박 형사란 젊은 놈, 지난번에도 우리 사무실에서 와서 거짓말탐지기를 하자는 둥 난리를 치더니만…! 어제 조사 때도 얼마나 못되게 굴던지!"

충만은 말없이 면목 없다는 표정을 연기했다. 그러자 왕배는 괜히 주변을 한 번 슥 둘러보며, 충만에게 가까이 오라는 듯 손짓했다.

"도대체 판이 어떻게 돌아가고 있는 거야? 그 양철구인가 뭔가 하는 놈은 왜 죽은 거야? 아는 것 좀 있어?"

나직이 묻는 왕배의 질문에 충만은 빙긋 미소를 지었다. 그러곤 잠시 뜸을 들인 뒤, 어깨를 으쓱하며 입을 열었다.

"그걸 나한테 물으면 어떡해? 난 그냥 사람과 사람 사이에 다리를 놓아주는 게 본업인 놈인데….”

왕배 달래기를 마친 뒤, 충만은 송명준에게 도움을 청했다. 제대로 대응하지 못했다가는 박 형사란 녀석에게 크게 당할지 모른다는 위기감을 느꼈기 때문이다. 연락을 받은 송명준은 대뜸 서울경찰청 2인자인 이광수 차장을 소개해 주겠다고 나섰다.

“이광수 차장이 내 고향 후배야. 내가 직접 자리 만들어 줄게.”

충만은 고개를 갸우뚱했다. 서울경찰정 차장급은 국회의원도 함부로 움직이기 어려운 위치였기 때문이다.

‘평소 같으면 전화번호나 명함만 건네주는 게 고작일 텐데…. 직접 자리를 만들어 주겠다고?’

＊ ＊ ＊

6월 17일 저녁 7시 을지한우 2층 특실

송명준은 충만에게 약속한 대로 빠르게 자리를 만들었다. 그렇게 지금, 강남 고급 음식점인 을지한우 룸에는 ‘정충만’ ‘송명준’ ‘이광수 차장’ ‘고재길 국세청 국장’ 네 사람이 자리를 잡고 앉아 있었다.

“이 차장, 여기 정충만 회장은 내 후원회장이야. 서울에 건물 몇 개, 지방에 호텔까지 가지고 있지. 재력이 상당해.”

송명준은 이광수와 고재길에게 충만을 소개했다. 평소보다 훨씬 적극적이고 열성적인 태도였다. 충만은 두 사람에게 명함을 건네며 슬쩍 송명준의 표정을 살폈다. 송명준의 태도가 평상시와 분명하게 달랐기 때문이다.

"반갑습니다. 정충만이라고 합니다."

충만이 미소를 지으며 인사하자, 명함을 건네받은 두 사람도 만족스러운 표정을 지었다. 이 순간, 충만은 송명준의 후원회장이라는 타이틀이 그 어떤 직함보다 확실한 보증수표임을 다시 한 번 체감할 수 있었다. 뒤이어 송명준이 명함을 받은 둘을 소개했다.

"여기는 서울경찰청 이광수 차장, 내 고향 후배고…. 이쪽은 국세청 고재길 국장."

인사를 마친 네 사람은 본격적으로 술잔을 기울이기 시작했다. 오고 가는 술잔으로 얼굴이 붉어지고 웃음소리가 커지던 중, 충만이 을지한우 매니저에게 흰 종이 몇 장을 가져와 달라 요청했다.

"이 차장님, 혹시 생년월일하고 태어난 시(時)가 어떻게 되십니까?"

이광수가 충만의 의도를 몰라 우물쭈물하자, 송명준이 재촉했다.

"이 차장! 우리 정 회장이 사주에 밝아. 어서 말해보게!"

"아… 그렇습니까? 개띠에 음력 10월 2일입니다. 태어난 시는 미시(未時)고요."

이광수가 호기심을 보이며 사주를 말하자, 충만이 빠르게 그의 사주를 적어 내려갔다. 천간지지를 쓰고, 대운을 계산하고, 음양오행의 균형을 살피던 충만의 손이 우뚝 멈춰섰다.

'이건…'

충만의 눈빛이 미세하게 흔들렸다. 이광수는 사주 전체에 수(水) 기운이 과다했다. 그야말로 물이 범람하듯 넘쳐흐르는 사주였던 것이다. 더 심각한 건, 올해 대운에서 또다시 강한 수 기운이 들어왔다.

'이건… 이런 사주는…'

심각한 표정을 짓던 충만은 재빨리 환한 미소를 지으며 이광수를 쳐다보았다.

"…이거, 정말 대단한 사주네요!"

이광수가 기대감이 가득한 눈으로 쳐다보자, 충만은 감탄하듯 말을 이었다.

"차장님 사주에는 수(水) 기운이 아주 풍부합니다. 물은 재물이자 지혜를 상징하지요. 이렇게 수 기운이 넘치는 사주는 관 쪽에서 일할 사주입니다."

이광수는 충만의 말을 들으며 진지하게 고개를 끄덕였다. 옆에 앉은 고재길도 숨을 죽이고 귀를 기울였다. 아는 사람은 다 아는 얘기지만, 고위공직자일수록 자신의 운명과 미래에 대한 갈증이 크다. 그만큼 그들은 사주팔자 같은 데에 관심이 많았다. 충만은 한참 광수의 사주를 살피는 척하더니 더 환하게 웃으며 말했다.

"태어나서 이렇게 좋은 사주는 처음입니다! 내년쯤, 대운이 올 겁니다. 물이 흘러가듯 모든 일이 술술 풀리는 운이지요!"

충만은 여기서 그치지 않고 송명준을 보며 쐐기를 박았다.

"송 의원님, 대통령이 되시면 여기 이 차장님은 경찰청장을 넘어 장관으로 발탁하셔야겠습니다!"

충만의 말을 들은 이광수와 고재길의 눈이 동시에 빛났다. 송명준도 흐뭇한 표정으로 고개를 끄덕였다. 충만은 이제 고재길을 향해 몸을 돌렸다.

"고 국장님도 생년월일 좀 말씀해 주시겠습니까?"

충만의 사주풀이는 분위기를 더욱 화기애애하게 만들었다. 그렇게 자리가 끝날 때까지, 을지한우 룸 안에서는 웃음소리가 끊이지 않고 터져 나왔다.

　네 사람의 모임은 9시가 다 되어서 끝났다. 충만은 하던 대로, 양복 주머니에서 봉투 2개를 꺼내 이광수와 고재길에게 내밀었다. 이광수와 고재길이 서로를 보면서 난감해했다. 경찰청과 국세청에서 엘리트 코스를 밟고 있는 두 사람은, 처음 만난 사람에게 봉투를 받을 정도의 공직자들이 아니었기 때문이다.

　"아닙니다, 회장님. 이건 정말….."

　이광수는 손사래를 치며 몇 번이나 거절했다. 고재길도 마찬가지로 고개를 저었다. 그런 둘을 보던 송명준이 웃으며 나섰다.

　"이 친구들, 뭐가 그리 소심해?"

　송명준은 충만의 손에서 봉투 두 개를 받아 들었다. 그러고는 이광수에게 다가가, 그의 양복 안주머니에 봉투 하나를 밀어 넣었다.

　"이건 내가 고생하는 후배들에게 택시비나 하라고 주는 거야!"

　"선배님, 이러시면….."

　이광수가 당황하며 손을 뻗었지만, 송명준은 이미 고재길의 품에도 봉투를 밀어 넣고 있었다.

　"우리 사이에 뭘 이런 거 가지고 그래? 이 차장, 안 그래?"

　송명준이 이광수의 어깨를 툭툭 두드리며 말했다. 이광수는 송명준의 눈을 쳐다보았다. 그 눈빛에는 거절하지 말라는 무언의 압력이 담겨 있었다. 결국 이광수와 고재길은 마지못해 봉투를 받고 말았다. 송명준의 만족스러운 미소를 보며 충만도 속으로 미소를 지었다.

　'이제… 저 두 사람도 우리와 한 배에 탄 거야.'

＊ ＊ ＊

이틀 후, 충만은 이광수에게 전화를 걸었다. 본래의 목적이었던, 왕배에 대한 청탁을 하기 위함이었다.

"차장님, 송명준 의원과 모임을 함께 하는 태왕배 회장이란 사람이 강남경찰서에서 조사를 받고 있습니다. 대형교회인 만복교회 담임목사를 도와준 일인데… 담당 형사가 편파 수사를 하는 통에 힘들다더군요."

이광수는 난처했다. 무엇보다 그는 첫 만남에서 충만에게 받은 삼백만 원이 영 마음에 걸렸다. 이광수는 충만에게 받은 봉투를 돌려주겠다 했지만, 충만은 '나는 그런 걸 준 적이 없다'며 발뺌하곤 전화를 끊어버렸다. 이광수는 별수 없이 송명준에게 전화를 걸었다. 태왕배에 대한 일을 상의하기 위함이었다.

"의원님, 정충만 회장이 전화가 왔는데…. 태왕배 회장이란 분을 잘 아십니까? 강남경찰서에서 조사를 받는다고 부탁을 하더라고요."

전화기 너머로 송명준의 입가에 비릿한 웃음이 번졌다.

"태왕배 회장은 부동산 개발사업을 크게 하는 사업가야. 알아두면 도움이 될 사람이니 나중에 내가 소개해 줄게. 태 회장이 경찰 조사를 받을 일이 뭐가 있을까? 큰일 아닐 테니 도와주는 것도 생색내기 좋을 거야!"

09
일류 브로커

<u>6월 20일 양재동 태왕배 회장실</u>

충만은 왕배의 사무실로 들어갔다. 오늘은 왕배와 함께 수성 증권 본부장과 만나기로 약속되어 있었다. 대출 문제를 해결하기 위함이었다.

"야, 정 회장. 빨리빨리 좀 다녀라!"

상석에 앉은 왕배가 충만을 보자마자 호통을 쳤다. 충만은 어이가 없었다. 왕배는 어느 순간부터 충만을 앞에 두고 당연하다는 듯 상석에 앉았고, 문제를 해결해 주어도 고맙다는 소리조차 하지 않았다. 그야말로 하수인 대하듯 하고 있었던 것이다. 그럼에도 불구하고 충만은 일단 참아야 했다. 왕배는 충만의 화수분이었기 때문이다. 모든 돈이 나오는 곳. 그러니 일이 마무리될 때까지는, 화수분을 지켜야 했다. 물론, 그렇다고 괘씸함이 사라지는 것은 아니었다.

'내가 이 쫄보 새끼를 너무 키워줬나?'

충만과 왕배는 벤츠를 타고 고려펠리스 호텔 32층에 있는 일식집 아카사카로 이동했다. 잠시 후, 아카사카로 들어간 두 사람을 먼저 도착해 있던 수성 증권 백봉준 본부장과 손경철 이사가 반겼다.

"정 회장님, 요즘도 사업 잘되시죠?"

백봉준 본부장이 충만에게 반갑게 인사하며 손경철 이사를 소개했다. 충만도 백봉준과 손경철에게 왕배를 소개했다. 왕배는 수성 증권의 대출을 얻어내기 위해 열심히 자신의 용인 죽전 부동산 개발사업을 설명했다.

"용인 죽전은 수도권에서 마지막 남은 노른자 땅이라고 할 수 있죠. 생거진천 사거용인[13]이라는 말도 있지 않습니까?"

왕배는 '수성 증권에서 PF[14] 대출을 해준다면, 수성 증권뿐만 아니라 백봉준 본부장과 손경철 이사에게도 큰 도움이 될 것'이라며 두 사람을 유혹했다. 그 말대로, 용인 죽전 사업이 성공한다면 금융을 담당한 두 명에게도 두둑한 상여금이 돌아갈 수 있었다.

"브릿지 대출[15]도 이미 되었는데 PF 대출이야 무슨 문제가 있겠습니까? 아마 금융권에서 서로 대출해 주겠다며 줄을 설 겁니다."

백봉준은 대출은 걱정하지 말라는 투로 말했다. 그가 충만을 보며 입을 열었다.

"정 회장님도 용인 죽전 사업에서 지분 참여를 하신다고 들었는데요? 두 분 지분 관계를 여쭤봐도 될까요?"

공동사업자 간의 원만한 관계는 사업에서 중요한 고려 요소였다. 그때, 왕배가 큰소리로 웃음을 터뜨리며 끼어들었다.

"우리 정 회장님이 무슨 돈이 있다고 이런 큰 사업에 투자를 하겠

---

13 살아서는 진천에 살고, 죽어서는 용인에 묻힌다는 뜻이다.
14 부동산 개발사업을 위해 금융기관이 하는 대출. 보통 PF 대출이 완료되면 성공 가능성이 높아진다.
15 부동산 개발 사업에서 금융기관이 공사착공 이전에 토지매입과 운영자금을 위해서 해주는 초기 대출

습니까?"

왕배는 마치 아주 우스운 농담을 들은 것처럼 과장된 몸짓을 하며 말을 이었다.

"정 회장님은 대관 업무나 열심히 하는 거죠. 대관 업무가 또 아무나 할 수 있는 일은 아니지 않습니까?"

충만의 얼굴이 순간 새하얗게 질렸다가 붉게 달아올랐다. 그는 가슴속 어딘가에서 뜨거운 덩어리가 목까지 치밀어 오르는 것을 느꼈다. 그동안 쌓아온 체면이 한순간에 바닥으로 추락하는 기분이 든 것이다.

'이 쫄보 새끼가 감히…! 나를 삼류 로비스트 같은 심부름꾼 취급을 해?'

충만은 애써 표정을 관리하려 했지만, 관자놀이에서 핏대가 튀어나오는 것까지는 어쩔 수 없었다. 그러나 왕배는 충만의 일그러진 표정을 보고도 무시했다. 그는 마치 자신이 이 자리의 주인이라는 듯, 팔짱을 낀 채로 턱을 치켜들며 충만을 비웃고 있었다.

＊ ＊ ＊

6월 21일 양재동 로마빌딩 태왕배 회장실

"뭐? 나보고 80개[16]를 내놓으라고? 야, 내가 네 사금고냐? 네가 투자한 돈이 한 푼도 없는데 무슨 귀신 씻나락 까먹는 소리야?"

왕배가 어이없다는 듯 소리쳤다. 지금 그의 앞에 있는 사람은 다름

16　개는 억을 뜻한다. 80개는 80억이다.

아닌 충만이었다. 수성 증권 사람들과 만나고 온 뒤, 충만이 왕배의 사무실로 찾아와 80억을 내놓으라고 요구한 것이다.

왕배의 말대로, 충만이 투자한 돈은 한 푼도 없었다. 하지만 충만의 입장에서는 왕배야말로 명백한 약속 위반이었다. 같이 사업을 시작하며 왕배는 돈을, 충만은 인맥을 투자하기로 합의했었기 때문이다.

"이 쫄보 새끼 봐라? 전라도 시골 모래판에서 샅바나 매고 빌빌거리던 놈을 강남 한복판에 데뷔시켜 놨더니만…."

충만이 두 눈을 부릅뜨며 말했다. 그의 말대로, 왕배가 사업에 날개를 달 수 있었던 이유는 충만의 인맥 덕분이었다. 충만은 왕배에게 정치인, 검찰, 경찰, 국세청 고위직까지 만나게 해주어 회장님 소리를 듣게 만들었다. 그리고 더 나아가, 금융기관과 언론계까지 만나게 해주었다. 그런데 어느 순간부터 왕배가 은혜도 잊은 채 충만을 무시하기 시작한 것이다.

"뭐, 이런 날강도 같은 놈이 다 있어? 사업에 투자를 했어야 돈을 줄 것 아니야? 내 말이 뭐 틀렸냐?"

충만은 왕배와 사업을 시작하면서, 왕배로부터 100억을 받기로 했다. 그중 20개는 이미 받았기에 나머지 80개를 지급하라 요구한 것이다. 그러나 왕배는 시치미를 뚝 떼며 더 이상 돈을 주지 않겠다 발뺌하고 있었다. 충만은 왕배를 노려보며 이를 갈았다. 그럴 만도 한 것이, 왕배가 끝까지 돈을 줄 수 없다고 뻗댈 경우 충만 입장에서는 받아낼 방법이 없었기 때문이다.

"이 멍청한 송충이 눈썹아. 내가 아직도 네까짓 놈한테 빌빌거릴 줄 알았냐?"

왕배가 얼굴 가득 비웃음을 지으며 말했다. 왕배, 충만, 그리고 송명준은 각자가 가진 무기로 의기투합해 사업을 시작했다. 그렇게 돈과 인맥과 권력이 하나 됨으로써, 큰돈을 안전하게 벌 수 있었다. 사업 초기에는 충만의 인맥이 큰 역할을 했다. 그가 가진 인맥이 사업의 기반과 통로를 열어주어야 했기 때문이다. 물론 송명준의 권력도 중요했지만, 직접 움직이며 인맥들을 연결한 것은 오롯이 충만의 공이었다. 하지만 지금은 다르다. 이미 거대한 사업체가 완성되었으니 충만이 차지하는 비중 또한 미미해졌다. 왕배의 입장에서는 충만이 없어도 얼마든지 이 사업을 이어갈 수 있으리라 생각된 것이다. 무엇보다 최근에 있었던 경찰과의 문제 해결 과정이 컸다. 왕배가 보기에는 충만의 꼴이, 마치 배터리 다 된 건전지 같았다. 병든 닭에게 더 이상 모이를 줄 필요는 없지 않은가?

"야, 정 회장. 아니 정덕배! 내 덕에 그나마 먹고 살게 된 놈이 깐부라고 해주니까 주인을 몰라보고 덤벼드네? 검은 머리 짐승은 거두는 게 아니라더니, 여기 계신 정덕배를 두고 하는 말이었구먼!"

왕배는 충만이 알아서 떨어져 나가길 바라며 더 크게 자극했다. '정덕배'는 충만의 과거 이름으로, 그는 8년 전 교도소를 다녀온 뒤 '정충만'으로 개명했다. 그 뒤로 누군가 '정덕배'라 부르면 매우 예민하게 반응하곤 했다. 충만이 열이 잔뜩 뻗친 목소리로 소리쳤다.

"돈 좀 만지더니 세상이 다 네 발끝 아래로 보이냐? 이 쫄보 새끼야!"

"어이, 정덕배. 그러는 너야말로 남들이 회장이라 부르니까 진짜 회장 된 줄 알고 있는 거 같은데? 비렁뱅이 거지새끼 주제에!"

마침내 충만이 급발진했다. 정덕배도 모자라 비렁뱅이 거지라는 소리까지 듣자 인내심이 바닥났다.

"이 분수도 모르는 쫄보 새끼가!"

충만은 덥석 왕배의 멱살을 움켜쥐었다. 그러나 그게 끝이었다. 왕년에 씨름 선수였던 왕배는 같잖다는 표정을 짓더니, 충만을 한 손으로 잡아 바닥에 던지듯 내동댕이쳤다. 충만의 두 눈에 눈물이 핑 돌았다. 이 순간 그에게 육체적 고통보다 더 쓰라린 것은, 볼품없이 바닥에 나뒹굴어버린 그의 자존심이었다.

"올해 네 사주가 황금 매 앞에서 무릎 꿇고 운다더라. 두고 봐라!"

의미심장한 한마디를 끝으로, 충만은 왕배의 사부실에서 도망치듯 빠져나갔다.

＊＊＊

6월 25일 오전 11시경 강남경찰서 앞

강남경찰서 정문 앞에 20여 명의 나이 든 사람들이 모여 있었다. 그중에는 피켓을 든 사람이 대여섯에, 휠체어에 앉은 사람까지 포함되어 있었다. 피켓에는 '가짜 장로 태왕배 구속!'이라는 글과 '공정수사!'라는 글이 적혀 있었다.

"어이, 박 박사![17]"

기원과 동금이 정문으로 걸어 나오자, 전직 은행 지점장 출신인 윤근식이 아는 척을 했다. 그랬다. 피켓을 들고 있는 사람들 중 한 사람인 그는, 지난번 동금이 세인과 함께 이야기를 나누었던 만복교회 신도 윤근식이었다.

17　시민 중에는 간혹 말단 경찰을 '박사'라고 호칭하는 사람도 있다.

"지점장님, 수사가 잘 진행되고 있는데 왜 이렇게 집회까지 하세요? 이게 대체 뭐 하시자는 겁니까?"

동금이 인상을 찌푸리며 말하자, 윤근식은 잠시 어쩔 줄 몰라 하다가 답했다.

"아니 글쎄…. 고소당한 사람들 중 한 사람이 누구한테 부추김이라도 당했는지 경찰서로 가서 시위를 하자더라고요."

"…저 팻말은 또 뭡니까? 밑도 끝도 없이 공정수사라뇨?"

동금의 말대로, 강력 3팀으로 사건이 옮겨진 뒤 더 강도 높은 수사를 받고 있는 사람은 태왕배였다. 즉 만복교회 신도들이 경찰서 앞에서 피켓까지 들고 시위를 벌일 상황이 아니었다.

갑작스런 만복교회 성도들의 시위에 곤혹스러운 것은 차근모 형사과장도 마찬가지였다. 얼마 전 서울경찰청 이광수 차장으로부터 태왕배 회장을 친절히 대해 달라는 부탁까지 받은 그였다. 그런데 지금 그 반대쪽 사람들이 경찰서로 몰려온 것이다.

'까딱 잘못했다가는 내 자리가 날아갈지도 모른다.'

잠시 고민하던 차근모는 전화기를 들었다. 등 뒤로 주륵 식은땀이 흘러내리는 것이 느껴졌다. 잠시 후 수화기 너머로 이광수 차장의 목소리가 들려왔다.

"차장님, 지난번에 말씀하셨던 만복교회 신도들이 경찰서로 몰려와서는 '공정수사'라는 팻말을 들고 시위를 하고 있습니다. 혹시 짚이는 부분이 있으신가요?"

차근모의 전화를 받은 이광수도 곤혹스럽기는 마찬가지였다. 충만의 전화를 받고 조사 일정만 늦추어 달라고 부탁했던 일이, 이렇게나 커질 줄 몰랐던 것이다. 수화기를 사이에 둔 두 경찰 사이로… 깊은 한숨이 오갔다.

＊ ＊ ＊

“언제까지 날 괴롭힐 겁니까? 그동안 할 만큼 해드렸잖습니까?”

충만은 전화기 너머로 들려오는 남자의 애원을 차갑게 비웃었다.

“이 더러운 새끼야. 내가 너 때문에 아직도 한 번씩 가위에 눌리는데…. 뭐? 할 만큼 했다고? 이런 배은망덕한 놈을 봤나. 내가 없었으면, 네가 그 자리에 아직도 앉아 있을 수 있었을까?”

충만의 말을 들은 남자는 떨리는 목소리로 가쁜 숨을 몰아쉬었다. 충만은 그런 남자를 향해 다시 한번 공세를 퍼부었다.

“인마, 어린 여자애 따먹었으면 책임을 져야지? 내가 네 도화살 막으려고 뭔 짓을 했는데! 어딜 이제 와서 성인군자 행세를 하려고 해?”

전화기 너머의 남자가 흐느끼며 입을 열었다.

“더는… 더는 못 참겠어요. 경찰에… 신고하겠습니다….”

남자는 마치 최후의 한 수를 던지듯 말했지만, 충만은 크게 웃음을 터뜨렸다.

“신고? 그래 할 수 있으면 해봐! 그런데 말이 틀린 것 같다? 신고가 아니라 자수겠지. 안 그래? 나는 어디까지나 네가 시켜서 한 짓이니까.”

남자가 더 크게 흐느끼기 시작하자 충만은 잠시 그런 남자를 내버려두었다. 그는 상대가 얼마나 유약한 인간인지 잘 알고 있었다. 충만은 그렇게 남자가 몇 분간 흐느끼게 놔둔 뒤, 달래듯 말을 걸었다.

“내가 시킨 대로 할 거지?”

잠시 울먹이던 남자가 기어들어가는 목소리로 답했다.

"…예. 그렇게 하겠습니다."

전화를 끊은 충만은 낄낄거리며 담배를 꺼내 물었다.

"멍청한 새끼. 내 앞에서 꼬리 흔들 때는 언제고. 뭐? 신고? 하여간 이 새끼고 저 새끼고…. 자기 손에만 피 안 묻히고 깨끗한 척 살려고 지랄염병이라니까!"

거울 속 충만의 얼굴에, 사탄의 꼬리를 닮은 미소가 걸렸다.

＊　＊　＊

6월 27일 강남경찰서 강력 3팀 사무실

왕배는 추가 조사를 받기 위해 강력 3팀으로 불려왔다. 동금은 서류를 뒤적이는 척하며, 긴장한 표정으로 앉아 있는 왕배를 힐끗 쳐다보았다.

"만복교회 장로란 분이 정작 교회에서는 인심을 많이 잃었나 봅니다."

동금은 말없이 입술을 잘근잘근 씹는 왕배를 보며 소리 없이 웃었다. 사실, 지난번 1차 조사 때 대부분의 조사가 이루어졌기에 추가 조사할 내용은 딱히 없었다. 그럼에도 왕배를 경찰서로 오게 만든 이유는 분명했다. 한 번이라도 더 그를 압박하기 위함이었다.

"태왕배 씨를 구속해 달라는 시위가 있었습니다."

동금이 경찰서 앞에서 시위하던 만복교회 신도들의 사진을 건네주자, 왕배의 얼굴이 일그러졌다. 동금이 사진을 보는 왕배에게 말했다.

"전치 6주 이상 나온 피해자들이 있습니다. 그들과 합의하지 못하시면, 저희는 구속영장을 신청할 수밖에 없습니다.”

잠시 후 경찰서 밖으로 나온 왕배는 욕지거리를 내뱉었다. 이런 치졸한 짓거리를 벌일 인간은 한 사람뿐이었다.

“…이 송충이 새끼. 두고 봐라. 어디 네 뜻대로 되는가!”

이후, 동금이 신청한 왕배에 대한 구속영장은 검사에 의해 기각됐다. 그러나 동금은 동요하지 않았다. 기각을 예상했기 때문이다. 이 정도 사안으로 주거가 일정한 왕배를 구속할 수는 없었다. 중요한 것은, 경찰의 구속영장 신청이 기각이 되었음에도 불구하고 확실한 소득으로 이어졌다는 사실이었다. 만복교회 신도들에게는 ‘경찰 수사가 공정하게 이루어지고 있다는 믿음’을 줄 수 있었고, 왕배에게는 ‘네가 아무리 청탁을 해도 경찰은 흔들리지 않고 수사를 밀고 나갈 것이다’라는 확실한 경고를 줄 수 있었다. 그리고 이는 매우 효과적이었다.

＊ ＊ ＊

양재동 로마빌딩 태왕배 회장실

‘설마 했는데…. 경찰이 정말로 구속영장을 신청하다니!’

왕배는 영장이 신청되었다는 사실 그 자체에 극도의 불안감을 느끼기 시작했다. 그와 동시에 충만을 향한 증오심도 불같이 타올랐다. 만복교회 신도들을 통해, 경찰서에서 일어난 시위가 ‘어떤 인물로부터의 사주’ 때문이었음을 알게 되었다. 왕배는 그 이야기를 듣자마자, 어떤 인물이 곧 충만임을 확신했다.

“이 거지깽깽이 같은 놈이… 감히 나한테 엿을 먹이려 들어?”

왕배 또한 비열함이라면 충만 못지않게 자신 있는 사람이었다. 그 또한 부동산 개발사업을 하며 수단 방법을 가리지 않고 상대의 뒤통수를 쳐 온 인간 아니던가? 어차피 80억을 주지 않기로 작정한 마당에, 이따위로 나오는 충만에게 당해 주기만 할 생각은 추호도 없었다.

'어차피 밟아줄 것이라면, 확실하게 밟아야 한다.'

잠시 머리를 굴리던 왕배는 자주 일을 맡겨온 '왕도파'의 부두목 배형배에게 전화를 넣었다. 그러곤 깍듯이 전화를 받는 배형배에게 곧장 용건을 전달했다.

"배 전무, 정충만 그 송충이 같은 놈에게 본때를 보여주라고. 제까짓 놈이 아무리 날뛰어봐야 홍어 좆보다 못한 놈이라는 생각이 들도록 말이야!"

"아킬레스건이라도 하나 자를까요? 그러면 회장님 이름만 들어도 오줌을 질질 지리지 않겠습니까?"

배형배의 말에 잠시 비릿한 웃음을 짓던 왕배가 고개를 가로저었다.

"아냐. 그런 식으로는 안 돼. 괜히 직접적으로 상하게 했다가는 광화문 한복판에서 홀딱 벗고 드러누울 놈이거든! 그런 놈 망신 주는 법은 내가 잘 알지. 오천 줄 테니, 내가 시키는 대로만 하라고!"

＊ ＊ ＊

밤 10시경. 충만의 논현동 집 앞에 제네시스가 멈춰 섰다. 충만이 먼저 차에서 내리자, 운전기사 하우배는 제네시스를 골목길로 몰았다. 늘 주차하던 골목에 제네시스를 대기 위함이었다. 그때, 대문을 향해 걸어가는 충만에게 성인 남성 둘이 성큼성큼 다가왔다. 스포츠머리에 마스크를 쓴, 건장한 체격의 남자들이었다.

까칠한 눈으로 고개를 돌리던 충만은 깜짝 놀랐다. 두 남자의 반소매 티셔츠 아래로, 팔뚝 위부터 손목까지 내려온 문신들이 눈에 들어온 것이다. 한 놈의 팔뚝에서는 도깨비가 새빨간 눈을 부릅뜨고 있었고, 다른 한 놈의 팔뚝에서는 커다란 잉어가 화려하게 수놓인 비늘을 자랑하고 있었다.

"우… 우배야…!!!"

본능적으로 위험을 감지한 충만은 자신의 운전기사 하우배를 부르며 달아나려 했다. 하지만 충만은 멀리 갈 수 없었다. 도깨비 문신의 커다란 손이 충만의 곱슬머리를 냉큼 움켜쥔 것이다.

"으악!"

충만이 비명을 지르자, 도깨비 문신이 충만의 귀싸대기를 올려치기 시작했다.

짜악-! 짜악-!

사정없는 싸대기에 정신이 아득해진 충만이 비틀거렸다. 잉어 문신이 그런 충만을 보며 킬킬거리더니, 들고 있던 하얀 기름통 뚜껑을 열었다. 순식간에 통 안에서 역한 냄새가 새어나왔다. 안에 든 것은 다름 아닌 똥이었다.

"이 홍어 좆만 한 새꺄! 그러게 왜 남의 돈을 공짜로 먹으려 들어? 이 똥물이나 실컷 처먹고 저~기 높이 계신 회장님께 손이 발이 되게 빌어라!"

잉어 문신의 말을 들은 충만은 필사적으로 도깨비 문신의 손아귀를 벗어나고자 발버둥 쳤다. 그러나 이미 그의 얼굴을 비롯한 상반신에 똥이 뒤집어지고 있었다.

"우… 우에엑…! 우욱…!"

충만은 자신을 향해 쏟아지는 참을 수 없는 냄새에 연신 구역질을 해댔다. 충만이 똥물을 뒤집어쓰자, 그제야 도깨비 문신이 머리채를 쥐고 있던 손을 놓으며 폭소를 터뜨렸다. 그 순간, 충만을 욕보이는 두 남자의 곁으로 누군가 뚜벅뚜벅 걸어왔다. 충만의 운전기사, 하우배였다.

"…저건 뭐야?"

하우배를 발견한 도깨비 문신이 어처구니없다는 표정을 지었다. 보통 키에 삐쩍 마른 몸을 가진 하우배가, 마치 한판 붙어보겠다는 듯 서 있었기 때문이다.

"야이 씨! 쪽팔리게 굴지 말고 꺼져라. 우리가 받은 돈은 이 새끼 하나 값이니까."

도깨비 문신의 경고에도 불구하고 하우배는 물러나지 않았다. 똥물을 뿌리던 잉어 문신이 그런 하우배를 향해 비웃는 표정으로 입을 열었다.

"미친놈인가? 뭘 믿고 저렇게 당당하게 서 있어?"

"이 이쑤시개 같은 새끼가…. 그냥 곱게 보내 주려는데 승질 돋게 하네!"

도깨비 문신이 못 참겠다는 듯 하우배를 향해 주먹을 휘둘렀다. 그런데 그 순간, 믿기 힘든 일이 벌어졌다. 하우배의 몸이 살짝 틀어지는가 싶더니, 도깨비 문신의 주먹이 허공을 가른 것이다. 그와 동시에 하우배의 왼주먹이 도깨비 문신의 복부에 총알처럼 꽂혔다.

"커억!"

복부를 얻어맞은 도깨비 문신이 배를 움켜쥐며 털썩- 무릎을 꿇었다. 놀란 잉어 문신이 똥물이 담긴 통을 내던지며 하우배에게로 달려들었다.

"이 새끼가! 병신새끼라 봐주려고 했더니만!"

잉어 문신이 성난 황소처럼 달려들었지만, 하우배는 이번에도 물러나지 않았다. 그는 자신에게 달려드는 잉어 문신의 팔목을 독수리처럼 낚아채 비틀더니, 순식간에 옆구리에 니킥을 날렸다.

"으억-!"

순식간에 일격을 당한 잉어 문신도 외마디 비명과 함께 도깨비 문신 곁에 쓰러졌다. 하우배는 그런 두 남자를, 마치 스스로가 만든 작품을 감상하듯 가만히 쳐다보다가 한 발짝 다가갔다.

"…!"

하우배가 다가오자 두 문신남은 크게 잘못되었음을 깨달은 듯, 허둥지둥 일어나 달아나기 시작했다.

"씨… 씨바… 두고 보자!"

도깨비와 잉어는 짧은 욕지거리를 마지막으로 저 멀리 달아났다. 하우배는 냉기가 폴폴 새어나오는 눈으로 두 놈의 뒤통수를 노려보다가, 시야에서 완전히 사라진 뒤에야 똥물을 뒤집어쓴 충만에게로 몸을 돌렸다.

＊ ＊ ＊

6월 30일 저녁 6시 다정 한정식 주차장

"야, 오 기사야. 내 마음이 왜 이렇게 새색시 시집가는 날처럼 떨리지?”

　자신의 벤츠 승용차 뒷좌석에 앉은 왕배가 운전기사 오달규를 향해 말했다. 그러나 오달규는 답하지 않았다. 자신의 고용주가 대답을 바라고 한 말이 아님을 잘 알고 있었기 때문이다. 아니나 다를까, 왕배는 차 안에서 흘러나오는 찬송가를 흥얼거리다가 다시 입을 열었다.

　“우리 하늘 같으신 목사님께서, 내가 장로 된 것을 축하한다고 밥을 사신다니! 이런 영광이 또 어디 있난 말이다. 안 그러냐?”

　오달규가 기어들어가는 목소리로 맞장구를 쳤다.

　“그러게요. 축하드립니다, 회장님.”

　“자… 그럼 어디 슬슬 가볼까? 우리 목사님께서 자기를 구하려다 구속영장까지 신청당한 나를 위해 만들어 주신 자리이니…. 내가 기꺼이 가 드려야지!”

　왕배는 오달규를 남겨두고 차에서 내려 식당으로 향했다. 식당 안으로 들어서자 식당 종업원이 예약된 방으로 그를 안내했다. 안내된 방으로 들어간 왕배를 먼저 도착해 있던 만복교회 인사들이 반갑게 맞이했다. 10여 명의 장로들과 부목사들이었다. 왕배는 그들과 일일이 악수를 나누며 인사했다. 장로들 중 일부는 왕배의 장로 취임을 축하함과 동시에 경찰의 영장 신청에 대해 위로를 건네기도 했다. 왕배는 더 우쭐해졌다. 어제만 해도 그를 두려움에 떨게 만들었던 영장이, 지금은 담임목사 이성민을 구한 공로로 얻게 된 훈장처럼 느껴졌다.

　“태 장로님, 이쪽으로 앉으시죠.”

　수석장로가 왕배를 이성민의 맞은편 자리로 안내했다. 왕배는 감격스런 얼굴로 다시 한 번 사람들을 둘러보았다. 모두가 착석한 가운데, 이성민과 이성민의 옆자리 하나가 비어 있는 게 보였다. 그때, 방

밖에서 담임목사 비서의 목소리가 들려왔다.

"담임목사님 들어가십니다!"

문이 열리자 이성민이 한 남자와 함께 방으로 들어왔다. 장로들과 부목사들이 모두 일어나 박수를 치기 시작했다. 왕배도 그들과 마찬가지로 자리에서 일어나 박수를 치며 이성민을 맞이했다. 이성민은 자신을 맞이하는 이들과 일일이 인사를 나눈 뒤, 마련되어 있던 가운데 자리에 앉았다. 이성민을 따라온 남자 또한 비어 있던 이성민의 옆자리에 앉았다. 이성민이 왕배를 보며 입을 열었다.

"이번에 우리 태모세 장로님께서 큰 곤욕을 치르셨습니다."

이성민은 왕배에게 구속영장까지 신청되게 만든 것이 진심으로 미안한 듯, 매우 멋쩍어하며 사과했다. 왕배는 그런 성민을 향해 감격한 얼굴로 손사래를 치며 소리쳤다.

"우리 하늘 같으신 목사님을 위해서라면, 어떤 시련도 감당할 자신이 있습니다!"

이성민은 미소를 지으며 고맙다 말한 뒤, 곁에 앉은 남자에게로 몸을 돌렸다.

"태 장로님, 소개할 분이 있습니다. 내가 오래전부터 사석에서 형님처럼 모시는 분인데…. 두 분, 인사하시죠?"

왕배가 얼굴 가득 미소를 띠며 고개를 돌렸다. 그제야 옆자리에 앉은 남자의 얼굴이 시야에 들어왔다.

"어…? 정…!"

왕배의 두 눈이 경악으로 물들었다. 이성민 담임목사에게 형님 같은 분… 그러니 왕배 또한 마땅히 형님으로 모셔야 할 분은 다름 아닌….

"정충만이라고 합니다. 오랜 시절부터 이성민 담임목사님과 형제처럼 지내고 있습니다."

충만이 만면에 웃음을 지으며 자신을 소개하자, 장로들과 부목사들이 크게 고개 숙이며 인사를 건넸다. 충만은 그들의 인사를 받으며, 얼음처럼 굳어버린 왕배를 쳐다보았다.

"태 장로님이라고 하셨던가요? 우리 이성민 목사에게 말씀 많이 들었습니다. 이번에 아주 어.렵.게. 장로가 되셨다죠? 축하드립니다."

충만은 왕배만 알아볼 의미심장한 미소를 지은 채, 의도적으로 '어렵게'를 강조하며 축하를 건넸다. 왕배가 일그러지려는 자신의 안면 근육을 겨우 붙잡으며 답했다.

"아…. 감… 사합니다. 저도 반갑습니다."

잠시 후, 본격적으로 식사가 시작되자 이성민은 왕배가 신앙 간증했던 이야기를 화두로 꺼냈다.

"우리 태 장로님이 서울대를 갈 정도로 공부를 잘했었는데… 글쎄 가정 형편 때문에 진학하지 못했다니 얼마나 안타까운 사연입니까?"

충만은 테이블 저편의 왕배를 보며 음흉한 미소를 지었다. 왕배의 얼굴이 또 한번 창백해졌다. 충만은 왕배가 본인의 한자 이름조차 제대로 쓸 줄 모른다는 사실을 잘 알고 있었기 때문이다. 그러나 이성민은 그런 왕배의 속을 전혀 모른 채, 이번에는 대장암 극복 이야기를 꺼냈다.

"충만 형님. 우리 태 장로님이 얼마나 신실하신가 하면, 대장암 4기 말기까지도 하느님과 함께 극복했다고 합니다."

충만이 과장스럽게 함박미소를 지으며 맞장구를 쳤다.

"물론 잘 알고 있지요. 4기 말기에 암을 이겨낸다는 것은 말 그대로 기적이지요, 기적!"

왕배는 식사 내내 충만의 존재가 신경 쓰여 밥 한 술 제대로 넘기지 못한 채 식당을 나섰다. 이성민이 사람들의 배웅을 받으며 식당을 먼저 떠나자, 충만이 왕배에게 다가와 나지막이 속삭였다.

"어이, 태쫄보 씨. 이래도 계속 기어오를 거냐? 봤다시피 이성민이 내 아우야. 맘만 먹으면, 얼마든지 만복교회에서 제대로 망신당하게 만들어 줄 수 있다고. 이래도 계속 까불래? 아니면 더 혼이 난 뒤에야 항복할래?"

왕배는 대답하지 않았다. 그저 두 주먹을 움켜쥔 채, 충만을 뚫어져라 노려보았다. 장로들과 부목사들만 없었으면, 당장이라도 충만을 집어던졌을 듯한 기세였다. 눈치 빠른 충만이 이를 모를 리 없었다. 잘못했다가는 사무실 바닥에 이어 길바닥에 나뒹굴지도 모른다는 생각이 든 충만은, 장로들이 자리를 뜨기 전에 먼저 걸음을 옮겼다.

"좋아, 아직도 내 돈을 못 내놓겠다 이거지? 조만간 네가 직접 날 찾아와 무릎 꿇고 싹싹 빌게 만들어주마. 기대해라!"

충만은 협박 같은 인사를 끝으로 자신의 차에 올라 사라졌다.

✳ ✳ ✳

7월 4일 양재동 태왕배 회장실

며칠 뒤, 왕배의 로마개발 장종덕 본부장이 사색이 된 얼굴로 회장실로 들어왔다.

"회장님, 큰일 났습니다! 수성 증권에서 대출 만기 연장을 해줄 수 없다고 통보해 왔습니다!"

"…그게 무슨 말 같지도 않은 소리야? 대출 연장을 안 해준다고? 갑자기 왜?!"

왕배의 표정이 굳었다. 현재, 그의 로마개발은 용인 죽전에 아파트 1,100세대를 건설하는 부동산 개발사업을 진행 중이었다. 이미 수성 증권으로부터 1,200억 원을 대출받아 토지 매매대금 계약금을 지급 했고, 중도금과 잔금만 수성 증권에서 대출받으면 첫 삽을 뜰 수 있는 상황이었다. 그런데 만에 하나 대출 연장이 안 되면…? 그야말로 대참 사가 일어날 것이다.

"수성 증권 권 이사한테 확인은 해봤어?"

"예, 전화했습니다. 그런데…."

장종덕이 말끝을 흐렸다.

"그런데 뭐?"

"그게… 수성 증권에 회장님 관련 투서가 들어왔다고 합니다."

"투서? 겨우 그깟 투서 하나 때문에 구부능선을 넘은 대출을 안 해 주겠다고?"

왕배는 일그러진 얼굴로 전화기를 집어 들었다. 잠시 후 수화기 건 너편에서 권 이사의 목소리가 들려왔다.

"권 이사! 나요, 태왕배."

"아, 예. 태 회장님…."

"권 이사, 오늘이라도 당장 만납시다. 내가 지금 바로 출발하리다."

"아… 그게…. 오늘은 제가 일정이 있어서요."

"그럼 내일은 어떻습니까?"

"내일도 좀… 죄송합니다, 회장님. 나중에 연락드리겠습니다."

권 이사는 그 말을 끝으로 전화를 끊어버렸다. 왕배가 쾅! 전화기를 부수듯 내려놓으며 소리쳤다.

"이게 무슨 장난질이야!"

대출 연장이 안 되면 용인 죽전 사업장은 부도가 난다. 이 사업은 왕배가 지금까지 번 돈을 모조리 쏟아붓는다 해도 부도를 막기 어려울 정도로 큰 규모의 사업이었다. 그런데 난데없이 정체모를 투서를 핑계로 대출 연장을 안 해준다? 있을 수 없는 일이었다.

"…설마."

순간, 왕배의 머릿속에 한 남자의 얼굴이 스치듯 떠올랐다. 꿈틀거리는 송충이 두 마리를 눈 위에 얹고 다니는 놈…. 바로 수성 증권과 대출을 주선해준 '정충만'의 얼굴이….

＊ ＊ ＊

7월 6일 밤 10시 성충만의 논현동 집 앞

이틀 뒤, 왕배는 어느 2층짜리 단독주택 앞에서 깊은 한숨을 푹푹 내쉬고 있었다. 그가 지금 서 있는 곳은, 바로 충만의 집 앞이었다.

지난 이틀 동안 왕배는 수성 증권을 대신할 수준의 금융사들과 연락해 보며 갖은 수를 짜내보았다. 그러나 결과적으로 모두 거절당했다. 그랬다. 충만이 없어도 될 것이란 왕배의 생각은 오만이고 착각이었다. 왕배의 인맥은 충만의 인맥에 비하면 어린애 장난 수준이었던 것이다. 요 며칠 사이, 정충만의 '일류 브로커'라는 명성이 딱지치기로 얻은 게 아님을 뼈저리게 깨달은 왕배였다.

띵동–

왕배는 떨리는 손으로 초인종을 눌렀다. 그러나 충만은 바로 나타나지 않았다. 그는 왕배가 몇 번이나 더 초인종을 누르게 만든 뒤에야 슬그머니 대문 밖으로 얼굴을 드러냈다.

"…."

충만은 아무 말 없이 왕배를 쳐다보았다. 그렇게 30초 정도의 정적이 흐른 뒤, 왕배가 커다란 두 손으로 덥석- 충만의 손을 잡았다.

"정 회장…. 내가 죽을 죄를 지었다. 제발… 나 대출 좀 받게 해줘라. 우리 회사, 다음 주면 부도 맞는다! 한 번만… 정말 한 번만 도와주면 이 은혜 평생 잊지 않을게. 우, 우리는 깐부 아닌가!"

충만은 애원하는 왕배로부터 고개를 돌려 밤하늘을 쳐다보았다. 밤하늘에는 별이 없다. 그리고 별이 없는 밤하늘은… 낭만이 없다.

"…."

충만은 왕배의 손을 떼어내고는 다시 집 안으로 들어가려는 듯 몸을 돌렸다. 그때, 왕배의 머릿속에 충만의 목소리가 들려왔다. 지난번 식당에서, 충만이 두고 보자는 듯 던졌던 목소리가….

조만간 네가 직접 날 찾아와 무릎 꿇고 싹싹 빌게 만들어주마.

왕배는 대문 안으로 들어가려는 충만을 황급히 붙잡았다. 그러곤 그 앞을 막아선 뒤, 쿵- 무릎을 꿇고 어린아이처럼 울기 시작했다.

"정 회장님…. 아니, 깐부님…! 제발 살려주세요. 다음 주에 부도 나면 저랑 저희 가족은 다 길거리에 나앉습니다…! 약속했던 돈, 당장이라도 보내드리겠습니다. 제발 한 번만 살려주십쇼…!"

충만은 잠시 한심하다는 표정으로 왕배를 노려보더니 이내 크게 웃어젖히기 시작했다.

"내가 말했지? 네 사주가 돈 때문에 조바심 부리면 금매(金鷹) 앞에서 엎드리고 눈물 흘릴 사주라고! 이놈아, 내가 황금 사주인 걸 몰랐냐?"

충만은 이 기회에 자신이 당한 수모들을 톡톡히 갚아줄 생각이었다. 수성 증권 인사들 앞에서 삼류 로비스트 취급을 당하고… 왕배의 사무실에서 바닥에 내동댕이쳐지고… 건달들에게 뺨을 맞고… 심지어 똥물까지 뒤집어쓰지 않았던가? 그러니 이대로 끝낼 수는 없었다.

'이 쫄보 새끼가 다시는 기어오르지 못하게… 기를 팍 죽여 놔야 해!'

충만은 두 손을 들어 올리더니 울고 있는 왕배의 머리를 마구 헤집었다. 그러곤 이내 자신의 바지 안으로 양손을 모두 넣어서는 엉덩이 안을 한참 주물럭거리다가 꺼내들었다.

"킁- 킁-"

충만은 자신의 손에서 나는 냄새를 맡아보더니, 그대로 두 손을 왕배의 얼굴로 가져가 어루만지기 시작했다.

"켁- 케엑-!"

왕배는 똥내 나는 충만의 손이 얼굴을 주무르자 신음을 내뱉었다. 충만은 그런 왕배를 보고 킬킬거리며 입을 열었다.

"왕배야, 내가 옛날에 원숭이 똥 냄새를 많이 맡아 봤거든? 그거보다는 사람 똥 냄새가 덜 할 거야! 자, 혀도 내밀어! 네놈이 똥 맛을 제대로 봐야 다신 헛짓거리를 안 하지!"

왕배가 치욕스러운 표정으로 혀를 내밀자, 충만은 마치 된장을 찍듯 왕배의 혀에 똥내 나는 검지를 찍어 문질러댔다.

"우… 우웨엑…."

충만은 참다 못한 왕배가 헛구역질을 시작하자, 그제야 더러운 복수를 멈추었다.

"인마. 내 아우 성민이가 이름까지 '모세'라고 지어주었으면 마음을 곱게 써야지! 안 그러냐?"

왕배가 또다시 잘못했다며 고개를 주억거리자, 충만은 기다렸다는 듯 바지주머니에서 서류 한 장과 인주를 꺼내 들었다. 그가 내민 것은 컨설팅 계약서였다.

"자, 여기에 지장 찍어라!"

왕배는 울상이 된 얼굴로, 충만이 내민 30억짜리 용역계약서에 지장을 찍은 뒤에야 자신의 벤츠로 돌아갈 수 있었다.

＊ ＊ ＊

다음 날, 왕배는 거짓말처럼 수성 증권으로부터 '대출 연장을 해주겠다'는 연락을 받았다. 심지어 추가 대출까지 일사천리로 진행되었다. 그렇게 굴욕으로 위기를 넘긴 왕배는, 충만에게 약속한대로 30억을 송금했다.

돈을 송금 받은 충만은 자신의 법인 계좌로 들어온 돈을 보고 함박웃음을 지었다. 왕배와는 진즉에 용역 계약을 맺어놓은 터라, 굳이 현금 거래를 할 필요가 없었던 것이다. 남들이 보기에는, 그야말로 정상적인 사업 거래로 보이리라.

"자… 그럼 오늘도 힘내 볼까나!"

기분 좋게 집을 나선 충만은 하우배가 운전하는 제네시스에 몸을 실었다. 오늘도 열심히, 언젠가 거두어질 씨앗들을 뿌리기 위해…

10
그린벨트

늦은 밤, 동금은 홀로 사무실에 앉아 생각에 잠겨 있었다.

'이정명 변호사는 왜 죽어야 했을까?'

부동산 건설업자 태왕배와 전직 대법관 출신 변호사 이정명. 둘 사이에는 '거산마을'을 제외하면 어떤 연결고리도 없었다. 그나마 의심스러운 것이 있다면 '송명준' 의원의 이름에 노란색 형광펜이 표시된 조직도가 전부였다.

"후…."

피로한 듯 눈두덩을 문지르던 동금은 지푸라기라도 잡는 심정으로 '거산마을' 관련 기사를 닥치는 대로 검색하기 시작했다. '강남권 그린벨트 해제 검토' '거산마을, 유력 후보지로 부상'과 같은 기사들뿐만 아니라, '그린벨트 해제, 이제 고려할 때'와 같은 사설 등 군불을 지피는 사설까지 여러 기사들이 올라와 있었다.

"…전부 겨우 1년 전쯤부터 시작된 기사들이군."

동금의 혼잣말처럼, 거산마을이 기사화되기 시작한 것은 불과 1년 전부터였다. 그전까지는 전혀 기사화되지 못하다가, 어느 순간부터 고려일보 사설까지 등장할 수준으로 거론되기 시작한 것이다. 기사를 쭉 살피던 동금의 눈이 한 곳에 멈췄다.

[DBS 이은실 기자의 현장취재 – 그린벨트 해제 검토는 설익은 정책]

"이은실 기자…?"

동금은 기사를 클릭해 내용을 읽기 시작했다. 기사 내용은 흥미로웠다. 대부분의 기사들이 '거산마을의 그린벨트가 풀릴 가능성이 있다'는 광고성 기사인 것과 달리, 이은실 기자의 기사는 현장 취재를 바탕으로 '거산마을 그린벨트는 풀려서는 안 된다'라는 내용을 담고 있었다.

'한번 만나보면 여러 정보를 얻을 수 있을 것 같기도 한데…. 주영아 기자에게 다리를 좀 놔달라고 부탁해야 하나?'

동금이 떠올린 DBS 기자 주영아는, 6년 전 동금이 광수대에서 근무할 때 악의적인 기사를 작성함으로써 큰 곤욕을 치르게 만든 장본인이었다. 그러나 시간이 흐르며, 최근에는 해묵은 감정과 오해를 풀고 친구 같은 사이로 지내는 중이었다.

"아니, 이게 누구야? 박 형사가 내게 먼저 전화를 다 주고!"

동금이 전화를 걸자 주영아가 반갑게 소리쳤다. 동금은 짧게 인사를 나눈 뒤, 곧장 본론으로 들어갔다.

"이은실 기자 알아? 같은 DBS 방송국이던데. 내가 만나볼 수 있게 좀 도와줄 수 있을까?"

"엥? 뭐야? 둘이 뭔데?"

주영아가 황당하다는 듯 물었다. 그러나 동금 또한 그런 주영아의 반응이 황당하긴 마찬가지였다.

"무슨 소리야? 뭐가 뭐냐는 거야?"

"얼마 전에 이은실 선배가 나한테 강남경찰서 박동금 형사를 아냐고 물어봤거든!"

"…이은실 기자가 너한테 나를 아냐고 물어봤다고?"

"그렇다니까? 신기하네. 너도 이은실 선배를 찾고, 이은실 선배도 너를 물어보고…. 둘이 정말 모르는 사이 맞아?"

'이은실 기자가, 나에 대해 먼저 알고 있었다…?'

생각시도 못한 주영아의 말에 동금은 삼시 넝을 때리다가 입을 열었다.

"좋아, 그럼 이은실 기자님께 내 연락처 전달해줘. 부탁할게."

동금은 주영아와의 통화를 마친 뒤 다시 생각에 잠겼다. 이은실 기자는 거산마을 리포트를 썼다. 그리고 동금은 거산마을 주민들을 대리하던 이정명 변호사의 사건을 담당한 형사였다. 그러니 굳이 연결점을 찾고자 한다면 못 찾을 것은 없었다. 하지만….

'그래도 뭔가… 그것만으로는 석연치 않은데….'

＊ ＊ ＊

다음 날, 동금은 주영아의 빠른 주선 덕에 이은실 기자와 만남을 가질 수 있었다. 여의도의 어느 카페에서 만난 이은실 기자는 주영아보다 1년 선배로, 흰 피부에 긴 머리를 하나로 묶은 고전적인 미인상이었다.

"반갑습니다. 강남서 강력 3팀 박동금입니다."

"말씀 많이 들었어요. DBS 방송국 경제부 이은실이에요."

이은실은 살짝 얼굴을 붉히며 동금과 명함을 교환했다. 지금 이 순간, 그녀의 머릿속에는 전날 주영아가 했던 말이 둥둥 떠다니고 있었다.

선배! 박 형사를 보면 깜짝 놀랄걸요. 만나보면 무슨 말인지 알 거예요!

주영아의 말대로, 동금은 그녀가 이제껏 보아온 형사들과는 결이 달랐다. 연예인 못잖은 잘생긴 얼굴에 남다른 패션 감각, 거기에 골프 선수 출신다운 근육질 몸까지…. 머리부터 발끝까지 '완벽'한 남성상이다. 이은실은 동금의 질문에 정신을 다잡았다.

"이 기자님, 주 기자로부터 제가 왜 뵙고 싶어 했는지에 대해 들으셨나요?"

"아, 네. 제가 1년 전에 쓴 거산마을 리포트 때문이라고 들었어요."

동금은 고개를 끄덕이며 커피잔 손잡이를 만지작거렸다.

"그렇습니다. 거산마을 그린벨트가 풀린다는 이야기가 갑자기 어디서부터 흘러나왔는지…. 이은실 기자님이라면 아실지도 모른다고 생각해서요. 혹시 그 이야기의 출처에 대해 아시는 게 있나요?"

이은실은 앞에 놓인 허브티를 한 모금 마신 뒤 입을 열었다.

"지난 대선 때, 국민당 쪽에서 그린벨트 해제를 공약으로 검토하긴 했어요. 하지만… 논란이 있어 결국 공약집에서는 빠지게 된 걸로 알아요."

동금은 속으로 쓴웃음을 지었다. 정체를 알 수 없었던 조직도는, 결국 거산마을과 관련된 자료였던 것이다.

"저… 박 형사님?"

동금의 얼굴에 드리운 그늘을 읽은 이은실이 동금을 불렀다. 그녀의 얼굴은 동금에게 '갑자기 왜 그러는지 제게도 알려주세요.'라고 말하는 듯했다. 잠시 고민하던 동금은 솔직하게 말하기로 했다.

"실은… 피살된 이정명 변호사님의 사무실에서 국민당 선거대책본부 조직도가 발견됐습니다. 그 조직도가 거산마을 주민들 탄원서 사이에 끼워져 있었는데…. 그중 공동위원장으로 있던 송명준 의원의 이름에만 노란색 형광펜이 칠해져 있더군요."

순간, 동금의 답을 들은 이은실의 얼굴이 흙빛이 되었다.

"…송명준 의원이라고요?"

이은실은 마치 심호흡을 하듯 숨을 들이마시곤 한동안 말을 잇지 못했다. 이번에는 동금이 궁금증 가득한 표정으로 이은실을 쳐다보았다. 이은실은 다시 한 번 호흡을 가다듬은 뒤, 테이블에 놓인 물을 들이켰다. 동금도 아메리카노를 한 모금 마시며 생각했다.

'뭔가 숨기는 게 있어 보이는데….'

이은실 또한 그런 동금의 생각을 읽은 듯, 거산마을에 대한 이야기를 다시 시작했다.

"대선 전후, 고려일보가 강남 지역 일부 그린벨트 해제를 주장하고 나섰어요. 하루가 다르게 폭등하는 강남 집값을 잡아야 한다는 명분이었죠. 그런데 고려일보 보도 이후, 일부 이름 없는 인터넷 매체들로부터 거산마을이 언급되기 시작했어요."

이은실은 '그린벨트는 우리 세대가 다음 세대에 물려줄 수 있는 선물'이라며, 마찬가지로 다음 세대에게 물려줘야 할 테니 누군가가 마음대로 결정해서는 안 될 문제라는 소신을 밝혔다. 고개를 끄덕이며 이야기를 듣던 동금이 질문을 던졌다.

“이 기자님, 혹시 로마개발 태왕배 회장이라고 들어보셨습니까?”

이은실의 손이 멈칫하며 찻잔을 내려놓았다. 그녀는 잠시 아무 말 없이 창밖을 보더니, 다시 동금을 돌아보며 입을 열었다.

“글쎄요…. 혹시 거산마을 관련해서 더 궁금한 게 있으신가요?”

동금은 직감이 다시 한 번 ‘이은실에게는 숨겨진 무언가가 있다’고 속삭였다. 동금은 고요한 호수에 돌을 던지듯, 이은실을 향해 말을 던졌다.

“살해된 이정명 변호사님은… 거산마을 개발을 반대하는 주민들 쪽에서 활동하셨습니다.”

“그 말씀은… 거산마을 그린벨트 해제 풍문과 이정명 변호사님 피살 사건 사이에 연결 고리가 있다고 보시는 건가요?”

동금이 말없이 고개를 끄덕였다. 이은실은 이해가 안 된다는 듯 재차 질문을 던졌다.

“하지만 경찰에서는 이정명 변호사님을 살해한 범인을 모두 잡은 것으로 아는데요? 아닌가요?”

“솔직히 말씀드리자면, 겨우 꼬리만 잡은 상황입니다. 가장 중요한 살인의 배후가 오리무중이거든요.”

“전직 대법관님 피살을 사주할 정도의 사람이라면 보통 사람은 아니겠네요. 어마어마한 반대급부가 있으니 이런 대담하고도 무모한 일을 벌이지 않았겠어요?”

이후, 이은실은 ‘제가 알고 있는 정보가 도움이 된다면 수사에 적극적으로 협조하겠다’는 말을 끝으로 자리에서 일어났다. 동금이 보기에, 확실히 이은실은 인정사정없는 비난성 보도로 악명을 떨치는 주영아 기자와는 결이 달랐다. 물론 그렇다 하여 동금의 마음속 찜찜함이 사라진 것은 아니었다. 동금은 멀어지는 이은실의 뒷모습을 보며 생각했다.

'이 찝찝함이 사라지기 전까지는… 주영아에게 왜 나에 대해 물어봤는지도 묻어두는 것이 낫겠군.'

＊ ＊ ＊

강남경찰서 앞 커피숍

며칠 뒤, 억수같이 쏟아지던 장맛비가 멈춘 어느 날…. 동금은 갑작스럽게 이은실 기자로부터 연락을 받았다. 그녀는 중요한 정보가 들어왔다며, 강남경찰서로 직접 동금을 찾아오겠다고 했다.

"어서 오세요. 날이 참 덥죠?"

먼저 커피숍에 도착해 있던 동금이 주문해 둔 아이스티를 이은실에게 내밀었다. 그녀는 건네받은 아이스티를 단숨에 반이나 들이켰다.

"박 형사님, 제가 청와대에 출입하는 후배 기자로부터 거산마을 정보를 좀 알아봤어요."

이은실이 풀어놓은 이야기는 놀라웠다. 후배 기자의 말에 의하면, 정부에서는 '서울 강남권 그린벨트를 풀 생각이 전혀 없다'는 것이다. 후배는 이은실에게 '갑자기 출처 모를 그린벨트 해제 이야기가 떠돌아 그 주변 땅값만 폭등한 것으로 알고 있다'고도 했다. 거산마을 그린벨트 해제는, 한마디로 실체가 없는 거짓 루머였다.

"하지만 유력 언론사인 고려일보에서는 기사를 쓰지 않았습니까? 그 정도 언론사가 사설까지 내며 언급했다면, 나름대로 확실한 정보가 있었기 때문 아닐까요?"

동금의 물음에 이은실은 단호히 고개를 가로저었다.

"언론은 정부의 정책 유도를 위해 의견을 낼 수 있어요. 어쨌든 지금 이 문제의 핵심은 이거예요. 정부가 서울에, 특히 강남권 그린벨트 해제에 대해 전혀 검토한 바가 없다는 거죠!"

동금은 허탈한 웃음을 지었다. 정부에서 아예 검토한 바조차 없다니. 그야말로 다시 원점으로 돌아간 기분이었다. 그때 이은실이 더 전해 줄 정보가 있는 듯, 잔을 내려놓으며 입을 열었다.

"박 형사님, 혹시 아세요? 이정명 변호사님과 송명준 의원이 사법연수원 동기라는 거요."

"…사법연수원 동기요?"

"네, 더구나 같은 반, 같은 조였대요."

"같은 반, 같은 조면 뭐가 다른가요?"

동금이 고개를 갸우뚱하며 물었다. 순경 출신인 그는 사법연수원에 대해서는 잘 몰랐다.

"사법연수원 2년은 수습 기간이거든요? 그때 같은 반, 같은 조에 속한 연수생들은 친형제보다 더 가깝게 지낸대요. 수료 후에도 1년에 두세 번씩은 꼭 정기 모임을 가질 정도로요. 평생 인연인 거죠."

동금의 눈빛이 그제야 달라졌다.

"그러니까 이정명 대법관과 송명준 의원이…?"

"네, 모르긴 해도… 굉장히 가까운 사이였을 거예요."

동금은 잠시 생각에 잠겼다. 현재 동금을 비롯한 경찰들이 의심하고 있는 이정명 피살의 배후는 태왕배였다. 그러나 명확한 연결고리가 없어 막막하던 차에 송명준이 새롭게 나타났다. 그런데 그 송명준이 이정명과 형제 같은 사이라니…. 만에 하나, 송명준과 태왕배 사이에 무언가가 있다면…?

"이 기자님, 혹시 송명준 의원과 태왕배 사이에 대해 아시는 게 있습니까?"

이은실이 미소로 답했다.

"거산마을을 중심으로 송명준 의원과 태왕배 회장, 죽은 이정명 변호사가 서로 얽혀 있는 것 같아요. 그게 이 사건을 풀 연결고리가 될 거예요."

＊ ＊ ＊

동금이 사무실로 들어오자 기원이 자리에서 일어났다.

"박 형사야, 그 기자 만나고 오는 길이지? 뭐 괜찮은 정보 좀 나왔어야?"

"네, 이 기자가 확인한 바에 따르면…. 거산마을 그린벨트 해제는 완전히 거짓 루머였답니다. 정부에서 검토한 적조차 없다고 하네요."

동금의 말을 들은 기원이 황당하다는 표정을 지었다.

"아니, 그게 대체 뭔 말이다냐? 그럼… 누군가 미리 정보를 알고 거산마을 땅을 산 게 아니라는 얘기잖냐?"

"네, 아무래도 우리가 번지수를 잘못 짚은 것 같습니다."

동금이 고개를 가로젓자 기원이 이마를 긁적이며 중얼거렸다.

"그러니까… 그린벨트 해제 계획은 애초에 없었다. 이 말이지? 그렇다면…."

동금이 기원의 말을 이어받았다.

"그린벨트가 해제된다는 소문만 퍼뜨렸다는 얘기죠. 거산마을 청년회장 서호영 씨의 말에 따르면, 3년 전부터 타지인들이 헐값에 거산마을 땅을 사 모았다고 합니다. 그러니까 앞뒤를 맞춰보면…. 먼저 헐값에 땅을 사고, 그 뒤에 그린벨트 해제 소문을 퍼뜨려 비싸게 판 거죠!"

"시세차익을 노린 사기극이었구먼!"

기원이 철썩 허벅지를 내리치며 소리치자 동금도 동조했다.

"그렇죠!"

"그럼 그 뒤에 있는 놈은 처음부터 알고 있었다는 거네? 거산마을엔 개발 계획 따위는 애초에 없었다는 걸!"

동금이 고개를 끄덕이자, 기원은 팀원들에게 즉시 지시를 내렸다.

"다들 거산마을 토지 거래 내역 전부 뽑아봐! 3년 전부터 지금까지, 누가 샀고 누가 팔았는지 전부 추적해보는 거다. 특히 매수인 명단 중에 동일인이나 법인 이름이 반복되는지 확인하고!"

"알겠습니다!"

강력 3팀 형사들은 우렁찬 대답과 함께 작업에 착수했다. 자리에 앉으려던 기원은 뭔가 추가적으로 떠오른 듯, 동금을 향해 다시 입을 열었다.

"박 형사야! 너는 태왕배 주변 인물들도 다시 조사해보그라. 특히 부동산 중개업자나 투자 관련 인물 있으면 바로 보고하고!"

* * *

7월 27일 오후 인천공항 출국장

인천공항 출국장에 50여 명의 사람들이 모여 있었다. 다름 아닌 만복교회 해외봉사단이었다. 그들은 올해의 봉사 목적지인 인도네시아로 10일간의 여름 봉사활동을 다녀올 예정이었다.

"자, 다들 기도하시겠습니다."

이번 만복교회 해외봉사단 단장을 맡게 된 왕배가 말했다. 푸른색 반소매 티셔츠에 흰색 반바지, 검은 선글라스를 쓴 그는 남다른 덩치로 인해 일행 중에서도 유독 눈에 띄었다. 왕배는 지나가는 사람들의 시선 따윈 아랑곳하지 않고, 큰 목소리로 기도를 마쳤다.

"…하느님 아버지, 아멘!"

기도가 끝나자, 환송을 나온 수석장로가 왕배에게 다가왔다. 왕배의 눈에 그런 수석장로의 뒤를 따르는 두 명의 젊은 여성이 들어왔다.

"태 장로님. 잘 부탁드립니다. 법 없이도 사실 분이니, 일정을 훌륭히 마치고 돌아오실 것이라 믿어 의심치 않습니다."

장로의 덕담을 들은 왕배는 고개를 숙이는 것으로 답을 대신했다. 수석장로가 그런 왕배에게 따라온 여인들을 소개했다. 한 사람은 시원스러운 반소매 물방울 원피스를 입고 있었고, 다른 한 사람은 오버핏 셔츠에 짧은 반바지로 늘씬한 다리를 드러내고 있었다.

"이쪽 원피스 입으신 분은 배우 이세인 씨고, 이쪽 분은 미인대회 출신 채지수 씨입니다. 이세인 씨, 채지수 씨. 아시겠지만 여기는 이번에 봉사단을 인솔할 태모세 장로님이십니다. 인사들 나누세요."

왕배는 자기보다 한참 어린 두 여인에게 정중하게 인사를 건넸다.

그렇게 인사를 마친 뒤, 봉사단은 출국 전 마지막 일정으로 단체사진을 찍었다. 단장인 왕배는 봉사단 한가운데에 섰고, 세인과 채지수는 그런 왕배의 곁에 서서 얼굴마담을 했다. 촬영을 마친 세인은 출국 전, 공유받은 단체 사진을 동금에게 전송하며 메시지를 남겼다.

[박 형사님, 해외봉사단 출국 전이에요! 그런데 제가 누구 옆에서 지금 사진 찍은 줄 아세요? 놀라지 마세요! 바로 태왕배입니다^^]

＊ ＊ ＊

"박 형사님! 이런 찜통 더위에 무슨 외근이에요? 형기차 에어컨 고장 났다니까요?"

수석이 필사적으로 발버둥 쳤지만, 동금은 그런 수석의 목덜미를 붙잡고 사무실을 나섰다.

"신 청장! 맥반석 오징어처럼 구워지지 말고 잘 다녀와라!"

울상이 된 얼굴로 끌려가는 수석을 향해 수찬이 소리쳤다.

잠시 후, 동금과 수석은 동금의 미니 쿠퍼를 타고 거산마을로 향했다. 조수석에 앉은 수석은 자리가 영 불편한 듯, 닷 발이나 튀어나온 입으로 투덜거렸다.

"선배님, 박 사장님한테 차 한 대만 더 좋은 걸로 뽑아달라고 하세요! 그 많은 돈 다 어디다 쓰시려고요?"

동금이 시크한 표정을 지으며 답했다.

"아버지 돈이 내 돈은 아니잖아?"

둘이 이러쿵저러쿵 툭탁거리는 사이, 미니 쿠퍼가 어느새 거산마을에 당도했다.

"청년회장님!"

"어이구, 박 형사님!"

거산마을 청년회장 서호영은 동금과 수석을 반갑게 맞이했다. 서호영은 두 형사를 집으로 맞이하고는 시원한 냉수를 대접했다.

"실은… 드릴 말씀이 있어서 직접 왔습니다."

동금은 자신이 알게 된 정보들을 서호영에게 알려주었다. 거산마을 그린벨트 해제와 개발 계획이, 처음부터 거짓 루머였다는 사실에 대한 이야기였다. 그러나 서호영은 크게 당황하지 않았다. 그는 '혹시 알고 있었냐'는 동금의 물음에, 얼마 전 젊은 여 기자가 찾아와 비슷한 이야기를 해주었다고 했다.

"그 기자… 혹시 이름이 이은실 아니었나요? 피부가 하얗고 교양 있어 보이는 여자인데요."

동금이 이은실의 이미지를 설명하자, 서호영은 크게 고개를 끄덕이며 맞다고 답했다. 동금 또한 가만히 고개를 끄덕인 뒤 다음 용건으로 넘어갔다.

"청년회장님, 2년 전에 거산마을 땅을 샀다는 외부인들을 만나볼 방법은 혹시 없을까요? 아니면 땅을 파신 분들이라도…."

서호영은 이곳저곳으로 전화를 돌리기 시작했다. 그렇게 몇 분 뒤, 그는 '땅을 일부만 팔고 여전히 거산마을에 있는 사람'을 찾았다며, 동금을 향해 입을 열었다.

"마침 지금 집에 있다네요. 함께 가시죠."

동금과 수석은 서호영을 따라 길을 나섰다. 그들이 찾아가는 사람의 이름은 서달복이었다. 서호영은 서달복의 집으로 이동하며, '집성촌인 거산마을에는 유독 서 씨가 많다'고 얘기해주었다.

"안녕하세요? 강남서 박동금 형사라고 합니다."

동금과 수석은 서달복과 차례로 악수하며 인사를 나누었다. 서달복은 67세로, 한눈에 봐도 농사꾼처럼 보이는 남성이었다.

"그럼… 이야기를 좀 해주시겠습니까?"

서달복의 얘기는 이러했다. 그는 3년 전, 자녀를 결혼시키기 위해 목돈이 필요했다. 별수 없이 땅 일부를 팔아야 하는 상황에 처했고, 소유 중이던 땅 중 일부를 팔았다. 이야기를 듣던 수석이 조심스레 입을 열었다.

"혹시 땅을 사간 사람에 대해 기억하고 계신 게 있을까요? 이름이라거나…."

서달복은 잠시 고민하더니 수납장을 뒤지기 시작했다. 그러곤 무언가를 찾아 동금과 수석에게 내밀었다.

"이게 그때 땅 사간 사람 명함입니다."

명함을 보는 순간, 동금과 수석의 얼굴에 썩은 미소가 걸렸다.

[㈜로마개발 이사 박대수 010-3726-47××]

* * *

사무실로 돌아온 동금과 수석은 즉시 등기부등본을 확인하기 시작했다. 그리고 얼마 지나지 않아, 수석이 손을 번쩍 들며 기원을 불렀다.

"팀장님, 거산마을 등기부등본 확인했는데요. 거산마을 땅을 산 사람, 태왕배가 맞습니다! 3년 전에 평당 천만 원에 샀다가, 작년에 3천만 원에 팔았습니다."

"어째 더러운 예감은 틀리지를 않는다냐…! 그나저나 2년 만에 3배로 뛰었다고? 그게 말이 되나?"

기원의 의문 가득한 물음에 동금이 수석 대신 답했다.

"그것뿐이 아닙니다. 태왕배하고 그 가족들, 태왕배 소유 법인들까지 합치면 거산마을 땅을 2만 평 이상 쓸어갔더라고요."

어마어마한 규모를 들은 기원의 입이 딱 벌어졌다.

"뭐? 2만 평이나?"

"네, 평당 천만 원 내외로 샀습니다. 총 2천억 원 들여서요."

"한두 푼이 아닌디…. 그 돈이 다 어디서 났지?"

"저축은행이요. 거기서 대출받았습니다."

기원은 어처구니가 없다는 표정으로 동금과 수석이 있는 곳으로 다가갔다.

"허참! 저축은행에서 2천억씩이나 빌려줬다고? 나는 얼마 전에 대출 알아봤더니 고작 이천만 원 가능하다던디…. 그게 가능한 일이여?"

동금이 서류를 넘기며 보고를 이어갔다.

"거산마을 주변 공인중개소를 돌아보니, 1년 전쯤부터 '그린벨트가 해제된다' '복합 쇼핑몰이 들어온다' 이런 소문이 퍼지면서 땅값이 치솟았다고 합니다. 그렇게 값이 오르자, 태왕배는 미리 2~3년 전에 사 둔 땅을 조금씩 팔기 시작한 거죠. 평당 3천만 원에요."

"2천억을 처박아서… 6천억에 팔았다?"

"네, 세금이랑 이자 빼도 천오백억은 남습니다."

기원이 더는 못 참겠다는 듯 버럭 소리를 질렀다.

"이런 쳐 죽일 놈! 이렇게 쉽게 돈을 벌었다고?!"

그때, 정선이 볼펜을 빙글빙글 돌리며 고개를 기울였다.

"팀장님, 좀 이상하지 않나요?"

"뭐가?"

"태왕배 같은 부동산 개발업자 혼자 이런 소문을 낼 수 있었을까요? 고려일보까지 끌어들인 데다 국민당 대선 캠프에서 그린벨트 해제를 검토하게 만들고… 심지어 대출까지 일사천리로 받아냈잖아요?"

정선의 예리한 추리에 기원의 눈빛도 날카로워졌다.

"태왕배 혼자는 불가능해 보여요. 태왕배 뒤에도 흑막이 있을 수 있다는 이야기죠!"

동금도 무언가 떠올랐다는 듯, 책상을 뒤적거리더니 페이퍼 한 장을 기원에게 내밀었다. 이정명 변호사의 자료 속에서 찾았던 국민당 선거대책본부 조직도였다.

"그래, 박 형사가 찾아낸 이거. 이 형광펜 칠해진 송명준이도 참말로 의심스럽구만!"

"맞습니다. 간단하게 정리 한번 해볼까요?"

동금은 기원의 말에 동의하며 화이트보드로 향했다. 그러곤 이름들을 하나씩 적어가며, 화살표로 라인을 그려 나갔다.

송명준 → 태왕배 → 노숙자 명의 핸드폰 사용자 → 양철구 → 유길수, 최명상

동금이 마커를 내려놓자 기원이 화이트보드를 보며 입을 열었다.

"그러니까… 이 판을 이정명 변호사가 알아버려서 입을 막으려고 죽였다? 하! 송명준이… 이 인간 지금 유력 대권주자 아니냐? 이런 사람이 대통령이라도 되면 우리 대한민국은 어떻게 되는 것이냐 시방!
그런데 말이다….”

기원이 말꼬리를 흐리자, 팀원 모두의 이목이 집중되었다. 기원은
깊은 생각에 잠긴 듯한 표정으로, 사건의 핵심 중의 핵심일지도 모를
질문을 나직이 내뱉었다.

“그렇다면… 이정명 변호사는 이 판을 어떻게 알았지?”

11
성인(聖人) 그리고 위선(僞善)

8월 2일 인도네시아 자바섬 찌레온

만복교회 해외봉사단은 인도네시아 '찌레온'에서 열심히 봉사활동을 이어갔다. 찌레온은 자카르타에서 3시간 거리에 위치한 곳으로, 환경이 생각보다 훨씬 열악했다. 봉사단 의료팀은 치료와 의약품으로 주민들을 도왔고, 대학생들은 음악과 미술 등 각자의 특기에 맞춰 열성을 다해 봉사했다.

한편 봉사활동 기간 동안 세인은 왕배를 유심히 관찰했다. 동금의 말과 달리, 봉사 기간 동안 왕배가 보여준 모습은 그야말로 성인과도 같았다. 그는 육중한 체격으로 땀을 뻘뻘 흘리며 초등학교에 페인트 칠을 했고, 아이들과도 틈틈이 공을 차며 놀아주었다. 공동기도 시간 외에도 밤낮을 가리지 않고 기도했으며, 제때에 치료받지 못한 아이들을 보면 눈물을 흘렸다. 심지어 작은 야생동물 한 마리조차 놀라게 하지 않으려고 조심했다. 다른 나이 든 남성들과 달리 젊은 여성들에게 추파를 던지거나 무례한 농담을 던지지도 않았다. 아무리 보고 또 보아도 '청부살인의 배후'라고는 도저히 상상할 수 없는 모습이었다.

"태 장로님께서 이곳 초등학교에 천만 원을 기부하셨습니다."

부목사 이지강이 단원들에게 말했다. 그야말로 왕배의 성인군자적 행보에 화룡점정을 찍어주는 순간이었다. 단원들은 왕배에게 우레와 같은 박수를 보냈다. 왕배는 거들먹거리는 기색이라곤 없이, 그저 꽃사슴 같은 큰 눈을 끔뻑거리며 멋쩍어했다.

"태 장로님, 장로님이야말로 진짜 성인(聖人)이십니다!"

청년 중 하나가 소리치자, 여기저기서 "옳소!" 하는 동조의 목소리가 터져 나왔다. 세인은 도무지 판단을 내릴 수가 없었다. 동금의 말이 거짓일 리는 없었지만, 아무리 요리 보고 조리 보아도 그녀가 지켜본 왕배의 모습 또한 전혀 악인이라 볼 구석이 없었다.

＊ ＊ ＊

8월 3일 강력 3팀 사무실

동금은 자리에서 일어나 기원에게 다가갔다. 태왕배의 법인 계좌 추적 결과를 보고하기 위함이었다.

"팀장님, 태왕배와 로마개발 계좌에서 특이한 돈 흐름이 발견됐습니다."

"특이하다고?"

"네, 땅을 판 돈 대부분은 ㈜로마개발 운영자금으로 투입됐는데요. 이 중 200억 정도가 다양한 거래로 위장된 뒤 현금화되어 인출됐습니다."

기원이 커피잔을 내려놓으며 눈을 크게 떴다.

"200억? 백억도 아니고 이백억을 현금화했다고?"

기원이 믿기지 않는다는 표정으로 다시 묻자, 동금이 계좌 내역을 정리한 표를 내밀었다.

"재벌도 아닌 태왕배가 이렇게나 큰돈을 비자금으로 조성했단 말이지? 간땡이가 부었구나!"

기원이 자료를 훑어보며 혀를 찼다.

"그렇습니다. 최근에도 30억 원이 덕산개발이란 회사로 이체됐어요."

"덕산개발? 뭐… 건설회산가? 그건 왜? 이것도 문제 있는 거래야?"

"알아보니 덕산개발은 부동산 개발 및 분양, 건물 임대를 하는 회사로 되어 있습니다. 문제는… 사실상 1인 법인이에요. 심지어 최근 몇 년간 실적이 전혀 보이지 않습니다."

"그런데 30억이 한꺼번에 로마개발에서 덕산개발로 이체되었다?"

"예. 더구나 등기부를 보니까 대표이사가…."

"누군데?"

"정충만, 기억하시죠?"

기원의 눈빛이 날카로워졌다.

"정충만? 4팀 이경수 팀장이 안다는 그 사람?"

"맞습니다. 서울역 딸랑이로 불렸고, 서장님 손님으로 왔던 바로 그 사람입니다."

동금은 기원에게 정충만의 범죄경력 자료를 건네주었다.

"이 인간 전과 좀 보세요. 아주 화려합니다. 사기, 알선수재, 변호사법 위반 등 10범입니다. 사기와 알선수재로 실형을 선고받아 교도소 생활도 오래 했어요. 마지막 사기죄로 출소한 뒤에는 정덕배에서 정충만으로 이름도 바꿨고요."

기원이 헛웃음을 터뜨렸다.

"이름 세탁이구먼."

"맞습니다. 심지어 방금 보고드린 덕산개발과 정충만의 주소지가 일치합니다."

"각이 딱 나오네. 사무실도 없는 유령회사 '덕산개발'에 30억이라는 돈이 들어갔다는 거 아니냐? 아주 구린내가 진동하는구먼!"

기원에게 보고를 마친 동금은 옆 사무실인 상력 4팀으로 님어갔다. 이경수 팀장을 만나 정충만에 대한 추가 정보를 얻기 위함이었다.

"그러니까… 정충만, 그 딸랑이 새끼 얘기가 궁금하다 이거지?"

"네, 지난번에 정충만이 용산구청 공무원들 똥구멍이나 빨던 놈이라고 하셨잖아요? 그 얘기 좀 더 들어보고 싶어서요."

이경수는 '정충만이 아무리 이름을 바꾸고 회장님 흉내를 내더라도 자기 눈은 못 속인다'며 웃어젖히고는 이야기보따리를 풀기 시작했다.

"그 새끼 원래 이름은 정덕배야. 30년 전만 해도 서울역에서 원숭이 데리고 재주 부리며 좀약 같은 생활용품이나 팔던 장사꾼이었지!"

"서울역에서요?"

"그래, 근데 이 새끼가 성실한데다 잔머리가 아주 좋았어. 그러던 어느 날, 우연히 용산 전자상가 근처에 큰 땅을 가진 지주 눈에 들었지 뭐야? 처음엔 지주 심부름이나 하는 수준이었지. 그런데 이런저런 심부름을 하다 보니까, 자연스럽게 용산구청 공무원들이나 우리 용산 경찰서 형사들하고도 사귀기 시작한 거야. 그러다 결국엔 이놈이 한 건을 해낸 거지. 구청 공무원들 도움을 받아서, 지주가 가진 주차장부지를 상업 용지로 변경해줬거든! 덕분에 지주는 물론이고 덕배 그 놈도 큰돈을 벌었어. 그때부터 이 새끼가 돈맛을 알게 된 거야.”

이경수는 신이 난 표정으로 손짓발짓을 섞어가며 말을 이었다.

“그 이후로 덕배는 지주한테서 독립했어. 그동안 만든 인맥을 바탕으로, 공무원들 힘이 필요한 사람들 찾아다니면서 일을 해주기 시작한 거지. 능력이 있으니 용산 바닥에서 금세 소문이 났고, 그 기세를 몰아 정덕배는 구청 공무원들하고 인맥을 더 넓혔어. 그렇게 끝없이 발을 넓히기 시작하더니만 경찰이랑 세무서까지 연을 맺더라고!”

“그러니까… 일명 ‘브로커’ 역할을 했다는 말씀이시죠?”

“그렇지! 덕배 그뿐만 아니라, 그놈은 다른 사람들 일을 해 주면서 자기도 한 발씩 걸치며 더 큰돈을 벌었어. 그런데 갑자기 이놈이 용산에서 자취를 감춘 거야. 나중에 들어보니… 한 10년 전에 강남으로 넘어갔다지 뭐야?”

“그럼 팀장님이 얼마 전 경찰서에서 본 게…?”

“그래, 15년 만에 다시 보게 된 거야. 근데 이 새끼가 이름을 바꾸고 나타나서는 날 모르는 척 하는 거 아냐? 참나, 웃기지도 않아서…!”

경수는 코웃음을 치며 덧붙였다.

“정덕배 그놈은 예전부터 모임을 잘 만들고, 높은 사람들 비위도 잘 맞춘다고 소문이 자자했어. 또 그 뭐더라? 아, 그래. 공무원들 사주도 곧잘 봐준다고 하더라고! 그런 놈이 하는 짓이 뭐겠어? 인맥으로 장사하는 거지 뭐!”

$*$ $*$ $*$

8월 6일 오전 10시 인천공항

무사히 한국으로 돌아온 만복교회 해외봉사단은 아쉬움 속에서 해산했다. 모두 열흘 동안 함께 고생한 만큼 출국 때보다 훨씬 친밀해져 있었다. 특히나 봉사단장인 태왕배는 봉사단원 한 사람 한 사람에게 90도로 인사하며 악수를 나누었다. 눈물까지 글썽이는 그 모습에, 세인을 비롯한 모두가 진심 어린 박수를 보냈다. 이 순간, 왕배는 정말로 박수를 받아 마땅했다. 봉사 기간 내내 그는 매 순간 최선을 다해 솔선수범했고, 겸손했으며, 누구보다 신실한 모습을 보였다.

"그럼 다들 조심히 들어가세요! 주일에 뵙겠습니다!"

왕배는 아쉬움 가득한 인사를 마지막으로 교회 일행과 헤어져 출국장을 빠져나갔다. 그가 밖으로 나오자, 근처에 차를 세우고 대기 중이던 오달규가 헐레벌떡 왕배를 향해 달려왔다.

"야 이마! 빨리 안 와?!"

왕배가 자기 몸통만 한 캐리어를 오달규 쪽으로 밀어버리며 호통을 쳤다. 그러곤 그대로 앞장서서 자신의 벤츠 차량으로 성큼성큼 걸어갔다. 오달규는 커다란 캐리어를 힘겹게 끌며 왕배의 뒤를 따랐다.

"좀 빨리빨리 움직여라, 이 굼벵이 같은 새끼야!"

먼저 뒷좌석에 오른 왕배가 오달규를 향해 또 한 번 욕지거리를 날렸다. 오달규는 허둥지둥 캐리어를 트렁크에 실은 뒤, 연신 머리를 조아리며 얼른 운전석에 올랐다. 잠시 후 차가 출발하기 무섭게 왕배는 어딘가로 전화를 걸었다.

"어이! 문 마담! 그래, 나 태 장로야!"

"어머~ 장로님! 언제 들어오셨어요? 얼마나 기다렸는지 몰라요~!"

중년 여인의 애교 가득한 목소리가 수화기 저편에서 흘러나왔다. 왕배는 창밖으로 고개를 돌리며 음흉한 미소를 지었다. 불과 5분 전까지 교회 사람들 앞에서 보여주던 모습은 온데간데없이 사라지고 없었다.

"말도 마라고. 안 그래도 내가 덥고 더러운 곳에서 며칠을 지냈더니…. 그거 생각이 좀 나서 말이야!"

운전기사 오달규는 아예 안중에도 없는 듯, 더 크게 목소리를 높이는 왕배에게 문 마담은 한층 더 감미로운 목소리로 맞장구를 쳤다.

"아유~ 그럼요~! 우리 장로님이 힘든 일 하느라 얼마나 고생이 많으셨는데. 당연히 신선한 에이스로 준비해야죠. 가평 별장으로 보내면 되죠?"

"그렇지! 몸보신 좀 제대로 해야겠으니까 신경 써서 골라 보내라고!"

왕배는 한동안 문 마담과 음담패설을 나누며 추잡한 웃음소리를 연신 터뜨렸다. 그렇게 통화를 마친 뒤, 뒷좌석을 두리번거리던 왕배는 오달규를 노려보며 입을 열었다.

"야! 충전기 어디 있어?"

갑작스러운 왕배의 물음에 오달규가 사시나무처럼 떨기 시작했다. 충전기를 미처 준비하지 못한 것이다.

"죄, 죄송합니다. 회장님…!"

오달규가 창백해진 얼굴로 사과했다. 순간, 왕배의 얼굴이 악귀처럼 일그러졌다. 그는 자신보다도 연배가 많은 오달규가 사과했음에도 불구하고 일말의 망설임도 없이 솥뚜껑만 한 손을 들어 오달규의 뒤통수를 내리쳤다.

퍼억-!

차 안에 둔탁한 소리가 울릴 정도의 구타였지만, 오달규는 아프다는 소리도 내지 못한 채 입술을 깨물었다. 괜히 아프다는 시늉이라도 했다간, 손바닥이 아닌 주먹이 날아온다는 사실을 경험으로 알고 있었다.

"이런 모지리 병신 새끼! 외국 갔다 오면 핸드폰 배터리 충전기가 필요하다는 것도 모르냐? 이 똥개만도 못한 새끼야!"

왕배는 화가 덜 풀린 듯, 주먹을 쥐어 오달규의 머리를 한 대 더 쥐어박았다. 오달규는 고통을 참으며, 죄송하다고 거듭 사과했다.

"운전이라도 똑바로 해, 이 버러지 같은 놈아. 그것도 못 하면 이번에는 발이 날아갈 테니까!"

악마도 한 수 배워야 할 수준의 '악인 태왕배'의 폭행은 가평으로 가는 내내 계속되었다.

12
만남의 광장

8월 10일 아침 6시 30분 만남의 광장 주차장

영등포경찰서의 25년 차 베테랑 허두연 형사는 기지개를 켜며 만남의 광장을 둘러보았다.

'…혼자 1시간이나 일찍 와버렸네.'

허두연은 시간을 확인하며 생각했다. 그는 오늘, 충남 아산 경찰교육원의 경찰 골프장에 가기 위해 휴가를 냈다. 55세라는 늦깎이에 골프를 시작한 그를 위해, 동기들이 '머리를 올려주겠다'[18]고 나선 것이다. 경찰 골프장은 부킹이 쉽지 않은 데다 직접 카트를 끌고 다녀야 했지만, 동기들이 만나 운동을 할 수 있는 '만남의 장소'였기에 현직 경찰들 사이에서 인기가 많았다. 허두연은 담배를 한 대 꺼내 물며 피식 웃었다.

"참나, 이게 뭐라고 긴장이 되나."

허두연은 담배를 피우며 긴장도 풀고 시간도 때울 겸 휴게소 여기

18　골프에서 첫 라운딩 나가는 것을 '머리를 올린다'고 표현한다.

저기를 걸어 다니기 시작했다. 그는 만남의 광장에 올 때면, 다른 고속도로 휴게소와는 조금 다르다는 생각을 하곤 했다. 이곳은 단순한 휴게소가 아니라, 지방으로 내려가는 사람들이 만나 중간 점검을 하는 새로운 출발지로서의 역할도 하고 있었다. 순간, 만남의 광장 여기저기로 시선을 던지던 허두연의 눈이 반짝 빛났다.

"우와. 저거 각그랜저 아냐? 저게 아직도 돌아다니네?"

허두연은 담배 연기를 뱉으며 차를 살펴보았다. 그의 아들보다도 나이가 많을 듯한 각그랜저에는 먼지가 잔뜩 앉아 있었고, 새똥도 많이 묻어 있었다. 주인이 꽤 오랫동안 타지 않고 여기에 주차해 둔 듯했다. 허두연은 담배를 입에 물고, 습관적으로 휴대폰을 꺼내 차량조회 시스템에 접속해 그랜저의 번호를 입력했다. 눈에 띄는 차를 조회하다 보면, 의외로 수배 차량이 검거되는 경우가 종종 있었다. 잠시후 나타난 조회 결과를 본 허두연 형사가 헛웃음을 지었다.

[담당 : 강남경찰서 형사과 경위 박동금 02-535-253×
차량 소유자 : 양철구(사망)
수배 일자 : 5월 11일, 수배 차량]

＊ ＊ ＊

"강남서 박동금 형사님이죠? 여기 서초경찰서 상황실입니다."

동금은 출근 준비 중에 서초경찰서로부터 전화를 받았다. 내용인즉, 관내에서 피살된 대국파 행동대장 양철구의 그랜저 승용차를 발견했다는 것이었다. 동금은 집을 나서자마자 만남의 광장으로 미니쿠퍼를 몰았다.

만남의 광장에 도착한 동금의 눈에 먼저 도착한 감식반의 모습이 들어왔다. 동금은 감식반 사람들과 목례를 나누며, 열려 있는 차 트렁크로 성큼성큼 걸어갔다. 트렁크 안에는 야구방망이 한 자루와 바짝 마른 혈흔이 묻어 있는 듯한 칼 두 자루, 그리고 흰색 자루가 들어 있었다. 동금은 휴대폰을 꺼내 이정명 변호사 피살 당시 CCTV 영상을 돌려보았다. 예상대로, 트렁크 안의 두 자루 칼은 이정명 변호사를 살해할 때 사용된 그 칼들이었다. 양철구는 범행에 사용한 칼까지 회수할 정도로 용의주도했다.

칼을 확인한 동금은 흰색 자루로 시선을 던졌다. 감식반 소속 류일호 경사가 자루를 열자 빳빳한 5만 원권 다발이 수북이 들어 있는 것이 보였다. 얼핏 보아도 상당한 액수의 현금이었다. 돈다발의 지문 감식을 마친 류일호 경사가 돈다발을 세어 보기 시작했다.

"오만 원권 100장이 한 묶음이니까…. 박 형사님, 이거 총 5억 원인데요? 거기다 완전 새 돈이네."

동금은 감식이 끝난 오만 원권 뭉치 하나를 집어 들었다. 100장짜리 지폐를 묶고 있는 띠지에 '대한은행 양재동 지점'이라고 표기되어 있었다. 동금은 휴대폰으로 띠지를 촬영하며 생각했다.

'아마도… 이정명 변호사를 살해하는 대가로 받은 돈이겠지.'

잠시 후, 기원을 비롯한 강남서 강력 3팀 형사들이 만남의 광장에 도착했다. 정선이 트렁크 속 칼을 보더니 욕지거리를 날렸다.

"유길수랑 최명상. 이 새끼들 다 거짓말했네요. 흉기는 도주하면서 버렸다더니만…."

수찬이 으드득- 이를 갈며 정선의 말을 받았다.

"쳐 죽일 놈들…! 이래서 내가 현장에서 안 팰 수가 없다니까. 그때 좀 더 때려줄걸!"

동금은 두 사람의 말을 들으며 다시 지폐 뭉치를 들고 세심하게 살피기 시작했다. 새 돈 특유의 빳빳한 촉감이 손끝에 전해졌다. 오만 원권 신권들은 마치 은행에서 막 뽑아낸 듯, 일련번호 순으로 깔끔하게 정리되어 있었다. 동금은 무언가 중요한 단서를 읽어내려는 듯, 손가락으로 지폐 모서리를 천천히 훑었다. 그렇게 말없이 돈다발을 이리저리 돌려보던 동금은, 다른 묶음들도 하나씩 확인하기 시작했다.

"…."

동금의 눈이 날카롭게 찢어졌다. 마치 퍼즐의 한 조각을 맞춰가고 있는 사람처럼, 그의 시선은 돈다발에서 오랫동안 떨어지지 않았다.

＊ ＊ ＊

8월 14일 오후경 강남경찰서 강력 3팀

오후 늦은 시간, 서울청 과학수사대로부터 희소식이 전해졌다. 양철구의 각그랜저에서 발견된 5억 원에서 왕배의 지문이 발견됐다. 지폐에서 나온 지문은 총 셋으로, '대한은행 양재동 지점 직원' '양철구' '태왕배'의 지문만이 검출되었다. 트렁크 안에 있던 칼 두 자루에서도 이정명 변호사의 혈액이 발견되었다. 강력 3팀 형사들은 오랜 추적 끝에 손에 넣은 증거들을 두고 원탁 테이블에 빙 둘러앉았다. 수석이 먼저 입을 열었다.

"팀장님, 이제 게임 끝이죠? 양철구 트렁크 안에서 발견된 현금 5

억 원에서 태왕배 지문이 발견됐으니까요. 제가 당장 태왕배 잡으러 가겠습니다!"

수석이 의기양양한 얼굴로 수갑을 흔들며 소리쳤지만, 선배 형사들의 얼굴은 그리 밝지 않았다. 그중에서도 특히 동금의 얼굴은 수심으로 가득했다.

"신 청장아, 네 말대로 양철구가 보관한 현금에서 태왕배의 지문이 발견되었다는 것은 우리에게 강력한 무기가 되겠지. 하지만 태왕배가 '내가 돈 만진 것과 이정명 변호사 피살이 무슨 관련이 있느냐'라고 따지고 나올 가능성이 높은디…. 그때 그놈의 주장을 깰 추가 증거가 있어야 확실하게 잡아넣을 수 있지 않겠냐?"

기원이 베테랑답게 상황을 설명해주자, 수석이 그제야 한 방 맞은 듯한 표정으로 털썩 자리에 앉았다. 정선이 그런 수석을 향해 위로 아닌 위로를 건넸다.

"신 청장, 아직 게임은 진행 중인 거야. 뭔가 결정적인 한 방이 있어야 하는 상황인 거라고."

팀원들의 이야기를 듣던 동금이 입을 열었다.

"더 중요한 사실은, 여전히 양철구와 태왕배 사이에 직접적인 연결고리가 없다는 겁니다. 양철구의 대포폰이 노숙자 명의의 대포폰으로 전화했고, 이 대포폰을 사용하는 사람이 태왕배에게 전화했으니까요. 말 그대로 심증은 있지만, 확실한 물증이라고 밀어붙이기엔 애매한 증거인 겁니다. 게다가 처음 태왕배를 찾아갔을 때, '대국파'는 알지만 '양철구'는 모르는 눈치였어요. 그러니 실제로 태왕배와 양철구는 서로 모르는 사람일 가능성이 있습니다."

강력 3팀 형사들 모두 고개를 끄덕였다. 동금의 말대로 현금 5억

원에서 태왕배와 양철구의 지문은 발견되었지만, 은행 직원 이외에 다른 사람의 지문은 없었다. 형사들의 추리대로라면, 노숙자 명의의 대포폰을 사용하는 누군가의 지문도 있어야 했던 것이다.

"태왕배가 얼굴도 모르는 양철구에게 5억을 줬다? 그건 좀 이상하 잖아?"

수찬이 잘 굴러가지 않는 머리를 쥐어뜯으며 중얼거렸다. 단순명 쾌한 것을 좋아하는 그로서는 이 상황이 변비라도 걸린 듯 답답할 뿐 이었다. 기원이 까슬까슬하게 올라온 턱수염을 쓰다듬으며 말했다.

"태왕배와 양철구를 이어 준 중간 연락책… 그놈을 반드시 잡아야 할 터인디…."

＊ ＊ ＊

8월 15일 경기도 용인 대한CC

왕배는 광복절 휴일을 맞아 충명회 회원들과 두 팀으로 나누어 골 프를 즐기고 있었다. 한 팀은 '송명준' '정충만' '황태균'이었고, 다른 한 팀은 '김기식' '태왕배' '홍동일'이었다.

"굿 샷!"

"이야~ 우리 부장님, 이렇게 비거리[19] 나는 거 보니 검사장 승진이 눈에 훤히 보입니다!"

홍동일이 김기식을 한껏 띄워주며 말했다. 그러곤 이내 왕배를 돌 아보면서도 축하를 건넸다.

---

19 골프공을 쳤을 때 날아가는 공의 거리를 말한다.

"태 회장님, 실력도 여전하시네요. 아니, 이제 태모세 장로라고 불러야 하나?"

"다 하느님의 은총 아니겠습니까!"

왕배가 과장스럽게 두 팔을 들어 올리며 말하자, 모두 폭소를 터뜨렸다. 잠시 후, 전반을 돈 충명회 회원들은 그늘집에 앉아 느긋하게 막걸리를 즐겼다. 한창 이런저런 이야기를 주고받던 그때, 왕배의 휴대폰에서 찬송가가 울리기 시작했다.

'…모르는 번호인데?'

왕배는 전화가 걸려온 자신의 휴대폰을 가만히 노려보았다. 등록되지 않은 번호였기에 받을지 말지 고민된 것이다. 그런 왕배를 보던 홍동일이 입을 열었다.

"태 장로님, 뭐해요? 하느님이 부르시잖아!"

왕배는 홍동일의 농담에 어색하게 웃으며 전화를 받았다.

"아, 여보세요? 태왕배 씨, 박동금 형사입니다."

"아, 아… 예."

동금은 떨떠름하게 전화를 받은 왕배에게 '이정명 변호사 피살 사건 관련해서 피의자로 조사할 예정'이라며, 정확히 일주일 후 오전 10시까지 경찰에 출석해줄 것을 요청했다.

"어… 음…."

동금의 요청을 받은 왕배의 얼굴이 크게 일그러졌다. 눈동자는 마구 흔들렸고 손은 덜덜 떨렸다. 그런 왕배를 본 홍동일과 김기식이 농담을 주고받았다.

"태 회장님 왜 저래? 하느님이 안 좋은 소식이라도 전하셨나?"

"혹시… 전화한 사람이 하느님이 아니라 마눌느님 아닙니까?"

상황은 또 한 번 다 같이 크게 웃는 것으로 마무리되었다. 하지만 이후 이어진 골프 후반전에서, 왕배는 전혀 게임에 집중할 수 없었다. 동금과 나눈 대화가 머릿속에서 말벌처럼 맴돌고 있었다.

"박 형사님, 그 건은 지난번에 다 클리어된 것 아닙니까?"
"그럴 리가요. 이번에 들어올 때는 마음 단단히 먹고 오십시오!"

골프를 끝낸 뒤, 충명회 회원들은 클럽하우스에서 뒤풀이를 가졌다. 양주 폭탄주가 몇 순배 돈 뒤, 왕배가 급히 충만을 밖으로 불러냈다.
"정 회장, 크… 큰일 났다. 아까 강남서 박 형사한테 전화 왔는데. 그 녀석이 일주일 후 오전 10시까지 들어오래. 내가 이정명 변호사 피살 사건 피의자라는데…. 어떡하지?"
충만은 덜덜 떠는 왕배를 보며 속으로 쾌재를 불렀다. 왕배가 쫄보처럼 굴게 되는 순간이야말로, 충만에게는 한 푼이라도 더 뜯어낼 기회였기 때문이다
"태 회장아, 너 그거 아냐? 박 형사 그놈 별명이 '강남서 벽창호'라 더라. 어찌나 융통성이 없는지, 경찰청장도 그 자식 고집을 꺾는 게 보통 일이 아니라는 거야!"
충만의 한술 더 뜬 거짓말에 왕배의 얼굴은 사색이 되었다. 그는 충만의 두 손을 잡고 매달리며, 총알은 얼마든지 쏠 테니 제발 막아만 달라 애원했다. 충만은 그런 왕배를 대충 달래 클럽하우스로 들여보 낸 뒤, 히죽거리며 담배 한 대를 꺼내 물었다.
"하여간 쫄보 새끼. 덩치만 산만해서는!"

13
신사임당의 비밀

<u>8월 22일 오전 10시 강남경찰서 강력 3팀 사무실</u>

일주일 뒤, 왕배는 박앤김의 임정현 변호사와 함께 경찰서로 출두했다.

"태 회장, 쫄지 마!"

충만이 경찰서로 들어가는 왕배의 어깨를 툭 치며 말했다. 일주일 전 동금으로부터 경찰 출석을 요구받은 뒤, 왕배와 충만은 철저하게 경찰 수사에 대비했다. 충만의 인맥을 통해 대형 법무법인인 박앤김을 선임한 것이다. 박앤김에서는 왕배에게 부장검사 출신 총괄책임자를 필두로 한 경찰 출신 변호인단을 붙여주었다. 초호화 군단이라고 보아도 좋을 왕배의 변호인단은 선임되기 무섭게 일을 시작했다. 그들은 경찰 출신이라는 점을 적극 이용하여 수사 정보(강력 3팀뿐만 아니라 서울청 과학수사대 등 접촉할 수 있는 모든 곳)를 알아내는 데에 집중했다. 왕배가 관련된 '이정명 변호사 피살' 같이 큰 사건은 강남경찰서는 물론이고 서울청 수사부와 국가수사본부까지 내용이 공유된다. 따라서 그 라인에 있는 누군가가 마음먹고 정보를 유출시킨다면 보안

유지란 사실상 불가능했다. 상황이 이러하다 보니 보안은 늘 완벽할 수 없었고, 이런 부분까지 참작하는 것 또한 수사팀의 일이었다.

왕배는 우황청심환을 꿀꺽 삼킨 뒤, 변호사와 함께 동금과 수석이 기다리는 조사실로 들어갔다. 동금은 왕배에 대한 인정신문을 간단히 마치고, 본격적으로 이정명 변호사 피살 사건에 대한 조사를 시작했다.

"태왕배 씨, 솔직하게 말씀하세요. 양철구 아시죠?"

"양철구가 누굽니까? 내가 아는 양씨는 가수 양희은 씨밖에 없습니다."

왕배의 능글맞은 농담에 임정현 변호사가 쿡- 하고 작게 웃었다. 수석은 그런 두 사람을 보며 부글거리는 얼굴로 다시 물었다.

"그럼 이정명 변호사도 모르시나요?"

"언론에서 죽었다는 뉴스를 본 것 같긴 합니다. 당연히 개인적으로는 전혀 모르는 사이입니다."

"거산마을에 땅을 매입한 사실이 있으시죠?"

"3년 전쯤인가? 거기가 앞으로 유망하다는 소문을 듣고 2만 평 정도를 매입했습니다. 그런데 나중에 알고 보니 고춧가루 정보였기에 작년에 다 처분했습니다."

"고춧가루 정보로 4천억의 시세차익을 남기신 겁니까?"

"금액이 커서 대단해 보이는 것뿐입니다. 실제로 세금하고 금융이자 빼면 별로 남는 것도 없습니다."

왕배는 변호사들과 철저히 준비한 듯, 형사들의 질문에 법꾸라지처럼 요리조리 잘 빠져나갔다. 그렇게 오전 조사가 끝나고 오후 2시부터 다시 조사가 시작되었다.

"태왕배 씨. 이것 좀 보시죠."

동금은 왕배에게 이정명이 피살당한 당일 양철구와 통화한 누군가와 왕배 간의 통화 내역을 제시했다. 왕배는 역시나 모르쇠로 일관했다. 동금이 질문을 이어갔다.

"양철구의 그랜저 승용차 안에서 현금 5억 원이 발견되었습니다. 지문 감식 결과 그 돈다발에서 태왕배 씨의 지문이 발견되었는데요?"

동금이 감식보고서를 현금 사진과 함께 제시했다.

"아, 글쎄요. 내가 기억이 가물가물합니다. 왜 내 지문이 그 돈에서 발견된 걸까요?"

왕배는 변호사에게 교육받은 대로 두루뭉술하게 답했다. 심지어 현금 사진을 들고 뚫어지게 쳐다보며, 모르겠다는 듯 고개를 갸우뚱거리기도 했다. 지켜보던 수석이 참지 못하고 언성을 높였다.

"증거가 차고 넘치는데 계속 거짓말할 겁니까!"

"나는 거짓말한 적이 없습니다. 내가 사업을 성공한 비법이 뭔지 아세요? 다른 게 없어요. 바로 정직과 신용입니다."

수석은 왕배의 태연한 거짓말을 더는 참을 수 없는지 자리에서 벌떡 일어나 씩씩거렸다.

"그 5억은 태왕배 씨가 양철구에게 이정명 변호사 청부살해 대가로 준 돈이죠? 그렇죠?"

"나는 절대 인정할 수 없습니다. 전혀 모르는 일입니다."

왕배의 단호한 대답에 임정현 변호사도 '양철구와 태왕배는 만난 사실도 없거니와, 통화한 내역도 없지 않냐'며 거들었다. 동금은 질문을 바꾸기로 했다.

"대한은행 양재동 지점에서 5억 원을 현금으로 인출한 사실이 있으십니까?”

“아무래도 우리 사무실이 양재동 지점과 거래를 하다 보니 인출은 자주 했을 겁니다. 업무 때문에 수시로 입출금을 하니까요.”

왕배의 답을 들은 임정현 변호사가 만족스러운 표정을 지었다. 동금은 수사기록을 뒤지며 다시 질문했다.

“그럼 태왕배 씨의 입장은, 업무 때문에 양재동 지점에서 입출금 처리는 자주 한다. 하지만 양철구가 보관하고 있던 5억 원은 내가 대한은행 양재동 지점에서 인출한 논이 결코 아니다. 이런 말씀이시죠? 이렇게 정리하면 되겠습니까?”

“그렇죠, 바로 그겁니다!”

왕배와 임정현 변호사의 얼굴이 득의양양해졌다. 양철구와 왕배를 연결한 통화 내역도, 지폐에서 발견한 왕배의 지문도 전혀 왕배의 혐의를 입증하지 못했기 때문이다.

“잠시 물 한 잔 마시고 오겠습니다.”

동금과 수석이 잠시 자리를 비우자, 임정현 변호사가 자신만만한 얼굴로 입을 열었다.

“회장님, 보아 하니 경찰이 연기만 요란하게 피웠네요. 괜한 걱정을 하셨습니다. 이 정도 증거로는 회장님 절대 골인 못 시킵니다!”

“임 변호사님, 감사, 또 감사합니다. 이 은혜를 어찌 다 갚을지, 평생 잊지 않겠습니다.”

잠시 후 동금이 조사실로 돌아왔다. 뒤이어 수석과 정선이 흰 자루 하나를 들고 따라 들어왔다. 수석이 자루를 열자, 오백만 원 묶음 백 개가 우수수 테이블 위로 쏟아졌다. 왕배와 임정현 변호사가 영문을 모르겠다는 표정으로 서로를 쳐다보았다.

“여기 이 돈은 죽은 양철구의 승용차 안에서 발견된 5억 원입니다.”

왕배가 떨떠름한 목소리로 ‘아 그래요?’ 하고 답하자, 동금이 뭉치 하나를 집어 들며 다시 말을 이었다.

“여기 있는 현금 5억 원은 완전한 신권입니다. 즉, 다시 말해서 대한은행 양재동 지점에서 최초로 유통을 시작했다는 의미죠. 모든 돈에는 각자의 고유번호가 있습니다. 즉 오만 원권마다, 앞면에 있는 영문 대문자와 6자리 아라비아 숫자가 모두 다르다는 뜻입니다.”

왕배와 임정현 변호사는 ‘이 인간이 도대체 무슨 말을 하고 싶은 거지?’ 하는 표정으로 동금을 쳐다보았다. 동금은 그런 두 사람을 향해 빙긋 미소 지으며 설명을 이어갔다.

“그런데 재밌게도 이 돈 5억 원은, 일련번호가 쭉 이어져 있습니다. 그 말인즉, 이 돈이 한 몸처럼 계속 함께 움직였다는 뜻입니다. 더 쉽게 말하자면, 은행에서 인출되어 양철구의 수중에 들어가기까지 쭉 가족처럼 함께 했다는 얘깁니다. 무려 5억이나 되는 돈이 말입니다.”

동금이 들고 있던 돈뭉치에서 띠지를 떼어내더니 오만 원권 5장을 일렬로 나란히 펼쳐 놓았다. 동금의 말대로, 5장의 오만 원권은 지폐의 끝 번호 외 나머지 번호가 모두 같았다. 끝 번호도 5… 6… 7… 8… 9로, 번호순으로 이어지고 있었다. 동금이 왕배를 향해 선심 쓴다는 듯 입을 열었다.

“큰 사업을 하는 태왕배 씨가 대한은행 양재동 지점에서 수시로 큰돈을 인출했다는 사실, 인정합니다. 임 변호사님, 지갑 안에 있는 오만 원권 지폐 몇 장만 빌려주시겠습니까? 금방 돌려드리겠습니다.”

“형사님, 지금 이 행위에 무슨 의미가 있는 겁니까? 이유를 좀 알려 주시죠?”

"두 분이 갖고 계신 지폐도 같이 예로 들어야 믿으실 것 같아서요. 다른 뜻은 없습니다."

임정현 변호사는 마지못한 얼굴로 지갑에서 오만 원권 6장을 꺼내어 동금에게 건네주었다. 동금은 조금 전 100장짜리 뭉치에서 뽑은 5장을 나열한 것처럼, 임정현 변호사의 돈을 주르르 일렬로 펼쳤다. 일관성이라곤 없는 고유번호들이 뒤죽박죽 나열되었다. 동금이 다시 설명을 시작했다.

"보시다시피 보통 돈은 이렇습니다. 이 오만 원권들은 변호사님의 지갑에 들어오기 전까지 각자 흩어져 있다가 우연히 임 변호사님의 지갑에서 만난 것이니까요. 발행번호에 규칙이 없는 게 당연한 거죠. 하지만 유일한 예외가 있으니, 그게 바로 신권으로 큰돈을 인출할 때입니다. 그리고⋯."

동금은 길고 길었던 수사의 마지막 마침표를 찍으려는 듯, 한참을 뜸을 들이다 입을 열었다. 그의 눈빛에는 마침내 진실을 밝혀낸 형사만이 가질 수 있는 차분한 승리감이 서려 있었다.

"대한은행 양재동 지점에서, 양철구의 차 트렁크에서 발견된 이 신권을 인출한 사람이 태왕배 씨라는 사실을 확인해 주었습니다."

동금은 대한은행 양재동 지점에서 작성한 확인서를 꺼내 왕배와 임정현 변호사에게 보여주었다. 순간, 방 안의 공기가 얼어붙었다. 임정현 변호사의 얼굴에서 핏기가 사라졌다. 냉정함을 자랑하던 입술은 파르르 떨렸고, 손에 쥔 펜은 떨어져 바닥을 굴렀다. 왕배만이 아직 상황을 파악하지 못한 듯, 멍청한 표정으로 동금과 임정현 변호사를 번갈아 보았다.

"이게⋯ 이게 무슨⋯."

임정현 변호사가 간신히 입을 열었지만 그게 끝이었다. 잠시 후 뒤늦게 진실의 무게를 깨달은 왕배의 얼굴에서도 핏기가 사라졌다. 동금이 승자로서의 아량을 베풀 듯, 왕배와 임정현 변호사에게 말했다.

"지금 당장 이 자리에서 태왕배 씨를 긴급체포할 수도 있습니다. 그러나 앞으로 감방에서 죽을 때까지 못 나올 테니…. 며칠 정도는 가족들과 함께 지낼 수 있도록 배려하겠습니다. 조만간 태왕배 씨에게 사전 구속영장이 신청될 겁니다. 출국도 당연히 금지되어 있으니 도주할 생각은 마시기 바랍니다."

동금이 속 시원히 쐐기를 박자, 수석이 오만 원권 뭉치들을 다시 자루에 집어넣으며 노래를 흥얼거리기 시작했다.

"주의 보혈 능력 있도다. 주의 피~ 믿으오~"

왕배의 얼굴이 일그러졌다. 수석이 흥얼거린 찬송가는 왕배의 휴대폰 컬러링이었던 것이다. 수석은 그렇게, 로마빌딩에서 왕배에게 무시당했던 일을 완벽하게 되갚아주고 있었다.

"이… 이… 이이…!"

순간, 왕배가 입에서 게거품을 물더니 주르르 소변을 지리며 쓰러졌다. 감당하기 힘든 충격에 정신줄을 놓아버린 것이다. 이 이상 조사를 받는 건 무리라 판단한 임정현 변호사가 육중한 왕배를 부축해 조사실을 빠져나갔다.

"박 형사님, 대성공이네요!"

수석이 잔뜩 신난 얼굴로 동금을 보며 외쳤다. 정선 또한 미소 띤 얼굴로 동금을 향해 엄지를 들어 올렸다.

"보세요, 여기 신사임당이 그려진 쪽이 앞면입니다. 이곳 상단에 보면 조그만 글씨로 영문 대문자 2개와 이어서 6자리 아라비아 숫자, 다시 영문 대문자 1개가 있는 것이 보이실 겁니다."

동금을 따라 지폐를 보던 수찬이 입을 열었다.

"박 형사, 그건 오만 원권 고유번호잖아?"

"맞습니다, 반장님."

동금이 원탁 위에 놓인 오만 원권 한 묶음을 집어 들었다.

"양철구의 트렁크에서 발견된 5억 원이 세뱃돈처럼 빳빳한 신권이란 점에 착안했습니다. 그 돈의 발행번호를 유심히 살펴봤더니 모두 일련번호가 이어져 있었어요. 띠지도 전부 대한은행 양재동 지점이었고요."

정선이 무슨 얘긴지 알겠다는 듯, 짝! 손뼉을 치며 말했다.

"그러니까 박 형사 말은, 양철구가 보관한 5억 원은 이곳저곳에서 모인 돈이 아니라…!"

"네, 대한은행 양재동 지점에서 한 번에 인출된 돈입니다. 내일 태왕배를 조사할 때, 이 부분을 이용해 결정타를 날려볼 생각입니다."

"도대체 이런 아이디어는 어디서 나온 거야?"

정선이 벙찐 얼굴로 묻자, 동금이 쑥스러운 듯 머리를 긁적이며 답했다.

"제가 경찰 들어오기 전에 골프선수였잖아요. 이설희 프로 아시죠? 그 친구가 은행 주최 대회에서 우승했을 때 상금을 신권으로 받은 적이 있습니다. 그때 저한테 오만 원권 백만 원을 기념으로 줬는데…. 호기심에 이리저리 살펴보니 발행번호가 일렬로 이어져 있더라고요.

양철구 돈을 보니 그때 일이 갑자기 떠올랐습니다."

수찬이 혀를 내두르며 오만 원권 뭉치 하나를 집어 들었다.

"거참… 난 쓸 생각이나 하지 들여다볼 생각은 죽었다 깨어나도 못했을 텐데…! 그나저나 그게 언제적 일이야? 이설희 프로 만났을 때면 꽤 오래전 아니야?"

"…한 10년 전일 겁니다."

수찬이 입을 딱- 벌리며 고개를 설레설레 흔들었다.

"10년 전 일을 기억한다고? 난 어제 점심 메뉴도 기억이 안 나는데!"

＊ ＊ ＊

8월 24일 사당동 K 병원 특실

왕배는 링거를 꽂은 채, 몸에 맞지 않는 환자복을 입고 병실 침대에 누워 있었다. 잠시 후 충만이 병실로 들어오자, 넋 나간 표정으로 창밖만 보던 왕배가 어린아이처럼 울상을 지으며 충만에게 매달렸다. 지금 그가 기댈 곳이라곤 충만이 유일했다.

"정 회장! 나 구속만 좀 안 되게 해줘라!"

충만은 며칠 사이 세어버린 왕배의 머리를 보며 입을 열었다. 그는 이미 임정현 변호사로부터 조사실에서 있었던 내용을 훤히 들어 알고 있었다.

"나도 좀 알아봤는데… 박 형사, 그 젊은 꼰대 놈이 네가 들어갈 관을 이미 짜 놓고 기다리는 중이라더라. 무슨 일이 있어도 네 관뚜껑에 못질을 하겠다고 호언장담했대!"

왕배는 동금이 관을 짜 놓았다는 말을 듣자 더 불안에 떨기 시작했다. 충만은 그런 왕배를 보며 비릿한 웃음을 지었다.

"내가 알아보니 경찰로는 안 되겠더라. 검찰 고위직을 동원해서 경찰이 신청한 영장을 막아야겠어."

"송명준 의원님에게 말해야 하지 않을까? 김기식 부장도 있잖아? 정 회장, 갖고 있는 줄 좀 다 꺼내 봐! 깐부 좀 살려줘라!"

왕배는 자신이 지금까지 많은 공을 들인 충명회를 철석같이 믿고 있었다. 충만이 고개를 끄덕이며 말했다.

"그래, 그분들도 움직이고 있으니 너무 걱정 말아라."

"정 회장! 우리 하늘 같으신 목사님에게도 말해야 하지 않겠냐? 이분하고도 친한데."

왕배가 자신의 엄지손가락을 들어 올렸다. 지푸라기라도 잡고 싶은 심정이 고스란히 드러나는 몸짓이었다. 충만은 그런 왕배의 어깨를 툭툭 두드리며, 마치 크게 마음을 써주는 듯한 투로 입을 열었다.

"내가 네 사주를 다시 보니 아직은 목숨줄이 붙어 있을 사주더라. 그러니 너무 걱정 말고 총알이나 더 준비해. 20개로는 안 돼! 50개는 있어야겠더라. 이건 경찰의 칼로는 끊을 수 없는 매듭이야. 더 높은 곳의 칼, 검찰의 손이 직접 풀어줘야 매듭이 풀리겠어!"

충만의 장담에도 불구하고 검찰 또한 왕배의 영장을 법원에 청구했다. 그렇게 시간이 흘러, 왕배의 영장실질심사 날이 코앞으로 다가왔다.

8월 29일 법원 영장실질심사

"박 형사님, 내가 쪽팔려서 그러는데 어디 모자 하나 없을까요?"

마스크를 쓴 왕배가 동금을 보며 간절히 부탁했다. 검찰에서까지 왕배의 영장을 청구하자, 언론에서는 '로마건설 태왕배 회장이 이정명 변호사 살해의 배후'라는 보도가 줄을 이었다. 뉴스들도 '아직 태왕배 회장이 묵비권을 행사하여 정확한 이유는 알 수 없으나, 거산마을 개발 계획으로 시세차익을 남긴 사실을 이정명 변호사에게 들켜 살해'한 것으로 추정된다고 보도했다. 상황이 이러하다 보니, 포토라인에 서게 된 왕배는 어떻게든 조금이라도 더 얼굴을 가리고 싶었던 것이다. 잠시 주변을 두리번거리던 동금이 모자 하나를 집어 왕배에게 건네주었다. 이정명 변호사 살해범 중 하나인 유길수의 파란색 야구모자였다.

"이정명 변호사님을 죽인 범인이 썼던 모자인데, 이거라도 쓰고 갑시다!"

왕배는 그렇게 이정명 변호사 살해범의 모자를 쓰고 법원에 출석했다. 심사 결과, 왕배는 구속이 확정되었다. 경찰이 수집한 증거가 워낙 탄탄했기에 초호화 변호인 군단도 어쩔 도리가 없었던 것이다.

다음 날, 충만이 구속된 왕배를 만나기 위해 강남경찰서 유치장에 접견을 왔다. 그는 왕배를 만나러 온 유일한 사람이었다. 왕배의 구속이 결정되자 그와 연을 맺었던 사람들이 모두 등을 돌렸기 때문이다.

"어이, 태 회장?"

왕배는 반쯤 정신이 나간 표정으로 충만을 쳐다보았다.

"나야, 나. 정 회장이라고."

왕배는 그제야 자신을 부른 사람이 충만임을 알아차린 듯, 반색하며 유치장 철책에 바짝 달라붙었다.

"오, 그래! 정 회장, 너였구나! 야, 다른 거 다 필요 없으니까. 무조건 여기서 나가게만 해주라. 총알은 언제든 준비할게! 제발…!"

철창을 뚫고 나오려는 듯한 왕배의 모습에, 충만은 한 발짝 뒤로 물러나며 입을 열었다.

"변호사들이 곧 구속적부심을 신청한다니까 좋은 결과 있을 거다. 내가 법원장이랑도 잘 얘기하고 있으니까… 조만간 나올 수 있을 거야."

충만의 말에 왕배의 눈이 다시 희망으로 빛났다. 충만이 대충 인사를 건네고 몸을 돌리는 순간, 왕배가 다급한 목소리로 충만을 불러 세웠다.

"정 회장!"

충만이 돌아서자, 왕배는 광기 어린 눈으로 그를 노려보며 읊조리듯 말했다.

"내가 만약 이 안에서 죽는 일이라도 생겨봐…. 그때는 너도 같이 죽는 거야. 명심해라…!"

왕배가 철창 사이로 손가락을 내밀어 충만의 목을 그으는 시늉을 했다. 왕배의 그런 행동은 농담이 아닌 살해협박에 가까웠지만, 충만은 가소롭다는 듯 피식 웃어주고는 유유히 유치장을 떠났다.

＊ ＊ ＊

왕배가 구속된 뒤, 동금은 단골인 보쌈집에서 이은실 기자와 만남을 가졌다. 그녀가 왕배에 대한 중요한 정보가 있다며 연락해왔다.

"박 형사님, 정말 고생하셨어요! 드디어 해결하셨네요."

이은실이 축하 인사를 건네자 동금도 가볍게 목례를 보내며 감사하다 답했다. 잠시 몇 차례 술잔이 오간 뒤, 동금이 본론을 꺼냈다.

"태왕배에 관한 중요한 정보가 뭔가요? 술 취하기 전에 들어봐야겠는데요?"

"다름이 아니라… 이번에 태왕배가 구속되자 그와 관련된 많은 제보들이 저희 방송국에 들어오고 있어요. 아무래도 제가 1년 전에 거산마을 리포트를 쓴 게 의미가 있었나 봐요."

동금은 이은실의 말을 들으며 고개를 끄덕였다. 그럴 만도 한 것이, 당시 이은실의 기사만이 거산마을과 관련된 유일한 팩트 기사라 볼 수 있었기 때문이다.

"박 형사님, 이정명 변호사님 사무실에서 국민당 선거대책본부 조직도를 입수했다고 하셨죠?"

"네, 솔직히 말씀드리면…. 지난번에 주신 정보로 송명준 의원이 태왕배의 배후에 있는 것은 아닐까 의심 중입니다. 물론 어디까지나 심증입니다. 송명준 의원과 태왕배 사이에 뭔가가 있다는 물증이 없으니까요."

동금의 이야기를 듣던 이은실이 조심스럽게 목소리를 냈다.

"혹시… 충명회라고 들어보셨어요?"

동금이 고개를 가로젓자, 은실은 '송명준 의원을 중심으로 김기식 부장검사, 홍광일 고려일보 논설위원, 황태균 청와대 정무수석, 그리고 태왕배까지 여섯 명으로 이루어진 비밀모임'이 충명회라 불린다는 것을 알려주었다.

"이 기자님, 지금 얘기한 사람은 다섯 명인데… 나머지 한 명은 누구죠?"

"나머지 하나는 공직자가 아닌 일반인이에요. 정충만이라는 사람
인데… 별다른 경력이나 직함이 없었어요."

정충만이라는 이름 석 자를 듣는 순간, 동금의 눈이 빛났다. 직접적
으로 연관된 적은 없지만 이번 사건 내내 보일 듯 말 듯 나타났다 사
라지던 존재…. 심지어, 지금 유치장에 구속되어 있는 왕배를 유일하
게 접견하러 온 사람… 그게 바로 정충만 아니던가?

'이경수 팀장님의 말에 의하면 정충만은 브로커다. 게다가 예전부
터 모임을 잘 만들고, 높은 사람들 비위도 잘 맞춘다고 했지…. 이은
실 기자가 알려준 충명회는 차기 대권 주자에 잘 나가는 부장검사, 유
력 언론사 논설위원에 청와대 정무수석까지 쟁쟁한 선수들로만 가득
한 모임이야. 그런데 아무런 직함도 없는 정충만이 여기 끼어 있다는
건….'

생각을 마친 동금이 은실을 보며 물었다.

"제보자는 누군가요?"

동금의 눈이 예리하게 빛났다. 제보는 제보자가 어떤 사람인가에
따라 신뢰도가 달라지기에 매우 중요한 사안이었다.

"놀라지 마세요. 제보자는 태왕배의 운전기사인 오달규 씨예요!"

오달규는 태왕배가 구속되자, 그동안 당해온 갑질이 담긴 동영상
과 녹음 파일을 들고 이은실을 찾아왔다고 한다. 그렇게 은실은 오달
규를 취재하는 과정에서, '충명회'의 존재를 알게 된 것이다.

"오달규 씨의 제보에 따르면, 충명회는 친목 유지를 위해 정기적으
로 모임을 갖거나 골프 라운딩을 나간대요. 그리고 모임이 끝나면, 태
왕배가 작은 홍삼 박스를 참석자들에게 준다는 거예요. 오달규 씨 말
로는, 아마 그 안에 들어 있는 게 현금 같다더라고요!"

　이은실이 전해준 정보는 놀라웠다. '충명회'의 존재는 곧 경찰이 잡지 못하고 있던 송명준과 태왕배, 그리고 정충만의 관계를 입증할 수 있는 증거였기 때문이다. 그러나 동금은 마냥 기뻐할 수 없었다. 이은실이 지난번 자신의 질문에 즉답을 피하던 것에 이어, 또 다른 찝찝함이 지워지지 않고 있었기 때문이다.

　'대체 이은실 기자는… 왜 내게 이런 정보를 주는 거지? 단순한 사명감이라기에는… 분명 뭔가 숨기고 있는 듯한데….'

14
폭풍전야

8월 31일 강남경찰서 강력 3팀 사무실

동금은 강남서 유치장에 구속되어 있는 왕배를 강력 3팀 사무실로 데려왔다. 추가 조사로 진술을 받아내기 위함이었다. 왕배는 구속된 이후 얼마나 마음고생이 심했으면, 불룩하던 뱃살이 3일 만에 홀쭉해질 정도로 수척해졌다. 머리카락 또한 심경을 대변하듯 힘없이 푹 가라앉아 불쌍함을 더했다. 그 모습을 본 임정현 변호사는 작게 한숨을 쉬었다. 왕배의 그런 모습은, 경찰대 출신 엘리트 변호사인 그가 순경 출신 형사 박동금에게 완벽하게 패했다는 결과물 같았다.

"태왕배 씨."

동금이 나직이 왕배의 이름을 부르며 조사를 시작했다.

"아직도 상황 판단이 안 되는 건 아니죠? 이렇게 가다간 본인한테 득 될 것이 하나도 없는 것 같은데…. 정충만을 동아줄로 생각하고 있나 본데요. 정충만에 관해 얼마나 알고 있습니까? 정충만이 사기꾼이라는 사실은 당연히 알고 있죠?"

동금이 충만을 언급하자, 왕배가 빙그레 웃으며 동금을 쳐다보았다.

“박 형사님, 내가 중학교밖에 못 나온 씨름꾼 출신이지만… 그 정도 졸은 아닙니다.”

동금은 왕배가 앉아 있는 책상 위에 신문들을 펼쳤다. 모두 ‘이정명 변호사 살해 배후 태왕배’에 대한 기사가 실린 신문들이었다. 그러나 왕배는 별다른 관심을 보이지 않았다. 그저 체념한 얼굴로 신문지에서 고개를 돌렸다. 그런데 한순간, 왕배의 눈이 반짝였다. 그러더니 갑자기 수갑 찬 손으로 시민일보를 집어 얼굴 가까이 가져가 읽기 시작했다. 왕배의 얼굴이 급격히 분노로 일그러졌다.

[前職 대법관 청부살인 태왕배, 대형교회인 만복교회 장로직에서 제명]

“하늘 같으신 목사님! 당신이 어찌 제게 이러실 수가 있습니까!”

만복교회 장로직 제명 기사를 본 왕배는 마치 정신이 나간 사람처럼 양손을 들고 엉덩이를 들썩이며 외쳤다.

“주여! 이 어린 양을 돌봐 주십시오!”

동금과 함께 있던 수석은 물론이고 임정현 변호사까지 크게 놀랐다. 왕배가 보인 모습은 사무실 안 누구도 상상치 못한 반응이었다. 다른 기사도 아니고, 교회 장로직에서 제명되었다고 이렇게까지 반응할 줄 누가 알았겠는가?

“회장님, 진정하세요! 회장님!”

임정현 변호사가 어떻게든 왕배를 진정시켜 보고자 했지만, 왕배는 꽃사슴 같은 눈으로 눈물을 뚝뚝 흘리며 계속 울부짖었다.

“주여! 왜 이 종을 버리십니까! 주여~!”

눈물과 콧물로 범벅이 된 왕배가 갑자기 손뼉을 치며 기도하기 시작했다. 그 모습은 흡사 사이비 광신도를 방불케 했다.

"아버지! 아버지! 이 죄인을 구하소서!"

의미 불명의 기도를 계속하는 왕배의 모습에 결국 조사는 취소되었다. 임정현 변호사가 떠난 뒤에도, 왕배는 20여 분 동안 더 날뛴 뒤에야 안정을 찾았다. 동금이 물 한 잔을 갖다 주자, 왕배는 두 손을 들어 올리며 고개를 조아리기까지 했다.

"박 형사님! 감사, 또 감사합니다!"

수석은 고개를 가로저으며 질색했지만, 동금은 오히려 더 날카로운 눈으로 왕배를 지켜보고 있었다. 생각지 못한 그의 모습들이, 오히려 동금의 마음속에 의심을 심어준 것이다.

'태왕배 씨… 어디 그 달팽이 껍데기 같은 연기가 어디까지 가나 봅시다….'

임정현 변호사가 떠남으로써 조사는 취소되었지만, 이대로 그를 유치장에 보내 줄 생각은 추호도 없는 동금이었다.

* * *

"신 청장, 눈치 보지 말고 먼저 퇴근해. 팀장님께는 내가 외근 보냈다고 말해 줄게."

퇴근시간이 지나기 무섭게 시계만 보는 수석에게 동금이 말했다. 수석은 오늘, 소개팅으로 만난 애인과 데이트가 잡혀 있었다.

"하늘 같으신 우리 선배님! 감사, 또 감사합니다!"

수석은 왕배의 말투와 손 모양을 흉내 내며 사무실을 떠났다. 이제 사무실 안에 남은 사람은 단 둘, 동금과 왕배뿐이었다.

'좋아, 슬슬 시작해볼까.'

동금은 왕배를 사무실 중앙의 원탁 테이블로 안내했다. 원탁 테이블은 좌석이 원으로 되어 있어, 상하 관계가 드러나지 않아 왕배에게 심적인 안정을 줄 수 있을 거라 생각했다. 동금은 왕배에게 일회용 믹스커피를 한 잔 타 주며 말문을 열었다.

"양철구한테 5억 원을 직접 건넨 사람이 누굽니까? 당신은 인출한 돈을 대체 누구에게 전달한 거죠?"

"박 형사님, 내 대답은 한결같습니다. 난 양철구를 몰라요."

왕배는 쉽사리 넘어오지 않았다. 그러나 동금은 지지 않고 말을 이어갔다.

"다음 대선을 준비하는 송명준 의원과 브로커 정충만, 그리고 부동산 개발업자인 태왕배 회장까지…. 그림이 참 예쁘네요. 안 그렇습니까?"

동금이 단도직입적으로 치고 들어가자 왕배는 목이 타는지 시원한 물을 요구했다. 잠시 후, 왕배의 입에서 충격적인 사실들이 쏟아져 나오기 시작했다.

"정충만이 송명준 의원을 소개한 게 맞아요. 내가 지금까지 정충만, 그 인간에게 사기당한 돈만 100개가 넘습니다."

100억이라는 얘기에 동금이 깜짝 놀라며 물었다.

"아니, 정충만이 아무리 브로커라지만…. 어쩌다 100억이나 되는 큰돈을 준 겁니까?"

왕배의 묵묵부답에 동금은 다른 질문을 던졌다. 일단은 말문이 트인 왕배로부터 지속적으로 대화를 유도하는 것이 중요했다.

"충명회는 누가 만들었습니까?"

‘충명회’라는 단어를 들은 왕배가 헛웃음을 지으며 입을 열었다.

“도대체 충명회는 어떻게 아셨습니까? 이 모임은 내가 하느님께도 비밀로 했는데요.”

왕배는 ‘충명회는 송명준 의원이 다음 대선에 당선되길 바라는 사람들이 응원하는 마음으로 만든 조직’이라며, 가끔 만나 골프 치고 밥이나 먹는 모임일 뿐이라고 주장했다. 그리고 이어, 거산마을 그린벨트 해제와 개발은 모두 자신의 아이디어였다고도 했다. 말도 안 되는 금액의 대출은 충만의 주선으로 가능했다고도 덧붙였다.

“송명준 의원이 거산마을 그린벨트 해제에 도움을 준 것 아닌가요? 충명회 멤버인 홍동일 고려일보 논설위원도 군불을 때서 여론을 일으키려 했고요?”

왕배는 고개를 가로저었다. 송명준 의원이나 홍동일 논설위원 같은 사람들이 무엇 때문에 그런 모험을 하겠느냐며 부인했다.

“대국파 행동대장 양철구는 어떻게 알았습니까?”

“정충만이 소개해 주었습니다. 다만 양철구가 이정명 대법관을 정말로 죽일 거라고는 전혀 생각지 못했습니다.”

“그 말은… 이정명 변호사에게 위해를 가하라고 시킨 건 인정하시는 겁니까?”

“거산마을 주민들을 돕는 이정명 변호사가 나를 탄원하려 한다는 걸 알게 되었습니다. 그렇게 두면 안 될 것 같아서… 양철구에게 겁이나 좀 주라고 시켰죠. 그런데 이 무식한 놈이 일을 크게 만든 겁니다. 나도 이정명 변호사가 죽었다는 걸 알고 많이 놀랐어요. 아니, 그놈이 다짜고짜 모르는 전화번호로 내게 연락을 해서는 ‘이정명 변호사를 죽였다’는 거 아닙니까? 내가 왜 일을 크게 만들었냐고 화를 냈더니 그냥 전화를 끊어버립디다.”

동금은 왼손에 턱을 괸 채, 열변을 토하는 왕배를 쳐다보며 생각했다.

‘삼류 소설치고는 그럴 듯한데…. 이정명 변호사 살인의 책임을 죽은 양철구 짓으로 몰고 있잖아? 하긴 양철구가 죽었으니 그럴 만도 하지…. 하지만 태왕배는 양철구를 몰라. 그건 틀림없어.’

동금은 알 수 있었다. 왕배는 지금 많은 이야기를 하고 있지만, 양철구에 대한 것만큼은 분명한 거짓이라는 것을. 얼마 전 조사 때만 하더라도 양철구에 대해 취해 온 태도에서 보이던 진심이, 지금은 전혀 느껴지지 않았다.

“양철구에게 범행 대가로 5억 말고 또 얼마를 주었습니까?”

“착수금으로 2억을 주었어요. 원래는 혼만 내주기로 하고 1억을 더 주기로 했지요. 그런데 양철구가 살해를 해놓고는 ‘나는 청부 받은 거다’라고 협박을 하는 바람에 어쩔 수 없이 5억을 주게 된 겁니다. 내가 왜 이 정도 일로 변호사를 살해하라고 사주까지 하겠습니까? 제발 좀 믿어 주세요.”

동금은 읍소하는 왕배를 향해 무심한 말투로 다시 물었다.

“그래서 양철구도 죽였나요? 입을 틀어막으려고?”

“그건 나도 놀랐습니다. 대체 누가, 왜 양철구를 죽였는지 전혀 모르겠어요.”

동금은 다시 충만에 대한 질문으로 방향을 전환했다.

“정충만에게 양철구가 이정명 변호사를 살해한 사실을 상의했나요?”

“안 했습니다. 그 브로커 자식은 그런 상의를 받아 줄 놈도 아니에요. 자기 몸에 똥물이 튈 것 같으면, 가장 먼저 연 끊고 도망칠 놈입니다. 양철구를 소개해 준 건 정충만이지만, 그 녀석도 양철구가 이정명 변호사를 죽일 줄은 몰랐을 거예요. 정충만은 머리나 쓰는 놈이지. 이런 청부살해 같은 폭력을 취급하는 인간은 아닙니다."

왕배는 '충만은 그저 브로커'라며, 필요할 때마다 돈을 주고 일을 맡겼을 뿐이라고 덧붙였다. 동금이 다시 충명회에 대한 질문을 던졌다.

"충명회 모임이 끝날 때마다 홍삼 가방에 현금을 넣어 줬다던데요. 사실입니까?"

"우리 박 형사님…. 정말 많이 준비했네요. 생각해 보세요. 그 정도 되는 사람들이 나 같은 장사치에게 바라는 게 뭐겠습니까? 내가 그 짓 아니고서야 그런 영감님들을 만날 수나 있겠습니까?"

"그럼 정충만은 정관계는 물론이고 금융계에도 돈을 뿌렸겠네요?"

동금의 물음에 왕배는 '충만의 일과가 어떤 줄 아냐'며 냉소를 지었다.

"그놈은 매일같이 돈 먹일 사람 찾아다니는 게 일이에요. 아마 경찰 간부들도 꽤 많이 받아먹었을 겁니다."

왕배는 만복교회 폭행 건 때도 충만이 강남경찰서장과 서울경찰청 차장을 만났다며, 그 정도 인사들을 만나고 다니는 놈이니 그 아래는 어떻겠냐는 식으로 말했다. 왕배의 이야기를 듣던 동금이 문득 떠오른 의문을 던졌다.

"정충만이 이렇게 인맥을 잘 만들 수 있게 된 계기가 있나요? 정충만 본인은 학연, 지연, 혈연, 뭐 하나 특출한 게 없던데요."

"송충이 놈이 누구한테 배웠는지 남의 사주를 귀신같이 맞춰요. 그럴싸하게 포장해서 고위층 놈들 속여 먹는 재주가 일품입니다. 허황된 소리로 사람 홀리는 게… 유명 역술인 못지않다니까요?"

고개를 끄덕이는 동금에게 왕배가 오히려 질문을 던졌다.

"박 형사님, 형사님은 어디까지 수사할 수 있습니까? 정말로 경찰이 정충만의 비리를 수사할 수 있다고 생각하세요?"

동금이 대답하지 않자, 왕배가 다시 입을 열었다.

"박 형사님 능력, 인정합니다. 다른 누구도 아니고 나를 이렇게 잡아 구속한 형사님 아닙니까? 하지만 장사꾼에 불과한 나와 달리, 앞으로 박 형사님이 상대할 사람들은 '진짜 권력'을 가지고 있는 사람들입니다. 과연 한 줌 모래 같은 권력밖에 없는 경찰이 제대로 된 수사를 할 수 있겠어요? 정말 그렇게 믿는 겁니까?"

왕배는 경찰을 어린애로 비유했다. 어린애가 겁 없이 호랑이를 잡겠다고 큰 칼을 휘두르다가는 스스로 베일 수 있다고 말했다. 동금이 다시 질문을 던졌다.

"마지막 질문입니다. 아무리 정식 조사가 아니라곤 해도… 갑자기 이렇게 나한테 모든 것을 털어놓는 이유가 뭡니까?"

"…그 인간들이 먼저 나를 배신했으니까요."

왕배는 '충명회'에 심한 배신감을 느꼈다고 토로했다. 그는 동금이 구속영장을 신청했을 때, 충명회 멤버들에게 전화를 돌렸다. 그러나 누구도 왕배의 전화를 받지 않았다. 도움을 주기는커녕 오히려 충만을 보내 '입단속 잘 하라'며 협박을 했다. 동금은 왕배의 얼굴을 가만히 쳐다보며 생각했다.

'태왕배는 장사치야. 장사치는 계산이 빠르지…. 이 인간은 지금 내게 던진 만큼 무언가를 얻으려고 할 거야. 그 무언가가… 대체 뭘까?'

* * *

다음 날, 충만이 다시 유치장으로 왕배의 면회를 왔다. 그는 전날, 왕배가 장로 제명 기사를 보고 날뛴 것을 질책했다. 임정현 변호사가 왕배가 보인 모습을 고스란히 전달한 것이다.

"태 회장, 왜 그런 거야? 덩치는 산만 해서…. 양철구가 혼자 한 짓으로 몰면 2~3년 지나 조용해질 때 가석방으로 나올 텐데. 도대체 왜 그렇게 방방 떴어?"

"야, 정충만이. 내가 이 입으로 깡패한테 시켜 전직 대법관을 죽이라고 시켰단 말이다. 아직도 모르겠어? 뭐 가석방? 야, 비렁뱅이 새끼! 넌 나를 아직도 홍어 좆으로 보냐?"

왕배가 덩치만큼 커다란 눈을 부라리자 충만이 순간 움찔했다.

"왜? 내가 박 형사에게 다 얘기할까 봐 쫄리냐? 덕배야! 영감님들한테 가서 잘 전해라. 지금 태왕배 입이 근질근질하다고 말이야!"

충만은 한심하다는 듯 고개를 가로저으며 왕배에게 손가락질을 했다.

"이 잡놈 좀 보게, 유치장에서 콩밥 좀 먹더니 헛소리가 늘었네. 태장로, 도대체 왜 그러냐? 자네 사주는 金이 너무 강해서 바위를 부수려 덤비는 격이야. 바위는 끄떡없고 자네 손발만 으스러질 거라고!"

충만이 알 듯 말 듯한 웃음을 지으며 유치장에서 발을 돌리자, 왕배가 충만의 등에 대고 소리쳤다.

"덕배야! 내가 박 형사를 내 손아귀에서 가지고 놀고 있거든? 너는 내가 잠시 살려주고 있는 거야. 너 없으면 누가 뻐꾸기 노릇을 하겠냐? 안 그래?"

충만도 지지 않고 맞받아쳤다.

"인마, 왕배야! 네 사주에 火가 약해서 속이 차갑잖아? 그러니까 네가 암이나 걸리는 거야. 유치장에 있는 동안 팬티나 자주 갈아입어라. 새는 거 막지도 못하면서 남한테 피해 주지 말고!"

두 악인이 서로를 협박하며 주고받는 냉소가 철창을 사이에 두고 메아리쳤다.

＊　＊　＊

"사장님, 사장님."

유치장 안에서 무릎 꿇고 기도하던 왕배는 누군가 자신을 건드리는 느낌에 눈을 떴다. 왕배가 눈을 뜨자, 그를 부른 다른 수감자가 벽에 걸린 TV를 가리키며 말했다.

"저거 사장님네 회사 아니에요? 압수수색 중이라는데?"

왕배의 눈이 TV로 향했다. 그 말대로, 뉴스 맨 아래 자막에 '로마개발 검찰 전격 압수수색 중'이라는 문구가 흘러나오고 있었다.

"…!"

자막을 보던 왕배의 눈동자가 크게 흔들렸다. 자막은 검찰이 태왕배의 로마개발뿐만 아니라, 왕배의 부인이 운영하는 유치원과 친동생이 대표로 있는 부동산 분양회사까지 전방위적으로 압수수색 중이라 전하고 있었다.

'경찰 수사만으로도 버거웠는데, 검찰까지 수사에 나서다니…!'

TV 속 뉴스에서는 왕배의 부인이 검사와 수사관이 밀고 들어오자 당황해 어쩔 줄 몰라 하는 장면이 반복해서 보도되고 있었다. 보다 못한 왕배가 질끈 눈을 감고 소리쳤다.

"개자식들! 하느님 아버지! 주여!"

경찰이 태왕배를 청부살인 혐의로 구속한 마당에 검찰까지 나서서 태왕배의 횡령을 별도 수사한다는 것은 어느 모로 보나 이례적인 일이었다. 그러나 검찰 측에서는 '태왕배의 청부살인과는 별도로, 오래전부터 그의 개인 비리를 내사하고 있었다'고 밝힘으로써 검찰의 행동에 힘을 실었다. 무엇보다 왕배에 대한 여론이 한몫했다. 워낙에 용서받기 힘든 범죄를 저질렀다 보니 경찰이든 검찰이든 단죄하라는 쪽으로 여론이 형성된 것이다. 오랜 세월 불법과 탈법을 동원하여 일군 왕배의 왕국은, 그렇게 무너져 내리고 있었다.

왕배에 대한 검찰의 압수수색이 있던 날, 충만이 오후 늦게 왕배의 면회를 왔다. 체크무늬 갈색 양복에 선글라스까지 쓰고 나타난 충만은, 왕배를 보자마자 비열한 미소를 지으며 총을 쏘는 듯한 시늉을 했다. 왕배가 이를 으드득 갈며 말했다.

"송충이 자식…! 네가 장난친 거지? 이번엔 또 어떤 라인을 탄 거냐? 김기식이냐?"

충만은 어깨를 으쓱하며 야비한 웃음을 흘렸다.

"하느님 믿는다는 태 장로께서 이렇게 생사람을 잡아서야 쓰나?"

잠시 두 악인 사이에서 눈싸움이 벌어지며 정적이 흘렀다. 말은 오가지 않았지만, 머릿속으로는 서로 피 튀기는 공방이 이루어지는 침묵이었다. 마침내 왕배가 먼저 눈을 아래로 깔았다. 스스로가 처한 현실을 인정할 수밖에 없었다. 신변의 자유도, 권력도, 심지어 장로라는 직분까지 사라진 왕배는… 한낱 죄수에 불과했다.

"정 회장… 살려주라. 우리 가족이랑 회사만큼은 제발 건들지 마라…."

왕배의 목소리에 이제껏 없던 굴복과 절망이 배어 나왔다. 그러나 충만은 순수함을 가장하며 가식을 떨었다.

"어이구, 그게 무슨 무서운 소리야? 내가 태 회장 가족을 어떻게 건드려?"

충만의 말과 달리 선글라스 속 그의 눈빛은 승리감으로 번뜩였다.

"정 회장, 네가 하라는 대로 다 할게…. 뭐든… 뭐든 다 할 테니 제발 살려다오…."

왕배의 항복을 들은 충만의 얼굴에 만족스러운 미소가 걸렸다.

"이리 와봐."

충만은 왕배에게 유치장 철창으로 다가오라 손짓했다. 그러곤 가까이 온 왕배의 귀에 대고 무언가를 한참 속삭였다. 의리 따윈 없이 오직 이익과 생존을 위해 이루어지는, 차가운 거래현장이었다.

＊ ＊ ＊

충만이 마지막으로 다녀간 뒤, 왕배는 무슨 이유인지 차일피일 조사 일정을 늦추었다. 왕배가 늑장을 부릴수록 조급해지는 쪽은 경찰이었다. 그를 유치장에 구속할 수 있는 기간은 열흘이 한계였다. 어느새 일주일이 지나, 경찰에게 남은 시간은 3일에 불과했다.

"태왕배 씨! 구속 기간이 별로 안 남았는디. 지난번 박 형사한테 말씀하신 충명회 비리를 진술해 주시면 안 되겠소?"

기원이 왕배에게 믹스커피를 타 주며 말했다. 동금을 통해 '왕배의 고백'을 전해들은 강력 3팀 입장에서는, 그 내용을 하루빨리 서면 진술로 받아내야 했다. 기록되지 않은 진술은, 진실의 여부를 떠나 사용 자체가 불가능했다.

"팀장님, 그게 무슨 말씀입니까? 내가 박 형사에게 무슨 얘기를 했다고 그러십니까? 충… 뭐라고요?"

생전 처음 듣는 소리라는 듯 말하는 왕배의 모습에 기원이 헛웃음을 터뜨렸다. 다른 형사들 또한 같은 심정이었다. 왕배는 지금, 동금과 단둘이 있을 때 했던 이야기임을 악용하여 그날의 고백을 완전히 없던 일로 만들어 버린 것이다.

"태왕배 씨! 당신이 우리 박 형사님이랑 2시간이나 사무실에 같이 있었다는 사실이 출감기록부에 다 나와 있는데! 이렇게 거짓말을 한다고?"

수석의 말대로, 유치장 출감기록부에는 수감자가 들어오고 나간 시간이 정확하게 기록된다. 그러나 이토록 명백한 기록이 존재함에도 불구하고, 왕배는 오리발 내밀기를 멈추지 않았다.

"어이, 신 형사! 만약 내가 여기 박 형사님에게… 뭐? 충성회? 그 거시기에 대해 말했다면, 이 자리에서 내가 천벌을 받을 거야!"

결국 왕배는 구속 기간인 열흘이 다 지나갈 동안 끝까지 범행을 자백하지 않았다. 그는 강남경찰서 유치장에서 법무부에서 관리하는 서울구치소로 이송되었고, 이에 따라 왕배에 대한 경찰의 수사도 종결되었다. 물론 그렇다 하여 강력 3팀이 수사를 포기할 리는 없었다. 동금을 비롯한 형사들이 치를 거악과의 싸움은, 이제부터가 진짜 시작이었다.

15
새로운 세계

9월 15일 테헤란로 이무성 전 총경의 사무실

동금은 오랜만에 자신의 멘토를 만나기 위해 테헤란로를 찾았다. 왕배가 경찰 손을 떠나 검찰로 넘어간 이후 했던 말이 며칠 동안 머릿속을 맴돌고 있었다.

장사꾼에 불과한 나와 달리, 앞으로 박 형사님이 상대할 사람들은 '진짜 권력'을 가진 사람들입니다. 과연 한 줌 모래 같은 권력밖에 없는 경찰이 제대로 된 수사를 할 수 있겠어요? 정말 그렇게 믿는 겁니까?

"어이구, 박 형사! 어서 와!"

이무성 변호사는 까마득한 경찰 후배인 동금을 따뜻하게 맞이해 주었다. 동금 또한 환한 미소를 지으며 무성과 인사를 나누었다. 오십 대 중반의 이무성 변호사는, 어려운 가정환경에 고등학교를 졸업한 뒤 순경으로 들어와 총경까지 지내며 수사 분야에서 명성을 날린 인물이다. 심지어 그는 거기서 멈추지 않고, 경찰 생활을 하는 동안 방

통대에서 주경야독하여 로스쿨을 수료해 변호사가 되었다. 그야말로 입지전적이라는 단어의 대명사와도 같은 인물이었다.

6년 전, 동금은 쌍둥이 수표 사건을 수사하다 방황하던 시기에 그와 연을 맺었다. 무성은 방황하는 동금에게 "경찰의 주인은 경찰을 가장 사랑하는 사람이다"라는 말로 흔들리는 마음을 다잡아주었고, 그 이후로 동금은 무성을 멘토로 따르며 틈틈이 우정과 조언을 나누었다.

"그동안 고생 많았지? 이정명 변호사 피살 사건은 정말 난도가 높았던 수사인데…. 우리 박 형사가 멋지게 해결해서 내가 다 자랑스러워."

무성은 정말로 자랑스럽다는 표정을 지으며 동금을 칭찬했다. 동금은 쑥스럽다는 듯 머리를 긁적이며 화제를 돌렸다.

"선배님, 골프는 많이 느셨어요?"

동금이 전직 골프선수답게 스윙하는 시늉을 하며 묻자, 무성이 너털웃음을 터뜨렸다.

"그러고 보니 우리 박 형사가 골프선수 출신인 걸 잠깐 잊었네! 그래, 사건도 하나 해결했는데… 우리 조만간 필드나 한번 나갈까? 한 수 지도받고 싶은데."

동금은 씁쓸한 웃음을 지으며 고개를 가로저었다.

"골프 얘기 먼저 꺼내놓고 이런 말씀 드려 죄송합니다만… 아무래도 필드는 좀 걸릴 것 같습니다. 아직 사건이 끝나지 않았거든요."

무성이 동금의 말에 호기심을 보였다. 이미 언론을 통해 사건을 해결했다는 기사를 보았을 뿐만 아니라, 그 공로로 '특진'이 있을 거라는 이야기까지 주변을 통해 들었기 때문이다.

"경찰 동료들한테 얘기 들어보니 특진을 권수찬 반장에게 양보해 주기로 했다며? 특진 얘기까지 나왔으면 끝난 거 아니야? 뭐가 더 있는 거야?"

동금은 잠시 무성이 내준 차를 한 모금 마신 뒤, 이야기를 시작했다. 며칠 전, 왕배가 그에게 고해성사하듯 털어놓았던 이야기 일체였다.

"그래서… 이제 충명회를 수사해보려고 합니다."

동금은 자신의 계획을 솔직하게 이야기하기 시작했다. 멘토인 무성의 의견을 듣고 싶었다. 무성은 한 손에 턱을 괸 자세로 동금의 이야기에 귀를 기울였다.

"태왕배가 정충만의 덕산개발에 30억 입금한 것을 파고들어 보려고 합니다. 정충만의 브로커 짓까지는 아니더라도… '가짜 용역'을 맺음으로써 30억을 횡령한 혐의로 엮어보려고요. 그렇게 정충만을 압박한 뒤에, 브로커 행위를 본격적으로 수사해보려는데…. 선배님이 보시기엔 어떤가요?"

무성의 표정은 밝지 않았다. 그는 잠시 한숨을 내쉬고 동금을 향해 입을 열었다.

"박 형사, 대한민국에서 최고 권력을 가진 세 곳이 어디라고 생각해?"

동금이 머리를 긁적이며 답했다.

"음… 주변에서 하나같이 검찰이라고 이야기하니까…. 일단 검찰이라고 생각하고요. 다음은… 재벌 아닐까요?"

무성은 살짝 미소 지으며 손가락 세 개를 천천히 펼쳐 보였다.

"자네 말도 틀린 건 아니야. 재벌도 권력이지. 하지만 직접 맞닥뜨리는 권력으로는 보통 이 세 가지를 꼽아. 하나는 검찰, 둘은 청와대,

그리고 마지막 셋은 언론이야."

동금이 고개를 끄덕이자, 무성이 말을 이었다.

"자, 충명회의 선수들을 봐. 3대 권력기관 사람들이 모조리 포진해 있잖아? 그러니까 이건 보통 전문가가 만든 모임이 아닌 거야. 그야말로 권력의 메커니즘을 잘 아는 사람이 조직한 모임인 거지."

동금의 표정이 굳었다. 그는 지금까지 무성이 꼽은 권력기관 인물들을 수사해본 적이 한 번도 없었기 때문이다. 무성은 그런 동금을 향해 조언을 계속했다.

"충명회의 주인이나 다름없는 최고 거물인 송명준은 그렇다손 쳐도… 황태균, 김기식, 홍동일까지 누구 하나 만만한 사람이 없어 보여."

무성의 말대로, 이들 중 동금이 상대하기에 만만한 사람은 단 한 명도 없었다. 그러니 정말로 충명회를 수사한다면, 이들 모두를 상대해야 할 것이다. 무성은 생각이 많아진 동금의 얼굴을 가만히 바라보았다. 총경까지 지내며 수많은 수사를 경험했던 그는, 대한민국 3대 권력을 수사한다는 것이 얼마나 어렵고도 무모한 일인지 누구보다 잘 알고 있었다. 무엇보다 '브로커' 수사는 발 한 번 잘못 내디디는 것이 곧 낭떠러지로 이어질 수 있을 만큼 위험도가 높았다.

'그래, 그런 뜻이었구나.'

동금은 이제야 왕배가 자신에게 했던 말의 뜻을 이해할 수 있었다. 왕배는 동금에게 경찰을 어린아이로 비유하며, '어린아이가 호랑이 잡겠다고 칼을 휘두르는 꼴'이라 하지 않았던가? 생각에 잠긴 동금을 보던 무성이 다시 말문을 열었다.

"아까 이 판을 짠 사람이 브로커라고 했지?"

"…네, 정충만이라고. 한마디로 대형 브로커인 것 같습니다."

"브로커 수사는 말 그대로 양날의 검이야. 잘하면 수사 성과가 확실하지만, 만에 하나 잘못되면 수사하는 사람이 크게 다칠 수도 있어. 생각해봐. 자네 말대로 정충만이가 대형 브로커라면, 그런 인간이 상대하는 사람들이 누구겠어? 경찰청 차장이나 경찰서장 정도는 높으신 분 축에도 못 들어갈 거야. 왜냐하면, 그런 인간들에게 경찰은 말판에 불과하거든. 아까 얘기했듯, 실제 권력은 검찰과 청와대니까."

무성은 계속해서 자신의 경험담을 이어갔다. 그는 충명회의 선수 구성으로 봤을 때, 정충만의 인맥은 경찰보다 검찰과 정치인으로 보인다고 했다. 무성의 이야기를 들으면 들을수록, 동금은 왜 무성이 이렇게까지 이야기해주는지를 잘 알 수 있었다. 그는 여전히 저 높은 세상을 모르는, 햇병아리였다.

'세상에는 아직… 내가 모르는 판이 너무 많구나.'

동금에게 있어 그나마 다행인 점이라면, 무성 같은 어른이 주변에 있다는 것이었다. 생전 처음 맞닥뜨리는 거대한 벽 앞에서, 이만한 정보를 알고 시작하는 것과 모르고 시작하는 것은 그야말로 천양지차였다.

"후우…."

동금이 길게 한숨을 내쉬었다. 생각해보니, 왕배가 사기 친 거산마을 그린벨트 해제와 개발사업은 '송명준' '황태균' '홍동일'의 군불 없이는 불가능했을 일이다.

"검찰은 지난 수십 년간 대한민국을 좌우해 온 조직이라고 봐도 과언이 아니야. 즉 자기들이 쥐고 있는 권력을 유지하기 위해서라도, 조직을 보호하려는 경향이 강하지. 만약 정충만이 검찰 조직의 누군가와 엮여 있다면, 어떻게 나올지 장담할 수가 없어."

무성은 동금이 막막해할지언정 정충만 수사를 포기하지 않으리란 사실을 알고 있었다. 그래서 그는 브로커 수사의 맥을 알려주고자, 자신이 할 수 있는 최대한의 조언을 아낌없이 건넸다. 아끼는 후배인 동금이 다치지 않길 바라는 마음으로….

* * *

9월 17일 오전 11시 강남경찰서 대강당

경찰정복을 입은 국가수사본부장 장원일 치안정감이 단상 위에 섰다. 잠시 후, 사회자의 호명을 받고 수찬이 단상으로 걸어 나왔다. 장원일 본부장이 경감 임용장을 수찬에게 수여했다. 이어 본부장과 수찬의 부인이 그의 경찰정복 양 어깨에 경감 계급장을 부착했다. 수찬의 어린 세 자녀와 양가 가족, 동료 경찰관들이 그에게 꽃다발을 건넸다. 단상 아래에서는 동료와 선후배 경찰관들의 우레와 같은 박수가 쏟아졌다. 뒤이어 사회자가 다음 특진자를 호명했다.

"경위 김정선, 경감에 임함."

단상으로 나간 정선에게도 장원일 본부장이 경감 임용장을 수여했다. 정선의 특진은 올해 초에 마무리됐던 '노블러스 클럽 사건'에 대한 공적이었다. 장원일 본부장과 정선의 홀어머니가 정선의 양 어깨에 경감 계급장을 달아 주었다. 수찬에게 그러했듯, 정선에게도 가족들과 동료 경찰관들이 꽃다발을 건네주었다. 특이점이 있다면, 정선의 경우 다수가 젊은 남자 경찰이었다는 점이었다. 그녀가 경찰 내에서 얼마나 인기 있는 여경인지를 보여주는 순간이었다. 경찰서장과 가족들의 축하 인사 후, 특진 임용자인 수찬과 정선의 소감이 이어졌다. 수찬은 소감 말미에, 단상 아래에 앉아 있는 동금을 향해 고개를 숙이며 말했다.

"사실 이 자리는 박동금 형사의 자리입니다. 이번 이정명 변호사 피살 사건도, 노블러스 클럽 사건도 박 형사의 공이 가장 크다는 사실을 모르는 분은 없을 겁니다. 그럼에도 선뜻, 우리 선배들에게 특진을 양보해 준 박 형사에게 진심으로 감사를 전합니다."

다시 한 번 우레와 같은 환호와 박수가 터져 나왔다. 특진자인 수찬과 정선뿐만 아니라, 동금에게까지 전하는 박수와 환호였다. 쑥스러워하는 동금의 옆에는 세인이 존경과 사랑이 담긴 눈길로 그를 뚫어져라 쳐다보고 있었다.

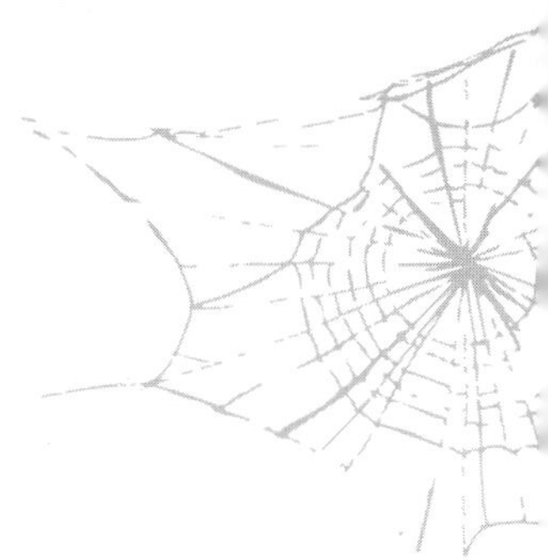

16
14년 前

　며칠 뒤, 동금은 충만에 대해 그가 할 수 있는 최대한의 자료를 수집한 뒤 경찰 출석을 요구했다. 횡령 혐의에 대한 참고인으로서의 출석 요구였다. 참고인이란 말 그대로 어떤 범죄에 대해 경험과 상황을 설명해 줄 수 있는 사람을 뜻한다. 또한 아직은 범죄 혐의가 없지만, 수사 상황에 따라 피의자로 전환될 수 있는 신분이기도 했다.

　충만의 출석 전날, 성병수 형사가 갑자기 동금을 찾아왔다. 충만이 브로커답게 비공식 루트를 통해 '경찰이 왜 출석을 요구하는지'를 알아보려 던진 수였다.

　"박 형사, 항상 양보만 하면 안 돼. 그러다가 나처럼 만년 경위 된다니까?"

　성병수는 가볍게 말문을 열었다. 이어 자신이 찾아온 이유를 이야기했다.

　"박 형사, 내일 횡령으로 정충만이라는 사람 참고인 조사한다며? 그 사람, 내가 형님으로 모시는 분인데… 횡령 같은 짓이나 벌일 사람은 아니거든."

"선배님, 정충만과 잘 아십니까?"

동금의 물음에 성병수는 한껏 과장스러운 표정을 지으며 충만과의 친분을 과시했다.

"잘 알다마다! 오래전부터 형 동생 하는 사이야. 송명준 의원 알지? 거기 후원회장인데, 믿을 만한 사람이라고. 재력도 있고!"

성병수는 충만을 만난 지 겨우 석 달밖에 안 되었음에도, 마치 아주 오래 알고 지낸 사이인 것처럼 거짓말을 했다. 동금은 모르는 척, 충만의 재력에 대해 떠들어 대는 성병수의 이야기를 들어주다가 빙긋 웃으며 입을 열었다.

"내일 조사는 별 거 아닙니다. 덕산개발에 관해서 간단하게 물어보려고요."

가볍게 이야기하는 동금의 모습에 성병수의 얼굴에 화색이 돌았다. 별일 아니라니 됐다며 돌아가려는 성병수에게, 동금은 나직이 경고 같은 조언을 건넸다.

"선배님, 정충만 조심하세요. 그 사람… 유명한 브로커에다 사기꾼입니다. 정충만 전과를 보니 우리 같은 공무원이 만나서는 안 될 사람 같더라고요."

"…그래? 에이, 그 정도야 나도 잘 알지. 내 걱정 말고 내일 조사나 잘 해!"

성병수는 동금의 말에 내심 놀랐지만 충만과의 관계를 그만둘 생각은 없었다. 그는 동금과 헤어지기 무섭게 충만에게 전화를 걸었다.

"형님, 박 형사가 별 거 아니랍니다. 내일 편하게 와서 조사받고 가세요."

"그래? 박 형사가 그러던가?"

"그렇다니까요. 박 형사가 말이죠. 매번 특진도 양보할 정도로 선배들한테 참 잘해! 내 꼬붕이나 마찬가지라니까? 나 믿어도 돼요!"

＊ ＊ ＊

9월 20일 강력 3팀 사무실

동금은 점잖게 양복을 차려입은 충만과 마주 앉아 있었다. 동금은 충만에게 간단한 인적 사항을 물은 뒤, 먼저 툭- 잽을 날렸다.

"듣기로는 사주를 잘 보신다고 하던데요. 앞으로 본인 사주는 어떻게 될 것 같습니까?"

동금의 냉소 섞인 질문에도 충만은 전혀 동요치 않으며 답했다.

"우리 박 형사님, 이렇게 직접 얼굴을 보니 물 한 바가지만 부으면 꽃이 활짝 필 관상이네요."

충만은 동금에 대해 이야기하며 말을 돌렸다.

"그거야 물 나름 아니겠습니까? 물이 깨끗해야 꽃도 시들지 않고 오래 가는 거죠. 더러운 물을 부으면 뿌리째 썩어버릴 테니까요."

동금이 차갑게 응시하자, 충만의 얼굴에서 미소가 사라졌다.

'이 새끼… 뭐지?'

수많은 고위층을 상대해 온 충만이었지만, 눈앞에 앉아 있는 젊은 형사는 뭔가 예사롭지 않았다. 그런 충만을 향해 동금이 다시 질문을 시작했다.

"태왕배가 이정명 변호사 살해를 양철구에게 사주한 사실을 알고 있었습니까?"

"…전혀 몰랐어요. 나도 한때는 태왕배와 가깝게 지낸 게 사실입니다. 하지만 이번 일로 태왕배가 그 정도로 막 가는 사람이라는 사실을 알게 되어 크게 실망했죠. 그 양반이 벌인 짓을 보세요. 도덕적으로 문제가 있는 사람 아닙니까?"

동금은 속으로 코웃음을 치며 덕산개발이 어떤 회사인지 물었다. 충만은 거리낌 없이 '덕산개발은 부동산 개발 및 분양과 건물 임대업을 한다'고 답했다.

"7월 12일. 태왕배가 회장으로 있는 로마개발이 덕산개발로 30억을 입금했네요? 무슨 거래죠?"

충만은 물어볼 줄 알았다는 표정으로 자신 있게 답했다.

"태왕배의 로마개발과 내가 대표로 있는 덕산개발과의 용역 계약에 따른 대가입니다."

동금 또한 기다렸다는 듯 응수했다.

"덕산개발은 임직원이 정충만 씨와 운전기사, 단 두 명이라면서 무슨 용역을 수행했나요?"

충만은 눈을 살짝 빛내며 말했다.

"태왕배가 거산마을 땅을 매입한다고 해서, 덕산개발에서 현장 조사와 컨설팅을 해주었습니다."

태연하게 꾸며낸 거짓말이었다.

"입금한 돈은 주로 어디에 사용했죠?"

"뭐… 직원 월급도 주고, 거산마을 현장조사와 컨설팅 하는 데 사용했죠."

동금은 충만에게 덕산개발 계좌 내역을 보여주었다. 덕산개발 계좌에서는 하루에도 2~3차례씩 돈이 인출되는 경우가 많았다. 액수는 '삼백만 원~이천만 원' 수준으로, 내역만 보아도 은행에서 인출하는 패턴을 주기적으로 보이고 있었다.

"이것도 컨설팅 비용인가요?"

"음… 글쎄요…? 그건 나도 확인을 좀 해봐야겠습니다."

동금은 충만의 말을 끊고 다시 계좌 명세를 보여주었다.

"지난주 목요일에도 오전에 오백만 원, 오후에 다시 삼백만 원을 인출했는데요. 이건 기억하시죠?"

충만은 마치 비밀을 들킨 사람처럼 당황해 안절부절못하기 시작했다. 동금 또한 기회를 잡았다는 듯, 더 세차게 충만을 놀아세웠다.

"이 돈, 다 어디에 사용했습니까?"

충만은 답하지 못했다. 동금은 그런 충만의 틈을 놓치지 않고 한 방을 날렸다.

"정충만 씨는 충명회 회원이죠? 어떤 모임입니까?"

충만은 화들짝 놀라서는 동금의 얼굴을 빤히 쳐다보았다. 그는 태왕배의 변호인들로부터 왕배가 경찰에 진술한 내용들에 대해 대략 들어 둔 상태였다. 그러나 왕배가 충명회에 대한 이야기까지 진술했다는 사실은 들은 바가 없었다. 충만은 일단 시치미를 떼기로 했다. 경찰이 충명회에 대하여 어떻게 알게 된 것인지, 얼마나 알고 있는 것인지 짐작할 수 없었다.

"전혀 모르는 모임입니다."

"들어본 적도 없습니까?"

"그렇게 말씀을 하시니 기억이 나는 게… 태왕배가 무슨 모임을 한다고 떠벌리듯 자랑을 한 적이 한두 번 있던 것도 같은데… 그게 그 모임인가?"

충만은 가증스럽게도 왼손을 머리에 갖다 대며 기억하려고 노력하는 듯한 연기까지 했다. 동금은 그런 충만을 향해, 준비해 둔 강공을 한 번 더 날렸다.

"태왕배가 충명회 모임이 있는 날이면 홍삼 박스를 돌렸다던데요. 그것도 처음 듣는 이야기입니까?"

충만의 얼굴이 사색이 되었다. 충명회 회원이 아니면 알 수 없을 사실을 어떻게 동금이 알고 있는지 도무지 이해할 수가 없었다. 동금은 꿀 먹은 벙어리가 되어 버린 충만의 참고인 조사를 마무리하며 덧붙였다.

"다음번 조사 때는 피의자로 조사할 예정입니다. 저희 경찰은 로마개발에서 덕산개발로 이체된 30억에 대해 태왕배와의 횡령 공범으로 보고 있거든요. 만약 이 돈을 로비자금으로 받았다면, 더 큰 범죄가 성립하게 될 겁니다. 정충만 씨가 청탁을 위한 목적으로 정관계에 로비자금을 뿌렸다는 사실을 이미 첩보로 입수해 수사 중입니다. 충명회가 단순 친목 모임이 아닌 사실도 알고 있습니다. 반드시 수사할 예정이니 인지해 두시기 바랍니다."

충만은 안색이 새파래져서는 도망치듯 3팀 사무실을 빠져나갔다.

'성병수… 이 병신 같은 새끼…!'

＊ ＊ ＊

그날 밤, 동금은 기원과 곱창집에서 소주잔을 기울였다. 벌써 폭탄주가 몇 순배가 돌았기에, 두 사람 모두 얼굴이 불그스름했다.

"동금아, 네가 말이여! 수찬이하고 정선이에게 특진을 양보해 줘서 고맙기도 하고 한편으로 팀장으로서 미안하기도 하다."

기원이 이미 약간 꼬부라진 혀로 말했다. 동금의 양보로 특진한 수찬과 정선은, 다음 인사에서 기원처럼 팀장이 되어 다른 팀으로 떠날 예정이었다.

"팀장님, 우리 경찰이 금은방 터는 도둑놈만 잡아야 한다는 법이 있습니까? 송명준이나 황태균 같은, 나랏일 하는 도둑놈들을 보고도 권력이 무서워 수사하지 않는다면…. 우린 뭐가 됩니까?"

동금은 충만을 보낸 뒤, 바로 다음 스텝에 들어간 상태였다. 동금의 다음 계획이란 충명회 회원들의 계좌와 통화 내역을 영장을 통해 확보하는 작업이었다. 문제는 청와대 정무수석과 다음 대선을 노리는 4선의 국회의원, 유력 언론사 논설위원, 그리고 검찰 부장검사를 경찰이 비리 혐의로 조사해야 한다는 것이다. 이는 지금까지 유례가 없는 일로, 상부에서는 부담을 느낄 것이 틀림없었다. 충명회 회원들이 돈을 받았다는, 유죄에 가까운 수사 단서가 나오지 않는 한 조사 자체를 허용하지 않을 가능성이 매우 컸다. 청와대 정무수석과 4선 의원을 조사한다는 것은 경찰이 현 정권을 향해 선전포고를 하는 것이나 다름없었다. 기원이 수심 가득한 얼굴로 입을 열었다.

"위에서 허락을 하겠냐? 태왕배의 진술이 기록에 없는데 정황만 갖고 데려다 조사하는 것은 무리 아닐까?"

"팀장님, 우리 팀 이미 특진도 해서 잃을 것도 없잖아요. 이미 달아준 특진 계급장을 다시 뗄 일도 없잖습니까? 한번 제대로 미쳐보는 것은 어떨까요?"

동금이 기원에게 폭탄주를 건네주며 말했다. 폭탄주를 한 모금 넘긴 기원이 고개를 설레설레 흔들며 중얼거렸다.

"아무래도… 내가 제 명에 죽긴 힘들 것 같다."

두 형사의 잔 주고받기는 자정이 지날 때까지 계속되었다.

＊ ＊ ＊

다음 날 오후, 이은실이 예고도 없이 강력 3팀 사무실을 찾아왔다. 어쩐 일이냐며 반기는 동금에게, 그녀는 충명회 수사가 궁금해 찾아 왔다고 했다. 동금이 시계를 힐끗 보더니 입을 열었다.

"…기자님, 우리 식사하러 가시죠."

두 사람은 삼성동에 있는 남도마을 음식점으로 자리를 옮겼다. 동금은 이은실에게 지금까지의 상황을 솔직하게 이야기해 주었다. 그녀로부터 들은 충명회와 거산마을에 대한 정보들이 사건에서 큰 힘이 되었기 때문이다. 이야기를 다 들은 이은실이 고개를 끄덕였다.

"하긴… 경찰이 이 정도 내용을 갖고 충명회 회원들을 조사하는 건 조금 무리수일 것 같기도 하네요."

동금은 태왕배와 정충만이 거산마을을 대상으로 사기를 쳐 땅값으로 1,500억을 벌었다는 사실은 충명회 일당의 도움이 있었기에 가능했다고 굳게 믿고 있었다. 물론 그 이익도 공유했을 가능성이 커서 지금 충명회를 수사해야 한다고 열변을 토했다. 이은실은 그런 동금의 모습을 물끄러미 바라보며 생각했다.

'도대체 저 자신감은 어디에서 나오는 것일까?'

말단 형사에 불과한 동금은 지금 권력과 타협하지 않고 맞서고 있었다. 심지어 그는 형사들의 최고 로망이라는 특진의 영광까지 선배들에게 양보했다.

'결코 자신의 이익을 위해 불의에 굴복하지 않을 사람….'

이은실은 생각을 마친 듯, 술잔을 동금에게 내밀었다. 그녀가 동금에게 마음의 문을 열기로 한 순간이었다.

"저도 한잔 말아 주시겠어요?"

이은실의 요청에 동금은 재미있다는 표정으로 폭탄주를 정성껏 말아 주었다. 그녀는 동금이 말아 준 폭탄주를 단숨에 들이키더니, 타악- 잔을 내려놓으며 입을 열었다.

"박 형사님, 태왕배가 송명준 의원과 어떤 관계인지 아세요?"

"정충만이 둘을 소개해준 것 아닌가요? 그 인연으로 둘이 충명회 활동도 같이하고요."

이은실은 잠시 창밖으로 시선을 던졌다. 마치 오래전 기억을 불러오는 듯했다. 그러곤 담담히, 이야기를 시작했다.

"14년 전, 송명준은 검찰에서 부장검사였어요. 그때 송명준이 수사했던 사람이 태왕배이고요."

이은실의 말을 들은 동금이 놀란 표정으로 마시던 잔을 내려놓았다. 태왕배는 분명 정충만으로부터 송명준을 소개받았다고 하지 않았던가? 동금은 속으로 욕지거리를 내뱉었다.

'거짓말이었네. 태왕배 이 빌어먹을 새끼….'

이은실은 여전히 창밖을 보며 말을 이었다.

"송명준이 막 검찰을 떠나 정치에 발을 디딜 즈음… 마지막으로 수사한 사건이 태왕배의 뇌물 사건이었어요. 태왕배가 경기도 용인에서 부동산 개발사업으로 성공해 큰돈을 만지기 시작했던 시기였죠. 그때 태왕배는 정치인과 공무원들에게 뇌물을 뿌렸는데…. 별문제 없이 가벼운 처벌만 받고 끝났어요. 그 대신 태왕배와 공동으로 부동산 개발사업을 했던 동업자, 즉 공동대표가 징역 10년을 선고받았죠."

이은실이 고개를 돌리자 동금과 눈이 마주쳤다. 두 사람은 잠시 서로의 눈동자를 바라보았다.

"그 동업자는 태왕배보다 다섯 살이 많았어요. 태왕배를 친동생처럼 아껴줬다고 하더군요. 태왕배도 그 동업자를 친형처럼 잘 따랐대요. 씨름 선수 출신에 중학교밖에 나오지 못한 태왕배에게… 사업할 기회를 준 고마운 사람이었으니까요. 시행사의 지분도 동업자가 80%, 태왕배가 20%였어요. 이것도 한 푼도 투자하지 못하는 태왕배를 배려한 배분이었고요."

동금은 이은실의 목소리에 묘한 감정이 실리는 것을 감지했다.

"그런데 태왕배는 검찰 수사를 받게 되자, 자신은 돈 심부름을 했을 뿐이라며 동업자가 정치인과 공무원들에게 뇌물을 주라고 시켰다 주장했어요. 그리고 그 주장이 받아들여져 태왕배는 불구속 상태에서 수사를 받았죠. 하지만 동업자는 송명준 부장검사에 의해 구속됐어요. 그 바보 같은 동업자는… 태왕배가 자신을 배신한 사실을 법원에 기소된 뒤에야 알게 됐대요."

동금은 매우 혼란스러웠다. 이은실은 이만한 정보를 대체 어떻게 알고 있는 것일까? 동금이 뭐라 묻기도 전에, 이은실이 다시 말을 이었다.

"동업자는 기소되기 전에 회사라도 살리려고 태왕배에게 경영권을 맡겼어요. 그런데 태왕배는 동업자로부터 받은 경영권을 이용해 구속된 동업자의 시행사 지분까지 모두 차지하고 회사를 접수했죠. 송명준 또한 그 사건 수사를 마지막으로 검찰을 나왔어요. 그러고는 이듬해 총선에 출마했죠. 정치인과 공무원의 토착 비리를 단죄한, 정의로운 검사라는 타이틀로 무난하게 금배지를 달았고요. 그렇게 현재, 4선

의원으로 다음 대권을 노리고 있죠."

은실의 목소리에는 아픔과 결기가 동시에 느껴졌다. 동금은 그런 그녀에게 새로 폭탄주를 말아 주며, 조심스럽게 입을 열었다.

"이 기자님, 솔직히 말해주면 좋겠습니다. 아무리 기자라고 해도, 14년 전 일을 이렇게 자세히 알기는 어려웠을 것 같은데…."

이은실은 말없이 동금이 건네준 폭탄주를 들이켰다. 동금은 차분히, 인내심을 갖고 그녀가 입을 열기를 기다렸다.

"태왕배의 동업자가… 제 친아버지였어요."

오랫동안 곪아 왔던 상처가 벌어지듯, 고통스런 숨결이 흘러나왔다. 그녀의 머릿속에는 묻어 두었던 장면들이 필름처럼 재생되고 있었다. 차가운 시신이 된 아버지의 모습과, 아버지가 뒤집어쓴 오명 때문에 남은 가족들이 받아야만 했던 차가운 시선들이….

"아버지는 구치소에서 자살하셨어요. 제가 여고 2학년 때였죠. 아버지는 유서에, 뇌물 사건을 주도한 사람은 태왕배라고 남기셨어요. 물론 자신도 말리지 못한 잘못이 있다고 덧붙여 두셨지만…."

이은실의 눈가에 14년 전 그날의 절망이 다시 스며들었다. 그녀는 옆에 놓여 있던 가방에서 낡은 편지봉투를 꺼냈다. 그 편지는 이은실에게 있어 아버지의 마지막 목소리이자, 복수의 열쇠였다.

"이 속에 아버지의 유서가 들어 있습니다. 박 형사님께 잠시 빌려 드리겠어요."

이은실이 편지봉투를 동금에게 건네주며 말했다. 은실의 아버지는 유서에서 '송명준 부장검사가 자신의 말은 전혀 듣지 않고 태왕배의 말만 그대로 믿었다'고 했다. 송명준은 은실의 아버지를 구속한 것도 모자라 징역 15년을 구형[20]했고, 반면 태왕배에게는 불구속과 함게 징역 3년을 구형했다. 태왕배에게 구형한 징역 3년은 사실상 집행유예를 선물한 것이었다. 그렇게 1심에서 이은실의 아버지는 징역 10년을, 태왕배는 집행유예를 받았다.

"아버지에게 10년 형을, 태왕배에게는 집행유예를 선고한 1심 재판장이 누군지 짐작하시겠어요?"

이은실의 목소리가 떨리고 있었다. 동금은 잠시 멍하니 그녀를 바라보았다. 머릿속에서 여러 가능성들이 빠르게 스쳐 지나갔지만, 쉽게 답이 나오지 않았다. 이은실은 동금의 눈을 응시했다. 순간, 어떤 이름 하나가 동금의 머릿속을 스쳐 지나갔다. 동금의 얼굴이 딱딱하게 굳었다.

"서… 설마…?"

"박 형사님이 생각하는 그 사람이 맞아요. 죽은 이정명 전 대법관이죠."

"그게 정말입니까?"

이은실은 말없이 고개를 끄덕였다. 동금은 등골이 서늘해지는 것을 느꼈다. 지금까지 맞춰 오던 퍼즐 조각들이 무너져 내리며 전혀 다른 그림을 그리기 시작했다. 물론 이정명 변호사가 태왕배나 송명준과 한패라는 증거는 없었다. 더구나 이정명은 태왕배의 사주로 살해당하지 않았던가?

'그래, 그래서 날 궁금해 했던 거구나. 당신은 당신대로… 아버지의 원수인 태왕배를 쫓고 있던 거였어.'

동금은 이은실로부터 느껴 오던 찝찝함이 완전히 해소됨을 느꼈

---

20 검사가 판사에게 피고인이 어느 정도 처벌받기를 바란다는 의사 표시이다. 보통 판사는 검사의 구형보다는 적은 형량을 선고한다.

다. 그녀가 주영아 기자에게 동금을 물어본 것이나, 많은 대화를 나누면서도 일부러 모르는 척 넘겨버리거나 외면했던 순간들의 이유에 대해….

"주변에서 그러더군요. 박동금 형사는 끝까지 간다고요. 절대 타협하지 않는 사람이라고요."

이은실이 눈물이 그렁그렁 맺힌 눈으로 동금을 보며 말했다. 동금 또한 그녀의 눈을 마주보았다. 이은실의 눈과 목소리에는 동금을 향한 간절한 기대와 희망이 담겨 있었다. 그녀는 동금을 향해 눈으로 말하고 있었다.

'당신이라면… 정말로 아버지의 억울함을 풀어 줄 수 있을 거라고 믿어요.'

＊ ＊ ＊

9월 25일 저녁 강력 3팀 사무실

며칠 뒤, 동금은 정오가 막 지날 때쯤 이은실로부터 전화 한 통을 받았다.

"박 형사님, 선물 하나 드리려고 전화했어요. 원래 충명회 관련 리포트를 준비했는데, 방향을 조금 바꿔 경찰발 기사로 전환했어요."

이은실은 '경찰이 비난받지 않으면서도 수사에 힘을 실어 주는 기사를 방송에 내보낼 예정'이라고 했다. 충명회와 이에 얽힌 거산마을 그린벨트 관련한 정치부 기사였던 것을, 살짝 경찰발로 바꾼 것이다. 그녀의 말대로 DBS 뉴스가 보도된다면, 경찰이 충명회를 수사할 명분을 얻을 수 있었다.

몇 시간 뒤, DBS 저녁 뉴스에서 이은실 기자의 리포트가 시작되었다. 경찰이 이정명 변호사를 피살한 사건을 수사하던 중, 태왕배가 회원으로 있는 충명회에 관해 파악했다는 뉴스였다.

차기 유력 대권 주자를 중심으로 한 비밀 모임, 일명 '충명회'가 존재한다는 의혹이 제기됐습니다. 이 모임에는 4선의 검찰 출신 S 의원, 청와대 H 수석, 모 언론사의 H 논설위원, 그리고 검찰 특수부장 K 씨 등이 핵심 멤버로 참여하고 있는 것으로 전해졌습니다. 또한 이들과 가까운 대형 법조 브로커 정 모 씨 역시 충명회에 이름을 올린 것으로 알려졌습니다. 문제가 된 것은, 이 모임을 통해 태왕배 씨가 강남 거산마을 그린벨트 해제와 개발 계획이라는 허위 정보를 미리 입수해 토지를 매입했고, 불과 2년 만에 땅값만으로 약 1,500억 원에 이르는 시세차익을 거뒀다는 의혹입니다. 이 막대한 차익이 이후 어디로 흘러들어 갔는지, 경찰은 자금 흐름을 추적하며 수사에 나선 상태입니다.

DBS 보도가 나가자 언론계가 발칵 뒤집혔다. 이은실이 터뜨린 건 말 그대로 특종이었다. 동금에게서 사전 보고를 받은 경찰 지휘부는 겉으로 침착한 척했지만, 대형 브로커 수사가 불러올 파장에 속으로는 전전긍긍할 수밖에 없었다.

태왕배 수사 과정에서 비밀 모임 '충명회'의 존재가 드러났고, 정충만까지 참고인 신분으로 조사를 받았다. 그러니 남은 건 제대로 수사하는 일뿐이라고 모두 믿고 있었다. 그러나… 그 뒤에 이어질 어두운 미래를, 그 누구도 짐작하지 못했다.

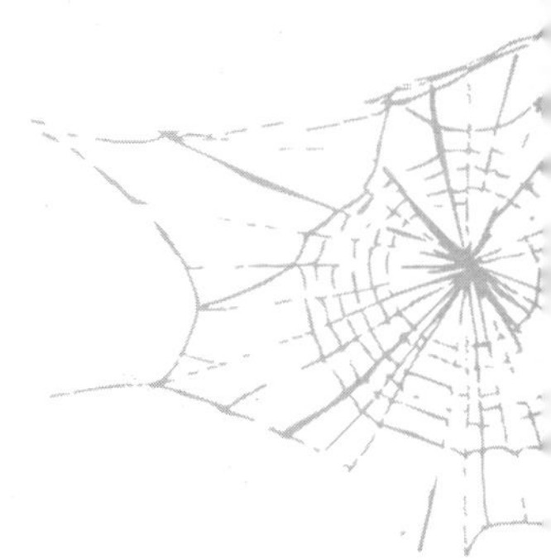

17
황금가면

국회가 있는 여의도에는 낮에도 비밀 모임을 열 수 있는 호텔이 있다. L호텔 또한 그런 호텔 중 하나로, 이곳에서 운영하는 카페 룸은 철저히 비밀이 보장된다. 지금 이곳에 대한민국 3대 권력기관 핵심 멤버들이 속속 모여들고 있었다. 송명준 의원과 홍동일 고려일보 논설위원, 황태균 청와대 정무수석, 김기식 부장검사였다.

한자리에 모인 충명회 회원들의 분위기는 DBS 보도 때문인지 폭탄을 맞은 듯 무거웠다. 특이한 점은 충명회 창립과 깊은 관련이 있는 정충만이 빠져 있었다는 사실이었다. 황태균이 먼저 짜증 섞인 목소리로 입을 열었다.

"DBS에서는 우리 마누라도 모르는 모임을 대체 어떻게 안 거야?"

충명회 회원들은 이미 한 달 전, 태왕배가 뜻밖에 이정명 대법관의 피살 사건 배후로 밝혀지면서 충격을 받은 터였다. 그런데 어제 DBS 뉴스에서는 충명회에 대해 보도하며, 회원인 자신들을 이니셜로 정확하게 언급하기까지 했다. 어떻게든 빨리 수습하는 것이 급선무였다.

“우리 언론사 정보 보고에 의하면…. 기사를 쓴 이은실 기자가 이번 태왕배 사건 담당 형사와 몇 달 전부터 어울리며 긴밀히 정보를 교환하고 있었다고 합니다.”

홍동일이 언론계 종사자답게 파악한 정보를 풀어놨다.

“이은실이라고? 기자가 너무 깊게 발을 담그고 있구만. 물이 뜨거우면 발을 뺄 줄도 알아야 하는데 말이야!”

송명준이 의미심장한 얼굴로 김기식을 쳐다보며 말을 이었다.

“아마도 태왕배가 자포자기한 상태에서 경찰 조사를 받으며 연기를 피웠겠지? 개잡놈 같으니라고.”

“문제는… 경찰이 우리 모임을 수사하는 걸 그대로 놔둬서는 안 된다는 겁니다. 일선 경찰서 형사들은 지휘부에서도 컨트롤이 잘 안 되지 않습니까? 무식해서 법률 해석도 못 하는 주제에, 무조건 ‘앞으로!’만 외치는 놈들이죠.”

김기식의 의견에 홍동일이 맞장구를 쳤다.

“지금 충명회를 수사하는 강남서 박 형사란 녀석이 앞뒤 재지 않는 것으로 유명하다네요. 작년에 AI 엔터테인먼트 금재환 회장과 대왕그룹 조준영 회장의 전 부인이었던 최정림도 그 녀석 때문에 속 좀 썼었다고 하더군요.”

송명준이 잔뜩 찌푸린 얼굴로 말했다.

“그깟 형사 하나가 뭐 대단해? 문제는 정충만의 입 아닌가? 이 친구를 어떻게 처리하지?”

이 순간, 송명준에게는 충만이 자신의 후원회장이라는 사실은 중요치 않았다. 지금 그에게 있어 충만은 버리는 카드에 불과했다. 감탄고토(甘呑苦吐)[21]가 따로 없었다.

"김 부장! 검찰이 브로커 수사를 가장 좋아하지 않나? 브로커 한 놈만 잡으면 관가에서 혼내 주고 싶은 놈들도 입맛에 맞게 잡아들일 수 있고."

전직 검사 송명준이 오랜만에 수사통다운 의견을 냈다. 그 말을 들은 황태균이 결론을 내렸다.

"우리 대신 십자가를 질 놈들이 필요하다…? 그럼 정충만 수사는 경찰이 아닌 검찰이 해야겠군요."

충명회 멤버들은 서로 눈빛을 교환하며 고개를 끄덕였다. 경찰이 하는 수사를 검찰로 가져오면 된다. 드디어 마지막 퍼즐이 맞추어졌다.

＊ ＊ ＊

강력 3팀 형사들은 충명회를 수사할 생각에 한껏 들떠 있었다. 기원을 비롯한 3팀 형사들 모두 한마음 한뜻으로 수사 준비에 임했다. 특히 동금의 양보로 경감 특진을 한 수찬과 정선의 각오가 남달랐다.

"우선, 충명회 선수들에 대한 계좌와 통신 영장을 검찰에 신청하겠습니다."

사이버특채 출신인 정선이 자신의 주특기를 살려 치고 나갔다. 동금도 입을 열었다.

"태왕배는 정충만이 하루에 두세 곳을 다니면서 공직자들에게 돈을 뿌렸다고 했습니다. 분명 잡히는 게 있을 겁니다. 지난번에 덕산개

---

21 달면 삼키고 쓰면 뱉는다는 뜻

발 통장 내역을 보니, 실제로 하루에 2~3곳에서 현금을 인출하는 습관을 보였어요. 태왕배의 말과도 일치하는 부분이니 틀림없을 겁니다.”

동금의 말에 동료 형사들이 동조의 뜻으로 고개를 끄덕였다. 동금이 말을 이었다.

“현금을 인출한 장소를 중심으로 정충만이 방문한 사람을 찾다 보면 의외의 소득을 건질 수 있을 거란 생각이 듭니다. 저는 그 부분을 수사해 보겠습니다.”

문제는 다른 곳에 있었다. 경찰이 신청한 영장이 며칠 동안 검찰에 묶여 있었다. 보통 경찰이 영장을 신청하면, 검사는 법원에 영장을 청구하거나 미비한 점에 대한 보완 수사를 지시해 경찰에게 돌려보낸다. 그런데 지금은 달랐다. 충명회 수사에 대한 영장 신청을 검찰이 계속 들고만 있었다. 결국 동금이 직접 담당 검사에게 전화를 걸었다.

“검사님, 영장에 부족한 점이 있나요? 좀 신속하게 처리해 주셨으면 좋겠는데요.”

“지금 검토하고 있는데… 왜 이렇게 어린아이처럼 보채? 어련히 때가 되면 알아서 처리할 텐데!”

담당 검사는 신경질을 부리며 날 선 반응을 보였다. 동금은 분위기가 좋지 않게 흘러가고 있음을 직감했다. 그렇게 다시 며칠이 흘렀다. 보통 하루이틀이면 처리할 영장이 열흘이나 걸려 경찰에 다시 내려왔다.

[영장 기각 사유: 범죄사실 소명이 부족합니다.]

구체적으로 무엇이 부족하니 다시 보완하라는 내용도 없었다. 단순히 원론적인 이유만 적힌 영장 기각이었다. 30년 가까운 수사 경력을 가진 기원이 똥 씹은 얼굴로 말했다.

"어쩌냐? 이건 검찰이 경찰에게 이 사건에서 손을 떼라는 신호인 기라!"

강력 3팀 형사들은 낙담했다. 이런 경우 뾰족한 방법이 없었다. 영장은 무조건 검사를 거쳐 법원에 청구해야 한다. 법이 그렇기 때문이다. 은행 계좌나 휴대폰 통신 영장은 가장 기초적인 자료다. 이 자료들이 없다면 수사 자체가 진도를 나갈 수가 없었다. 무엇보다 이런 기초적인 자료에 관한 영장부터 막혀버린다면, 충만의 주거지와 사무실에 관한 영장들은 더더욱 받아낼 가능성이 없었다. 동금은 지푸라기라도 잡는 심정으로, 보완된 영장을 들고 직접 검사실을 찾았다. 그러나 검사실에서는 '요즘은 방문 접수를 하지 않는다'며 면담 자체를 거절했다. 동금은 별수 없이 수사기록만 놓고 무거운 발걸음으로 복귀했다.

동금이 돌아온 뒤, 이야기를 들은 3팀 형사들이 원탁 테이블에 둘러앉았다. 수석이 먼저 잔뜩 성난 얼굴로 입을 열었다.

"기자들에게 제보할까요? 검찰이 수사 방해한다고요!"

정선이 작게 한숨을 내쉬며 수석에게 답했다.

"그렇게 간단한 문제가 아니야. 검찰에서 수사를 방해한다는 직접 증거가 없잖아. 언론에서 그런 제보를 받아줄지도 알 수 없는 일이고."

정선의 말대로 언론사에서 그런 제보를 받아줄지도 미지수였으며, 설령 받아주더라도 검찰에서 그런 일이 없다고 한마디만 하면 끝이었다. 정선이 다시 말했다.

"이런 기초적인 자료도 없이 어떻게 수사를 하죠? 난감하네요, 정말!"

모두 깊은 침묵 속에 빠진 가운데, 동금이 천천히 입을 열었다.

"우리가 언제 좋은 환경에서 수사해 본 적 있습니까? 안 되면 안 되는 대로 수사해야죠!"

동금은 충만을 참고인으로 조사할 때 받아 둔 계좌 입출금 내역을 꺼내 들었다. 일단 손에 쥔 패라도 최대한 활용하자는 것이었다.

"입출금 내역을 통해, 인출기 근처에 어떤 기관이 있는지 발로 뛰어 확인해 보죠. 주변 CCTV도 시간이 걸리더라도 하나씩 확보하며 수사하는 방법밖에 없을 것 같습니다."

동금의 이야기를 듣던 수석이 두 손을 번쩍 들며 외쳤다.

"팀장 전하~! 우리 강력 3팀에게는 아직 태왕배의 수사기록이 남아 있사옵니다! 이 신수석 경위가 수사기록으로 반드시 브로커를 잡아 대령하겠나이다!"

수석의 성대모사에 다들 한바탕 웃음을 터뜨렸다. 막내의 재롱에 힘을 얻은 형사들은 다시 한 번 의지를 다잡았다. 상황이 어떠하든, 그들은 지금 할 수 있는 일을 해야 했다.

＊ ＊ ＊

10월 1일 여의도 L호텔 카페 룸

"여기 내 핸드폰이 있습니다. 형님도 핸드폰 꺼내 놓으시죠!"

송명준의 보좌관인 노대건이 자신의 휴대폰을 테이블 위에 올려놓으며 말했다. 충만도 노대건처럼 품에서 휴대폰을 꺼내 전원을 끄고 테이블 위에 올려두었다.

"대건아, 뭘 이렇게까지 하고 그래? 내가 아무려면 친동생 같은 네 뒤통수나 치겠어? 내가 의리 빼면 시체인 거, 네가 더 잘 알잖아!"

47세 노대건은 송명준 보좌관으로, 5년 전 충만과 인연을 맺었다. 지금까지는 별 탈 없이 지내온 두 사람이었지만, 태왕배가 사고를 치는 바람에 휴대폰을 끄고 만나야 할 지경에 이르게 된 것이다.

"대건아, 영감님은 나를 어떻게 하신대?"

충만이 단도직입적으로 묻자, 노대건은 한참 뜸을 들이다가 입을 열었다.

"의원님이라고 이런 상황에서 뾰족한 수가 있겠습니까? 시간이 약 이지요. 워낙 여론이 안 좋으니 잠시 들어가 계시랍니다. 조용해지면 곧 빼주시겠다고요."

대건의 말에 충만의 송충이 같은 눈썹이 꿈틀거렸다.

"뭐… 뭐라고? 나 보고 잠시 들어가 있으라고 했다고?"

충만이 불같이 화를 내기 시작했다. 그는 욕설을 내뱉으며, 자신이 뭘 잘못했는지 말해 보라고 노대건을 다그쳤다.

"내가 잘못한 게 있으면 잠시가 아니라 종신형이라도 살고 나올 거 야!"

충만은 길길이 날뛰었지만, 노대건 역시 만만한 인물이 아니었다. 그 역시 국회에서 20년 동안 비서관으로 시작해 보좌관까지 올라온 사람 아니던가? 여러 의원들을 모시며 별별 인간들을 다 보아 왔고, 큰일도 많이 겪었다. 노대건은 더 못 봐주겠다는 듯, 날뛰는 충만을 향해 버럭 언성을 높였다.

"왜 나한테 화를 내고 그래요? 내가 뭘 잘못했다고! 난 의원님 말씀 전달하는 비둘기에 불과한 거 몰라요? 나, 그냥 빈손으로 돌아갈까요?"

노대건의 강수에 충만이 움찔했다. 그는 길길이 날뛰던 자세를 멈추고 하소연하듯 태도를 바꾸었다.

"대건아… 내가 낼모레면 환갑이다. 나이도 먹을 만큼 먹은 인간이 감빵에 들어가 있으면 내 가족 심정이 어떻겠어? 자, 솔직하게 말해 봐. 영감님은 내가 어떻게 해주길 바라는 거야?"

"그걸 왜 의원님께 물어봅니까? 바라긴 뭘 바래요? 형님이 눈치껏 처신해야죠."

노대건은 충만에게 작은 약점도 잡히지 않기 위해 최대한 말을 아꼈다. 브로커 정충만이 언제든 뒤통수를 칠 수 있다는 사실을 그는 잘 알고 있었다. 충만 또한 노대건의 마음을 읽은 듯 의미심장한 표정으로 다시 물었다.

"선수끼리 왜 이래? 내가 알기 쉽게 말하라고!"

노대건은 달라진 충만의 태도에 비릿한 표정으로 입을 열었다.

"수사 한두 번 받아 본 것도 아니고… 잘 아시잖아요? 전국 방송 타는 바람에 이게 사이즈가 좀 커야죠. 덩치 큰 놈 몇은 던져 줘야 끝낼 것 아닙니까? 눈치껏 죽을 놈은 불고 살려줄 놈은 입 다물어야죠. 그래야 집행유예로 선처 받을 거 아닙니까?"

충만이 천천히 몸을 앞으로 숙이며 낮은 목소리로 답했다.

"그래, 이제 감 좀 잡았다. 대건아, 가서 영감님께 잘 말씀드려라. 이 정충만이는 아는 것도 많고, 모르는 척할 줄도 아는 사람이라고 말이야. 우선 3개월만 조용히 지내다 오겠다고!"

* * *

얼마 후, 뉴스 전문 채널인 ETM에 속보가 떴다. 검찰이 충명회와 관련해 브로커 정충만의 집과 사무실을 압수수색 중이라는 뉴스였다. 또한 검찰이 이미 정충만을 체포했다고도 했다. 강력 3팀이 확보한 첩보를 기반으로 검찰이 수사를 시작한 것이었다. 3팀 입장에서는 말 그대로 사건을 도둑질당한 것과 같은 상황이었다.

"씨발, 담당 검사를 사건 절도죄로 수사해야 하는 거 아니냐?"

뉴스를 보던 수찬이 열 뻗친 목소리로 소리쳤다. 다른 형사들의 마음 또한 수찬과 다르지 않았다. 동금은 아무 말 없이 자리에 앉아 있었고, 기원은 더 보고 싶지 않은 듯 리모컨으로 뉴스를 꺼버렸다. 막내 수석이 우울한 표정으로 조심스레 입을 열었다.

"팀장님… 우린 앞으로 어떻게 수사해야 합니까?"

기원이 크게 한숨을 내쉬었다. 이런 경우, 경찰은 검찰 수사에 협조하면서 수사에서 손을 떼는 것이 일반적이었기 때문이다. 기원은 팀원들의 시선을 애써 피하며, 체념한 듯 말했다.

"천천히… 정리해야 할까 보다."

그날 저녁, 동금은 혼자 사무실을 나섰다. 그러곤 경찰서 정문을 빠져나와 차가운 공기를 맞으며, 목적 없이 걷기 시작했다. 휴대폰 전원은 꺼둔 채였다. 일부 기자들로부터 '검찰이 사건을 빼앗아간 것에 대한 심경을 말해 달라'는 식의 전화가 몇 번이나 걸려왔기 때문이다.

동금의 발은 삼성역을 지나 테헤란로로 그를 이끌었다. 그러나 동금의 눈에는 주변의 네온사인도, 행인들도 전혀 눈에 들어오지 않았다. 심지어 툭- 어깨를 스치고 지나가는 사람도 있었지만 동금은 신경 쓰지 않았다.

'이제 겨우 진실의 문을 열기 직전이었는데…. 분명 보이지 않는 큰손이 움직이고 있어. 그 큰손이 이 사건의 배후일 거야….'

동금의 걸음은 마치 무언가로부터 도망치듯 점점 빨라졌다. 그렇게 40분쯤 걸었을까? 동금의 눈에 익숙한 장소가 나타났다. 마침내 동금의 발이 멈추었다. 이정명 변호사가 피살당한 그곳에서….

'이정명 변호사님… 눈도 감지 못한 채 죽어 있었지….'

동금은 우두커니 서서 이정명 변호사의 주검이 누워 있던 곳을 바라보았다. 그날의 기억이 생생하게 되살아났다. 유길수와 최명상이 이정명을 찌르고 허겁지겁 골목길로 도주하던 모습부터, 큰길 인도에 팔짱을 끼고 서서 범행을 지켜보던 양철구의 모습까지…. 동금은 저도 모르게 그 자리에 쪼그리고 앉아 아스팔트 바닥을 손으로 쓸었다.

지난 5개월, 오직 사건의 진실을 밝히고자 쉬지 않고 달려왔다. 밤을 새우고 발품을 팔며 단서를 찾아 헤맸다. 모두가 불가능하다고 할 때도 포기하지 않았다. 그렇게 실타래를 하나씩 하나씩 풀어나갔다. 그런데….

'여기서… 끝이라는 건가.'

지나가던 행인들이 쪼그리고 앉아 있는 동금을 힐끔힐끔 쳐다보았다. 잠시 후, 하늘을 올려다보던 동금은 빵빵! 울리는 클랙슨 소리에 정신을 차렸다. 그러곤 시간을 확인하기 위해 품에서 휴대폰을 꺼냈다.

'아차…! 아까 꺼두었지? 잠깐만 꺼두려다 깜빡했네.'

동금은 급히 휴대폰 전원을 켰다. 언제든 비상 상황이 발생하면 출동해야 할 형사가 장시간 휴대폰을 꺼두는 것은 있을 수 없는 일이었다. 그렇게 동금은 부재중 메시지들을 확인하며 답장을 보내기 시작했다.

＊ ＊ ＊

[세인씨, 저 괜찮아요. 지금 저녁 먹으러 남도마을로 가요. 걱정 마세요]

세인은 동금에게 연락이 오자마자 집을 나섰다. 수석을 통해 그의 낙심한 상태를 이미 들었기 때문이었다. 그녀는 자신만이 그를 위로할 수 있다고 생각하며, 남도마을로 발걸음을 옮겼다. 저녁 9시경, 남도마을에 도착한 세인은 음식점 밖에서 동금을 찾았다. 남도마을은 밖에서도 안이 보일 수 있도록, 한쪽 벽이 유리로 되어 있어 밖에서 안을 살필 수 있었다. 연락도 하지 않고 달려온 그녀는 동금을 찾기 위해 음식점 곳곳을 두리번거렸다.

'박 형사님… 어디 있지?'

세인이 보이지 않는 동금의 모습에 당혹스러워하던 그때, 음식점 안쪽에서 걸어나오는 동금이 보였다. 아마 화장실에 다녀온 듯했다. 세인은 얼른 입구로 달려갔다. 그리고 음식점 출입문을 열려던 순간…. 그녀는 그 자리에 얼어붙고 말았다. 동금이 걸어간 자리에, 남다른 미모의 여인이 앉아 있었던 것이다. 여인은 자리로 돌아온 동금을 보더니 가방에서 물티슈를 꺼내 내밀었다. 동금도 얼굴에 미소를 띠며 여인이 내민 물티슈를 받았다. 잠시 후, 자리에 앉은 동금은 여인에게 손수 음식을 떠서 놓아 주고 잔을 채워주는 등 마치 연인 같은 모습을 보였다.

'아…!'

세인의 머릿속에는 하늘이 갈라지는 듯한 소리가 들렸고, 가슴 깊은 곳은 무너져 내리는 듯했다. 밝던 그녀의 얼굴은 순식간에 부끄러움으로 물들었다.

'…나 혼자만의 착각이었던 거야?'

동금과 함께했던 순간들이 파노라마처럼 그녀의 눈앞을 스쳐 지나갔다. 일련의 사건들을 함께하며 겪었던, 결코 적지 않은 시간들…. 그리고 그 시간들 속에서 동금이 그녀에게 보여주었던 미소와 눈빛들이….

'처음에는 아니었지만… 그래도 조금씩 내게 마음을 열고 있다고 느꼈는데….'

세인은 이를 꽉 다문 채 몸을 돌렸다. 눌러둔 눈물이 흘러 바닥에 검은 점을 찍었다. 그녀는 걸어온 길을 돌아가기 시작했다. 마치 처음 만났던 날로 돌아가 모든 것을 0으로 되돌리려는 듯이….

＊ ＊ ＊

그때 동금은 아무것도 모른 채, 이은실과의 저녁 식사에 집중하고 있었다. 방황을 멈추고 경찰서로 돌아가던 동금이 그녀에게 연락을 취한 이유는 명확했다. 충명회를 잡기 위한 정보를 하나라도 더 얻기 위해서였다. 그렇게 결국 두 사람은 남도마을에서 저녁을 함께하게 되었다.

"정말이지 말도 안 되는 일이에요!"

이은실 또한 검찰이 사건을 빼앗아 간 것에 대해 매우 분개했다.

"기자들 분위기는 어떤가요?"

"사실… 기자들은 정충만이 경찰의 수사 라인과 가까운 사이라면, 검찰에서 수사하는 게 맞지 않겠냐는 얘기도 상당히 돌고 있어요. 실제로는 경찰보다도 검찰 쪽이 훨씬 유착 관계가 있는데 말이에요!"

식사를 마친 동금은 은실을 택시에 태워 집으로 보낸 뒤, 강남경찰서로 돌아왔다. 생각을 정리하고자 걷기 시작한 동금은 약 40분 뒤인 10시 40분 즈음에 경찰서에 도착했다. 그렇게 정문을 지나 주차장으로 들어간 동금의 눈에, 익숙한 실루엣이 보였다. 바로 세인이었다. 그녀는 경찰서 주차장 벤치 위에 웅크리고 앉아 있었다.

"세인 씨!"

동금은 놀라움과 반가움이 반씩 섞인 목소리로 세인을 불렀다. 동금의 목소리를 들은 세인이 고개를 들었다. 동금의 얼굴을 보는 순간, 세인의 마음속에 꺼진 등불이 다시 켜졌다. 썰물처럼 사라졌던 안도가 밀물처럼 되돌아왔고, 폭풍우가 몰아치던 하늘에는 언제 그랬냐는 듯 아름다운 은하수가 반짝였다.

'나는… 혼자가 아니었어.'

세인은 다가오는 동금에게 달려가 그의 품에 안기며 펑펑 울기 시작했다. 동금은 영문을 모른 채, 자신의 품에 안겨 우는 그녀를 부드럽게 토닥여 주었다. 마치 길 잃은 아이가 부모를 찾은 듯, 세인은 동금의 가슴을 눈물로 적셨다.

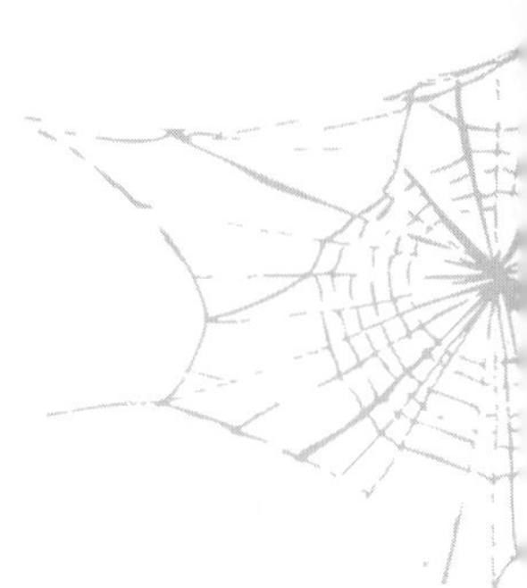

18
사냥꾼과 사냥개

"용 검사, 자네 칼 좀 쓸 줄 안다며?"

38세의 용태복 검사는 비장한 표정으로 김기식 부장검사와 테이블을 사이에 두고 마주 앉아 있었다. 지난 10년간 지방 검찰청을 전전하던 그는 김기식의 부름을 받아 막 특수부에 도착한 참이었다.

"내가 자네를 여기까지 부른 보람이 있어야 할 거야. 칼날 없는 칼은 아무짝에도 쓸모가 없잖아. 안 그래?"

김기식의 말대로 특수부는 아무나 올 수 있는 곳이 아니었다. 특히 지방대 출신인 용태복 같은 경우, 비빌 언덕이 없었기에 더욱 그러했다.

'살면서 인생에 기회가 세 번은 온다더니만… 드디어 내게도 동아줄이 내려오는구나!'

용태복은 결의로 가득 찬 표정을 지으며 지난날을 떠올렸다. 형사부 검사에서 시작한 그는 조금씩 능력을 인정받아 강력 사건을 담당하는 강력부 검사(檢事)가 되었다. 이후 용태복은 이를 악물고 피의자들을 호되게 다룸으로써 '인간 사냥꾼'이라는 별명이 붙을 정도로 악명을 떨쳤다. 쌍팔년도처럼 사람을 묶어 놓고 고문하는 게 아니었음에도 불구하고 그에게 조사를 받는 피의자들은 오줌을 지리는 건 기본이고, 까무러쳐 기절하기까지 했다. 그렇게 평판 따위는 개의치 않고 칼을 휘두른 결과, 김기식의 부름을 받고 특수부에 입성하게 된 것이다.

"내가 뭐? 충명회? 다 헛소리야. 너는 내가 그런 브로커와 어울릴 사람으로 보이냐? 송명준 의원님도 그래. 그런 분이 뭐가 아쉬워서 그런 모임을 만들겠어? 이것만 봐도 허위 보도인 게 명명백백한 거 아니냐고. 안 그래?"

용태복은 열심히 고개를 끄덕였다. 김기식은 '정충만이나 태왕배와는 이런저런 행사에서 한두 번 마주쳤을 뿐'이라며 말을 이었다.

"용 검사, 너도 잘 알지? 정충만 같은 브로커들은 고향만 같아도 자기 동생이라고 헛소리 지껄이고 다니는 거?"

김기식은 처음 충명회를 단독 보도한 DBS 이은실 기자와 강남경찰서 박 형사란 녀석이 한통속이라 말하며 책상을 탕! 내려쳤다.

"도둑놈이나 잡는 형사 주제에 감히 검사를 조사하겠다고? 그것들이 뭘 안다고 감히 검사를 조사해? 우리가 사법고시 몇 년을 공부해서 여기까지 왔는데. 학교 다닐 때는 책 한 권 제대로 읽어 본 적 없는 새끼들이 말이야!"

용태복은 김기식의 얼굴이 붉어지는 것을 보며 조심스럽게 고개를 끄덕였다.

"부장님 말씀이 맞습니다. 경찰이 요즘 너무 건방져졌습니다."

"그래서 말인데. 이 사건, 내가 너한테 맡긴다. 이번 기회에 경찰을 아주 단단히 잡도리해야 해. 앞으로 10년간은 우리 검찰 발가락만 쳐다 보도록 말이야. 자신 있냐? 못 하겠으면 지금 말해라.”

팔짱을 낀 채 묻는 김기식에게 용태복은 슬며시 웃음을 지어 보였다. 드디어 제대로 된 기회를 잡았다는, 회심의 미소였다.

“부장님, 제가 지방에서 검사할 때 구속한 경찰관만 스무 명이 넘습니다. 맡겨만 주십쇼. 진짜 칼잡이가 뭔지, 순사 새끼들한테 단단히 보여주겠습니다.”

자신만만한 용태복을 보며, 김기식이 당부하듯 덧붙였다.

“단, 송명준 의원님께는 결코 기스가 나면 안 돼. 무슨 말인지 알지? 다음 대선의 유력한 대권주자이신 분 옥체에 생채기 나는 일은 절대 있어선 안 된단 얘기야.”

“예, 명심하겠습니다.”

＊ ＊ ＊

10월 3일 검찰 704호 검사실

충만은 수형복을 입고 용태복 앞에 서 있었다. 그는 자신을 앞에 두고 수사기록만 뒤적거리는 용태복을 보며 생각했다.

‘뭐 하자는 거야?’

용태복을 보던 충만은 자신의 앞에 놓인 두 개의 의자로 시선을 옮겼다. 하나는 다리가 4개인 보통 의자였고, 다른 하나는 다리 하나가 빠진 3개짜리 의자였다. 다리 3개짜리 의자는 용태복이 특수 제작한 것으로 인사이동 때마다 신줏단지 모시듯 가지고 다니는 의자였다. 그 순간, 용태복이 슬쩍 고개를 들어 충만을 쳐다보았다. 그와 눈이 마주친 순간, 충만은 등골이 서늘해짐을 느꼈다.

'…이 새끼는 또 뭐야?'

용태복은 마치 백정이 눈앞의 소나 돼지를 보는 것처럼, 감정이라곤 한 톨도 담기지 않은 눈으로 충만을 가만히 노려보았다. 산전수전 공중전까지 다 겪어 본 충만이었지만, 이토록 아무 감정이 느껴지지 않는 눈빛을 보기는 처음이었다.

"당신, 왜 그러고 서 있어?"

용태복이 다시 수사기록으로 눈을 내리며 말했다. 기록을 넘기는 그의 손동작은 마치 외과의사가 수술갈을 다루듯 섬밀했다. 그 모습을 보던 충만은 저도 모르게 꿀꺽- 침을 삼켰다.

"왜 그러고 서 있냐고. 내 말이 말 같지가 않아?"

그제야 정신을 차린 충만이 앞에 놓인 의자로 다가갔다. 잠시 고민하던 그는 다리 4개짜리 의자에 앉았다. 용태복은 그런 충만을 힐긋 보더니, 다시 10분 동안 수사기록만 넘기다가 기록을 다 본 뒤 볼펜을 집어 책상을 톡톡 내리치기 시작했다.

'씨발….'

충만은 속으로 욕지거리를 날리며 다리 3개짜리 의자로 옮겨 앉았다. 균형이 맞지 않는 의자에서 이리저리 몸을 움직이던 충만은, 결국 중심을 잡기 위해 엉덩이를 살짝 들어야만 했다. 엉덩이를 들고 있자니 다리는 후들거렸고, 몸도 여전히 이리저리 흔들렸다. 그렇게 충만이 불편한 자세를 완성하자, 마침내 용태복이 볼펜을 놓고 입을 열었다. 충만의 눈치가 정답이었던 것이다.

"당신, 브로커 맞지?"

"거… 검사님, 아닙니다. 저 부동산 컨설팅 하는 사람입니다."

용태복은 충만을 벌레 보듯 보더니 귀찮다는 듯 말했다.

"그래? 브로커가 아니야? 쯧, 아직 조사받을 준비가 안 되었구만…
준비되면 말하라고."

용태복은 수사관에게 지시해 충만을 검사실 옆 작은 방에 대기시
켰다. 혼자가 된 충만은 수갑 찬 손으로 다리를 주무르며 머리를 굴
리기 시작했다. 그는 과거에도 공무원들에게 뇌물을 주었다가 구속
된 경험이 있었다. 그렇기에 브로커인 자신이 입을 열지 않으면 수사
가 쉽지 않다는 것 또한 검사만큼이나 잘 알았다. 정치인이든 공무원
이든 뇌물을 받았다고 처음부터 자백하는 사람은 거의 없다. 즉, 충만
처럼 뇌물을 준 사람이 먼저 시원하게 자백해야만 수사가 일사천리로
갈 수 있었다.

'분명 송명준이나 김기식이 장난질을 쳤을 텐데… 이 새끼들만 보
호해 주면 적당한 선에서 교통정리가 되지 않을까? 아직 어르신께 말
할 계제는 아닌데….'

충만의 인맥 중 양대 산맥은 정치인과 검찰이었다. 그만큼 충만은
자기 조직을 보호하려는 성향이 강한 검찰의 생리를 누구보다 잘 알
았다. 한 시간 뒤, 충만이 방 밖을 향해 소리쳤다.

"검사님! 저 조사받을 준비됐습니다!"

충만은 방 밖으로 나와 다시 용태복의 앞에 앉았다. 역시나 다리
3개짜리 의자였다. 용태복이 그런 충만을 보며 입을 열었다.

"어떤 준비가 됐습니까?"

충만은 엉거주춤하게 엉덩이를 든 채 용태복의 말에 답했다.

"오직 진실만을 말할 준비가 됐습니다."

용태복은 그런 충만에게 짝짝 손뼉을 치더니 옆에 놓인 다리 4개
짜리 의자로 옮겨 앉으라는 눈짓을 했다.

“좋습니다. 그럼 어디 진실을 향해 달려봅시다.”

＊ ＊ ＊

10월 4일 검찰 704호 검사실

충만은 다음 날에도 서울구치소를 떠나 용태복 검사실로 출정했다. 충만을 마주한 용태복은 전날에 이어 조사를 계속했다.

“태왕배가 당신한테 100억 준 것을 자백했는데…. 난 당신이 이 100억을 어디에 사용했는지 아주 궁금하다고.”

용태복은 오늘, 충만으로부터 돈을 받은 사람들을 조사할 예정이었다. 충만도 긴장한 표정으로 입술을 달싹거렸다. 중요한 것은 용태복이 어디까지의 답변을 원하느냐였다. 머리를 굴리던 충만은 자신의 변호사 최진한과의 면담을 요청했다.

“검사님, 잠시 변호사와 이야기 좀 나누고 싶은데요?”

용태복은 흔쾌히 요청을 받아 주었다. 같은 검사 출신인 최진한 변호사는 자신의 의중을 잘 알 것이기 때문이었다.

“정 회장님. 방법이 없어요. 태왕배가 자백했다면, 우리도 무조건 자백하고 선처를 구할 수밖에 없습니다. 검찰 수사에 적극적으로 협조한 후에, 검찰 구형을 최소화하는 것이 최선입니다. 회장님, 특수부 검사를 보통 칼잡이라고 하잖아요? 그런데 저 용태복이라는 검사는 칼로 톱질을 하는 것으로 유명하답니다. 한 번 상상해 보세요. 그냥 베어도 아플 칼로, 톱질을 당하면 얼마나 고통스럽겠습니까?”

최진한의 말을 들은 충만이 부르르 몸을 떨었다. 용태복의 소름끼치는 눈빛과 다리 3개짜리 의자가 다시 한번 선명히 떠올랐다. 충분히 칼로 톱질을 하고도 남을 놈이었다.

"최 변 생각이 그렇다면 그렇게 가도록 합시다. 문제는… 어디까지 얘기할 것이냐인데….”

충만은 최진한을 가만히 쳐다보았다. 아는 만큼 힌트를 좀 달라는 의미의 눈빛이었다. 최진한은 '일단 말해 보라'는 표정으로 슬며시 고개를 끄덕였다. 충만이 조심스럽게 목록을 읊기 시작했다.

"우선은… 검찰이 경찰을 원할 테니 고위직 경찰 몇 놈을 불러줘야겠지? 그리고… 국세청이랑 금융회사, 야당 쪽 구청장 몇 놈도 있어야 구색이 맞을 테고…. 최 변, 또 뭐가 있을까요?”

＊ ＊ ＊

충만이 용태복의 조사에 성실히 임하기 시작함과 동시에 언론에서도 '대형 브로커 정충만이 입을 열기 시작했다'고 보도하기 시작했다. 언론은 '브로커 정충만은 경찰과 국세청, 그리고 자치단체장을 집중적인 로비 대상으로 삼았다'고 전하며 '검찰은 정치권과 금융계에 대해서도 수사를 확대하고 있다'고도 보도했다. 물론 언론 기사의 출처는 검찰발[22]이었다. 언론은 뒤이어 '충만에게 돈을 받고 편의를 봐준 정치인 또는 공직자로 누가 1호 구속자가 될지 관심이 집중된다'라며 보도를 마무리 지었다. TV를 보던 수찬이 불만 가득한 표정으로 말했다.

"뻔한 거 아냐? 송명준이 1호 구속자가 되겠지. 아니면 황태균이든

---

22 검찰발(發)' : 검찰 쪽에서 흘러나온 정보 또는 검찰을 출처로 한 보도를 뜻한다.

가.”

　수찬의 말대로, 상식적으로 생각해보면 충만의 뒷배인 충명회 회원들이 1순위 수사 대상이 될 터였다. 그러나 동금은 검찰발 보도에 큰 관심을 두지 않고 자신이 해야 할 일에 몰두했다. 그는 충만이 계좌에서 돈을 인출했던 장소를 수석과 함께 탐문해 표로 정리했고, 이은실로부터 제공받은 오달규의 다이어리를 탐독했다. 오달규는 조금이라도 실수하지 않기 위해 태왕배의 일정을 꼼꼼히 메모해 두었고, 덕분에 동금은 충명회의 모임 장소와 일시를 확인할 수 있었다.

＊ ＊ ＊

10월 6일 704호 검사실

　왕배와 충만이 용태복의 검사실에 나란히 앉아 있었다. 오늘, 용태복은 서울경찰청 이광수 차장과 강남경찰서 승진수 서장을 조사할 작정이었다. 눈치 십단에 제 목숨만 건질 수 있다면 얼마든지 진실을 왜곡할 각오가 되어 있는 왕배와 충만은 용태복이 원하는 정답을 얼마든지 말할 준비가 되어 있었다.

　“태왕배 씨, 박동금 형사가 만복교회 폭행 사건으로 본인을 조사할 때 분위기가 어땠습니까?”

　“처음에는 잡아먹을 것처럼 겁을 많이 주었습니다. 박 형사, 그 나이도 어린 자식이 나한테 뭐라고 했는지 아십니까? 내가 들어갈 관을 짜 놓았다는 겁니다! 자기 소원이 내 관뚜껑을 닫아 버리는 거라고 두 눈을 부라리며 얘기하더군요. 그때 내가 얼마나 무서웠던지….”

　용태복은 왕배의 답에 흥미를 보이며 답했다.

"태왕배 씨, 내가 묻지도 않은 말을 아주 자세하고도 구체적으로 진술하는 걸 보니 진실일 확률이 아주 높아 보이는군요!"

용태복의 말을 들은 왕배는 더욱 신이 나서 떠들어대기 시작했다. 물론 그 옆에 앉아 있던 충만은 속으로 어이가 없어 헛웃음이 나올 지경이었다. 그가 왕배에게서 돈을 뜯어내려고 지어냈던 거짓말을, 정말로 동금이 했던 말로 둔갑시키고 있지 않은가?

"그런데 내가 여기 있는 정충만 씨에게 청탁한 후 박 형사가 아주 호의적으로 나왔습니다. 하늘 같으신 우리 목사님을 위해 한 일이니 문제 될 것 없다나요? 완전히 다른 사람이 되었더라고요. 그리고 목사님 때리는 것을 내가 못 하게 막은… 그런 거니까, 그 뭐더라…?"

"정당방위를 말하는 겁니까?"

"맞습니다. 박 형사가 정당방위라 문제없다고 했습니다."

용태복은 그럴 줄 알았다며, 왕배의 진술을 꼼꼼히 조서에 기재했다. 왕배가 말을 마치자, 용태복은 충만을 쳐다보며 왕배의 진술이 맞는지 확인했다. 충만은 두 눈을 부릅뜬 용태복의 눈을 마주 보자 얼른 고개를 끄덕였다.

"아마 그랬을 겁니다…."

다음은 승진수 차례였다. 용태복이 승진수에 관해 묻자 충만은 '승진수 강남경찰서장이 맨입으로 사건 청탁이 가능하냐며 노골적으로 돈을 요구했다'고 답했다.

"그래서… 일단은 급한 대로 오백만 원을 현금으로 주었습니다. 그랬더니 승진수 서장이 박 형사와 얘기가 다 끝났다고 하더군요. 덕분에 한숨을 놓았습니다. 급한 불은 껐다고 생각했으니까요."

용태복은 다시 왕배에게로 고개를 돌렸다.

"박동금 형사가 조사할 때, 승진수 서장 이야기를 꺼내던가요?"

"그럼요! 서장님한테 부탁받았다고 하더군요. 너무 걱정하지 말라며, 경찰에서 무혐의로 빼주기로 했다면서 안심시켜 주었습니다."

"그 말을 뒷받침할 증거가 있습니까?"

용태복의 물음에 왕배는 갑자기 합죽이가 되었다. 새빨간 거짓말이니만큼 증거가 있을 리 없었던 것이다. 보다 못한 충만이 대신 입을 열었다.

"강남경찰서 형사과에 성병수 형사라는 사람이 있습니다. 성 형사가 하는 말이, 박 형사가 걱정하지 말고 편하게 조사받으러 오라고 했다더군요. 내가 성 형사로부터 직접 들은 얘깁니다."

충만은 그렇게 용태복에게 성병수를 먹잇감으로 던져 주었다.

"성병수 형사는 어떤 사람입니까? 무슨 관계죠?"

충만은 용태복의 질문에 괴로운 표정을 지었다. 그러곤 '형·동생하며 지내는 아우인데 사건을 무마해 주는 대가로 백만 원을 주었다'고 자백했다.

"이렇게까지는 얘기하지 않으려고 했는데…. 어쩔 수 없네요. 성병수, 그 친구가 사건을 무마해 주는 걸로 얼마나 생색내던지…. 제 입장에서는 인사를 할 수밖에 없었습니다."

용태복이 볼펜을 딸깍거리며 질문을 이어 갔다. 그의 얼굴은 '그 정도로는 안 돼. 더 확실해야 돼.'라고 말하는 듯했다.

"너무 적은 액수 아닌가? 사건 무마 대가로 백만 원이라면 적절하지 않다고 보는데?"

충만은 아차 하는 표정을 지으며 얼른 자신의 말에 거짓으로 만들어진 꼬리를 덧붙였다.

"검사님 말씀이 맞습니다. 사건이 잘 끝나면 추가로 3천만 원을 더 주기로 약속했습니다."

＊ ＊ ＊

10월 8일 아침 8시 강남경찰서 강력 3팀 사무실

강남경찰서 서장실과 강력 3팀 사무실에 검사와 검찰 수사관 다섯 명이 들이닥쳤다. 기원을 비롯한 3팀 형사들 모두 당혹과 분노로 얼굴이 붉어졌다. 3팀 형사들뿐만 아니라 강남경찰서 전체가 놀랐다. 형사과장 또한 흔치 않은 일에 우왕좌왕했다. 압수수색을 밥 먹듯이 하던 형사들이, 도리어 검찰에 압수수색을 당하게 된 것이다.

"…."

동금은 검사가 제시한 압수수색 영장을 천천히 살펴보았다. 압수수색 영장에는 '서울경찰청 차장 이광수 치안감과 강남경찰서장 승진수 총경이 태왕배의 살인교사 및 폭행 사건에 대해 담당 박동금 형사에게 청탁하여 사건 무마를 시도했다'고 기재되어 있었다. 그뿐만 아니라 '태왕배는 이를 위해 정충만에게 50억을 제공했고, 정충만은 이 돈을 수사 무마를 위한 로비자금으로 경찰에 사용했다'고도 기재되어 있었다.

"허… 참!"

기원을 비롯한 형사들 모두 허무맹랑한 영장에 황당함을 감추지 못했다. 그러나 누구도 그 자리에서 반항할 수는 없었다. 검찰의 힘을 알기에 두려운 것이 사실이었던 것이다. 검사와 검찰 수사관들은 마치 전리품을 챙기듯, 강력 3팀 형사들의 컴퓨터와 형사 수첩 등을 가

저갔다. '공무상비밀누설죄'의 피의자로 입건된 기원과 동금은 핸드폰까지 빼앗겼다. 6시간에 걸쳐 압수수색을 마친 용태복 검사가 개선장군처럼 말했다.

"박동금이 누구야?"

용태복의 외침에 동금이 앞으로 나섰다. 동금의 어깨를 겨우 넘을 키를 가진 용태복은 동금의 형사 같지 않은 비주얼과 의외로 덤덤한 모습에 놀란 듯 몇 번이나 힐끔거리다가 한 마디를 남기고 떠났다.

"내일 오전 10시까지 704호 검사실로 조사받으러 나와, 알았어?"

용태복을 비롯한 검찰 사람들이 사라진 뒤, 정신을 못 차리고 서 있는 형사들을 향해 기원이 먼저 입을 열었다.

"별일이야 있겠냐? 너무 걱정하지 말아라!"

기원은 말은 그렇게 했지만, 본인 또한 범죄 피의자로 입건된 상황이라 그런지 긴장한 듯 목소리가 떨렸다. 동금이 이마에 주름 하나를 만들며 나직이 말했다.

"팀장님, 아무래도 느낌이 안 좋습니다."

"박 형사야, 그게 뭔 말이 다냐?"

동금이 자신의 생각을 차분한 어조로 말했다.

"별일 없이 지나가면 다행이겠지만… 이은실 기자에게 받은 정충만의 살생부 찌라시에 차장님과 서장님 이름이 버젓이 들어가 있었습니다. 그리고 저는 태왕배와 정충만 사건의 담당 형사죠. 그러니 검찰에서는 경찰이 고위직을 통해 사건 처리를 잘못했다는 식으로 몰고 갈 수 있을 것 아닙니까? 압수수색 영장에도 그렇게 작성되어 있었고요."

"설마하니 그런 뻔한 거짓말을 지어내겠어? 양심도 없이?"

수찬이 어이없다는 듯 웃으며 말했다. 그러나 그 또한 다른 형사들과 마찬가지로 긴장한 기색이 역력했다. 경찰에게 검찰이 압수수색을 나왔다는 것 자체가, 흔치 않은 일이라는 것을 잘 알기에….

＊ ＊ ＊

늦은 밤, 동금의 휴대폰이 울렸다. 전화를 건 사람은 다름 아닌 DBS 주영아 기자였다.

"박 형사, 대책은 있는 거야? 알겠지만, 얘네들은 목표로 삼은 사냥감이라면 시체까지 뜯어먹을 정도로 무자비하다고! 알고 있지?"

동금은 자신을 걱정해 주는 주영아에게 웃으며 고맙다는 말을 전했다. 그러자 주영아는 지금 웃을 때냐며, 들어온 정보 하나를 전달해 주었다.

"김기식 부장검사가 나한테 전화를 해서는 슬쩍 소스 하나를 던져 주더라고. 내가 녹음 파일 하나 바로 보내 줄게. 이걸로 분위기 파악 잘해!"

주영아는 평정을 유지하려 노력했지만 목소리 끝자락이 살짝 떨리고 있었다. 동금은 그런 주영아에게 다시 한번 고마움을 전했다.

"고맙다, 영아야."

"치…! 네 매력은 도도하고 높은 콧대에 있다고 바보야!"

주영아와 전화를 끊은 뒤, 동금은 곧바로 전달받은 파일을 들어 보았다. 파일을 재생하자 김기식의 목소리가 흘러나왔다.

주 기자, 내가 하나만 알려줄게. 강남경찰서 서장 승진수하고 서울경찰청

차장 이광수가 정충만을 통해서 박동금 형사에게 빽을 썼다는 거야. 이광수와 승진수가 청탁 대가로 박 형사에게 뭘 선물한 줄 알아? 박 형사가 속해 있는 그 팀에 만년 경위 두 명이 있었는데, 이번에 한날한시에 모두 특진을 시켜주었다는 거야! 그 두 명이 빨리 승진하고 나가야 다음에 박 형사가 승진할 거 아닌가?

동금은 파일을 들으며 황당함과 섬뜩함을 동시에 느꼈다. 소스 내용은 고전 소설 깜도 안 될 수준으로 황당했지만, 정말로 검찰이 이렇게 엮어 가고자 그림을 그리는 중이라면 너무나도 악랄한 계획이었다.

브로커 수사는 말 그대로 양날의 검이야. 잘하면 수사 성과가 확실하지만, 만에 하나 잘못되면 수사하는 사람이 크게 다칠 수도 있어.

동금의 귓가에, 이무성 변호사가 해 주었던 조언이 메아리치고 있었다.

＊ ＊ ＊

10월 9일 704호 검사실

다음 날 동금은 용태복의 검사실로 출두했다. 용태복은 힐끗 눈짓으로 동금에게 앉으라는 말을 대신하고는 수사기록을 뒤적이며 입을 열었다.

"박 형사. 정충만과 태왕배가 전부 자백했으니 빨리빨리 끝내고 집에 갑시다."

용태복은 뒤적이던 수사 자료를 덮으며 무심한 눈으로 동금을 쳐다보았다.

"만복교회 담임목사 폭행 사건에서 태왕배에게 조사 일자를 연기시켜 주는 등 편의를 봐준 사실이 있지?"

"없습니다."

동금은 침착하게 고개를 저었다. 용태복이 잠시 숨을 고르고는 다시 물었다.

"없다고? 그럼 정충만을 브로커로 수사할 때 형사과 소속 성병수 경위를 통해 수사 정보를 유출한 사실은 있고?"

용태복의 목소리는 낮고 평온했지만, 그 안에 담긴 압박감은 무거웠다.

"그런 사실 없습니다."

"이것도 없고 저것도 없다? 그럼 당신 오늘 조사받으러 나온 이유가 뭐야?"

용태복이 동금을 물끄러미 바라보며 물었다.

"박 형사, 당신이 감싸준다고 해서 덮어질 일이 아니야! 그래, 우리 조금만 솔직해져 보자고. 당신이 무슨 죄가 있겠어? 높은 놈들이 지시하면, 박 형사 같은 말단들이야 따를 수밖에 없는 거지. 안 그래?"

용태복의 의도는 명확했다. '강남경찰서 서장 승진수와 서울경찰청 차장 이광수로부터 청탁이 있었고, 이런 외압을 받은 박동금 형사는 원하지 않은 일을 하게 되었다'는 식으로 몰아가려는 것이다.

"성병수가 담당하던 사건이 왜 갑자기 당신으로 바뀐 거지?"

"이정명 변호사님 피살 사건 배후로 태왕배가 의심받는 상황이었습니다. 태왕배를 철저히 수사하기 위해 만복교회 사건을 내가 가져온 겁니다.”

동금은 사실만을 또박또박 답했다. 그러나 진실을 듣는 용태복의 눈은 점점 세모로 변해 갔다.

“당신이 나를 바보로 여기는 것 같아서…. 내가 아주 기분이 나빠지려고 해. 그럼 어디 이것도 설명해 보자고. 지금껏 경찰 역사상, 경감 특진을 한 팀에서 두 명이나 동시에 한 사례가 몇 번이나 되지?”

용태복의 질문에 동금은 작게 한숨을 내쉬었다. 실제로 그런 사례는 무척이나 드물었기 때문이다. 용태복은 그런 동금을 보며, 마치 건수를 하나 물었다는 듯 입꼬리를 올렸다.

“없지? 그것 봐. 강력 3팀에서 경감 특진이 한꺼번에 두 명이나 이뤄진 게, 이광수 차장과 승진수 서장의 청탁을 들어주었기 때문이라는 진술을 이미 내가 확보했다고!”

동금은 어처구니가 없다는 눈으로 용태복을 바라보며, 차분한 어조로 되물었다.

“도대체 누가 그런 엉터리 거짓말을 했습니까?”

용태복은 자신의 앞에 있던 여러 장의 서류 중 하나를 집어 동금 앞으로 들이밀었다.

“이렇게 뻔히 증거가 있는데 그딴 식으로 나오시겠다? 그러면 내가 오늘 조사할 이유가 없지 않을까?”

용태복이 내민 것은 김정선 형사와 경감 특진 경쟁을 했던 홍태연 경위의 진술서였다. 그는 진술서를 읽고 있는 동금을 노려보며 말했다.

“태왕배를 봐준 증거가 이렇게나 차고 넘치는데 계속 거짓말할 거야? 여기는 거짓말 탐지기도 필요 없는 곳인 걸 몰라? 내가 바로 거짓말 탐지기라고!"

용태복이 잔뜩 짜증 섞인 목소리로 말했지만, 동금은 이성을 잃지 않고 차분한 어조로 진실만을 이야기했다.

"만복교회에서 물의를 일으킨 태왕배에게 구속영장까지 신청했던 사람이 바로 나, 박동금입니다. 반대로, 태왕배의 구속영장을 기각한 사람은 누구인가요? 상황이 이렇게나 명명백백한데, 제가 태왕배를 봐주었다는 게 맞다고 보십니까?"

동금의 말대로, 태왕배의 구속영장을 기각한 것은 바로 검찰이었다. 그러나 용태복은 전혀 흔들리지 않는 표정으로, 태왕배의 진술서를 집어 들고 읽기 시작했다.

"태왕배가 정충만을 통해 청탁했다고 자백했어. 그러니 청탁자가 누구인지 밝혀."

"청탁받은 사실이 없습니다."

"그래? 그럼 구속이야."

용태복이 무심하게 말했다. 협박이 아니라, 마치 사실을 진술하듯 담담한 어조였다. 그는 태왕배의 진술서를 내려놓으며 동금을 뚫어져라 쳐다보았다.

"박 형사, 당신이 태왕배에게 이렇게 협박했다지? '이미 태왕배가 들어갈 관짝을 맞추어 놓았다. 그러니 이제 관뚜껑을 닫을 일만 남았다'라고⋯."

동금은 답하지 않았다. 몇십 초 정도의 정적이 흐른 뒤, 용태복이 높아진 목소리로 다시 입을 열었다.

"이광수와 승진수의 청탁을 받은 후에 태왕배를 호의적으로 대했다는 증거가 있어!"

"태왕배, 정충만과 대질시켜 주십시오. 저는 그 누구에게도 청탁받은 사실이 전혀 없습니다."

용태복은 동금의 말에 코웃음을 쳤다. 그러고는 펜을 손가락 사이로 천천히 돌리며 동금을 바라보았다.

"당신을 제외한 모두가 반대로 얘기하는데…."

용태복이 돌리던 펜을 툭 떨어뜨리며 한쪽 눈썹을 치켜들었다.

"나보고 그 말을 믿어달라고? 내가 당신 속기사야? 말도 안 되는 당신 진술을 조서에 그대로 적으란 말이냐고!"

용태복은 틈을 주지 않겠다는 듯, 다른 서류 한 장을 집어 들었다.

"당신, 성병수 형사 통해서 정충만에게 수사 정보도 누설했던데? 그것 좀 해명해 봅시다."

동금은 심호흡을 한 후 차분히 대답을 시작했다.

"성병수 형사가 정충만 조사 하루 전에 저를 찾아왔습니다. 정충만을 무엇 때문에 불렀는지 물어보더군요. 그래서 별일 아니라고만 답했습니다."

동금은 이야기를 하다 보니 억울함이 차오른 듯, 용태복의 두 눈을 똑바로 쳐다보며 말을 이었다.

"수사 기법상 별일 아니라고 말해 준 것이 무슨 공무상 비밀을 누설한 겁니까? 검사님은 다른 검사가 검사님 사건에 관해 문의하면 뭐라고 답변합니까? 정충만과 성병수 형사님까지, 삼자대면을 시켜 주십시오. 사실 그대로를 낱낱이 밝혀 드리겠습니다."

용태복은 미동도 하지 않았다. 태왕배와 정충만의 거짓말을 누구보다 잘 알고 있는 것이 그였기 때문이다. 오히려 용태복은 동금이 조금씩 감정을 보이자, 그 부분을 이용하기로 마음먹은 듯 어조를 부드럽게 바꾸며 말했다.

"물론… 선배 형사인 성병수에게 청탁을 받을 수도 있지. 내가 그 정도도 이해 못할 인간으로 보여? 내가 성병수 청탁 하나로 박 형사 당신을 문제 삼는 것 같아?"

용태복은 한껏 부드러워진 목소리에 미소까지 곁들였다.

"서울경찰청 차장 이광수나 강남경찰서장 승진수에게 청탁받은 거, 있지? 정충만이 두 명 모두를 만나 청탁했다고 자백했으니 박 형사도 인정하고 갑시다. 사실대로 말한다면 박 형사는 큰 문제 없을 거요."

용태복은 '정충만이 이광수와 승진수를 만난 일시와 장소를 모두 특정했다'며 자료를 보여 주었다. 용태복이 동금에게 내민 최후의 압박 카드였다. 그러나 동금은 단호한 목소리로 답했다.

"전혀 없습니다. 서울경찰청 차장님이나 경찰서장님에게 물어보시지요. 내게 무슨 청탁을 했는지 말입니다."

동금이 강하게 되받아치자 용태복의 턱에 힘이 들어갔다. 그는 붉게 달아오른 얼굴로 뿌드득 이를 갈았다. 그러곤 탁! 서류를 덮으며 말했다.

"내가 오늘 간단히 조사하고 마치려 했는데…. 방법이 없군. 좋아, 오늘 한번 달려봅시다!"

용태복이 순식간에 목소리를 날카롭게 세우며 소리쳤다.

"박 형사, 당신은 수사를 이렇게나 엉터리로 해 놓고 반성도 하지 않나? 엉?!"

용태복은 자신의 노하우가 통하지 않자 막무가내로 나가기 시작했다. 이제껏 그의 경찰관 구속법은 이러했다. 우선은 뇌물을 준 업자를 불러 자백을 받아낸다. 그런 후에 말단 경찰관을 구속할 것처럼 겁을 주어, 상사인 경찰관에 관한 불리한 진술을 얻어내는 것이다. 이 방법대로, 용태복은 이광수와 승진수를 구속하기 위한 말단 경찰 역할로 동금을 사용하고자 했다. 그런데 동금이 이를 끝까지 버텨낸 것이다. 동금을 노려보던 용태복이 냉소를 지으며 마지막 카드를 꺼내 들었다.

"박 형사, 구속영장을 청구해서 당신이 구속되면… 누구에게 연락해 줄까?"

동금이 잠시 머뭇거리자 용태복의 입가에 회심의 미소가 떠올랐다. 구속이 가족에게 얼마나 큰일로 다가갈지 생각하도록 협박한 것이, 제대로 먹혔다 본 것이다. 그러나 이어진 동금의 대답에 용태복의 미소는 얼어붙고 말았다.

"이은실 기자님…. DBS 방송국 이은실 기자님에게 통보해 주십시오."

"너 이 자식! 나랑 장난치자는 거야?!"

용태복이 책상을 내리치며 고래고래 소리쳤다. 보통은 울먹이며 가족에게 해 달라고 말하기 마련인데, 기자에게 연락을 하라니…!

이후 동금은 8시간에 걸친 강도 높은 조사를 마친 뒤에야 704호 검사실 문을 열고 나왔다. 전직 골프 선수로서 체력이라면 자신 있는 동금이었지만 난생처음 받아보는 검찰 조사는 무척 힘이 들었다.

"박 형사!"

동금이 밖으로 나오자, 복도에서 내내 기다리던 강력 3팀 형사들이 그를 부축했다.

"고생했다…"

기원을 비롯한 3팀 형사들은 동금을 에워싸고 검찰청사를 빠져나왔다. 동료를 부축해 청사를 빠져나가는 그들의 발걸음에는, 이전보다 더 단단한 결의가 담겨 있었다. 무슨 일이 있어도, 억울한 누명을 쓴 동료와 끝까지 함께하리라는 결의가….

＊　＊　＊

10월 11일 704호 검사실 성병수 형사 조사

이틀 뒤, 용태복은 성병수를 데려와 조사하고 있었다. 용태복은 잔뜩 겁먹은 표정의 성병수를 향해 쉬지 않고 질문을 몰아쳤다.

"당신이 정충만의 부탁을 받고 박동금 형사에게 잘 봐달라 부탁했지?"

성병수는 마른침을 삼키며 힘껏 부인했다. 그러자 용태복이 버럭 소리를 질렀다.

"정충만에게 부탁받고 박동금을 찾아갔잖아! 그게 사실이 아니야?"

"그… 그건 맞습니다."

성병수가 인정하자, 용태복은 그 틈을 놓치지 않고 칼 같은 질문을 들이밀었다.

"정충만에게 얼마 받았어? 똑바로 얘기해. 나 화나게 하면 어떻게 되는지 알지?"

"배, 백만 원을 받긴 했지만… 그건 그전에 받은 겁니다! 택시비로…!"

성병수가 돈을 받았음을 인정하자, 용태복이 기다렸다는 듯 누군가를 사무실로 들여보내라 지시했다. 잠시 후 사무실에 나타난 사람은 충만이었다. 성병수는 바보처럼 안도의 한숨을 쉬었다. 충만 또한 그런 성병수를 보며 슬쩍 눈인사를 보냈다.

'그래, 정충만이 사실대로만 얘기해 주면 징계 정도로 가볍게 끝날 거야!'

성병수는 기대에 찬 눈으로 충만을 바라보는 순간, 충만이 수심 가득한 표정을 지으며 입을 열었다.

"병수 아우, 미안하네. 나도 이젠 진실만을 말할 수밖에 없네."

충만은 입을 열기 무섭게 '성병수가 천만 원만 주면 사건을 무마시켜 주겠다고 해서 급한 대로 지갑에 있는 백만 원을 주었다'고 말했다. 눈 하나 깜짝 않고 거짓말을 술술 내뱉는 충만의 모습에 성병수의 눈이 경악으로 물들었다.

"마… 말도 안 돼! 회장님, 내가 언제 그런 말을 했습니까?"

"용 검사님. 지금 저 친구가 상황 파악을 못 하고 여전히 발뺌을 하고 있네요…. 조금 전에 제가 한 말이 사실입니다. 병수 아우가 사건이 잘 마무리되면 3천만 원을 추가로 달라고 해서 그러기로 약속을 했습니다."

충만은 용태복을 보며 호소하듯 말한 뒤, 성병수를 보며 달래듯 말을 이었다.

"병수 아우, 다 끝났어…! 아우도 사실대로 말하고 용서를 빌게. 그럼 여기 계신 용 검사님이 선처해주실 거야!"

성병수의 가슴이 철렁 내려앉았다. 이제야 충만의 덫에 단단히 잡혔다는 사실을 실감한 것이다. 문제는 충만의 거짓말을 뒤집을 만한 반박거리가 없다는 사실이었다.

‘아… 성병수, 이 멍청한 놈아…!’

성병수의 머리에 동금의 경고가 떠올랐다. 충만을 조심하라던 그 경고가….

“으아악-!!”

성병수는 물밀듯 몰려오는 후회에 소리 내어 절규했다. 이내 그의 두 눈에서 굵은 눈물이 무너진 댐처럼 쏟아져 내렸다. 정도를 걷지 못한 한 경찰의, 이루 말할 수 없는 비참한 말로였다.

＊ ＊ ＊

10월 12일 704호 검사실 승진수 경찰서장 조사

다음 날, 성병수에 이어 승진수 강남경찰서장도 조사를 받기 위해 용태복의 검사실로 출두했다. 승진수가 엮인 죄목은 ‘공무상 비밀누설’로, 충만에게 ‘태왕배가 만복교회 폭행 사건에서 피의자로 조사받게 되었다’라는 얘기를 해주었기 때문이었다.

“아니, 검사님. 정말로 그 얘기가 수사 정보가 된다고 생각하시는 겁니까?”

승진수는 거세게 항의했다. 그러나 잠시 후 나타난 충만에 의해 그 또한 할 말을 잃고 침묵할 수밖에 없었다. 성병수에게 그러했듯, 충만은 뱀 같은 혀를 날름거리며 독기 가득한 거짓말을 내뱉었던 것이다.

“승진수 서장님이 그러시더군요. 태왕배가 피의자로 입건되었다는 사실을 절대 다른 사람에게 얘기하면 안 된다고요. 몇 번이나 신신당부했습니다. 아주 중요한 수사 정보라, 잘못하면 태왕배가 외국으로 도주할 수 있다고요. 제가 그 대가로 오백만 원을 주자 고맙다며 얼른 책상 서랍에 넣는 것을 똑똑히 보았습니다.”

용태복은 ‘과연 그렇군’ 하는 표정으로 고개를 끄덕이더니 충만에게 물었다.

“승진수 서장이 다른 것은 더 요구 안 했습니까?”

“오백만 원은 착수금이니 사건이 무마되고 나면 일억을 더 주기로 약속하라더군요.”

“승진수 서장이 일억을 요구했을 때 어떤 생각이 들었습니까?”

“안타까웠지요. 부도덕하고….”

용태복은 충만의 말에 고개를 설레설레 흔들며 충만이 승진수와 처음 만난 날 ‘강남경찰서 앞 ATM기에서 오백만 원을 출금한 내역’과 그 직후 강남경찰서장실을 방문한 사실을 증거로 들이밀었다. 승진수는 그저 헛웃음만 지었다. 이 말도 안 되는 연극 속에서 빠져나갈 구멍이 없다는 사실이 그를 더욱 허탈하게 만들었다.

“참… 이렇게 당할 수도 있구먼!”

잠시 휴식 시간이 주어지자, 승진수의 변호사가 그에게 권유했다.

“서장님, 정충만이 서장님을 만나기 전에 오백만 원을 인출한 내역이 있어 아주 고약하게 되었습니다. 서장실을 방문한 사실도 우리에게는 무척 불리합니다. 오백만 원은 뇌물로 구속될 정도는 아니니… 차라리 뇌물로 받은 것을 인정하고 선처를 받는 게 어떻습니까?”

승진수는 자백을 권유하는 변호사를 향해 단호히 고개를 저었다.

“강 변호사님, 내 30년 공직생활을 걸고 그런 사실은 결코 없습니다. 지금 구속이 되더라도, 나는 끝까지 다투겠습니다.”

다시 조사가 시작되자 이번에는 왕배가 증인으로 나타났다. 그는 한 술 더 떠서, 충만이 이야기한 일억을 50배로 부풀렸다.

"맞습니다. 정충만이 강남경찰서장에게 들었다며, 제가 피의자로 입건된 사실이 극비 정보라고 했습니다. 그러면서 큰 거 50개를 준비하라지 뭡니까? 그러면 경찰서장에게 이야기해 압수수색을 막아 주겠다면서 말이죠. 그래서 이런저런 명목으로 50억을 만들어 주었습니다. 그런 게 아니라면, 왜 제가 정충만 같은 브로커에게 그만한 돈을 줬겠습니까? 승진수 서장이 넘겨준 정보 값도 당연히 포함된 돈이었죠."

왕배와 충만은 그야말로 환상의 콤비였다. 한쪽이 거짓말을 시작하면, 다른 한쪽도 마치 몇 년 전부터 준비해 둔 대본을 읊듯 신나게 사냥감을 물어뜯었다. 그리고 용태복은 그런 두 사냥개의 모습을 만족스럽게 바라보며 즐겼다.

＊ ＊ ＊

언론에서는 '승진수 강남경찰서장이 법조 브로커 정충만과 어울리며 부정한 청탁을 받은 것으로 드러났다'고 보도했다. 고려일보는 충만이 승진수와 통화한 일자까지 단독 보도하며, 승진수가 일억을 받고 왕배의 범죄를 무마하려 했다는 보도까지 터뜨렸다. 그뿐만 아니라 충만의 로비를 받고 이례적으로 담당 수사팀에서 두 명이나 특진을 시켜주었다고도 했다.

검찰이 흘린 내용을 그대로 받아쓴 언론에 의해, 승진수 서장은 판결도 받기 전에 유죄가 확정된 범죄자가 되어 버렸다. 그야말로 두 눈을 뻔히 뜬 상태에서 코는 물론, 귀와 입까지 도둑질당한 꼴이었다. 오백만 원을 받기는커녕 송명준의 부탁에도 오히려 충만을 피하고,

누구라도 확인할 수 있을 수준의 내용만 마지못해 알려준 게 전부 아니었던가? 점심 식사조차 매일 구내식당에서 해결했을 정도로 청렴한 승진수였지만, 충만과의 단 한 차례 만남은 그의 명성을 모래성처럼 무너뜨리기에 충분했다.

* * *

10월 중순이 지나자 여러 공직자와 금융계 인사들이 구속되기 시작했다. 가장 먼저 구속된 것은 강남경찰서 형사과 소속의 성병수였다. 충만과 형·동생 한 지 4개월 만의 일이었다. 그는 형님이라 부르던 충만의 거짓 진술로 인해 18년 경찰 생활을 마감했다. 뒤이어 서울 지역과 지방에 근무하는 경찰서장 두 명이 연속으로 구속됐다. 그나마 승진수 강남경찰서장은 법원의 영장실질심사에서 '충만과 왕배의 진술이 모순된다'는 점 덕분에 간신히 구속을 피할 수 있었다. 이밖에도 야당 소속 구청장과 세무서장, 금감원 부국장이 구속되었다. 수성증권 본부장 등 충만을 통해 사업자에게 대출을 알선해 준 금융기관 임원들 몇 명도 구속을 피하지 못했다.

* * *

10월 17일 704호 검사실

며칠 전과 달리, 충만은 여유로운 표정으로 용태복 검사와 마주 앉아 있었다.

"정충만 씨는 끝을 모르겠어요! 도대체 가늠이 안 됩니다."

용태복이 이전과는 완전히 달라진 자세로 충만을 향해 입을 열었다. 충만 또한 죄인이 아닌 손님 같은 모습으로 미소를 지으며 답했다.

"검사님처럼 대단한 분이 일개 사업가를 과찬해 주시면 내가 무안하지 않습니까?"

용태복은 미소 띤 얼굴로 잠시 충만을 응시하더니 천천히 입을 열었다.

"뿌리가 깊은 나무는 바람에 흔들리지 않는다고 하죠. 정충만 씨의 뿌리는… 내가 생각했던 것보다 훨씬 더 깊은 것 같더군요."

충만이 '별 말씀을 다한다'며 너스레를 떨자, 용태복은 커피를 한 모금 마시곤 의미심장한 표정으로 말을 이었다.

"큰 나무 그늘 아래 있으면 비를 피할 수 있죠. 하지만… 그 나무가 누구 것인지는 알아야 하지 않겠습니까?"

순간 충만과 용태복 사이의 공기가 무겁게 가라앉았다. 눈빛이 달라진 충만을 향해 용태복이 물었다.

"…한 실장이라는 분 아시죠? 정충만 씨라면 잘 알 거라는데요."

'이 새끼가… 지금 날 떠보고 있잖아?'

충만은 용태복의 눈동자를 들여다보았다. 그리고 그 속에서, 끝을 가늠할 수 없는 탐욕을 발견했다. 그랬다, 용태복은 단순히 송명준이나 김기식의 명령으로 이곳에 온 게 아니었다. 용태복은 그 너머, 김기식과 송명준보다도 더 높은 곳을 밟고자 하는 욕망으로 이곳에 왔던 것이다. 용태복은… 충만의 뒤에 송명준조차 함부로 할 수 없는 누군가가 있다는 사실을 알고 있었다….

'내가 여기서 한 실장을 아는 척하는 순간, 나는 죽는다.'

비밀은 감춰져 있을 때만 가치가 있는 법이다. 즉 충만이 조금이라도 자신의 배경에 대해 흘린다면, 즉시 그는 쓸모없는 도구가 되어 끝 모를 낭떠러지로 추락하게 될 것이다. 생각을 마친 충만이 빙그레 미소를 지으며 고개를 기울였다.

"한 실장이요? 죄송합니다만… 제가 아는 사람들 중 한 실장이라는 분은 없는데요. 혹시 제가 잘못 알고 있는 건가요?"

용태복은 충만을 향해 마주 미소 지으며, 더 은근한 말투로 말했다.

"이거 왜 이러십니까. 한 실장만 확인해 주면 일이 훨씬 쉬워집니다. 정중만 씨도, 나도 편하게 마무리할 수 있어요. 구형도 많이 줄어들 겁니다."

두 사람은 말없이 서로의 눈을 들여다보았다. 마치 바둑판 위에서 수읽기를 하듯, 한 치의 양보도 없는 긴장감이 몇 분 동안 방 안을 가득 채웠다. 잠시 후 충만이 미소를 지으며 화제를 바꾸었다.

"용 검사님. 내가 사주를 좀 볼 줄 압니다. 생년월일하고 태어난 시를 알려주시겠습니까?"

용태복은 잠시 충만을 바라보다가 정보를 알려주었다. 그러자 충만은 한참 동안 종이에 무언가를 적더니, 호들갑스럽게 손뼉을 치며 말했다.

"용 검사님은 사주에 '운룡지명(雲龍之命)'이 들어 있습니다. 구름 속의 용처럼 세상에 나와 크게 출세할 운명입니다. 이런 사주는 꼭 정치해야죠."

"난 사주라는 것을 안 믿어서."

용태복은 말은 그렇게 하면서도, 충만의 덕담이 싫지는 않아 보였다. 그 또한 송명준처럼 정치인이 되는 것을 목표로 하고 있었기 때문이다.

"아닙니다. 내가 평생에 이렇게 좋은 사주는 처음 봅니다. 그런데…
이름에 복(福)자가 들어 있는 것이 더 큰 대운을 막고 있네요. 이름은
누가 지어준 겁니까?"

"내가 먹고 살기 힘든 시골구석에서 태어나서요. 복이라도 좀 들어
오라는 의미로 아버지가 지어 주셨죠. 덕담은 이 정도로 하고, 충명회
에 대한 이야기를 시작해 볼까요? 충명회는 어떤 모임입니까?"

충만은 용태복의 질문에 손사래를 치며 입을 열었다.

"나는 충명회라는 모임은 들어 본 적도 없습니다. 태왕배가 꾸며
낸 모임은 아닐까요? 그 인간이 송명준 의원에게 줄을 대려고 무척이
나 노력을 많이 했거든요…."

충만은 왕배에게 들은 얘기가 있다며 이야기를 꺼냈다. 왕배가 송
명준이 참석하는 저녁 식사 자리에 우연히 합석한 사실이 있었다는
얘기였다.

"그 이후, 태왕배는 송명준 의원님께 몇 번이나 연락하여 만나고자
했던 모양입니다. 하지만 송 의원님은 이런저런 핑계로 거절하셨다고
해요. 태왕배는 그 일로 자존심이 상했는지, 나를 찾아와 송 의원님
험담을 하곤 했지요."

용태복은 충만의 거짓말을 들으며 터져 나오려는 웃음을 억지로
참았다. 그리고 충만의 거짓말을 그대로 조서에 기재했다.

"김기식 부장검사도 구설에 올랐는데…. 정충만 씨나 태왕배 씨도
김 부장검사와 친분이 있습니까?"

"어휴, 큰일 날 소리입니다. 김기식이 누군가요? 나는 처음 듣는 사
람인데…. 태왕배가 안다고 하던가요? 태왕배에게 그런 좋은 인맥이
있었으면 내가 모를 리가 없습니다. 아마 전부 태왕배의 거짓말에서

비롯된 얘기일 겁니다. 태왕배 그 인간, 어지간히 인맥 쌓기에 혈안이 었으니까요."

잠시 후 용태복은 만족스러운 얼굴로 조사를 마쳤다. 충만은 자리에서 일어나며 용태복을 향해 조심스레 물었다.

"검사님, 앞으로 나는 어떻게 되는 겁니까?"

충만의 말을 들은 용태복이 이제껏 보인 적 없던 미소를 지으며 답했다.

"정충만 씨는 수사에 적극적으로 협조했을 뿐만 아니라 충분히 반성했다고 판단됩니다. 그러니 선처될 겁니다."

* * *

서울경찰청 차장실

용태복의 수사를 받은 이들 중 가장 큰 타격을 입은 사람은 경찰 최고위직이었던 서울경찰청 이광수 차장이었다. 그는 TV를 보며 지난 6월 16일을 떠올렸다. 고재길 국세청 국장과 함께 송명준의 소개로 충만을 만났던 그 날을….

"이 차장, 여기 정충만 회장은 내 후원회장이야."

"이 친구들, 뭐가 그리 소심해? 이건 내가 고생하는 후배들에게 택시비나 하라고 주는 거야!"

그날, 이광수와 함께 충만을 만났던 고재길은 먼저 조사를 받은 뒤 '돈을 받고 세무조사를 무마해 주었다'는 명목으로 이미 구속되었다.

이광수는 자신의 비리를 보도하는 TV를 차마 더 보지 못하고 꺼 버렸다. 언론에서는 하루도 쉬지 않고 '이광수 차장이 정충만의 청탁을 받아 태왕배의 살인교사 사건을 무마해 주었다'라고 보도하고 있었다.

'억울하다…. 이렇게 억울할 수가 있나…!'

이광수가 충만의 부탁을 들어준 것이라곤 '태왕배의 조사 일정을 늦추어 준 것'이 전부였다. 물론, 이 또한 엄연한 비위 행위임은 사실이었다. 그러나 용태복의 검사실에서, 충만은 '이광수 차장이 나와 태왕배의 경찰 관련 사건을 모두 처리해 주겠다고 약속했다'고 진술했다. 왕배 또한 이에 질세라 '충만을 통해 서울경찰청 차장이 청부살인 사건 무마를 돕고 있다는 이야기를 들었다. 이에 50억을 대가로 준비하라고 하여 충만에게 주었다'라고 자백했다. 그야말로 바늘만도 못한 비위 행위를 대역죄인 급으로 탈바꿈시킨 것이다.

'내일이 영장실질심사 날인데…. 내가 포토라인에 선다는 것은… 33년 경찰 인생에 너무나 치욕적인 일 아닌가?'

경찰대 출신의 엘리트로서, 누구보다 성실하게 공직 생활을 했다고 자부하는 이광수였다. 그러나 지금, 그의 33년 경찰 인생이 한순간에 모래알처럼 흩어지고 있었다.

'내가 구속된다면… 우리 애들은…?'

이광수는 삼십 대 중반의 나이에 결혼하여 이제 겨우 중학생과 고등학생이 된 아들 둘을 두었다. 만약 구속이라도 된다면, 연금이 절반으로 줄어들게 되어 생계조차 어려워질 것이었다. 잠시 눈을 질끈 감고 무언가 생각하던 이광수는 외투를 챙겨 입고 사무실을 나섰다. 시계는 오전 10시 30분 즈음을 가리키고 있었다.

사무실을 나와 경찰청 밖으로 걸어 나온 이광수는 어딘가로 걷기 시작했다. 그의 발걸음이 향한 곳은, 30년 전 경찰대를 졸업하고 처음 발령받았던 용산경찰서 한강로 지구대였다. 잠시 후 이광수는 저 멀리 보이는 한강로 지구대를 멍하니 쳐다보았다. 이십 대 시절의 자신을 떠올리던 그는 차마 지구대로 들어가지 못하고 한강대로로 발길을 돌렸다.

'잘못은 했다. 그래…. 분명 잘못을 했다. 하지만 이건… 이건 너무 억울하지 않은가?'

한강대교를 걸으며, 이광수는 끝없이 오열하고 또 오열했다. 그는 한강대교 가운데 즈음에서 걸음을 멈추었다. 그리고… 몸을 던졌다. 젊은 시절 어머니가 말씀하셨던, 물가에 가지 말라던 당부를 떠올리며….

＊ ＊ ＊

정오 즈음 한강대교에서 몸을 던진 이광수 차장의 시신은 늦은 오후 원효대교 부근에서 발견되었다. 이광수는 마지막 자존심과 가족을 위해 끝내 한강에 몸을 던졌다. 그의 죽음으로 유가족은 연금을 받을 수 있었다.

이광수의 죽음은 경찰 전체를 분노케 만드는 사건이었다. 경찰대 출신의 엘리트로서 흠잡을 곳이 없다시피 했던 그가 스스로 생을 마감했다는 사실은…. 꺼져가던 경찰들의 투지에 다시 불을 지피는 기폭제가 되었다.

19
미인계

강력 3팀 형사들은 다시 힘을 내기 시작했다. 그들이 현재 몰두하고 있는 것은 충만의 계좌 출금 내역을 확보하는 일이었다. 적지 않은 발품이 필요했지만, 동금의 고초와 이광수 차장의 죽음 등 연이은 역경은 오히려 그들을 더욱 불타오르게 만들었다.

"정충만은 수시로 돈을 인출했어요. 그리고 그 금액 또한 삼백만 원에서 이천만 원까지 다양합니다."

동금이 강력 3팀 사무실에 서울시와 서울 인근 경기도 대형지도를 붙이며 말했다. 3팀 형사들은 동금의 추리를 바탕으로 충만이 돈을 인출한 현금지급기 주변을 탐문했다.

'정충만은 왜 번거롭게 전혀 다른 지역을 돌아다니며 두세 차례씩 현금지급기에서 돈을 인출한 걸까? 그냥 한 번에 그날 사용할 금액을 찾아도 됐을 텐데….'

동금은 5월 22일과 6월 3일, 충만의 출금 내역을 비교해 보았다.

[충만의 5월 22일 계좌 출금 내역]

① 오전 10시 47분 성남시 수정구 태평역 근처 현금지급기 삼백만 원

② 오후 1시 45분 수남역 5번 출구 앞 현금지급기 천만 원

③ 오후 3시 18분 여의도역 3번 출구 현금지급기 오백만 원

[충만의 6월 3일 계좌 출금 내역]

① 오전 10시 48분 용산 원효로 현금지급기 오백만 원

② 오후 1시 45분 마곡역 현금지급기 삼백만 원

③ 오후 3시 52분 종로3가 현금지급기 천만 원

동금은 출금 내역에서 눈을 떼고 대형지도를 쳐다보았다. 지도에는 빨간색, 파란색, 노란색 점이 곳곳에 표시되어 있었다. 빨간색 점은 충만이 천만 원 이상을 인출한 곳을, 파란색 점은 오백만 원을 인출한 곳을, 노란색 점은 삼백만 원을 인출한 곳을 의미했다. 그때, 수석이 다가와 무언가를 내밀었다.

"선배님, 수사하기도 바쁜데 재판까지 챙기시게요?"

수석이 내민 것은 충만을 비롯해 그와 관련된 사람들의 재판 일정이었다. 동금이 수석에게 그들의 재판 일정을 확인해 달라고 부탁해 두었던 것이다. 동금은 일정을 받아들면서도 지도에서 눈을 떼지 않은 채 물었다.

"신 청장, 여기 지도 좀 봐 봐. 뭐 느껴지는 거 없어?"

"…예?"

"정충만은 분명히 어떤 기준을 가지고 현금지급기에서 돈을 구분해 인출했어. 그 기준이 뭘까?"

"그게 재판하고 무슨 상관인데요?"

수석이 대체 무슨 뚱딴지같은 소리냐고 묻자, 동금은 씩 웃으며 답했다.

"재판을 방청하면 정충만에게 돈을 받은 사람들을 알 수 있잖아. 그 사람들을 지도에 표시해 보면… 뭔가 나올지도 몰라."

＊ ＊ ＊

충만은 하늘색 수형복을 입은 채 방청석을 쭉 훑어보았다. 동금의 눈이 그런 충만과 마주쳤다. 동금이 가볍게 목례를 했지만, 충만은 무표정하게 노려보는 것으로 답을 대신한 채 고개를 돌려 버렸다.

"증인, 앞으로 나오십시오."

오늘 재판에 증인으로 출석한 사람은 태왕배였다. 그는 건강을 많이 잃은 듯 초췌한 모습으로 교도관의 부축을 받으며 천천히 증인석에 앉았다. 그때, 법정 뒷문으로 한 중년 남자가 천천히 걸어 들어왔다. 그는 방청석을 둘러보더니, 비어 있는 앞쪽 자리로 향했다. 순간, 그 모습이 동금의 눈길을 끌었다.

'저 사람은… 정충만의 운전기사?'

그랬다. 다리를 절뚝이며 앞으로 향하는 남자는 다름 아닌 충만의 운전기사 하우배였다. 동금은 충만이 경찰서로 출석했을 때, 그의 차 운전석에 앉아 있던 하우배를 본 적이 있었던 것이다. 동금은 자기도 모르게 하우배를 유심히 살피기 시작했다. 형사로서의 감각이, 하우배가 보통 사람이 아님을 알려주고 있었기에….

"세인 씨, 이따가…."

동금은 왕배가 증언하는 동안 동석한 세인에게 귓속말로 한참을 속삭였다. 세인은 그런 동금의 말을 들으며 고개를 끄덕였다.

잠시 후 증인신문이 끝나자 왕배는 슬쩍 뒤를 돌아보았다. 방청석 앞자리에 앉아 있던 하우배가 의자에서 일어나더니 왕배를 향해 고개를 숙였다. 그러곤 왕배가 교도관에게 이끌려 법정을 나가기 무섭게 그 또한 법정을 빠져나갔다.

"저… 뭐 좀 여쭤봐도 될까요?"

버건디색 일수가방[23]을 든 채 엘리베이터를 기다리던 하우배가 고개를 돌렸다. 그는 영화에서나 볼 법한 미모의 여인을 마주하자, 놀란 표정으로 잠시 멍을 때리다가 입을 열었다.

"…무슨 일로 그러시죠? 나를 아십니까?"

세인이 두 손을 깍지 낀 채 난감한 표정을 지으며 입을 열었다.

"혹시… 정충만 씨와 잘 아는 사이 아니신가요?"

"누군데 그러시죠?"

"저는 이혜정이라고 해요. 정충만 씨 운전기사 맞으시죠? 제 아버지가 정충만 씨 때문에 고통받고 있습니다."

"제가 정 회장님 운전기사는 맞습니다만…. 저는 딱히 드릴 말씀이…."

하우배는 본능적으로 방어적인 태도를 취했다. 그러나… 그러기에는 세인의 미모가 너무나도 우월했다.

"혹시 시간 가능하시면 근처 카페라도 가실 수 있을까요? 차는 제가 대접하겠습니다. 저희 아버지가… 정충만 씨에게 돈을 받았다는

---

23 남자들이 손에 드는 작은 가방이다. 여자로 말하면 핸드백이다.

명목으로 조사를 받고 있어요. 아직 구속은 안 되었지만 도움이 필요합니다."

하우배는 결국 세인의 청을 거절하지 못하고 카페로 자리를 옮겼다. 잠시 후 세인과 마주 앉은 하우배는 커피를 한 모금 마시며 겨우 돌아온 정신으로 머리를 굴렸다.

'내가 정 회장님 운전기사인 걸 이 여자가 어떻게 알았지?'

세인도 그런 하우배의 시선을 느낀 듯, 재빨리 대화를 시작했다.

"검찰 말로는… 정충만 씨가 그날 현금지급기에서 돈을 빼서 저희 아버지에게 주었다고 진술했대요. 그것 때문에 오해를 풀지 못하고 계십니다. 듣기로는 정충만 씨가 하루에도 두세 차례씩 현금지급기를 이용해 돈을 인출한다던데…. 선생님께서는 뭔가 아는 게 있으실까요?"

하우배의 눈이 훌쩍이는 세인을 보며 흔들렸다.

"글쎄요. 회장님이 그러신 데에는 뭔가 이유가 있을 것 같긴 합니다만…. 뭐, 나 같은 운전기사에게 그런 이유를 일일이 말씀해 주시진 않으니까요."

세인은 한층 더 슬픈 듯 연기하며 핸드백에서 손수건을 꺼내 눈물을 훔쳤다. 그런데 그 순간, 생각지도 못한 일이 벌어졌다. 하우배가 자리에서 일어나더니, 힐긋 시계를 보고는 인사를 건넨 것이다.

"내가 좀 바빠서요. 이만 실례하겠습니다."

세인은 크게 당황하며 황급히 자리에서 일어났다. 그러곤 하우배를 향해 간절한 목소리로 물었다.

"저… 잠시만요! 혹시 전화번호라도…?"

하우배는 잠시 멈칫하더니 휴대전화 번호를 세인에게 알려주었다.

"하우배라고 합니다."

하우배는 자신의 이름을 알려주는 것을 끝으로 카페를 빠져나갔다. 세인이 멀어지는 하우배의 뒷모습을 보며 동금에게 전화를 걸려던 순간, 동금으로부터 카톡이 왔다.

[카페에 그대로 있으세요. 절대 휴대폰으로 전화하지 말고요. 다시 카톡 할게요.]

"무슨 일이지…?"

세인이 자리에 다시 앉자, 곧바로 다음 카톡이 날아왔다.

[손수건을 손에 쥐고 눈물을 닦아내는 분위기를 연출하세요. 절대 주변을 두리번거리지 말고 자연스럽게 행동해야 합니다.]

세인은 동금의 지시대로 연기를 시작했다. 한동안 작품 활동을 하지 못한 터라 조금 어색하긴 했지만, 어느새 스스로 몰입하여 정말로 슬픈 듯 손수건에 눈물을 찍었다. 그렇게 약 20분 정도의 시간이 흐른 뒤, 다시 동금에게서 카톡이 왔다.

[잘하셨어요. 이제 카페에서 나오세요. 그리고 택시를 타고 출발하세요.]

세인은 손수건을 든 채 카페에서 나와 택시를 잡아탔다. 세인이 탄 택시가 떠나자 맞은편 건물에서 한 남자가 모습을 드러냈다. 세인보다 먼저 카페를 나섰던… 하우배가….

＊ ＊ ＊

10월 31일 밤 10시 강력 3팀 사무실

시월의 마지막 밤을, 뜻 모를 이야기만 남긴 채 우리는 헤어졌어요….

기원이 의자에 몸을 뒤로 젖힌 채 앉아 눈을 감고 가수 이용의 '잊혀진 계절'을 들으며 흥얼거리고 있었다. 그때 막 외근에서 돌아온 수찬이 기원의 모습을 보고 입을 열었다.

"올해는 눈물 안 흘리시나? 나도 몇 년 후면 팀장님처럼 갱년기가 올 텐데…. 그때 호랑이 같은 우리 마누라가 어떤 반응을 보일지 걱정이다, 걱정!"

"근데요, 저게 대체 언제 적 노래예요? 저는 처음 들어봐요!"

이제 겨우 스물아홉 살인 수석은 처음 들어보는 노래라며 어떤 노래인지 궁금해하자, 기원이 자세를 고쳐 앉으며 쓸쓸함이 가득한 눈으로 분위기를 잡았다.

"신 청장아, 오늘이 무슨 날인지 아나? 오늘이 10월의 마지막 밤이다. 오늘 밤이 우리 같은 어른들에게는 너 같은 얼라들이 기념하는 크리스마스이브 같은 날인기라! 오늘 밤에 이 노래를 안 들으면 첫사랑을 잊게 된다."

그때 동금이 노래를 끄며 짝짝 손뼉을 쳤다.

"팀장님, 이제 회의하셔야죠!"

기원이 아쉬움 가득한 얼굴로 일어나 팀원들을 모았다. 동금은 원탁에 둘러앉은 형사들에게 패널에 붙인 지도를 지휘봉으로 가리키며 보고를 시작했다.

"정충만은 돈을 줄 공직자를 만나기 직전에, 그 공직자의 사무실과 가장 가까운 대한은행 현금지급기에서 돈을 찾았습니다."

동금은 지휘봉으로 수남구청을 가리켰다. 올해 4월 7일, 수남구청장에게 준 내역과 충만의 계좌 출금 내역은 정확히 일치했다. 충만이 천만 원을 인출한 대한은행은 수남구청과 불과 150미터 떨어진 곳이었다. 또한 충만은 3월 8일 성선경찰서 서장에게도 삼백만 원을 준 것이 확인되었다. 이때도 충만은 성선경찰서와 불과 100미터 떨어진 대한은행 현금지급기에서 삼백만 원을 인출했다. 동금이 부연 설명을 덧붙였다.

"정충만은 경찰서나 세무서 주변에서는 삼백만 원을, 국회의원 사무실이나 검찰 주변에서는 천만 원을 인출했습니다. 금융가 주변에서는 주로 오백만 워이 많았고요."

"정충만 이 개자식! 우리 경찰을 완전히 물로 봤구만!"

수석이 자존심 상한다는 투로 말하자 기원이 철없는 소리 말라는 듯 혀를 찼다.

"신 청장아, 서운한 것도 많다! 경찰서장 자리가 삼백만 원짜리라는 것이 뭐가 자존심 상허냐? 여기 소방은 그나마 딱 한 명, 백만 원인데."

기원의 말처럼 충만은 권력이 어디에서 나오는지 정확히 알고 있었다. 기원은 고개를 기울이며 동금이 했던 고민과 같은 질문을 던졌다.

"그런데 말이다. 왜 정충만이는 굳이 사람을 만나러 가기 직전에야 돈을 인출했을까? 미리 3천만 원 정도 인출하고, 그때 만나는 사람마다 주면 편할 텐데?"

동금은 고개를 끄덕이며 입을 열었다.

"이번 재판을 통해 확실히 알게 된 사실이 있습니다. 정충만에게는 자신이 건넨 돈을 상대가 받느냐 안 받느냐보다, 현금지급기에서 돈을 인출한 기록이 남느냐 안 남느냐가 더 중요했다는 사실입니다."

동금의 말을 들은 형사들이 다 같이 머리 위로 물음표를 띄웠다. 잠시 후 정선이 짝 하고 손바닥을 마주치며 가장 먼저 입을 열었다.

"팀장님, 정충만이 현금지급기에서 돈을 찾았어도, 돈을 받지 않는 공직자가 있을 수 있잖아요? 그러니까 지금 박 형사가 얘기하는 건…. '현금을 뽑았다는 기록' 그 자체가 중요했다는 거고요!"

순간, 수석도 뭔가 알아차렸다는 듯 목소리를 냈다.

"우리 강남경찰서 서장님처럼 말이죠? 우리 서장님도 돈을 받지 않으셨지만, 우리 경찰서 근처에서 정충만이 돈을 뽑았다는 기록 때문에 받은 걸로 치부돼 버리셨잖아요!"

동금이 팀원들을 향해 미소를 지었다.

"맞아. 실제로 기록을 봤을 때, 정충만이 돈을 인출한 내역과 실제로 검사가 기소한 공직자 수에는 큰 차이가 있어. 그 말인즉, 대부분의 공직자들은 정충만이 주는 돈을 받지 않았을 거라는 얘기야. 하지만 이번에 경험했듯이, 브로커 수사는 돈을 준 브로커의 진술에 의존하는 경향이 높아. 그러다 보니 우리 승진수 서장님처럼, 아주 작지만 그럴싸해 보이는 증거 하나만으로도 억울한 일을 겪게 되는 사람이 생길 수 있는 거지."

기원 또한 고개를 끄덕이며 덧붙였다.

"그것이 이토록 쉽게 가능했던 데에는 담당 검사 용태복이의 역할이 컸을 것이다. 칼을 쥔 검사 놈이 공정할 마음이 없었으니…. 정충만이나 태왕배 같은 놈들의 거짓말이 진실로 둔갑하기가 얼마나 수월했겠냐?"

팀원들의 놀라운 추리에 박수를 치던 수찬이 문득 떠올랐다는 듯 입을 열었다.

"아참, 박 형사. 정충만의 운전기사가 좀 유별났다는 말은 또 무슨 소리야? 재판 다녀오자마자 그랬잖아?"

동금은 팀원들에게 정충만의 재판에서 보았던 하우배에 대한 이야기를 풀어놓았다. 절뚝이는 걸음걸이부터 시작해 왕배에게 인사를 하던 모습과, 세인과 이야기를 나눈 뒤 그녀를 몰래 지켜보다 사라졌다는 이야기까지….

"하우배에게 뭔가 냄새가 납니다. 그래서 좀… 파보려고요."

＊ ＊ ＊

11월 1일 저녁 7시 이태원역 부대찌개집

세인은 이태원에서 유명하다는 부대찌개집에 하우배와 마주 앉아 있었다. 부대찌개집은 워낙 맛집으로 소문이 나서 그런지 이미 만석이었다. 음식점 안 손님들이 연신 세인과 하우배를 힐끔거렸다. 세인의 미모와 더불어, 언뜻 보아도 나이 차가 확연히 드러나는 둘의 조합이 언밸런스해 보인 탓이리라. 하지만 하우배는 전혀 타인의 시선에 신경 쓰지 않는 듯, 무표정한 얼굴로 세인과 소주잔을 기울였다.

"사실… 연락을 주셔서 조금 놀랐습니다. 내가 큰 도움이 못 될 거라는 건 그때 다 들으셨을 테니까요."

하우배가 미안하다는 표정을 지으며 말했다. 세인은 그늘진 얼굴에 애써 미소를 지으며 고개를 끄덕였다.

"아니에요. 정충만과 엮인 사람이 바보지요, 뭐….."

하우배가 그런 세인을 보며 잔을 비우더니, 조심스럽게 물었다.

"혜정 씨 아버지… 이름이 어떻게 되죠? 마침 내가 내일 사모님 모시고 정 회장님 면회를 갑니다. 도움이 될지도 모르니 한번 물어보겠습니다."

하우배의 말에 세인이 반색했다.

"꼭 좀 그래 주시겠어요? 이동백 경찰서장이 제 아버지예요. 재작년까지 용산경찰서장을 하시다가 퇴직하셨어요. 듣기로는 정충만 씨가 용산경찰서 근처 현금지급기에서 삼백만 원을 인출했나 봐요. 그래서 검사님이 아빠가 그 돈을 받았다고 오해하는 것 같아요. 아빠는 절대 그럴 분이 아닌데 말이에요."

세인은 동금이 사전에 알려준 경찰서장 이름을 하우배에게 말했다. 이동백은 실제 용산경찰서장으로, 충만이 근처 ATM기기에서 삼백만 원을 인출한 기록이 있었다. 그 외에 충만과 교류를 나눈 흔적은 없었으나, 동금은 이를 하우배의 신뢰를 얻기 위한 도구로 사용하고자 했다. 충만의 현금인출 기록을 베이스로 한 연극이니만큼, 세인이 하우배로부터 신뢰를 얻는 데에 큰 도움이 될 것이라는 계산이었다.

"하우배 씨는 어쩌다 정충만 씨의 운전기사를 하게 되셨어요?"

세인이 하우배의 그릇에 부대찌개를 떠주며 물었다. 세인의 질문을 들은 하우배가 빙그레 미소를 지으며 입을 열었다.

"마흔이 넘은 나이에 일하던 곳에서 잘리고… 어떻게 해야 하나 막막하던 차에 운전기사 자리가 난 걸 보고 지원했습니다. 그게 답니다."

하우배와 세인이 한창 이야기를 나누던 그때, 작은 소동이 일어났다. 테이블 간격이 너무 좁다 보니 근처에 앉아 있던 남자 일행 중 하나가 출입구로 향하다 세인의 접시 그릇을 엎은 것이다. 이미 거나하게 술이 취한 채로 담배를 피러 나가려다 벌어진 사고였다.

"어머!"

세인은 잎어진 부내찌개가 자신의 흰색 두피스에 뛰사 놀라 소리쳤다. 그러나 그릇을 엎은 남자는 대충 '미안합니다'라며 성의 없이 사과하고는 가던 길을 갔다. 아니, 가려고 했다.

"어이."

하우배의 목소리가 남자의 목덜미를 붙잡았다. 삼십 대 남자 셋이 일제히 하우배를 향해 고개를 돌렸다.

"뭐요?"

세인의 그릇을 엎은 남자가 떠꺼운 눈으로 쳐다보며 말하자, 하우배가 굳은 얼굴로 그를 쏘아보았다.

"여기 숙녀 분 옷이 망가진 게 네 눈에는 안 보여?"

남자는 황당하다는 표정으로 하우배와 세인을 번갈아 보았다.

"그래서 미안하다고 했잖아? 안 들리셨나? 미안합니다~ 실수 좀 했습니다~ 근데… 형씨는 뭔데 반말이야? 이 씨발…!"

하우배는 발끈하는 남자의 모습에 피식 입꼬리를 올리며 자신의 잔을 채웠다. 그런 하우배의 모습을 본 남자가 열 뻗친다는 모습으로 급발진하기 시작했다.

"이 씨발 좆만 한 새끼가…! 어디서 주접을 떨고 있어? 어이 형씨,

뭐 좀 돼? 어?!"

그릇을 엎은 남자뿐만 아니라 일행까지 합세하자, 음식점 종업원이 급히 달려와 중재에 나섰다. 그러나 하우배는 천천히 소주잔을 비우더니, 술을 입에 머금고 오물거리다 휙! 소리를 내며 삼켰다.

"밖에 나가서 이야기하지."

하우배가 천천히 일어나며 남자들에게 말했다. 그의 남다른 눈빛과 차분한 어조에는, 거부할 수 없는 어떤 기운이 서려 있었다. 그 모습을 본 세인이 걱정스런 표정으로 하우배의 팔을 붙잡으며 말했다.

"하우배 씨, 전 괜찮아요. 참으세요!"

하우배는 그런 세인을 향해 잔잔한 미소로 답했다.

"금방 다녀오겠습니다."

남자 일행은 하우배와 세인을 보며 기가 막힌다는 듯 비웃었다.

"이 씨발놈이, 가오 좆나게 잡고 있네. 어디 밖에서도 계속 그럴 수 있나 보자고!"

하우배가 앞장서자 남자 일행이 그 뒤를 따랐다. 세인은 초조한 표정으로 유리창 밖을 내다보았으나, 그녀의 시야에서는 하우배를 비롯한 세 남자의 그림자만 얼핏 보이는 게 전부였다.

10분쯤 지났을까…? 음식점 문이 열리며 하우배가 들어왔다. 순간 세인은 자신의 두 눈을 의심했다. 하우배를 따라 들어오는 세 남자의 모습이, 180도 달라져 있었기 때문이다. 조금 전까지 보이던 거만한 모습은 오간데 없이, 하나같이 겁먹은 쥐새끼가 되어 버린 듯했다. 하우배가 먼저 세인의 맞은편에 앉자, 남자 셋이 일제히 세인의 앞으로 다가와 90도로 허리를 숙였다.

"죄, 죄송합니다!"

“아, 아니에요. 괜찮습니다….”

세 남자는 세인에게 괜찮다는 말을 듣자, 허둥지둥 술값을 계산하고는 음식점을 빠져나갔다.

＊ ＊ ＊

그 시각, 음식점 밖에서 그 안을 날카롭게 노려보는 눈이 있었다. 그 눈의 주인은 다름 아닌 동금이었다. 동금은 오늘 세인이 하우배와 만나는 자리에 몰래 따라와 밖에서 모든 상황을 지켜보는 중이었다.

‘하우배… 하우배….’

동금은 조금 전 밖에서 있었던 일을 떠올리며 하우배의 이름을 되뇌었다. 세인과 함께 앉아 있는 저 중년의 남자가 얼마나 위험한 인물인지를 가늠하며….

＊ ＊ ＊

다음 날 하우배는 충만의 부인 신금자와 함께 서울구치소 민원인 대기실에 앉아 있었다. 신금자가 수심 가득한 얼굴로 말했다.

“우배야, 영감님이 회장님 금방 꺼내 주시기로 한 거 맞지?”

충만보다 다섯 살 연상인 62세의 신금자는 원망 가득한 얼굴로 욕지거리를 내뱉었다.

“만복교회 장로라는 놈이…! 거짓말을 밥 먹듯이 해서 회장님 억울한 옥살이를 다 시키니!”

신금자가 쉬지 않고 왕배를 욕하는 사이, 대기실에 안내 방송이 흘

279

러나왔다.

"오후 1시 45분 접견 신청자는 접견실 앞으로 오시기 바랍니다."

잠시 후 신금자와 하우배는 구멍이 숭숭 뚫린 접견실 유리문을 사이에 두고 충만과 마주 앉았다. 신금자가 살 빠진 모습의 충만을 보며 훌쩍거리자, 충만이 그런 아내를 달랬다.

"여보! 너무 걱정하지 마. 조만간 나갈 테니 기다려 보라고!"

충만은 신금자를 달랜 뒤, 하우배를 향해 고개를 돌렸다.

"우배야, 나 없을 때 네가 잘해야 해. 한 실장에게 내 입장 잘 전하고!"

하우배가 고개를 끄덕이자, 충만이 그런 하우배의 두 눈을 뚫어져라 쳐다보았다. 그렇게 충만과 하우배 두 사람은 몇 초간 눈빛으로 이야기를 주고받았다.

"참, 회장님."

"응?"

"혹시 재작년에 용산경찰서장 했던 이동백이라고 알아요?"

하우배의 물음을 들은 충만이 한참 동안 머리를 굴렸다.

"아, 그래! 그런 사람이 있었지. 키가 크고 인물이 아주 좋은 사람이었는데…. 나이가 많아서 지금은 퇴직했을 텐데? 그 양반은 왜?"

하우배는 자신이 잘 아는 사람이 이동백의 가족이라고 둘러댔다. 굳이 세인을 언급할 필요까지는 못 느꼈기 때문이다. 충만이 다시 고개를 갸우뚱하며 입을 열었다.

"이상하네…? 이동백 서장은 별문제가 없을 텐데…. 용 검사가 이동백 이야기는 안 물어봤거든!"

충만은 하우배에게 '이동백은 걱정하지 말라'고 했다. '만약 문제가 되더라도, 확실하게 아니라고 선을 그어주겠다'는 말도 덧붙였다. 10분간의 짧은 접견을 마친 뒤 충만은 접견실을 나가는 하우배의 뒤에 한마디를 더했다.

"우배야, 그거… 잘 간수해라. 너만 믿는다!"

＊ ＊ ＊

하우배는 충만과 헤어진 뒤 서울로 돌아와 세인과 상남역 카페에서 만남을 가졌다. 충만으로부터 듣게 된 이동백 서장에 대한 이야기를 전해주기 위함이었다.

"이동백 서장님은 전혀 문제없도록 내가 조치해 놨습니다. 이젠 안심해도 됩니다."

하우배의 말을 들은 세인은 눈물을 글썽이며 고마워했다.

"정말… 정말 감사해요!"

세인은 붉어진 눈으로 거듭 감사를 전했다.

"아버지가… 큰 곤욕을 치르실 뻔했는데…. 우배 씨 아니었으면 정말 어쩔 뻔했어요."

하우배는 그런 세인을 보며 득의양양한 표정으로 커피를 한 모금 마셨다. 그는 가슴을 쭉 편 자세로 묵직하게 목소리를 깔며 말했다.

"앞으로도 뭐 필요한 거 있으면 언제든 연락해요."

하우배는 지금까지 세인에게 가졌던 의심을 완전히 털어낸 듯, 스스로 베푼 호의에 흡족해하고 있었다. 세인 또한 그런 하우배에게 진심으로 감사하며, 한층 우호적인 태도로 그와 대화를 나누었다. 그런데 그때 카페 문이 열리며 근무복을 입은 경찰관 서너 명이 들이닥쳤다. 일부는 손에 무전기를 들고 있었는데, 무전기에서 '보이스피싱' '사십 대' '남자'라는 멘트가 계속해서 흘러나왔다.

"뭐야?"

경찰관들의 등장에 사람들의 이목이 집중됐다. 놀란 카페 사장이 커피 바 밖으로 나와 경찰관 중 한 사람에게 다가갔다.

"아니 영업장에 와서 수배자를 찾으면 어떡해요? 아무리 경찰이라도 영업 방해하시면 안 되죠! 가뜩이나 불경긴데…."

사장이 잔뜩 못마땅한 표정을 지으며 항의하자, 경찰관이 머리를 긁적이며 죄송하다고 사과를 건넸다.

"정말 죄송합니다. 저희도 이렇게까지 하고 싶지는 않았는데…. 보이스피싱 총책이 이곳에서 사람을 만나고 있다는 신고를 받았습니다. 빨리 진행할 테니 협조 좀 부탁드립니다."

경찰관의 공손한 사과에 사장은 어쩔 수 없다는 듯 커피 바 안으로 돌아갔다. 사장의 허락 아닌 허락을 받은 경찰들이 둘씩 조를 이루어 흩어졌다. 중년의 경찰관 둘은 카페 입구를 지키고, 젊은 경찰관 둘은 손님들이 앉아 있는 테이블을 돌아다니며 신분증을 확인하기 시작한 것이다. 잠시 후 손님 중 한 사람이 신분증을 확인하려는 젊은 경찰관 하나에게 벌컥! 화를 냈다. 머리가 벗겨진 오십 대로 보이는 중년 남성이었다.

"지금이 박통 시대야? 아니면 전통 시대야? 언제 적 불심검문을 하고 그래?!"

남성의 시비에 젊은 경찰관이 애를 먹던 그때, 다른 젊은 경찰관 하나가 하우배와 세인이 있는 테이블로 다가왔다.

"죄송합니다, 협조 좀 부탁드리겠습니다."

하우배는 테이블로 다가온 경찰관을 가만히 노려보았다. 경찰관은 마스크를 쓴 채 한 손에는 무전기를, 다른 손에는 휴대폰을 들고 있었다. 경찰관이 자신의 경찰신분증을 보여주며 다시 요청했다.

"죄송합니다. 보이스피싱 총책이 있다는 신고를 받아서요. 다수의 노인이 피해자인 사건입니다. 신분증 제시 부탁드립니다."

하우배는 천천히 커피를 한 모금 마신 뒤, 차갑게 가라앉은 목소리로 물었다.

"어디 경찰입니까?"

"서초지구대 소속입니다."

"마스크 좀 벗어주면 안 되겠소? 요즘 경찰은 불심검문할 때 얼굴을 가립니까?"

"코로나 증상이 있어서요. 경찰신분증 다시 보여 드릴까요?"

"신분증은 아까 보여줬으니 됐고…. 보이스피싱 총책이라는 사람, 인적사항이 어떻게 됩니까?"

"수사 사항은 보안이라 함부로 말씀드릴 수가 없습니다. 저희는 지구대 경찰관들이라, 형사과 요청을 받고 검문 중입니다."

하우배의 입가에 비웃음이 스쳐 지나갔다. 그의 눈이 카페 입구를 지키는 나이 든 경찰관들을 날카롭게 훑었다.

"요즘 경찰들은 젊은이들이 불심검문을 하고, 나이 든 사람들은 입구를 지키나 봅니다?"

젊은 경찰관은 하우배의 눈썰미에 뜨끔했지만 침착함을 유지한 채 재차 신분증 제시를 요구했다. 그러나 하우배는 신분증을 꺼낼 생각이 전혀 없는 듯 재차 따져 물었다.

"보이스피싱 총책을 안다면, 그 사람 주민등록증을 통해 얼굴을 알

거 아니요? 그럼 내 얼굴과 비교해 보면 곧 답이 나오지 않겠소? 굳이 신분증을 검사해야 할 이유가 있나?"

"선생님, 혹시 신분증을 보여주지 못할 사정이 있으신가요?"

"당신, 지구대 경찰관이라며? 지구대 경찰관이 피해자가 누구인지는 어떻게 알아? 담당도 아니면서!"

젊은 경찰관이 공격적으로 물었지만, 하우배도 지지 않고 되받아쳤다. 하지만 경찰관 또한 만만치 않았다. 어쩌면 당황할 수도 있는 질문이었지만, 그는 일말의 머뭇거림도 없이 즉시 답했다.

"형사과에서 무전으로 피해 상황을 전파했습니다. 다수의 노인이 피해를 당한 사건이라 꼭 검거해야 한다고요."

결국 보다 못한 세인이 두 사람 사이에 끼어들었다.

"경찰관님, 이분은 제 지인이에요. 보이스피싱 같은 거나 하는 분이 아니에요!"

세인이 나서자, 젊은 경찰관이 곤혹스러운 듯한 표정을 지었다. 물론 표정이라고 해봐야 마스크 위로 보이는 눈이 전부였지만…. 하우배는 그런 경찰관을 보며 더욱 기세가 등등해서는 노골적으로 반감을 드러냈다.

"내가 불심검문에 응하지 않는다고 해서, 그쪽이 강제로 내 신분증을 빼앗을 권리가 있는 것도 아니잖아? 내 말이 틀렸나?"

하우배가 세인을 등에 업고 더 강하게 나오자, 젊은 경찰관도 한층 더 단호히 대응했다.

"저희도 상부의 지시를 받아 공무집행 중입니다. 만약 신분증 제시에 협조하지 않으시면, 근처 지구대로 동행을 요구할 수밖에 없습니다."

분위기가 험악해지자, 세인이 다시 두 사람 사이에 끼어들었다. 그녀는 핸드백을 열어 지갑을 꺼낸 뒤, 자신의 신분증을 경찰관에게 보여주었다. 경찰관이 왼손으로 세인의 신분증을 받아들었다.

'거참….'

하우배는 자신을 대신해 먼저 행동해 준 세인을 쳐다보았다. 그의 시선이 세인의 얼굴에 향한 사이, 경찰관의 비어 있는 오른손이 세인의 휴대폰 위에서 움직였다. 순식간에 세인의 휴대폰을 터치한 경찰관은 왼손에 들고 있던 세인의 신분증을 돌려주며 말했다.

"이혜정 씨, 죄송하지만 저희는 여성분이 아니라 중년으로 추정되는 남성을 찾고 있습니다."

하우배는 헛웃음을 지으며 경찰관을 다시 노려보았다. 그때, 세인의 휴대폰이 울리기 시작했다.

"앗, 잠시만요…!"

발신인을 본 세인이 전화를 받으며 자리를 떴다. 세인이 멀어지자, 하우배는 젊은 경찰관의 얼굴에서 가슴 위 명찰로 시선을 옮겼다. '박동금' 세 글자가 그의 눈에 들어왔다. 하우배는 명찰 위 이름을 뇌리에 새긴 뒤 마스크 위로 드러난 눈매와 체격까지 머릿속에 저장한 뒤에야 지갑을 꺼냈다.

"자, 확인해 보시든지 마시든지."

하우배는 신분증을 건네주지 않고 손에 든 채, 젊은 경찰관에게 보란 듯 내밀었다. 경찰관은 신분증 속 사진을 하우배의 얼굴과 비교한 뒤 마침내 거수경례를 올리며 자리를 떠났다.

"협조 감사합니다. 수배자가 아닌 것으로 확인되었습니다."

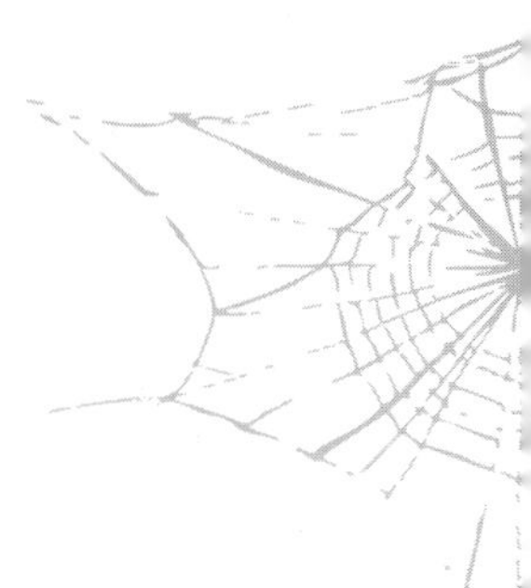

20
위험한 선택

11월 5일 밤 11시 송파 삼전동 빌라 앞 골목길

삼전동에 위치한 하우배의 집 앞에 두 대의 차량이 70미터 간격을 두고 마주 보고 있었다. 한쪽 승합차에는 '기원' '수찬' '정선'이, 맞은편 승용차에는 '동금' '수석'이 타고 있는 차량이었다. 이처럼 강력 3팀 형사들이 총출동해 잠복해 있는 이유는 단 하나, 하우배를 체포하기 위함이었다.

"김 형사, 난 솔직히 아직도 믿기지가 않아. 하우배… 아니지, 도태수가 양철구 살인범이었다니…. 우리랑 강동서가 몇 주째 머리 싸매고 있었던 건데…."

졸고 있는 기원 옆에 앉은 수찬이 창밖을 살피며 말했다. 그의 손에는 '도태수'의 인적사항이 적힌 서류가 들려 있었다.

[도태수 / 1977년생 / 전 대국파 행동대장, 폭행치사 등 전과 10범]

하우배, 즉 본명 '도태수'는 대국파 행동대장 양철구의 1년 선배이자 양철구 직전의 대국파 행동대장이었다. 그는 대국파를 탈퇴하며 오른발 아킬레스건을 희생했고, 그로 인해 특이한 걸음걸이를 가진 '절름발이'가 되었다. 도태수가 왜 대국파를 탈퇴했는지, 어떤 이유로 충만의 운전기사가 되었는지는 알 수 없었다. 다만 광주경찰청 조폭팀을 통해 확인한 결과, 도태수는 폭행치사죄로 6년의 실형을 선고받았다가 5년 전에 출소했고, 이즈음 충만의 운전기사가 되었다.

"저도 처음 박 형사가 '범인 찾았다'라고 했을 때는 농담인 줄 알았어요."

정선의 말을 들은 수찬은 서류를 내려놓고, 손가락 두 개를 하나씩 펴 보이며 말했다.

"우리는 범인 유형을 두 가지로 좁혔잖아. 하나는 칼을 아주 잘 다루는 고수라는 것, 둘은 양철구와 면식이 있는 사람이라는 것."

"그렇죠. 면식범이 아니면 양철구가 방에 들여보냈을 리 없으니까요. 문제는 단서가 너무 없다는 거였죠. 강동서에서 받은 CCTV로는 체격이랑 걸음걸이가 단서의 전부였으니까요. 그런데… 박 형사는 그 특이한 걸음걸이 하나로 찾았다는 거잖아요?"

정선이 혀를 내두르자 수찬이 너털웃음을 터뜨렸다.

"강동서에서는 '팔자걸음'이라는 신 청장 말만 믿고 팔자걸음 교정 병원을 몽땅 뒤졌다는 거 아냐!"

정선도 덩달아 웃으며 말했다.

"그러니까요! 박 형사 말이, 재판정에서 도태수의 뒷모습을 보는 순간 머리에 번개가 쳤다잖아요. 'CCTV 속 그놈이다…!'라고요. 박 형사 눈썰미 하나는 정말…!"

"그래, 거기다 이세인 씨 도움을 받아서 확인사살까지 한 거잖아?"

"정충만이 뇌물을 준 사람의 '딸'로 위장시켜 접근했잖아요. 사실

위험한 작전이었는데…. 신 청장 얘기로는 이세인 씨가 먼저 하겠다고 나섰다던데요?"

수찬이 우두둑 기지개를 켜며 고개를 설레설레 흔들었다.

"세인 씨도 완전 강심장이야. 도태수의 경계를 완전히 풀어버렸으니까."

그때, 무전기에서 동금의 목소리가 들렸다.

"반장님, 뒤쪽으로 제네시스 들어옵니다."

동금의 무전이 끝나기 무섭게 검은색 제네시스가 미끄러지듯 골목으로 들어왔다.

"팀장님! 도태수 나타났습니다."

수찬의 말에 잠에서 깬 기원이 눈을 비비며 차량을 응시했다.

"저게 정충만이의 제네시스지?"

"네, 맞습니다. 지금은 도태수가 사용 중일 거고요."

형사들은 제네시스가 주차되는 모습을 예의주시하며 도태수가 내리기를 기다렸다. 잠시 후 차에서 내린 도태수는 차키를 눌러 차문을 닫았다.

"가자."

기원의 신호와 함께 차에서 내린 형사들이 양방향에서 도태수를 향해 천천히 접근했다. 만일을 대비해 수석과 정선의 손에는 테이저 건까지 들려 있었다. 형사들의 간격은 채 50미터도 되지 않았고, 도태수는 그 사이에 끼어 있었다.

"어디 형사들입니까? 난 오래전에 손 씻고 보잘것없는 운전일이나 하는 소시민인데요."

도태수가 다가오는 형사들을 보며 눈치를 챈 듯, 먼저 말을 걸었다.

"도태수, 다 끝났다. 어디서 약을 팔아? 조용히 가자!"

기원이 묵직하게 쏘아붙이자, 도태수는 체념한 사람처럼 멈춰 서서 하늘을 올려다보았다. 형사들이 10미터도 안 되는 거리로 다가오자, 그는 수갑을 채우라는 듯 수석을 향해 양손을 내미는 시늉을 했다. 자포자기한 듯 보이는 그의 행동에 수석이 테이저건을 내리며 수갑을 꺼냈다. 그런데….

"신 청장, 멈춰!"

동금의 고함과 동시에 도태수가 들고 있던 차키를 수석의 얼굴로 내던졌다.

"아악!!"

단단한 키에 정통으로 맞은 수석이 비명과 함께 쓰러졌다. 동금이 수석을 부축하는 사이, 도태수는 빌라 벽 사이로 몸을 날렸다.

"저 새끼 잡아!"

3팀 형사들이 일제히 달려들었지만, 도태수는 이미 담을 넘어 움직이고 있었다. 불편한 다리로 인해 속도를 내진 못했지만, 빌라촌 골목길의 모든 구조를 꿰뚫고 있는 듯했다. 그렇게 요리조리 도망치던 도태수의 모습은 어느 순간 형사들의 시야에서 사라졌다.

"젠장! 어디로 갔어?"

수찬이 헐떡이며 골목을 뒤졌지만, 도태수는 이미 감쪽같이 사라지고 없었다. 완벽하게 포위망을 펼쳤다고 생각했지만, 삼전동 빌라촌을 제집 안방처럼 아는 도태수에게는 빠져나갈 틈이 보였던 것이다. 기원이 굳은 얼굴로 분통을 터뜨렸다.

"제기랄!"

"죄송합니다…. 저 때문에…."

수석이 이마에서 흘러내리는 피를 연신 닦으며 말했다. 순간 기원이 어이쿠 하는 표정을 지으며 얼굴을 풀었다. 신참 수석이 방심한 탓에 작전이 실패한 건 사실이었지만, 그렇다고 실패의 책임을 막내에게만 지게 만드는 것은 말이 안 되었다.

"신 청장아, 네 탓 아니니 자책 말어라. 더 확실하게 준비했어야 하는 건데…. 그나마 이만해서 다행이어야! 얼굴에 흉터라도 남았어봐라. 장가도 못 갈 뻔했잖냐!"

기원이 유머까지 섞어가며 위로했지만, 수석은 선배들에게 미안한지 고개를 들지 못했다. 기원이 위로했듯, 이번 작전 실패는 형사들이 도태수를 너무 만만하게 본 데에 있었다. 도태수는 전직 조폭 행동대장답게, 자신을 향해 접근해오는 형사들을 빠르게 스캔했다. 그러고는 어색한 자세로 테이저건을 들고 오는 젊은 형사를 발견하자, 그가 구멍임을 눈치 채고 공격한 것이다.

"팀장님 말씀이 맞아. 이놈, 보통 놈이 아니야. 눈썰미가 박 형사 못지않아!"

수찬도 기원을 두둔하며 수석을 위로했다. 광수대 조폭팀에서 산전수전을 다 겪은 수찬이 보기에도, 도태수는 남다른 놈이었다.

"일단 차부터 뒤져보그라!"

기원의 명령에 동금과 수찬이 충만의 제네시스 차를 수색했다.

"별 거 없는데요?"

트렁크까지 샅샅이 뒤진 수찬이 보고하자, 정선이 차를 보며 물었다.

"차는 어떻게 할까요?"

잠시 생각하던 기원이 명령을 내렸다.

"일단 차는 경찰서로 가지고 가자. 도태수가 스페어키라도 가지고 있으면 도주하는 데 이용할 수도 있으니…."

* * *

이틀 후 오후 2시경

3팀 형사들이 도태수를 놓치고 이틀 후… 세인의 휴대폰에 발신자 표시 제한으로 전화가 걸려왔다.

"혜정 씨, 저 하우배입니다."

세인은 놀란 가슴을 진정시켰다. 그녀는 이미 동금으로부터 하우배가 도태수라는 얘기를 들어 모든 사실을 알고 있었다. 하지만 세인은 아무것도 모르는 척, '하우배의 도움을 받은 이혜정'을 연기했다.

"아, 우배 씨!"

"혹시 지금 만날 수 있을까요? 혜정 씨가 있는 곳으로 내가 출발하겠습니다."

"무슨 일이신데요? 제가 지금 선릉역 근처에서 친구를 만나고 있거든요. 한 시간 정도 걸릴 것 같은데…."

세인의 말을 들은 도태수는 자신이 한 시간 후에 선릉역 근처에서 연락하겠다고 말하곤 전화를 끊었다. 도태수가 전화를 끊기 무섭게 세인은 동금에게 연락을 취했다.

"도태수가 세인 씨를 만나러 오겠다고 했다고요…?"

세인의 이야기를 들은 동금은 고민스러웠다. 수찬의 말대로 눈썰미가 좋은 도태수라면, 이미 강력 3팀 형사들의 얼굴을 기억하고 있을 가능성이 높았다. 즉, 강력 3팀 형사들이 세인의 주변에 있다가 도태수의 눈에 띄기라도 할 경우, 세인이 위험해질 수 있다는 뜻이었다.

'당장 다른 강력반 형사들에게 동원 도움을 요청할 시간적 여유는 없다…. 그렇다고 사람까지 죽인 전력이 있는 전과 10범 도태수에게 세인 씨를 혼자 보낼 수도 없고….'

동금이 결정을 내리지 못하고 고민하는 사이, 세인이 먼저 입을 열었다.

"동금 씨, 전 괜찮아요. 혼자 만날 수 있어요. 도태수가 저를 해코지할 리 없어요."

"그건 안 됩니다. 세인 씨 혼자 도태수를 만나게 할 수는 없어요! 말씀드렸다시피 그 인간… 사람도 죽여 본 놈입니다. 정말 위험하다고요!"

"동금 씨, 걱정 마세요. 연락할게요!"

세인은 그 말을 끝으로 전화를 끊었다. 동금은 얼른 세인의 휴대폰으로 다시 전화를 걸었지만, 세인은 모든 일을 처리한 뒤에 연락하기로 마음을 먹은 듯 전화를 받지 않았다.

'제기랄!'

동금은 세인과 서로 공유하고 있는 위치추적 앱을 켜며 사무실을 빠져나갔다. 그 모습을 본 기원이 동금을 따라나서며 팀원들에게 명령을 내렸다.

"다들 차에 타야! 출동이다!"

＊　＊　＊

오후 3시경, 선릉역 근처 스타벅스 카페

세인은 도태수와 약속한 시간에 맞추어 카페에서 그를 기다리고 있었다. 잠시 후 3시가 조금 넘어갈 즈음 세인의 휴대폰에 다시 발신자 표시 제한으로 전화가 걸려왔다.

"우배 씨?"

"혜정 씨, 지금 제가 선릉역 앞인데. 큰길가로 나올 수 있을까요?"

세인이 그러겠다 답하자, 도태수는 테헤란로 큰길가로 와달라 말하곤 전화를 끊었다. 그리고 잠시 후 세인이 테헤란로 큰길가에 도착하자 다시 전화가 걸려왔다.

"혜정 씨, 선릉역 5번 출구로 와주세요. 기다리겠습니다."

세인은 도태수의 말을 따라 선릉역 5번 출구로 향했다. 그러나 도태수의 모습은 보이지 않았다. 세인이 이곳저곳을 두리번거리던 그때, 세인의 앞에 주황색 택시가 멈춰 서더니 뒷문이 열렸다.

"혜정 씨, 타세요!"

도태수의 요청에 세인은 잠시 멈칫했다. 잘못 탔다가 무슨 일을 당할지 모른다는 두려움이 든 것이다. 그 순간, 반대쪽 건물 인도에 있는 누군가가 세인의 눈에 들어왔다. 동금이었다. 동금이 자신의 미니쿠퍼에서 내려, 세인을 향해 달려오려는 듯 서 있었다. 세인의 머릿속에, 얼마 전 수석이 해 주었던 말이 떠올랐다.

누나, 박 형사님은 이 사건으로 검찰 조사까지 받았어요. 지금 이 사건의 배후를 밝히겠다고 목숨까지 걸었다니까요!

세인이 결심한 듯 주황색 택시 뒷자리에 승차했다.

＊ ＊ ＊

동금은 세인이 주황색 택시에 오르는 모습을 보며 멀리서 소리쳤다.

"안 돼!"

세인을 태운 택시가 역삼역 방향으로 출발하자, 동금은 참지 못하고 무단으로 길을 건너려 했다. 그때, 빵! 클랙슨 소리가 들려왔다. 동금이 고개를 돌리자 수찬이 미니쿠퍼의 운전석에서 내리며 동금을 향해 외쳤다.

"박 형사! 빨리 타!"

동금은 급히 수찬이 비켜 준 운전석에 올랐다. 두 형사는 그렇게 동금의 휴대폰에 표시되는 세인의 위치를 확인하며 주황색 택시를 추적했다. 그렇게 추적을 계속하던 중, 양재역을 지나는 순간 위치추적 앱이 끊어졌다. 도태수가 세인의 휴대폰 전원을 끄게 만든 듯했다.

"으아아아…!"

동금이 핸들을 내리치며 절규했다. 부들부들 떨리는 그 손을 보며, 수찬은 한 가지를 확신할 수 있었다. 동금이… 세인을 사랑하고 있다는 것을….

'잠깐만… 이세인 씨를 사랑한다? 그럼… 부인 황지혜 여사는…?'

수찬이 혼란스러워하는 사이, 동금은 눈이 뒤집힌 얼굴로 엑셀을 밟으며 입을 열었다.

"반장님, 강남역에서 양재역으로 좌회전했다는 건 경부고속도로를 탄다는 말 아닐까요? 도주하는 처지에서는 그만한 선택지도 없을 것 같은데요?”

수찬이 뭐라 답해야 할지 몰라 난처해하던 그때, 무전기에서 기원의 명령이 들려왔다.

“박 형사, 경찰서로 복귀해라! 일단은 기다려보는 수밖에 없다!”

동금은 미치겠다는 표정으로 괴로워했지만, 팀장인 기원의 말을 어길 수는 없었다. 결국 차를 돌리는 동금을 보며 수찬은 속으로 안도의 한숨을 내쉬었다.

＊ ＊ ＊

오후 7시경 강력 3팀 사무실

세인과 연락이 두절된 지 어느덧 3시간…. 강력 3팀 형사들은 애꿎은 휴대폰만 노려보며 대기 중이었다. 특히 동금은 쉬지 않고 손가락으로 책상을 두드리며 초조함을 감추지 못했다. 그런데 그때, 3팀 사무실 문이 살며시 열리며 누군가 모습을 드러냈다.

“세인 누나!”

수석이 세인을 부르며 자리에서 일어났다. 다른 형사들 또한 안도의 한숨을 내쉬었다. 오직 동금만 제외하고….

“동금 씨….”

동금은 무척이나 화가 난 얼굴로 세인을 향해 다가갔다. 그 얼굴은 안도감과 분노가 뒤섞인 복잡한 표정이었다. 세인은 그런 동금을 보다가 핸드백에서 무언가를 꺼내 내밀었다. 그녀가 내민 것은 차키였다.

“이게… 뭐죠?”

“정충만의 제네시스 예비 키예요!”

세인은 도태수와 있었던 일을 풀어놓기 시작했다. 도태수는 세인을 택시에 태운 뒤, 만남의 광장으로 데려갔다. 그리곤 이 예비 키를 건네주며, ‘내가 당신을 도왔으니 이번에는 당신이 나를 도와달라’고 요청했다. 그의 요구는 다음과 같았다. ‘내일 오후 1시, 강남경찰서로 찾아가 정충만의 제네시스를 찾는 것’이었다. 도태수는 제네시스 차량을 찾고 나면, 그 안에서 가져와야 할 물건을 얘기하겠다고 했다. 세인은 그 물건이 뭔지 물었지만, 도태수는 끝내 물건의 정체에 대해서는 말하지 않았다.

“제가 알겠다고 했더니…. 경찰서에 가서 어떻게 해야 할지 하나하나 알려주기 시작하더라고요.”

도태수는 세인에게 ‘경찰서에는 압수된 차량을 지상주차장에 보관하므로, 충만의 제네시스도 지상주차장 어딘가에 세워져 있을 것’이라고 했다. 또한 ‘압수물이라는 표지를 붙인 채 세워져 있을 테니 찾는 데에 어렵지 않을 것’이라는 말도 덧붙였다. 이야기를 듣던 수찬이 헛웃음을 지었다.

“경찰에게 압수된 차에서 물건을 훔쳐내려고 하다니… 그 자식 배짱 하나는 인정해야겠네.”

“지금 당장 나가서 제네시스 차를 다시 샅샅이 수색하시죠! 아, 일단 지하주차장으로 옮기고요!”

수석이 벌떡 일어나며 소리쳤다. 그러나 기원이 고개를 가로저었다.

“아서라, 신 청장아. 도태수는 어쩌면… 지금도 강남경찰서 주변에서 세인 씨나 제네시스 차를 감시하고 있을 가능성이 있어야."

기원의 말이 맞았다. 갑작스럽게 차를 다시 수색하는 것이나 지상 주차장에 있는 차를 지하주차장으로 이동하는 것 모두… 도태수가 지켜보고 있다면 의심만 키워주는 꼴이 될 수 있었다. 어느새 표정이 풀린 동금이 조심스럽게 의견을 냈다.

"내일 도태수가 부탁한 대로 세인 씨가 자연스럽게 제네시스 차량에 접근해 도태수의 지시를 따라야 할 것 같아요."

"세인 씨가 압수된 차량 문을 열기라도 하면 주변 경찰관들이 의심할 텐데. 미리 얘기해 놔야 하는 것 아닌가?"

정선이 세인이 발각될 경우의 수를 이야기하자, 기원이 팔짱을 끼며 반대 의견을 냈다.

"나는 비록 경찰관들에게 세인 씨가 들키더라도 자연스러운 게 좋다고 본다. 그래야 도태수를 속일 수 있다고 보거든."

동금도 고개를 끄덕이며 기원의 의견에 동의했다.

"강남경찰서 경찰관들에게 전체 공지를 할 수는 없죠. 우연히 지나가는 경찰관이 개입하는 경우까지 차단할 수는 없으니까요"

"분명 내일 오후 1시경, 도태수는 강남경찰서 주변에 있을 거야. 놈이 원하는 물건을 세인 씨가 확보한다면…. 바로 그 물건을 받으려고 시도할 거고."

기원의 말에 모두가 고개를 끄덕였다.

"그런데 말이죠, 팀장님…. 도태수가 찾는 물건이 뭘까요? 그리고 어디 숨겨놨을까요?"

뜬금없이 핵심을 찌른 수석의 물음에 침묵이 흘렀다. 형사들은 각자 머릿속으로 정충만의 제네시스를 떠올렸다. 대시보드, 시트 밑, 트렁크, 선바이저…. 어느 곳 하나 빠뜨리지 않고 수색했었다.

"박 형사랑 내가 그날 차 트렁크까지 샅샅이 수색했지만 아무것도 없었는데…. 정말이지 귀신이 울고 갈 일이군."

수찬이 믿을 수 없다는 표정으로 고개를 저었다.

"혹시 블랙박스 안에 무언가 저장되어 있지 않을까요?"

수석이 큰 건을 발견한 것처럼 의기양양하게 말했다. 정선이 수석에게 혀를 빼꼼히 내밀었다.

"신 청장, 블랙박스는 내가 진즉에 떼어내서 다 확인해 봤거든?"

다시 침묵이 흘렀다. 형사들의 시선은 일제히 기원에게 쏠렸다. 25년 베테랑이라면 뭔가 알지도 모른다는 기대감으로…. 기원이 팔짱을 풀며 한숨을 내쉬었다.

"나도 모르니께 그렇게들 보지 말어야. 나라고 별수 있겠냐! 경찰서에서 물건 훔친다는 놈이 세상에 어디 있겠냐? 도태수 이 썩을 놈, 사람 민망하게 만드네."

형사들은 서로의 얼굴만 멍하니 쳐다보았다. 누군가는 턱을 괴고, 누군가는 머리를 긁적였다.

"뭐가 이렇게 심각해? 내일이면 다 까발려질 테니 준비나 철저히 하자!"

"그럼 우리는 그냥… 지켜만 봐야 한다는 거예요?"

수석이 답답한 듯 물었다.

"세인 씨 주변에 우리 사람들을 배치해야지. 멀리서, 자연스럽게."

동금은 세인을 바라보았다. 세인은 여전히 창백한 얼굴이었지만, 눈빛만큼은 흔들리지 않았다. 회의를 마친 이후에도, 3팀 형사들의 머릿속에는 같은 의문이 오랫동안 맴돌았다.

‘대체 그 차 안에는… 뭐가 숨겨져 있는 걸까?’

＊ ＊ ＊

다음 날 오후 1시경 강남경찰서 주차장

강남경찰서 주차장은 본관 바로 앞에 있어 경찰관들과 민원인들의 눈에 바로 띄는 곳이다. 그리고 지금, 그 주차장 그늘집 아래에서 세인이 긴장한 표정으로 대기 중이었다. 잠시 후 1시가 되자 세인의 휴대폰이 진동하기 시작했다. 그녀는 그늘집 의자에서 일어나며 조심스레 전화를 받았다. 도태수의 목소리가 수화기 너머에서 들려왔다.

“혜정 씨? 지금 어디신가요?”

“저… 지금 강남경찰서 주차장에 와 있어요.”

“차는 발견했나요?”

“저… 우배 씨, 저는 이 일 못 할 것 같아요. 너무 무서워요…! 정말 미안해요.”

세인이 울음을 터뜨릴 것 같은 목소리로 말하자, 일순간 통화가 끊긴 것처럼 세인과 도태수 사이에 침묵이 흘렀다. 먼저 말문을 연 건 도태수였다.

“혜정 씨, 제네시스 차 안에… 정충만의 휴대폰이 있습니다. 그 안에 뭐가 들어 있는지 아세요? 혜정 씨 아버지가 정충만으로부터 뇌물을 받는 장면이 녹음되어 있어요.”

“그… 그럴 리가…?”

“내가 정충만으로부터 구치소에서 직접 들었습니다. 자, 어떻게 하실래요? 예순이 넘은 아버지를 구속되게 만들 건가요?”

세인은 잠시 침묵한 뒤, 결심한 듯한 목소리로 입을 열었다.

"하겠어요. 다만 부탁이 있어요."

"말씀하세요."

"그 휴대폰에 있다는 아버지의 영상을 내가 보는 앞에서 삭제하겠다고 약속해 주세요. 그러면 우배 씨가 시키는 대로 하겠어요."

"그건 걱정 마세요. 남자로서 약속하겠습니다."

도태수는 세인이 마음을 바꿀까 봐 두려운 듯, 곧장 지시를 내리기 시작했다.

"자, 일단 차부터 찾아보세요. 검은색 제네시스 차량입니다. 번호는…."

잠시 후 세인이 차를 찾았음을 알리자 도태수는 잘했다며 지시를 이어갔다.

"차문부터 열어보세요. 주변에 경찰관들이 있는지 잘 살피면서… 눈치 못 채게…."

"네, 차문 열었어요."

"잘하셨습니다. 그럼 이제 트렁크 문을 열 수 있을까요?"

"차 트렁크가 열리면 경찰관들이 눈치를 챌 수도 있을 것 같아요. 기회를 봐서 열게요."

세인의 말을 들은 도태수는 다시 전화하겠다며 전화를 끊었다.

"후… 직접 나서질 못하니 보통 갑갑한 게 아니네."

멀리서 세인을 지켜보던 수찬이 중얼거렸다. 그 말대로, 강력 3팀 형사들은 정문 안팎에 나뉘어 몸을 숨긴 채 멀리서 세인을 지켜보고 있었다. 그중에서도 동금은 경찰근무복을 입고 모자를 눌러쓴 모습으로 정문경비실에 서 있었다.

"제가 이쪽으로 시선을 끌어 틈을 만들겠습니다."

무전을 마친 동금은 일부러 정문의 차량 차단기를 닫았다. 강남경찰서로 들어오려는 차들이 서로 얽혀, 경찰들은 물론이고 민원인들의 시선까지 경찰서 정문으로 몰리게 하기 위함이었다. 동금의 수는 적중했다. 순식간에 차들이 엉키며 혼란이 벌어진 것이다. 세인도 그 틈을 놓치지 않고 얼른 제네시스의 트렁크를 열었다. 그와 동시에 세인의 휴대폰이 다시 진동했다.

'확실히… 나를 지켜보고 있구나.'

세인은 전화를 받으며 직감했다. 그녀가 행동을 하자마자 전화가 울렸다는 사실이 이를 증명하고 있었다. 휴대폰 너머로 도태수의 지시가 다시 들려왔다.

"혜정 씨, 트렁크 안에 스페어타이어가 있습니다. 그 안에 손을 넣어보면 휴대폰이 한 대 있을 거예요. 그걸 꺼내서 들고 계세요."

제네시스 차량 쪽으로 고개를 돌린 동금의 눈에, 트렁크 안 스페어타이어를 뒤지는 세인 모습이 들어왔다. 동금의 입에서 짧은 신음이 흘러나왔다. 수찬과 함께 충만의 차를 수색할 때, 스페어타이어의 속까지 샅샅이 뒤져 보진 못했던 것이다. 잠시 후 트렁크를 닫는 세인의 손에 휴대폰 하나가 들려 있는 것이 보였다.

"헉!"

그 순간, 세인을 멀리서 지켜보던 정선이 입을 가렸다. 본관 건물 안에서 나온 누군가가, 세인이 있는 곳으로 다가가고 있었던 것이다!

"저 양반이 이 타이밍에 왜 기어 나오는 거야…?!"

세인을 향해 다가가는 사람은 다름 아닌 강력 4팀 이경수 팀장이었다. 그는 담배를 입에 문 채 슬리퍼를 질질 끌며, 세인이 있는 제네시스 차량 쪽으로 걸어왔다. 만약 그가 세인이 트렁크에서 휴대폰 꺼내는 것을 보았다면, 도태수가 원하던 휴대폰은 경찰의 손에 들어오겠지만 그를 체포하는 것은 물거품이 될 수도 있었다.

"팀장님, 안녕하세요?"

세인이 먼저 이경수에게 인사를 건넸다. 멀리서 세인을 알아보지 못했던 이경수가 의심의 눈초리를 풀며 인사를 받았다.

"아이고! 누가 이쪽에 기웃거리고 있나 해서 와봤더니…. 우리 강력 3팀 간식 담당 이세인 씨였구만! 그런데 압수 차량 앞에서 뭐해요? 무슨 일 있어요?"

세인은 콩닥거리는 가슴을 진정시키며 재빨리 거짓말을 지어냈다.

"아, 박 형사님이 너무 바쁘다고… 저 보고 압수된 차 안에서 물건 하나만 좀 가져다 달라고 부탁하셔서요."

"잉? 아무리 바빠도 그렇지. 형사가 할 일을 숙녀 분께 시켜서야 쓰나?"

이경수는 힐끗 제네시스 차량에 붙은 압수물 딱지를 보았다. 세인의 말대로, 압수부서에 '강력 3팀'이 적혀 있었다.

"그래요, 그럼… 나중에 또 봐요!"

이경수는 담배에 불을 붙이며 그늘집으로 향했다. 상황을 지켜보던 모두가 가슴을 쓸어내렸다. 세인 또한 놀란 표정을 지으며, 경찰서 현관 앞으로 걸어가 벽에 기대는 모습을 연기했다. 어디선가 지켜보고 있을 도태수를 속이기 위해서였다. 아니나 다를까, 세인의 휴대폰이 다시 진동했다.

"혜정 씨, 잘하셨습니다. 나이 든 경찰관이 뭐라던가요?"

"누구냐고 묻기에…. 압수된 차인지 모르고 트렁크 문이 열려 있어서 달아줬다고 말했어요. 그러니까 그냥 가던데요."

"좋습니다. 그럼 이제 휴대폰을 들고 강남경찰서를 빠져나오세요. 너무 서두르지 마세요. 이제 다 끝났습니다."

도태수의 목소리는 무척이나 밝았다. 세인은 그의 지시를 따라 천천히 강남경찰서 정문을 빠져나갔다.

"우리도 준비하자."

기원의 무전에 3팀 형사들 모두 조심스럽게 움직이기 시작했다. 동금도 사복 위에 입고 있던 경찰근무복을 벗어던지고 슬그머니 정문 경비실을 빠져나왔다.

도태수는 세인이 경찰서를 나온 뒤에도 쉽사리 모습을 드러내지 않았다. 그는 혹시 모를 상황을 대비하는 듯, 세인을 큰길가로 인도했다. 강력 3팀 형사들은 지난번 선릉역 테헤란로 복사판을 기억하며 긴장의 끈을 놓지 않았다. 수석이 지난번 일로 분노가 치밀어 오르는 듯, 품속의 테이저건을 움켜쥐었다.

"개자식! 이번엔 제대로 박살내주겠다!"

경찰서를 나온 세인이 300미터쯤 걸었을까? 맞은편에서 검은색 모자를 눌러쓴 누군가가 세인을 향해 다가왔다. 순간 동금의 눈이 번뜩였다.

'저 걸음걸이는…!'

모자를 쓴 남자는 빠른 걸음으로 세인에게 접근했다. 자연스러운 듯 보였지만, 동금은 그 움직임에서 묘한 긴장감을 감지했다. 그리고 남자가 세인과 스쳐 지나가는 순간, 남자의 손이 번개같이 세인의 손에 들려 있던 휴대폰을 낚아챘다. 세인의 입에서 비명소리가 터져 나왔다.

"꺄악!"

휴대폰을 빼앗긴 세인이 놀란 표정으로 주저앉는 사이, 남자는 힐 긋 세인의 얼굴을 쳐다보더니 골목길로 몸을 돌렸다. 모자 아래로 드러난 그 얼굴은 도태수였다. 그는 마지막으로 세인의 얼굴을 새기듯 쳐다보고는 골목길을 향해 전력질주하기 시작했다. 동시에 근처에 있던 동금이 도태수의 뒤를 쫓았다. 동금은 순식간에 도태수와의 거리를 좁혔다. 이곳은 삼전동과 같은 도태수의 안방이 아니라, 경찰들의 안방인 강남경찰서 앞이었다. 심지어 동금은 운동으로 다져진 전직 골프 선수 출신이었다. 아킬레스건이 끊어진 도태수가 정상적인 달리기로 동금을 떼어내기란 애초에 불가능했다.

"윽!"

동금에게 금방 따라잡힌 도태수가 신음소리를 내며 칼을 빼들었다. 도태수는 칼을 겨눈 채, 동금의 얼굴과 몸을 이리저리 살피더니 기가 막힌다는 듯 웃었다.

"너 이 새끼…. 법정에서 이혜정 옆에 앉아 있던 도둑고양이 맞지? 덩치를 보니…. 카페에서 불심검문 하던 마스크 쓴 놈도 너였구나?"

동금은 까득- 이를 갈았다. 도태수 때문에 타들어갔던 심장을 생각하자 속에서 천불이 끓어오른 것이다.

"그깟 똥폼은 죽은 양철구 앞에서나 잡아라. 여기 형사님은 달건[24] 이랑 농담 따먹기 할 만큼 한가하지 않으니까!"

도태수는 자신을 달건이로 비하하는 동금을 보며 어이가 없다는 듯 웃었다.

---

24 형사들이 항상 몸에 휴대하고 다니며 중요한 사건기록과 정보를 담아두는 수첩.

“그래, 나 같은 달건이는 좀 상대해봤냐?”

“칼 들고 설치는 원숭이 주제에 뭐 이렇게 개소리가 많아? 대국파 행동대장까지 한 새끼면 뭐하냐? 겨우 브로커 정충만 밑에서 개처럼 살아가는 주제에!”

도태수의 얼굴이 붉게 달아올랐다.

“이 씨발 놈이…! 어디서 입담 좀 배웠구나? 하룻강아지 범 무서운 줄 모른다더니…!”

“무서운 줄 알면 벌써 도망갔지. 근데 뭐? 범? 다리 절뚝이는 주제에 무슨 깡으로 칼질이야?”

동금은 거리를 두며 바지주머니에서 테이저건을 꺼냈다.

“뛰지도 못하는 그 다리로 도망갈 수 있다고 생각한 거야? 꿈도 야무지네. 도태수, 난 오늘 딱 한 손만 사용해서 널 잡을 거야. 아직도 네가 대국파 행동대장이라고 생각하는 건 아니지?”

동금이 테이저건을 겨누자 도태수의 표정이 급변했다. 그러더니 갑자기 들고 있던 칼을 동금을 향해 내던졌다.

“…씨발 새끼가!”

동금은 엉덩방아를 찧으며 간신히 도태수가 던진 칼을 피했다. 그런데 도태수가 뜻밖의 행동을 시작했다. 바지주머니에 들어 있던 휴대폰을 꺼내 바닥에 내리치기 시작한 것이다! 얼마나 세게 휴대폰을 바닥에 내리쳤는지, 그 과정에서 도태수의 손목이 골절되었다.

탁-! 동금이 발사한 테이저건의 전기충격이 도태수의 온몸을 관통했다. 하지만 도태수의 눈에는 오직 휴대폰만 보이는 듯했다. 그는 마치 원수를 대하듯 이를 악물고, 골절로 비틀어진 손목이 욱신거림에도 길바닥에 내려찍기를 멈추지 않았다. 테이저건을 맞아 바닥에 쓰러진 채 짐승 같은 신음을 내뿜으면서도 도태수는 휴대폰을 바닥에 내리쳤다. 액정이 박살나고 부품들이 사방으로 튀어도 멈추지 않았다.

"저런 독사 같은 새끼!"

수찬과 수석이 헐레벌떡 뛰어왔다. 곧이어 기원과 정선도 도착했다. 기절한 도태수의 곁에는, 동금이 망가진 휴대폰을 들고 서 있었다.

"왜 휴대폰을 부수고 난리를 친 거지?"

수찬이 이해할 수 없다는 듯 고개를 갸웃거렸다.

"아이고야! 이거 다 망가졌는데… 포렌식 해서 복구가 되겠어야?"

기원이 걱정스러운 듯 휴대폰을 이리저리 돌려 보자 정선이 입을 열었다.

"외부는 파손됐지만…. 안에 있는 하드만 망가지지 않았으면 복구될 수도 있겠는데요? 확률은 반반으로 보여요!"

동금은 다른 형사들이 휴대폰을 살펴보는 동안 조용히 서 있었다. 그의 얼굴엔 미묘한 변화가 스쳐 지나갔다. 기원의 손에 들린 망가진 아이폰을 보는 그의 눈이, 아무도 모르게 반짝 빛났다.

✳ ✳ ✳

도태수는 강단 있는 묵직한 조폭이었다. 그는 동금의 조사를 받는 동안 철저히 묵비권을 행사했다. 처음 양철구를 죽인 범인에 대한 형사들의 추리는 정답이었다. 양철구가 아무 저항도 못 하고 죽은 이유는, 칼침을 놓은 살인자가 대국파 선배 조폭인 도태수이기 때문이었다. 그러나 도태수는 뻔한 증거에도 불구하고 양철구를 죽인 범행을 부인했다.

"누가 시켰어? 누가 양철구를 죽이라고 사주한 거야? 그 짓도 태왕배야?"

"헛소리 집어치우고 검찰에나 넘겨줘. 할 말 없으니까."

도태수는 세인을 시켜 충만의 휴대폰을 훔치려 했던 것에 대해서도 묵비권을 행사했다.

"아까 그거, 정충만 핸드폰 맞지? 그 안에 뭐가 들었는지 말 안 할거야? 우리 쉽게 가자고. 어차피 사흘 후면 다 복구될 텐데."

사흘 후면 복구가 될 것이라는 동금의 낚시에도 도태수는 동요하지 않았다. 현재, 세인과 형사들의 합작으로 손에 넣은 충만의 휴대폰은 포렌식 중에 있었다. 하지만 동금은 이미 알고 있었다. 도태수가 자신의 손목을 골절시키면서까지 파손한 휴대폰은, 결코 완전히 복구할 수 없으리라는 사실을…. 즉, 사흘 후면 복구된다는 말은 순전히 도태수의 자백을 유도하기 위한 거짓말이었다.

"이혜정, 그 년이 경찰의 *끄*나풀이었다니…. 전혀 예상하지 못했어!"

모든 것이 동금의 작전이었음을 깨달은 도태수가 허탈한 웃음을 흘렸다. 믿었던 이혜정(이세인)에게 완벽하게 속았다는 사실이… 그의 자존심을 긁은 것이다.

'어린 나이에 대국파 행동대장까지 올랐던 내가… 젊은 여자 하나제대로 간파하지 못했다니….'

도태수도 알고 있었다. 간파하지 못한 게 아니라, 간파하지 않았던 것임을…. 그는 세인의 아름다운 미모에 완전히 홀렸다. 그렇기에 의심의 끈을 쉽게 놓았고, 그토록 높이 세워두던 경계심을 풀었다.

"내가 미친놈이지."

도태수는 자신을 질타했다. 세인의 떨리는 목소리, 겁에 질린 눈빛, 주저하는 손놀림까지 모든 것이 연기였다. 그럼에도 그는 세인의 행동을 의심하기는커녕, 오히려 그런 모습에 더 끌림을 느꼈다. 순수하고 약해 보이는 그녀를 보호해 주고 싶다는 마음까지 들었다. 까드득- 도태수는 늑대처럼 이를 갈았다. 오십을 바라보는 나이에 젊은 여자의 외모에 정신 팔려 판단력을 잃은 스스로가 한심했다. 그는 동금을 죽일 듯 노려보며, 악의가 가득 담긴 목소리로 입을 열었다.

"씨발…! 너희들이 감히 날 갖고 놀아…? 두고 봐. 내가 받은 만큼, 아니 그 이상으로 반드시 되돌려줄 테니까!"

21
빼앗긴 핸드폰

"김 부장, 다음 플랜 준비했지?"

"그럼요, 선배님. 이번에 잘못되면 저도 한 방입니다."

송명준은 휴대폰 너머로 들려오는 김기식의 답을 들으며 흔들리던 목소리를 진정시켰다. 그러나 휴대폰을 쥐고 있는 그의 손은 여전히 떨리고 있었다. 한순간의 실수로 쌓아온 모든 것이 무너질지 모른다는 공포가 여전히 그의 몸을 휘감고 있었다.

"어느 정도 예상은 했지만…. 그 브로커 자식이 그렇게까지 용의주도할 줄은 몰랐습니다. 어떻게 스페어타이어 속에 숨길 생각을 했을까요?"

김기식이 허탈한 웃음을 흘리며 말하자, 송명준은 떨리는 손으로 휴대폰을 더 세게 움켜쥐었다.

"자네, 우리가 브로커 다룰 때 어떻게 수사했었나?"

"아전인수[25], 침소봉대[26], 교언영색[27] 아닙니까?"

"바로 그거야. 밀어붙일 때 아예 싹 다 정리해 버려야 해!"

정충만…. 그들에게 충만은 '편리한 도구'였다. 정치자금 조달부터 승진에 필요한 인사 청탁과 인맥 확장까지…. 더러운 일은 모두 그에게 맡기고 자신들은 깨끗한 척했다. 하지만 충만은 바보가 아니었다. 그는 수년간 충명회 회원들의 약점을 은밀히 수집하며 보험을 들어놓았다. 그러곤 자신이 위기에 처하자, 수집해 온 자료의 일부를 그들에게 일부러 흘렸다. '나를 구해내지 않으면 너희도 죽는다'는 무언의 협박이었다.

"절대로 그 물건을 경찰 손에 두어서는 안 돼!"

송명준의 목소리가 다시 떨렸다. 평소 보이던, 위엄 넘치는 국회의원으로서의 목소리는 어디에도 없었다. 그는 지금, 자신의 약점이 들어 있는 휴대폰이 경찰의 손에 있다는 사실이 두려울 뿐이었다.

"아직 경찰이 열어보진 못했습니다. 정충만의 운전기사가 검거되기 직전에 휴대폰을 파손시켰다고 합니다. 지금 포렌식 중인데…. 복구가 되기까지는 며칠 더 걸릴 것 같습니다."

순간, 김기식의 보고를 들은 송명준의 숨소리가 잠시 멈추었다. 그의 심장이 쿵쿵 요동치기 시작했다.

"…선배님?"

김기식의 목소리에 송명준은 간신히 목소리를 추슬렀다.

"…그놈이 휴대폰을 파손시켰다고?"

"예, 얼마나 길바닥에 내리쳤으면 완전히 박살이 났답니다. 정충만 밑에서 일하던 놈이라 그런지 몰라도, 제법 머리가 돌아가더군요."

송명준은 휴대폰을 들고 있지 않은 다른 손으로 이마를 짚으며 입

---

25 자기에게 유리하도록 상황을 해석하거나 이용하는 것을 말한다.
26 작은 일을 과장해서 크게 부풀리는 것을 말한다..
27 말을 교묘하게 꾸미는 것을 말한다.

술을 깨물었다.

'제기랄…. 왜 하필 그놈이 잡힌 거야…!'

송명준은 손끝으로 이마를 문지르며 다시 입을 열었다. 그의 목소리에는 다시 본래의 냉기가 돌아와 있었다.

"물건이 복구가 안 되면 다행이지만…. 그런 요행을 바랄 순 없지. 우리는 우리 계획대로 움직여야 해. 무조건 막으라고. 알겠나?"

"예, 선배님. 걱정 마십시오."

송명준은 통화를 끊은 뒤에도 한동안 휴대폰을 손에서 놓지 못했다. 조금 전 김기식으로부터 들은 이야기로 인해, 또 다른 불안이 파도처럼 밀려오고 있었다.

그놈은… 너무 많은 걸 알고 있었다.

＊ ＊ ＊

11월 17일 서울구치소

충만은 송충이 같은 눈썹을 휘날리며 서울구치소 정문을 빠져나왔다. 구속된 지 한 달 반 만의 바깥공기였다. 충만이 신청한 보석을 용태복이 반대하지 않음으로써, 그는 다시 햇빛을 볼 수 있게 되었다.

"여보!"

신금자가 충만의 이름을 불렀다. 충만이 고개를 돌리자, 신금자와 남자 셋이 다가오는 모습이 보였다.

"얼마나 고생했어요!"

신금자가 충만의 어깨를 만지며 울먹였다.

"고생은 무슨! 내가 들어 놓은 보험이 몇 개인데. 내가 이깟 일로 죽을 사람이야?"

충만은 의기양양한 얼굴로 부인을 달랬다. 그런 충만을 향해 남자들 중 하나가 비닐봉지에서 두부를 꺼내 내밀었다.

"회장님, 정말 대단하십니다. 자, 이거 두부 좀 드시지요."

"겨우 구치소 나오는데 뭘 이런 것까지 준비했어?"

충만은 60세가 넘어 보이는 남자로부터 두부를 받으며 여유만만하게 웃었다.

"그나저나… 우배가 경찰한테 잡혀갔다며? 내 휴대폰도 넘어갔고."

신금자가 고개를 끄덕이자, 충만은 반쯤 먹은 두부를 남자에게 돌려주며 중얼거렸다.

"아깝긴 하지만… 뭐, 어쩔 수 없지. 그나저나 어떤 영감이 똥줄이 탄 거야? 아, 혹시…."

충만은 씩 흐뭇한 미소를 보며 하늘을 올려다보았다.

'우배, 이 기특한 녀석! 한 실장과 잘 만났던 모양이구만!'

＊ ＊ ＊

11월 20일 서울경찰청 포렌식 센터

서울경찰청 포렌식 센터는 '서울 지역에서 의뢰하는 모든 휴대폰이 복구되는 곳'이기에 업무량이 매우 많기로 유명하다. 때문에 의뢰한 휴대폰을 되살리려면 최소 며칠에서 길게는 한 달까지도 시간이 필요하곤 했다.

"팀장님, 복구가 쉽지 않겠어요. 안까지 모조리 깨져 있습니다."

이지연 포렌식 검사관이 근심 어린 표정으로 말했다. 그들은 며칠 전, 강남경찰서 강력 3팀으로부터 '하얀색 휴대폰'의 신속한 복구를 요청받았다.

"이게 그 유명한 법조 브로커가 숨겨 놓았다는… 그 폰이란 말이지?"

곽동균 포렌식 1팀장이 어두운 표정으로 비닐 주머니 속 휴대폰을 노려보았다. 이 휴대폰은 국가수사본부에서까지 '무슨 일이 있어도 살려내라'며 단단히 지시를 내린 일이었다.

"후… 파손된 정도가 정말 심해요. 복구를 장담하기도 어렵지만… 만에 하나 복구하더라도 걸리는 시간이 장난 아닐 것 같은데….'

이지연 검사관뿐만 아니라 다른 검사관들도 난감하다는 얼굴로 머리를 긁적였다. 어찌되었든 매우 중요한 수사자료인 만큼 속히 작업에 들어가야 했다. 한창 회의 중이던 포렌식 센터에 누군가 들이닥쳤다. 갑작스러운 불청객의 정체는 용태복 검사와 검찰 수사관들이었다.

"강남서 강력 3팀에서 들어온 휴대폰, 어디 있습니까?"

용태복은 눈을 부릅뜬 채, 영장을 흔들며 깨진 휴대폰을 찾았다.

"그 휴대폰은 박동금 형사가 불법으로 압수한 물건입니다. 그 휴대폰의 소유자는 검거된 도태수가 아닌 정충만으로, 박동금 형사는 도태수가 경찰 몰래 휴대폰을 빼낼 수 있도록 도왔습니다. 여기, 휴대폰의 주인인 정충만이 박동금 형사를 '직권남용 불법수사 혐의'로 고소한 고소장이 있습니다."

용태복이 영장에 이어 고소장까지 꺼내 들며 큰소리를 쳤다. 그러나 곽동균은 쉽게 물러나지 않았다. 지금 이 일이 어떤 '수작질'임을 본능적으로 느낀 것이다.

"검사님, 죄송하지만…. 비유해 보자면 강남경찰서 강력 3팀이 휴대폰을 맡긴 주인이고, 우리는 수리를 맡은 수리점 아닙니까? 수리점이 어떻게 주인 의사도 확인하지 않고 물건을 함부로 내어 줄 수 있겠습니까?"

곽동균은 용태복과 맞섬과 동시에 이지연 검사관에게 '강남서에 연락해. 빨리!' 하고 몰래 지시를 내렸다. 그리고 잠시 후, 이지연의 연락을 받은 동금과 형사들이 포렌식 센터로 나타났다.

"대체 이게 무슨 짓입니까?!"

동금은 한껏 비웃는 표정의 용태복을 향해, 이번만큼은 참을 수 없다는 듯 소리치기 시작했다.

"도태수는 대국파 행동대장 양철구를 살해한 범인입니다. 도태수를 검거하는 과정에서, 그가 소지하고 있던 물건을 압수한 것인데 이게 무슨 불법이라는 겁니까?"

용태복은 자기보다 훨씬 키가 큰 동금의 앞으로 걸어가 영장을 흔들어 댔다.

"어이, 박 형사. 건방은 거기까지만 떨지? 불만은 여기 영장에 도장 찍은 판사한테 가서 따지라고!"

동금은 용태복을 노려보다가 포렌식 팀 회의 테이블에 놓인 휴대폰으로 손을 뻗었다. 그러자 용태복이 재빨리 몸을 날려 그런 동금을 저지했다. 동금이 눈앞의 휴대폰을 보며 울부짖었다.

"씨발! 그건 절대 내줄 수 없어! 우리가 얼마나 개고생하면서 확보한 건지 당신이 알아?!"

동금의 눈에 어느새 눈물이 맺혔다. 저 휴대폰은 사랑하는 세인이 위험을 무릅쓰고 도태수로부터 확보한 물건 아니던가? 아무리 용태복이 검찰을 등에 업고 있더라도, 이렇게 순순히 빼앗길 수는 없었다. 용태복이 그런 동금을 향해 짝짝 박수를 쳤다.

"어이구, 박 형사. 참 감동적이네! 당신이 애처럼 질질 짜는 모습까지 보일 줄은 꿈에도 몰랐는데 말이야!"

용태복은 동금으로부터 몸을 돌려 휴대폰이 든 비닐 주머니를 집어 들었다. 동금이 그런 용태복에게 달려들자, 정선과 수석이 그런 동금을 붙잡았다.

"안 돼! 그 휴대폰은 절대 안 돼! 못 가져간다고!"

동금이 철창 속 호랑이처럼 날뛰자, 보다 못한 기원이 나섰다.

"박 형사야, 우리 같은 땅바닥 형사들이 이런 일을 어디 한두 번 당했어야? 우리는 검사님 손바닥 안에 있는 손오공 같은 존재 아니냐!"

용태복은 기원을 향해 '그래도 꼴에 나이 좀 먹었다고 뭘 좀 아네!' 하는 표정을 지으며, 손에 들고 있던 휴대폰을 옆에 있는 수사관에게 넘겼다. 그러곤 다시 동금을 쳐다보며 입을 열었다.

"박 형사, 너무 일찍부터 힘 빼지 마. 당신도 이 휴대폰과 같은 신세가 될 테니까!"

용태복의 말을 들은 기원이 '설마…' 하는 표정을 지으며 물었다.

"검사님, …그게 거시기 뭔 말이다요?"

용태복은 쯧쯧 혀를 차며 답했다.

"박 형사 관리 좀 잘하지 그러셨어요? 형사 주제에 무슨 브로커 수사를 한다고…. 세상 무서운 줄 모르고 설칩니까?"

용태복은 동금에게로 다시 눈길을 돌리며 코웃음을 쳤다.

"박 형사. 이세인이 도태수와 짜고 정충만의 휴대폰을 빼내어 거액에 팔려고 했던 거, 알고도 모른 척 눈감아 줬지?"

"뭐? 그게 무슨…?"

동금이 하얗게 질린 얼굴로 보자, 용태복이 승리의 미소를 지으며 또 다른 영장을 꺼내 들었다.

"도태수가 다 불었어. 당신 아주 악질 형사더군. 그놈이 말하길, 정충만이 경찰서에 있는 자기 휴대폰을 빼내 달라고 부탁했대. 당연히 위험한 일이니 거액을 주겠다고 했지. 그래서 도태수가 잔대가리를 굴린 거야. 한물간 배우 이세인에게 접근해 범행을 제안한 거지. 생활고에 시달리던 이세인은 당연히 오케이 했고!"

이야기를 듣던 수찬이 자기도 모르게 버럭 소리를 질렀다.

"씨발, 어디서 똥개가 짖고 있어!"

용태복은 그런 수찬을 한 번 노려보고는 다시 말을 이었다.

"하지만 이세인 혼자 경찰서에 있는 차에서 휴대폰을 빼낼 수는 없잖아? 경찰 눈을 피하려면 내부자가 필요했지. 그게 바로 이세인과 내연관계인 박동금, 너였던 거야. 안 그래?"

동금의 입술이 파르르 떨렸다.

"박 형사, 너도 수사 좀 한다며? 자, 도태수 말이 거짓말이라면 아니라는 증거를 내놓아 봐!"

기원이 격분해 소리쳤다.

"검사님, 도태수의 거짓말이라는 거 다 알고 계시잖습니까? 어떻게 그런 날조를…!"

"지금 날조라고 했습니까? 증거가 다 있는데? 도태수의 자백, 이세인과 도태수의 통화 기록, 그리고 박동금과 이세인이 만난 기록까지! 야, 내가 모를 줄 알았지? 처음부터 너희들끼리 다 짜고 친 고스톱이었다는 거!"

용태복은 비열한 미소를 지으며, 낮은 목소리로 동금을 향해 말을 이었다.

"박 형사, 아무리 발버둥 쳐봤자 소용없어. 도태수가 부들대면서 불더라고. 이세인이 거액에 눈이 뒤집혀 자기와 한패로 움직였다고 말이야. 그리고 이세인에게 빠져있던 너는 이세인과 도태수의 범행을 눈감아 줬지. 이게 진실이라고!"

동금은 온몸이 얼어붙은 것처럼 움직일 수가 없었다. 이건 그야말로 완벽한 프레임이었다. 용태복이 치밀하게 짜놓은, 빠져나갈 구멍 하나 없는 완벽한 함정….

"곧 박동금 형사에게 구속영장이 청구될 겁니다."

용태복의 말에 그 자리에 있던 모든 경찰이 경악했다.

"증거인멸에 직권남용, 뇌물수수까지…. 박 형사, 죄목은 이미 충분하니 경찰 배지 떼고 교도소 들어갈 준비나 해."

그때, 동금의 주머니 속 휴대폰이 울렸다. 발신자를 확인한 동금의 눈이 커다래졌다. 전화를 건 사람이 '아버지'였다.

"동금아, 시방 이게 다 뭔 일이다냐?"

동금이 전화를 받자 아버지 부경의 떨리는 목소리가 들려왔다.

"지금 검찰에서 을지한우에 와서는 너희 회식을 공짜로 시켜주었다고 난리를 치고 있는디…. 그 머시기… 그랴! 청탁금지법 위반이라고 영업일지며 회계자료며 싹 다 찾아서는 가져가고 있구먼…!"

용태복은 팔짱을 낀 채 웃음기 가득한 표정을 지었다.

"아버지, 너무 걱정하지 마세요. 변호사는 불렀지요?"

"변호사? 아, 그려…. 최현장 변호사한테 연락했다. 아부지는 너무 걱정 말고… 니는 괜찮냐? 검사가 계속 니 이름을 들먹이던디… 뭔

일 있는 거 아니여?"

부경은 당혹스러운 상황에서도 아들을 걱정하며 물었다. 창백하게 질려 있던 동금의 눈시울이 붉어졌다. 압수수색을 당하는 급박한 상황에서도, 아버지가 가장 걱정하는 것은 아들인 동금이었다. 동금은 떨리는 목소리를 다잡으며 입을 열었다.

"아버지… 저는 괜찮아요. 다시 연락드릴게요."

동금은 전화를 끊고 용태복을 노려보았다. 주먹 쥔 손을 시작으로 온몸이 떨려왔다. 분노와 허탈함, 무력감이 뒤섞여 그의 가슴을 짓누르고 있었다. 그때, 기원이 분노 가득한 목소리로 입을 열었다.

"용 검사님! 가족까지 건드리는 건 너무 심한 거 아니다요?! 그래도 수사라는 게 룰이 있지 않습니까? 박 형사 아버지는 아무 잘못도 없는 분인데요!"

용태복이 어처구니가 없다는 표정으로 버럭 소리를 질렀다.

"아무 잘못이 없어? 그럼 법을 왜 만들어?! 공무원들 회식, 공짜로 시켜 줬으면 청탁금지법 위반이지! 안 그래?"

용태복은 자신을 노려보는 동금을 마주 노려보며 차갑게 웃었다.

"박 형사, 아직 컵에 물이 반밖에 안 찼는데…. 뭘 이 정도로 그래?"

"그게 무슨…?"

동금이 이해할 수 없다는 표정으로 되묻는 순간, 포렌식 센터의 유리문이 열렸다. 수석이 믿을 수 없다는 표정으로 중얼거렸다.

"…세인 누나?"

세인은 손목에 차가운 은빛 수갑을 찬 채, 검찰 수사관 두 명에게 붙잡혀 형사들이 있는 곳으로 천천히 끌려왔다. 기원이 믿을 수 없다는 표정으로 입을 벌렸다.

"이게 무슨…!"

그 자리에 얼어붙어 버린 동금과 달리, 세인은 담담한 표정이었다. 아니, 오히려 평온해 보이기까지 했다. 동금을 바라보는 그녀의 눈에는 어떤 후회도, 두려움도 없었다. 단호함과 결연함이 느껴지는 그녀의 눈은, 동금을 향해 '나는 괜찮아요!'라고 말하고 있는 듯했다.

"물러서세요."

3팀 형사들이 세인에게 다가가려 하자, 세인을 잡고 있던 수사관 중 하나가 그들을 제지하며 말했다. 용태복이 세인과 3팀 형사들 사이로 끼어들며 입을 열었다.

"여기 이세인 씨는 정충만 씨에게 거액을 받을 목적으로, 도태수와 함께 중요 증거물인 휴대폰을 경찰로부터 훔쳤습니다. 그 죄질이 너무 불량해 긴급체포한 상태입니다."

용태복은 획 세인을 향해 몸을 돌리더니 휴대폰이 든 비닐 주머니를 보여주며 물었다.

"피의자! 이 휴대폰이 본인이 강남경찰서 주차장에 압수되어 있던 정충만의 제네시스 차 트렁크에서 찾아낸 휴대폰 맞습니까?"

세인은 잠시 숨을 들이켰다. 그녀의 시선이 부서진 휴대폰에 머물렀다가, 동금을 힐끔 쳐다보더니 천천히 고개를 끄덕였다.

"이 개자식…!"

동금이 주먹을 쥔 채 으르렁거렸다. 치밀어 오르는 분노에 그의 온몸이 부들부들 떨렸다. 세인이 자신 때문에 체포되었다. 이 사건에 그녀를 끌어들임으로써… 세인까지 용태복의 함정에 빠지게 만든 것이다. 그 순간, 용태복이 악마 같은 미소를 지으며 생각지도 못한 대형 폭탄 하나를 더 터뜨렸다.

"박 형사, 당신 경찰공무원이라는 사람이 말이야. 아무리 부인이 죽었어도 그렇지. 한물간 여배우에게 빠져서 범행을 눈감아줘서야 되겠어?"

일순간 포렌식 센터 안이 얼어붙었다. 충격에 빠졌던 3팀 형사들이 믿을 수 없다는 얼굴로 중얼거렸다.

"…뭐?"

"지혜 씨가… 죽었다고?"

기원을 비롯한 형사들은 할 말을 잃은 얼굴로 동금을 바라보았다. 오직 동금만이 이글거리는 눈으로 용태복을 노려보고 있었다. 그는 손톱이 살을 파고들어 피가 나는 것도 모른 채, 두 주먹을 움켜쥐고는 이를 갈며 말했다.

"이… 더러운 새끼…!"

용태복은 마지막으로 동금을 향해 총을 겨누듯, 검지를 들어 올리며 입을 열었다.

"자, 이제 컵에 물이 거의 다 찼네. 박 형사, 넌 끝이야. 그리고 이세인, 당신도 같이 무너지는 거야. 두 사람 모두 구속영장 청구할 겁니다."

＊　＊　＊

11월 23일 오전 11시 서울중앙지방법원 영장전담 법정

동금과 세인의 영장실질심사가 열리는 날…. 해당 법정은 숨이 막힐 듯 긴장감으로 가득했다. 기원을 비롯한 3팀 형사들도 불안과 걱정이 역력한 얼굴로 방청석에 앉아 심사를 기다렸다.

“저 개새….”

“쉿!”

수찬이 검사석의 용태복을 노려보며 중얼거리자 기원이 제지했다. 용태복이 앉은 검사석에는 그를 포함해 총 세 명의 검사가 앉아 있었고, 맞은편 피고석에서는 동금과 세인이 이무성 변호사와 함께 앉아 있었다. 양측은 재판 시작 전부터 확연한 온도 차를 보였다. 용태복은 이미 승리를 확신한 얼굴로 미소를 짓고 있었고, 동금과 세인은 굳은 표정과 창백한 얼굴로 판사가 입장하기를 기다렸다.

“재판장님 입장하시겠습니다. 모두 자리에서 일어나주시기 바랍니다.”

잠시 후 오십 대 중반 즈음으로 보이는 남자가 입장했다. 판사는 자리에 앉기 무섭게 서류를 집어 안경 너머로 차분히 읽기 시작했다. 잠시 후 판사가 입을 열었다.

“검사 측 의견 들어보겠습니다.”

자신만만하게 일어난 용태복이 PPT를 띄워 놓고 동금과 세인의 범죄를 설명하기 시작했다.

“존경하는 재판장님. 도태수는 이정명 전 대법관님을 죽인 양철구를 살해한 살인범입니다. 그는 대국파의 전 행동대장이기도 했습니다. 그런 도태수가, 자신의 범죄를 반성하면서 진실을 밝히겠다며 자백하고 있습니다. 도태수에게는 박동금과 이세인을 모해할 이유가 전혀 없는 만큼, 그 말은 진실일 가능성이 큽니다.”

용태복의 말에 맞추어 도태수의 자백서가 화면에 나타났다.

“정충만의 부탁을 받은 도태수는 피의자 이세인과 공모하여 정충만의 휴대폰을 빼돌리려 했다고 명백히 자백했습니다. 그는 이 중요 증거물을 빼돌리는 대가로 정충만에게 1억을 받기로 약속했으며, 그 중 5천만 원을 이세인에게 주기로 했습니다.”

용태복은 리모컨을 눌러 슬라이드를 넘겼다.

“그리고 이 과정에서, 강남경찰서 형사인 피의자 박동금은 내연관계에 있던 이세인의 범행을 눈감아주는 파렴치한 범행을 저질렀습니다.”

PPT 화면 위로 동금과 세인의 모습과 함께 ‘거짓’, ‘거짓’, ‘거짓’이라는 빨간 글씨가 연이어 나타났다.

“이처럼 피의자 박동금과 이세인은 거짓을 일삼으며 서로 입을 맞추는 등, 증거인멸의 우려가 있으므로 구속수사가 불가피합니다!”

용태복의 목소리가 점점 커졌다. 그는 마이크를 손에 쥐고 애드리브까지 해가며 열변을 토했다.

“특히 피의자 박동금은 부인이 죽은 지 2년도 안 되어, 전직 영화배우인 피의자 이세인과 불륜관계를 맺고….”

용태복의 말을 들은 세인의 어깨가 움찔했다. 동금 또한 불끈 주먹을 쥐었다.

“…결과적으로 범행의 중요 증거물인 브로커 정충만의 휴대폰을 빼돌려 증거인멸을 시도했습니다. 박동금 형사의 범행으로 공권력이 완전히 무너진 겁니다!”

용태복이 다시 화면을 넘겼다. ‘거짓말쟁이’ ‘증거인멸’ ‘공모’라는 단어들이 나열되었다.

“또한 피의자 박동금은, 브로커 정충만에게 자신의 사주까지 봐 달라고 부탁한 사실이 있을 정도로 유착되어 있었습니다.”

PPT 화면에는 꽃에 물이 뿌려지는 그림 아래, ‘물 한 바가지면 꽃이 활짝 피는 사주'라는 말이 적혀 있는 슬라이드가 나타났다.

"보시듯 피의자들은 일관되게 도태수의 증언과 정반대되는 거짓 진술을 하고 있습니다. 그러므로 이들을 불구속 상태로 두면, 증거인멸과 도주의 우려가 매우 큽니다!"

판사는 무표정한 얼굴로 용태복의 말을 들었다. 그는 날카로운 눈빛으로 한두 번 고개를 끄덕이며 메모를 했다. 이후에도 용태복은 침이 마르게 동금과 세인의 부도덕성을 설명했다. 그의 얼굴에는 흥분과 만족감이 뒤섞여 있었다.

"재판장님, 이들은 경찰이라는 공권력과 연예인이라는 사회적 지위를 악용하여 범죄를 저질렀습니다. 반드시 구속수사를 해야 합니다!"

용태복이 자리에 앉자, 판사가 이무성에게로 고개를 돌렸다.

"변호인 측 의견을 들어보겠습니다."

이무성 변호사가 천천히 일어났다. 그는 차분한 어조로 용태복의 주장을 반박해 나가기 시작했다.

"검사 측 주장은 도태수 단 한 사람의 일방적인 진술에만 의존하고 있습니다. 박동금 형사가 이세인 씨를 통해 도태수에게 접근한 사실은 인정합니다. 아무리 진실을 밝히기 위한 목적이었다 하더라도, 부적절한 점이 있었다는 것에 대해서는 깊이 반성하고 있습니다."

이무성의 말에 맞추어 동금이 고개를 숙였다.

"다만!"

이무성 변호사가 목소리에 힘을 주며 본격적인 반박을 시작했다.

"박동금 형사의 노력과 이세인 씨의 도움으로 이정명 대법관님을 살해한 범인들을 모두 일망타진하였습니다. 이것이 증거인멸입니까?

아닙니다, 이것은 진실 규명입니다!"

판사가 고개를 끄덕이며 메모를 했다. 이무성이 동금을 가리키며 말을 이었다.

"그리고 가장 중요한 것은…. 만일 도태수가 이세인 씨와 증거인멸을 공모하고, 박동금 형사가 이를 묵인하였다면, 박동금 형사가 도태수를 현장에서 검거할 이유가 없었을 것입니다!"

용태복이 벌떡 일어나며 항변했다.

"박동금의 도움이 없었다면 어떻게 이세인이 경찰서 주차장에 압수되어 있는 정충만의 차 안에서 휴대폰을 훔쳐 올 수 있겠습니까? 박동금은 이세인을 위해 동료 경찰관들까지 속였습니다. 이런 자를 민중의 지팡이라 불리는 경찰관 직에 계속 놔둘 수 있겠습니까?"

판사는 용태복을 향해 앉을 것을 요구한 뒤, 이무성을 향해 말했다.

"변호인 계속하십시오."

"도태수를 검거한 것, 그것이 바로 박동금과 이세인이 도태수와 공모하지 않았다는 명백한 반증입니다. 그리고 결정적인 증거가 하나 더 있습니다. 검사는 도태수와 이세인이 만난 경위에 관해서는 아무런 설명을 하지 않고 있습니다. 이세인은 박동금 형사의 부탁을 받아, 법정에서 처음 만난 도태수에게 자신을 전 용산경찰서장의 딸인 이혜정으로 소개하였습니다."

이무성은 화면에 조서 하나를 띄웠다. 동금이 경찰에서 조사한 도태수의 피의자신문조서였다.

"여기, 도태수가 경찰에 진술한 조서를 보십시오! 도태수는 경찰에 검거된 당시에도 이세인을 용산경찰서장 이동백의 딸 이혜정으로 알고 있었습니다. 그는 이혜정의 실제 이름이 전직 배우 이세인이었다는 사실을 경찰에 검거된 뒤에도 전혀 알지 못했습니다. 즉 도태수는 전 용산경찰서장의 딸 이혜정에게 '아버지의 범행 장면이 녹음된 정충만의 휴대폰을 가져오면 그 장면을 삭제해 준다'는 제안을 했고, 이혜정으로 위장한 이세인은 이를 받아들이는 척 연기한 것입니다. 그 이유는 오직 단 하나! 도주한 도태수를 유인해 경찰이 검거하는 데 도움을 주려고 했던 것입니다. 생활고를 이유로, 오천만 원이라는 돈을 받고자 도태수와 공모한 것이 아니란 얘깁니다. 이 파일을 잘 들어 주시기 바랍니다."

이무성 변호사는 노트북을 조작해 녹음 파일을 재생시켰다. 기원이 이틀을 설득해 확보한, 전 용산경찰서장 이동백의 음성이었다. 스피커에서 낮은 톤을 가진 남자의 목소리가 흘러나왔다. 법정 안의 모두가 귀를 기울였다.

"저는 전 용산경찰서장 이동백 총경입니다. 정충만이라는 사람이 송명준 의원님의 소개로 경찰서장실에 한 번 들른 적이 있었습니다. 물론 그 이후로 저는 정충만과 단 한 번도 만난 사실이 없습니다."

용태복의 얼굴이 굳어졌다. 이동백의 녹취 파일이 이어졌다.

"저는 박동금 형사도 모르고, 이세인이라는 사람은 더더욱 알지 못합니다."

녹취 파일이 끝나자 이무성 변호사가 판사를 바라보며 말했다.

"재판장님. 이세인은 하우배라는 가명을 사용하는 용의자가 누구인지 확인하기 위해, 박동금 형사의 부탁을 받고 이혜정이라는 가명까지 사용했습니다. 그렇게 경찰이 도태수라는 살인자를 검거하는 일에 도움을 주고자 위험을 떠안은 것입니다. 그런데 지금, 억울한 누명을 쓰고 이 자리에 있습니다."

판사가 서류를 정리하며, 동금과 세인을 번갈아 보더니 말했다.

"피의자 박동금에게 묻겠습니다."

동금이 고개를 들어 판사를 바라봤다.

"이세인을 동원하여 수사한 이유가 무엇입니까? 정상적인 절차를 놔두고 왜 민간인인 이세인의 도움이 필요했습니까?"

법정이 조용해졌다. 잠시 침묵하던 동금이 천천히 입을 열었다.

"재판장님…. 제 생각이… 짧았습니다."

동금이 고개를 숙인 채 말을 이었다.

"대국파 행동대장 양철구를 죽인 범인에 관한 수사 단서는 현장에 있던 CCTV 속 동영상이 전부였습니다. 얼굴까지 가린 범인을 특정할 유일한 방법은, 특이한 걸음걸이뿐이었고요. 그렇게 수사가 막혀 있던 중, 정충만의 재판에서 우연히 도태수를 발견했습니다. 그의 걸음걸이가 CCTV 속 범인의 걸음걸이와 매우 닮았다는 사실을 알아차렸지만, 확신을 갖기에는 증거가 더 필요했습니다. 그래서… 도태수의 정체를 확실하게 확인하고자 이세인 씨의 도움을 받는 방법을 택했습니다."

동금은 고개를 들어 판사를 똑바로 바라봤다.

"이세인 씨는 수사 협조 요청에 도움을 준 것뿐입니다. 만일 잘못이 있다면 모두 제게 물어주세요. 이세인 씨는… 이세인 씨는 아무 잘못이 없습니다!"

세인의 눈에 눈물이 그렁그렁 맺혔다. 그녀는 입술을 깨물며 고개를 돌렸다. 눈물이 볼을 타고 주르륵 흘러내렸다. 판사는 동금을 오랫동안 바라보았다. 그 표정에서는 아무것도 읽을 수가 없었다.

"심리를 종결하겠습니다."

1시간가량의 실질심사를 마친 동금과 세인은 각각 다른 호송차를
타고 서울구치소로 이송되었다.

＊ ＊ ＊

같은 날 밤 11시 서울구치소 정문 앞

기원을 비롯한 3팀 형사들은 차 밖에서 손을 비비며 서 있었다. 차
가운 11월 말의 밤공기가 그들의 입김을 하얗게 만들었다.

"걱정들 붙들어 매라! 이무성 변호사님이 불구속 가능성이 있다고
말했잖아."

긴장한 표정의 팀원들을 달래주기 위한 말이었지만, 그렇게 말하
는 기원의 손 또한 주머니 안팎을 오가며 불안함을 드러냈다. 수석이
한참 기원의 손을 보다가 입을 열었다.

"팀장님… 그 손….."

"이거슨 불안해서 그러는 것이 아니여. 추버서 그러는 기라!"

기원의 말을 들은 정선이 힘없이 웃었다. 한편, 차에서 내리기 무섭
게 구치소만 노려보고 있던 수찬이 중얼거렸다.

"개새끼들…. 다음에 만나면 모가지를 비틀어 줄 테다."

수찬은 분이 풀리지 않는 듯 주먹을 움켜쥐었다. 그렇게 시간이 흘
러 밤 12시가 가까워지는 시각…. 적막한 어둠을 뚫고 구치소 정문
안쪽에서 누군가의 실루엣이 나타났다. 수석이 그 실루엣을 손가락으
로 가리키며 말했다.

"어? 저기….."

수석의 말을 들은 다른 형사들도 정문으로 걸어 나오는 실루엣에

집중했다. 잠시 후 정선의 눈이 커지더니 두 손으로 입을 막았다. 가로등 불빛 아래 나타난 얼굴은, 동금이었다.

"박 형사!"

"동금아!"

"선배님!"

정선이 울음을 터뜨리며 동금에게로 달려가자 기원과 수석도 동금을 부르며 그 뒤를 따랐다. 단 한 사람, 수찬만 제외하고…. 그는 서 있던 자리에 주저앉아 하늘을 올려다보며 거친 감사를 내뱉었다.

"…씨발! 부처님! 하나님 아버지! 삼신할머니! 모두 모두 감사합니다!"

동금은 자신에게 달려온 팀원들과 부둥켜안고 눈물을 흘렸다. 수석이 눈물을 훔치며 말했다.

"선배님…. 진짜… 진짜 다행이에요!"

순간, 동료들을 보던 동금이 불안한 얼굴로 주변을 두리번거렸다.

"신 청장, 세인 씨는…?"

수석이 대답 대신 고개를 떨구자, 기원이 입을 열었다.

"너도 나왔는데 세인 씨가 별일이야 있겠냐?"

동금을 비롯한 형사들은 세인을 기다리기 시작했다. 동금이 그러했듯, 그녀 또한 정문으로 걸어 나올 것이라 생각하며…. 얼마나 시간이 흘렀을까? 갑자기 동금의 휴대폰이 울렸다. 발신자는… 이무성 변호사였다.

"네, 선배님…."

전화를 받던 동금의 손이 덜덜 떨리기 시작했다.

"뭐… 뭐라고요? 구속…?"

동금의 절규가 구치소 앞 공터를 찢었다. 그는 두 손으로 머리를 감싸 쥔 채 바닥에 무릎을 꿇었다. 동금의 온몸이 경련하듯 떨렸다.

"세인 씨…. 내가… 내가 세인 씨를…!"

동금이 주먹으로 바닥을 내리치기 시작했다. 한 번, 두 번, 세 번…. 동금의 손등이 피로 칠갑이 되었다. 정선이 놀란 얼굴로 동금의 손을 붙잡았다. 동금은 눈물과 콧물이 범벅된 얼굴로 울부짖었다.

"나 때문이야… 다 나 때문이야…."

끝없이 흐느끼는 동금을 보며 모두가 침묵했다. 그때, 기원이 두 눈을 부릅떴다. 그는 절망에 빠져 있는 자신의 팀원들을 향해 소리쳤다.

"모두들 일어나거라!"

아무도 대답하지 않자, 기원은 다시 한 번 소리쳤다.

"일어나라! 퍼뜩퍼뜩!"

기원이 수석의 손을 잡아 일으켰다. 그 모습을 본 수찬도 이를 악물고 몸을 일으켰다. 정선 또한 눈물을 훔치며 일어나자, 기원이 동금에게 다가가 그의 어깨를 붙잡았다.

"동금아, 여기 주저앉아 있으면 세인 씨를 누가 구하겠노? 일어나라. 세인 씨가 우리를 기다리고 있다."

동금이 천천히 고개를 들었다. 기원은 동금을 보며 단호한 목소리로 다시 말을 이었다.

"우리가 무너지면 세인 씨도 무너진다. 하지만 우리가 일어서면, 세인 씨도 일어선다."

기원이 구치소 건물을 가리켰다.

"우리가 세인 씨를 구할 방법은 하나밖에 없다. 수사하는 거다. 증거를 찾는 거다. 송명준과 충명회, 그놈들의 죄를 밝혀내는 거다!"

동금이 고개를 끄덕이며 일어났다. 기원은 더욱 단단한 목소리로 외쳤다.

"수사하러 가자! 세인 씨를 구해야지!"

동금의 눈빛이 변했다. 절망은 사라지고, 결의가 그 자리를 채웠다. 그는 입술을 깨물며 동료들을 바라보았다. 그의 입이 천천히 열렸다.

"이젠… 더 이상 뱀 꼬리나 잡으려고 애쓰지 않을 겁니다. 끝을 내기 위해서는 머리를 잘라야 한다는 사실을 확실하게 알았어요…!"

형사들의 눈빛이 하나로 모였다. 그들은 고개를 끄덕이며 서로의 결의를 확인했다. 동금이 마지막으로 구치소 건물을 돌아봤다.

'세인 씨…. 조금만 기다려주세요. 내가… 내가 반드시…!'

11월 말의 차가운 밤공기 속에서… 강력 3팀 형사들은 뜨거운 눈물을 흘리며 발길을 돌렸다.

＊ ＊ ＊

11월 25일 704호 용태복 검사실

용태복은 동금이 압수한 휴대폰을 돌려주기 위해 충만을 자신의 검사실로 불렀다. 충만이 비닐 주머니 속 자신의 휴대폰을 보며 눈살을 찌푸렸다.

"용 검사님, 내 휴대폰이 왜 이 지경이 됐습니까?"

"우리가 압수할 당시에 이미 그런 상태였습니다. 경찰에서 포렌식한다고 더 손상된 것 같기도 하고요."

용태복이 충만을 향해 안타깝게 생각한다는 표정으로 답했다. 물론 안타깝다는 것은 연기였다. 만에 하나 충만의 휴대폰이 복구 가능한 상태였다면, 결코 되돌려주지 않았을 것이다.

"흐음…."

충만은 쯧- 짧게 혀를 차다가 고개를 끄덕였다. 도태수가 검거되었다는 소식을 듣고 내심 걱정했던 그였다. 수년간 모은 인맥들의 약점을 한순간에 잃게 된 것은 아쉬웠지만, 한편으로는 경찰이나 검찰손에 안 들어가게 된 것도 나쁘지 않다는 게 그의 생각이었다.

"정충만 씨, 앞으로는… 좀 더 조심 좀 하세요."

용태복이 살짝 짜증 섞인 말투로 말했다. 사실, 그 또한 서울경찰청까지 가서 억지를 쓰고 온 게 영 찜찜했던 것이다. 도태수가 검거된뒤, 용태복은 김기식으로부터 '경찰이 압수해 간 정충만의 휴대폰을어떤 방법을 동원해서라도 다시 찾아오라'는 미션을 받았다. 이에 용태복은 충만에게 동금을 고소하는 고소장을 쓰도록 유도했다. 그리고이것을 명분으로 압수수색 영장을 받아, 서울경찰청 포렌식 센터에가서 충만의 휴대폰을 찾아왔다.

"용 검사님, 항상 감사하게 생각하고 있습니다. 앞으로 크게 일하실분이니 제 이름 석 자 꼭 기억해 주십시오."

용태복의 의중을 읽은 충만은 얼른 표정을 바꾸며 인사하고 자리에서 일어났다. 그러곤 검사실을 나온 뒤, 비닐봉투 속 휴대폰을 유심히 보며 중얼거렸다.

"허…. 내가 없는 동안 비바람을 맞을 일도 없었을 텐데…. 휴대폰이 왜 이렇게 색이 변했지? 케이스는 또 어디 간 거야?"

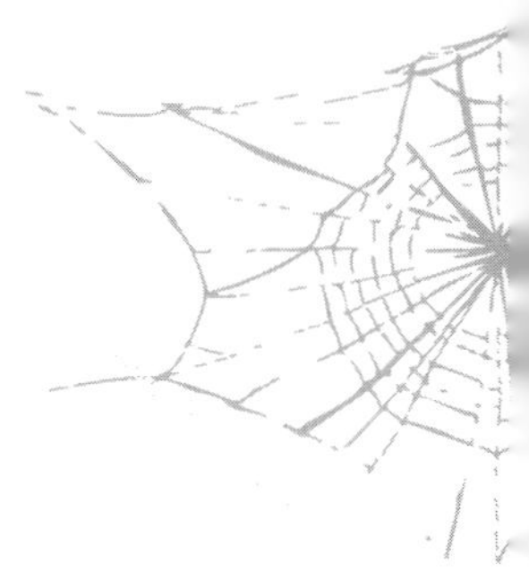

22
전면전

11월 27일 검찰청 1204호 검사실

동금과 수석은 김기식 부장검사의 검사실을 찾아왔다. 똑똑 노크를 한 수석은 문을 열자 보이는 여직원에게 말을 건넸다.

"여기가 김기식 부장검사 사무실, 맞죠?"

52세 여직원 류미숙은 강남경찰서에서 왔다는 말에 곧장 용건부터 물었다. 아무래도 경찰이라는 말에 얕잡아보는 눈치였다.

"어디서 오셨다고…오? 강남경찰서에서 뭐 때문에 우리 부장님을 만나려고…오?"

류미숙이 거만한 표정을 지은 채 반말조로 말꼬리를 흐리자, 수석의 얼굴이 흙빛으로 변했다.

"언제 봤다고 반말입니까? 말꼬리 흐리면 듣는 사람이 존댓말로 받아들일 줄 아나 보죠?"

"참나, 웃기지도 않아서. 경찰 주제에 어디다 시비야?"

수석이 따지고 들자 류미숙은 대놓고 반말을 내뱉었다. 그녀의 기준에서 검찰청 부장검사실에 오는 사람들은 무조건 을이었다. 그런데 젊은 경찰 둘이 그 관례를 무시하고 있었던 것이다. 상황을 보던 동금이 끼어들었다.

"강남경찰서 형사과 강력 3팀 박동금 경위입니다. 김기식 부장검사에 대해 뇌물죄 혐의로 출석요구서를 전달하러 왔습니다."

류미숙은 어이없다는 듯 실소를 터뜨리더니 검찰 수사관을 부르고자 자리를 떠났다. 잠시 후 작은 키에 어깨가 벌어진 문석태 수사관이 잔뜩 화난 얼굴로 류미숙과 함께 나타났다.

"뭐? 뇌물죄? 출석요구서? 형사 나부랭이 주제에…. 이 자식들이 눈에 보이는 게 없나? 너희들, 여기가 어딘지 알기나 하고 들어온 거야? 여기서 바로 수갑 채워 줄까?"

문석태는 잔뜩 흥분한 목소리로 속사포처럼 떠들어대기 시작했다. 그 또한 류미숙과 마찬가지로 어처구니가 없었다. 고위직 경찰관도 벌벌 떠는 김기식 부장검사 사무실에서, 새파랗게 젊은 형사 둘이 나타나 감히 출석요구서라니….

"누구라고? 강남경찰서? 관등성명 좀 대봐. 얼마 전에도 너네 서장 승진수가 무릎 꿇고 조사받은 곳이 이곳이야!"

동금은 길길이 날뛰는 문석태를 지그시 노려보며 나지막한 목소리로 또박또박 답했다.

"분명히 강남경찰서 형사과, 강력 3팀 박동금 경위라고 말씀드렸는데요? 관등성명에서 또 뭐가 빠졌죠?"

동금의 말을 들은 문석태는 겨우 남아 있던 이성을 잃고 버럭 소리를 질렀다.

"박 형사! 너 이거 감당할 수 있어? 여기가 어디라고 함부로 와서 나대?!"

동금은 그런 문석태를 보며 피식 웃고는 무언가를 내밀며 말했다.

"여기, 출석요구서 수령하실 분 성함과 김기식 부장검사와의 관계 좀 알려주시죠."

그때, 사무실 안에서 김기식의 목소리가 흘러나왔다.

"밖에 무슨 일이야?"

류미숙이 종종걸음으로 부장검사실 안으로 들어갔다. 잠시 후 김기식 부장검사가 슬리퍼를 질질 끌며 모습을 드러냈다.

"강남경찰서 형사들이라고? 무슨 일인데?"

김기식은 차 한 잔 내줄 가치도 없다는 듯, 권위적인 말투로 반말 지거리를 했다. 예의라곤 손톱만큼도 보이지 않는 김기식을 향해 동금이 서류 한 장을 내밀었다.

"뇌물죄로 강남경찰서에 조사받으러 나오시라는 출석요구서를 전달하러 왔습니다."

순간, 김기식이 급발진했다. 그는 동금의 뺨을 철썩 후려갈기더니, 동금의 손에서 출석요구서를 빼앗아 찢어버렸다.

"뭐 뇌물죄라고? 너 이 새끼, 목숨줄이 몇 개야? 죽고 싶어 환장했어?"

동금은 뺨을 맞았음에도 표정 변화 하나 없이 말했다.

"형법 제136조, 공무집행방해죄는 5년 이하의 징역 또는 1천만 원 이하의 벌금형입니다. 잘 아시죠?"

김기식이 어이를 상실한 표정을 지었다. 검사 생활 20년 만에 이런 또라이 형사는 처음 본 것이다. 아니, 들어 본 적도 없었다.

"씨발, 후딱 안 꺼질래? 너희 국가수사본부장[28]한테 가서 헛소리 집어치우라고 해라!"

김기식은 그 말을 끝으로 쾅 문을 닫으며 부장검사실로 들어가 버렸다. 그는 검사실 안에서 생각했다.

'경찰이 대놓고 출석요구서를 가지고 왔다는 건…. 뭔가 확실한 증거가 나왔다는 얘기인데? 씨발, 이거 어떡하지?'

그랬다. 김기식은 조금 전 큰소리를 쳤던 것과 달리, 속으로는 크게 당황한 상태였다.

'젠장, 경찰로 가서 수사를 받을 수는 없다고…!'

김기식은 똥 마려운 강아지처럼 한곳에 있지 못하고 이리저리 돌아다녔다. 그 말대로, 검사들이 범죄를 저질러 경찰에 나가 조사를 받기 시작한 것은 최근의 일이었다. 검사가 경찰에 나가 수사를 받는다는 것 자체가, 검찰의 이미지를 실추한다고 여겼기 때문이다. 그래서 검사가 피의자일 경우, 경찰이 수사하는 사건일지라도 검찰이 가져와 직접 수사하는 것이 관행처럼 이루어지고 있었다.

동금과 수석이 돌아간 뒤, 김기식은 언론에 간단한 해명자료를 냈다. 자신은 그 누구로부터도 불법적인 뇌물을 받은 사실이 없으며, 이것은 구속 위기에 처했던 박동금 형사와 그 팀이 현직 검사인 자신과 검찰 조직을 망신주려는 음모라고 주장했다. 또한 경찰의 출석요구에는 절대 응할 수 없다고도 했다. 그러나 경찰은 김기식의 반발에도 불구하고 충명회 회원들에게 차례로 출석을 통보했다. 김기식 다음으로는 홍동일 고려일보 논설위원이, 그다음으로는 황태균 청와대 정무수석과 송명준 의원에게 출석을 통보한 것이다. 그야말로 강력 3팀과

---

28 경찰 수사 분야에서 최고 계급이 높은 사람이다.

충명회 간의 물러설 수 없는 한판 대결이 벌어지고 있었다.

＊　＊　＊

11월 29일 여의도 S 호텔 비밀 회의실

여의도 S 호텔의 비밀 회의실에 중년 남자 네 명이 심각한 얼굴로 마주 앉아 있었다.

"뭘 믿고 경찰이 저리 까부는 거야? 혹시 우리가 모르는 변수가 있는 건 아닐까?"

황태균이 묻자 김기식이 현직 수사통답게 상황을 정리했다.

"경찰의 뻥카가 아니라면 내 손에 장을 지지겠습니다. 함정을 파 놓고 못 먹는 감 찔러나 보겠다는 심산일 겁니다."

김기식의 확신 가득한 답에 일행들이 안도의 한숨을 쉬었다.

"검찰 내의 포렌식 담당 부서에서 직접 확인했습니다. 정충만의 휴대폰은 이미 망가질 대로 망가져서, 그 안에 들어 있는 정보를 복구할 수 있는 회사나 사람은 절대 없을 거라고요."

김기식이 한 번 더 쐐기를 박자, 홍동일이 미소를 지으며 긴장했던 몸을 풀었다.

"그나마 희소식이네."

송명준 또한 한층 편안한 자세를 취하며 입을 열었다.

"그런데 김 부장. 정충만이 어떻게 이렇게 빨리 나온 거야?"

송명준의 말을 들은 김기식이 의아하다는 표정으로 눈을 동그랗게 떴다.

"어…? 선배님이 힘써주신 게 아닙니까?"

"무슨 소리야? 그 자식이 지금 나올 타이밍이 아닌 거 몰라? 내가 왜 그런 짓을 해?"

"…저도 아닌데요?"

송명준과 김기식이 황당하다는 듯 서로를 쳐다봤다. 그런 둘을 번갈아 쳐다보던 황태균이 고개를 갸웃거리며 혼잣말을 했다.

"그럼… 누가 꺼낸 거지?"

잠시 침묵이 흘렀다. 자신들이 모르는 누군가가 정충만을 석방시켰다는 것 아닌가? 그렇다면… 그 누군가는 이 자리에 있는 네 사람보다 더 큰 힘을 가진 존재라는 뜻이었다.

"그래도… 김 부장 말대로 휴대폰이 완전히 망가졌다니 다행이네요. 솔직히 정충만 같은 인간이랑 같은 편에 있다는 게 찝찝했어요."

황태균이 분위기를 전환시키려는 듯 입을 열었다. 홍동일도 고개를 끄덕이며 황태균의 말에 동의했다.

"맞습니다. 어쨌든 한시름 놨지 않습니까? 이제 정충만 때문에 골 아플 일은 없겠죠."

* * *

충명회 회원 중 누구도 경찰의 출석요구에 응하지 않았다. 하지만 경찰은 포기하지 않고 두 번째, 세 번째 출석요구서를 차례로 충명회 회원들에게 보냈다. 얼마 후 송명준이 경찰에 출석하는 대신 언론과 인터뷰를 했다.

"나는 정충만 씨에 대한 수사를 진행했던 검찰에 출석해 조사를 받겠습니다."

송명준은 카메라를 똑바로 응시하며 말을 이었다.

"만약 태왕배 씨가 저에게 돈을 주었다면, 그것을 수사한 검찰에서 명명백백하게 밝혀질 것입니다. 저는 떳떳합니다. 국민 여러분께서는 검찰의 조사 결과를 믿어주시기 바랍니다."

기자들이 일제히 손을 들었다.

"의원님, 경찰 조사는 받지 않으시는 겁니까?"

"경찰의 수사 방식에는 문제가 많습니다. 그래서 저는 공정한 수사를 위해 검찰에서 조사를 받겠다는 겁니다. 검찰이야말로 이 사건을 가장 잘 아는 수사기관 아니겠습니까?"

송명준이 던진 승부수에 맞추어 용태복 검사도 입장문을 냈다.

"의혹 해소를 위해 최대한 빠른 일정인 12월 3일로 조사 일정을 잡았습니다. 필요하다면 경찰과도 협조하여 충명회에 대한 수사를 진행할 예정입니다. 진실은 반드시 밝혀질 것이며, 검찰은 공정하고도 철저하게 수사할 것을 약속드립니다."

한 기자가 용태복에게 질문했다.

"검사님, 정충만의 휴대폰 복구는 어떻게 됐습니까?"

용태복은 충만에게 보여주었던 안타깝다는 표정을 연기하며 답했다.

"안타깝게도 그 휴대폰은 손상이 심해 복구가 불가능한 상태입니다. 하지만 검찰은 다른 증거들을 통해서도 충분히 진실을 밝힐 수 있다고 자신합니다."

$*$ $*$ $*$

12월 3일 검찰청사 앞

얼마 후 초겨울 한파가 몰아치던 날…. 검찰청사 앞에는 기자들이 송명준의 검찰 출석을 앞두고 장사진을 쳤다. 여론에서는 차기 대권 유력 주자였던 송명준이 이 고비를 이겨내고 다시 대권 선두주자로 등극할 수 있을지가 초미의 관심사였던 것이다. 잠시 후 장갑 낀 손을 호호 불던 기자 하나가 소리쳤다.

"어? 왔다!"

기자의 말대로, 검은색 승용차 한 대가 검찰청사 앞으로 미끄러져 내려오고 있었다. 차가 멈추자 정확하게 7:3 가르마를 탄 송명준이 모습을 드러냈다.

"어이구, 이렇게 추운 날씨에 고생들이 많으십니다."

검은색 뿔테 안경을 착용한 송명준이 기자들을 향해 인자한 척 미소 지으며 말했다. 그 뿔테 안경은 송명준이 검찰에서 근무하던 시절, 그의 상징과도 같은 아이템이었다. 그는 기자들을 둘러보며 입을 열었다.

"누누이 말씀드리지만, 나는 수사를 받지 않겠다고 한 사실이 한 번도 없습니다. 난 평생을 법과 원칙, 공정과 상식을 지키려고 노력해 온 사람이에요. 다만 경찰이 증거도 없이, 공명심에 눈이 어두워 무리한 수사를 하는 것에는 단호히 반대합니다. 그래서 공정하게 수사할 뿐만 아니라 국민들의 신뢰를 받는 검찰로부터 조사받는 것이, 진실을 밝히는 데 도움이 될 것이라 생각했습니다."

DBS 주영아 기자가 손을 들며 질문했다.

“의원님은 정충만이나 태왕배로부터, 어떤 명목으로든 돈을 받은 적이 없으시다는 거죠?”

“나는 태왕배나 정충만을 잘 알지도 못합니다. 한두 번 여러 명이 모인 자리에서 인사를 나눈 정도죠. 이미 지난번 검찰 조사에서 모두 밝혀진 내용입니다.”

송명준은 더 할 말이 없다는 듯, 포토라인을 뚫고 청사 안으로 들어가려 했다. 그런데 그 순간, 누군가 큰 목소리로 소리쳤다.

“야, 빨리 DBS 방송 틀어봐! 충명회 특종이다!”

송명준은 걸음을 멈추고 뒤를 돌아보았다. 그러곤 눈앞에 보이는 뉴스 전문 채널, ETM 카메라를 주시했다. 긴급 속보를 띄우는 DBS 뉴스가 화면에 잡혔다. 이은실 기자가 리포트를 하고 있었다.

“…?!”

뉴스를 본 송명준의 얼굴이 창백하게 변하기 시작했다. 송명준을 필두로 한 충명회 회원들이, 태왕배로부터 홍삼 박스를 받는 장면이 방송되고 있었던 것이다!

‘이게… 이게 어떻게…!’

송명준의 두 눈에 홍삼 박스를 받으며 만족스럽게 웃고 있는 자신의 얼굴이 또렷하게 들어왔다. 잠시 후 이은실의 충명회에 관한 설명이 이어졌다.

“충명회는 브로커인 정충만을 중심으로 조직된 정·재계 유착 모임으로…”

회원 중 한 사람이 박스를 열고 오만 원권 다발을 들어 올리는 장면이 뉴스 화면에 나타났다. 송명준의 머릿속이 하얘지며 심장이 요동치기 시작했다. 심장이 입 밖으로 튀어나올 듯 치밀어 오르자, 그는 올라오는 헛구역질을 간신히 삼켰다.

"송 의원님, 한 말씀해 주시죠! 이 동영상이 거짓말인가요?"

"방금 태왕배와 정충만은 알지 못한다고 말씀하셨는데요? 어떻게 된 건가요!"

"의원님, 이 동영상을 촬영한 사람은 누구인가요? 정충만 씨인가요?"

"충명회 모임이 실재하는 것으로 보이는데요! 한 말씀 해주시죠!"

송명준의 앞으로 우르르 몰려든 기자들이 쉬지 않고 플래시를 터뜨리며 물었다. 송명준은 바짝 마른 입술을 달달 떨며 간신히 목소리를 냈다.

"나, 나는 전혀 알지 못하는 내용입니다."

"의원님! 그럼 이 영상은 조작이라는 말씀이신가요?"

"박스 안에 현금이 들어 있었다는 사실도 모르셨습니까?"

송명준은 기자들의 질문 공세를 더 견디지 못하고 도망치듯 차에 올라 왔던 길을 되돌아갔다. 기자들이 송명준의 이름을 부르며, 멀어지는 검은색 승용차를 뒤쫓았다.

"의원님!"

잠시 후 송명준도 기자들도 사라진 검찰청사 앞에는 산산조각 난 안경 하나만이 남아 있었다. 송명준이 쓰고 나타났던 그 검은색 뿔테 안경은… 형체를 알아볼 수 없을 정도로 완전히 망가져 있었다. 진실을 가리려다 그 무게를 견디지 못하고 짓밟혀 버린… 송명준의 가면처럼….

＊ ＊ ＊

(앵커)

"차기 대선 유력 주자로 꼽히는 송명준 의원을 비롯한 충명회 회원들의 충격적인 뇌물 수수 현장이 포착됐습니다. 이은실 기자가 단독으로 입수한 영상입니다."

(리포트)

"붉은색 홍삼 박스가 테이블 위에 놓여 있습니다. 하지만 이 안에 든 것은 홍삼이 아닙니다. 현금 3,000만 원입니다. 송명준 의원이 홍삼 박스를 건네받고 있습니다. 아무렇지 않게 받아 드는 모습입니다. 황태균 청와대 정무수석도 마찬가지입니다. 익숙한 듯 홍삼 박스를 받아 듭니다. 김기식 부장검사의 모습은 더욱 충격적입니다. 홍삼 박스를 신줏단지 모시듯 가슴에 꼭 품고 택시에 오르고 있습니다. 이들은 모두 충명회 회원들입니다. 브로커 정충만과 태왕배가 만든 모임에서, 이들은 정기적으로 뇌물을 받아 왔습니다. 송명준 의원은 오늘 검찰 조사를 받기 위해 검찰청으로 향했다가 이 보도가 나가자 곧바로 귀가했습니다. 더 이상 검찰 조사로 무죄를 주장할 명분이 사라진 것입니다. DBS 뉴스 이은실입니다."

DBS 방송국의 보도는 다음 날에도 이어졌다.

[12월 4일 / DBS의 두 번째 보도]

(앵커)

"어제 충명회 뇌물 수수 영상을 단독 보도한 데 이어, 오늘은 송명준 의원이 직접 뇌물 수수를 주선한 정황이 담긴 녹음 파일을 공개합니다. 이은실 기자입니다."

(리포트)

"지난 5월, 서울 강남의 한 고급 식당. 송명준 의원이 주선한 저녁 식사 자리였습니다. 참석자는 송명준 의원과 브로커 정충만, 그리고 서울경찰청 이광수 차장과 국세청 고재길 국장이었습니다. 정충만이 녹음한 이날의 대화 내용을 들어보시겠습니다."

(녹음 파일)

정충만　"여기 택시비입니다. 두 분께 드리는 제 작은 성의입니다. 받아 주십시오."

이광수　"아니, 아닙니다, 회장님. 저는 정말 받을 수 없습니다."

고재길　"저도 마찬가지입니다. 이런 건 곤란합니다."

송명준　"이 친구들, 뭐가 그리 소심해? 이건 내가 고생하는 후배들에게 택시비나 하라고 주는 거야. 그러니 넣어둬!"

이광수　"선배님, 이러시면….'"

송명준　"광수야, 우리 사이에 이러지 말고 그냥 받아. 내가 주는 건데 뭐가 문제야? 고 국장도 부담 갖지 마시고 그냥 받으세요. 다들 받는 거예요."

(리포트)

"송명준 의원은 이날, 이광수 차장과 고재길 국장을 설득해 결국 뇌물을 받게 만들었습니다. 이후, 이광수 전 차장은 충명회 수사 과정에서 압박을 받아 스스로 목숨을 끊었습니다. 그러나 송명준 의원은 고향 후배였던 이광수 차장의 장례식장에 조문조차 하지 않았습니다. 송명준 의원은 자신이 돈을 받지 않았다고 주장해 왔지만, 이 파일은 그가 단순히 돈을 받은 것을 넘어 적극적으로 뇌물 수수를 주선한 핵심인물임을 보여줍니다. DBS 뉴스 이은실입니다."

＊ ＊ ＊

이틀 전… 12월 2일 여의도 증권가 앞 커피숍

동금은 이은실과 함께 커피를 마시며 대화하고 있었다.

"이 기자님, 정충만이란 인간이 얼마나 용의주도한지 아세요?"

이은실이 고개를 갸웃거리며 답했다.

"브로커를 아무나 할 수 없다는 건 알지만… 구체적으로는 잘 모르겠어요."

동금은 자신이 알아낸 충만에 대한 정보를 그녀에게 공유하기 시작했다.

"정충만은 12년 전에도 브로커로 검찰 수사를 받았어요. 그때 검찰이 정충만의 집에서 뇌물장부를 발견했죠. 이 장부 때문에 정충만은 구속됐고, 용산구청 공무원 여럿이 옷을 벗었어요."

"뇌물장부요? 그런 걸 왜 만들어요?"

"브로커가 뇌물장부를 만드는 이유는 단 하나예요. 자신의 돈을 받

은 공무원들을 기억하고, 그것으로 공무원들에게 보험을 들기 위해서
죠. 언제든 협박할 수 있는 카드로 쓰려는 겁니다."

동금의 설명을 듣던 이은실이 '어라?' 하는 표정으로 말했다.

"그런 걸 남겨두면… 나중에는 자기 목을 조르는 증거가 되는 거
아닌가요?"

동금이 빙긋 미소 지으며 고개를 끄덕였다.

"바로 그겁니다. 머리가 비상했던 정충만은 여러 차례 수사를 받으
면서 깨달았어요. 뇌물장부를 아무리 숨겨 놓아도 언젠가는 발각될
수밖에 없고, 그렇게 장부가 발각되면 자기 발목을 잡는 덫이 된다는
사실을 말이죠."

"그럼… 뇌물장부를 만들지 않았다는 건가요?"

동금은 고개를 가로저었다.

"그럴 리가요. 그 인간은 뇌물을 받은 공무원들을 기억할 다른 방
법을 찾아냈죠."

"그게 뭔데요?"

이은실이 궁금하다는 표정으로 귀를 기울이자 동금이 목소리를 낮
추며 답했다.

"바로 현금지급기와 명세표였습니다. 일종의 디지털 뇌물장부였던
거죠."

"현금지급기요?"

"네, 정충만은 돈을 줄 공직자와 가장 가까운 대한은행 지점을 찾
았어요. 뇌물을 먹일 대상은 경찰서장이나 세무서장 같은 기관장들이
었죠. 정충만은 보통 약속 시간보다 약 10분 전쯤 먼저 가장 가까운
대한은행 현금지급기에 들러 돈을 찾았습니다. 경찰서장이나 세무서

장은 300만 원, 국회의원이나 정치인, 또는 검찰 주변에서는 천만 원을 찾았죠. 금융계 주변에서는 오백만 원이었고요."

동금의 설명에 이은실이 고개를 끄덕였다.

"아, 그러니까 미리 준비하지 않고 그때그때 뽑았다는 거네요?"

"네, 정충만은 돈을 미리 준비하지 않았어요. 대신 돈을 받을 사람이 근무하는 사무실에서 가장 가까운 현금지급기에서 뇌물로 줄 만큼만 찾았습니다."

"그게 무슨 의미가 있나요?"

이은실이 이해가 안 된다는 표정을 지었다.

"이 출금 내역과 공직자의 근무 관계만 비교하면, 10년이 지난 후에도 자신의 뇌물을 받은 공직자를 정확히 지목할 수 있었거든요."

"아…! 그러니까 나중에 공직자들을 협박할 카드로 쓸 수 있다는 거네요?"

이은실이 이제야 이해가 됐다는 듯 눈을 크게 뜨며 말했다.

"맞아요. 10년이 지나도 뇌물을 받은 공무원에 관한 기억이 필요했던 이유가 있었어요. 자신의 돈을 받은 공직자와의 관계를 겨우 한 번의 청탁으로 끝낼 수는 없었으니까요."

"그럼… 한 번 돈을 받으면 계속 정충만의 노예가 되는 건가요?"

동금이 냉소를 지으며 답했다.

"바로 그겁니다. 브로커 정충만에게 돈을 받으면, 그때부터 정충만의 올가미에 걸린 가여운 꽃사슴이 되는 거죠."

동금의 말을 듣던 이은실이 조심스럽게 물었다.

"그런데… 돈을 받지 않는 사람도 있을 수 있잖아요?"

"물론입니다. 실제로 정충만이 돈을 주어도 받지 않는 공직자가 훨

썬 많았어요. 제가 경찰서장들을 분석해 보니, 돈을 받은 사람은 53명 중 2명뿐이었습니다."

"그럼 대부분은 깨끗한 거네요?"

동금이 분노를 감추지 못하고 주먹을 쥐었다.

"그래서 브로커 수사는 공정한 사람이 수사해야 합니다. 용태복 검사처럼 브로커 수사를 마음먹고 왜곡한다면…. 반드시 억울한 사람이 발생하죠. 이번 수사에서도 정충만과 태왕배는 이용가치가 높은 사람, 그러니까 충명회 회원들은 끝까지 이야기하시 않았어요. 후일에 더 써먹어야 했으니까요. 하지만 돈을 받지 않았어도 용태복 검사가 원하는 사람이나 자신을 서운하게 한 사람, 더는 쓸모가 없는 사람은 무자비한 거짓말로 인생을 파탄 냈습니다."

동금의 머릿속에 경찰 세 명이 차례로 떠올랐다. 승진수 서장과 이광수 차장, 그리고 성병수 형사가….

"정말… 악마가 따로 없네요."

치를 떨며 말하는 이은실의 말에 동금도 고개를 끄덕였다.

"박 형사님, 명세표 이야기를 더 해주세요. 그게 어떻게 증거가 되는 거예요?"

이은실의 궁금증을 풀어주고자 동금은 찬찬히 설명을 시작했다.

"정충만은 현금지급기에서 돈을 인출할 때 항상 명세표를 뽑았어요. 돈을 받지 않은 사람들의 명세표는 바로 차 안에서 찢어버렸죠. 그러나 돈을 받은 사람들의 명세표는 잠시 보관해두었다가 없앴습니다."

"네? 그러면 나중에 누가 받았는지 알 수 없잖아요?"

이은실이 날카롭게 지적했다.

"정확합니다. 그 명세표는 현금지급기의 위치와 결합이 되어야만 효과를 발휘할 수 있었어요. 그래서 정충만은 명세표를 보관할 또 다른 물건이 필요했습니다. 그게 바로 스페어타이어 안에 들어 있던 휴대폰이었죠. 정충만은 돈을 받은 사람들의 명세표는 잠시 보관해두었다가, 휴대폰으로 촬영한 뒤에 없앴습니다. 즉 휴대폰에 보관해둔 명세표 사진들이…. 정충만의 디지털 장부였던 것이죠."

이은실이 저도 모르게 짝! 하고 박수를 쳤다. 카페에 있는 사람들의 시선이 쏠리자, 그녀는 얼른 죄송하다는 표정으로 사람들에게 사과를 건넸다.

"정말 무섭네요. 그야말로 브로커의 끝판왕을 보는 것 같네요."

동금은 그런 이은실에게 의미심장하게 웃음을 보이며 다시 입을 열었다.

"그 휴대폰 안에는 명세표뿐만 아니라, 정충만이 상대했던 사람들의 악행과 비리가 고스란히 저장되어 있었어요. 정충만이 뇌물장부처럼 자기 인맥들의 약점을 잡아 써먹기 위한 것이었죠. 그뿐만이 아닙니다. 태왕배가 충명회 모임 후 3천만 원이 든 홍삼 박스를 회원들에게 돌렸잖아요? 정충만은 충명회 회원들 또한 약점을 잡아 놓아야 한다는 사실을 잘 알고 있었습니다."

이은실이 '설마…!' 하는 표정으로 왼손을 입으로 가져갔다.

"그 설마가 맞습니다. 태왕배의 홍삼 박스 용도를 알고 있던 정충만은, 그 모든 걸 휴대폰으로 촬영해 놓았어요. 후에 약점을 잡아 협박할 요량으로 보관해 두었던 겁니다."

"설마 했지만… 브로커의 세계에 의리란 없군요."

이은실이 놀라움을 감추지 못하고 혀를 내둘렀다. 그때, 동금이 주머니에서 봉투 하나를 꺼내며 말했다.

"이 기자님. 기자님께 이 홍삼 박스 동영상을 드리겠습니다. 내가 드리는 선물이에요."

동금은 이은실에게 봉투에 든 CD를 건네주었다. 그녀는 떨리는 손으로 CD를 받으며 물었다.

"이게… 정말 그 동영상이라고요?"

동금은 CD를 품에 안는 이은실을 향해 부탁했다.

"오만한 데다 거짓말을 밥 먹듯이 하는 송명준…. 그 인간 같지도 않은 인간이 쓰고 있는 가면을 친정이나 다름없는 검찰청사에서 벗겨 버리고 싶습니다."

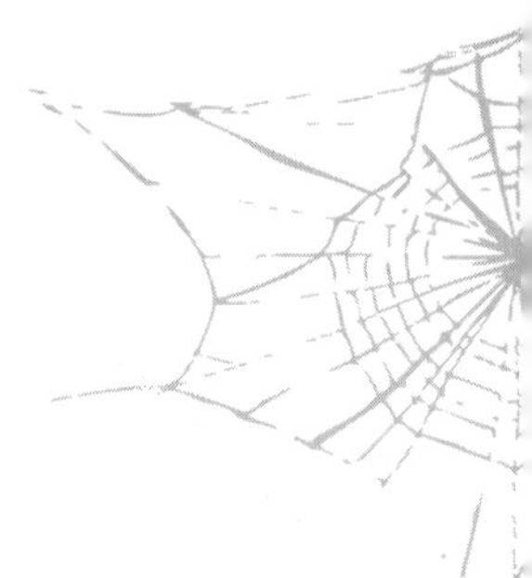

23
떠도는 영혼

딩-동 딩-동 오래된 초인종 소리가 울렸다. 잠시 후 인터폰을 통해 나이든 여자의 목소리가 흘러나왔다.

"누구세요?"

"강남경찰서 박동금 형사입니다. 정충만 씨 만나러 왔는데요."

부인 신금자의 말을 들은 충만이 신문을 구기며 버럭 소리를 질렀다. 동금의 수사로 충명회의 실체가 까발려졌다는 사실을 잘 알고 있었기 때문이다.

"그 녀석이 여기가 어디라고 와? 버릇없는 자식 같으니라고!"

"어떡할까요? 당신 없다고 그냥 가라고 할까?"

잠시 고민하던 충만은 그럴 필요까지는 없다며 차 한 잔 대접할 테니 안으로 들이라고 답했다.

"아이고, 박 형사! 어서 와요, 어서 와. 요즘 활약이 대단하더구먼? 여보, 우리 박 형사 왔는데 따뜻한 대추차 좀 내어 오지!"

충만은 현관으로 들어오는 동금과 수석을 향해 언제 그랬나는 듯

호들갑을 떨며 맞아들였다. 동금은 그런 충만의 위선적인 미소를 보며 속으로 실소를 터뜨렸다.

"용 검사한테 휴대폰은 잘 돌려받으셨죠?"

"그거야 진즉에 처분했지. 용 검사 말이, 전자레인지에 휴대폰을 돌리면 영영 복구할 수 없다지 뭔가? 그래서 진즉 그렇게 하고선 내다 버렸지!"

"그래요? 그럼 용태복 검사도 증거인멸 교사죄로 수사해야겠는데요?"

동금의 농담을 들은 충만이 크게 웃어젖혔다.

"현직 검사를 어떻게 경찰이 수사해? 알 만한 사람이 아직도 그런 농담을 하나?"

동금은 웃음조차 가식적인 충만을 향해 빨리 본론만 말하고 가겠다며 용건을 꺼냈다.

"만복교회 담임목사, 이성민 씨 아시죠?"

충만은 잠시 머리를 굴리더니 연막을 피웠다.

"만복교회…? 아, 태왕배가 장로로 있던 교회 아닌가? 그 교회 목사인가…?"

동금은 눈을 날카롭게 뜨며 저돌적으로 질문을 날렸다.

"모르는 척을 하시겠다…. 그럼 하정민 양도 모른다고 시치미 뗄 겁니까?"

순간, 충만의 표정이 얼음처럼 굳었다.

"누… 누구라고? 하… 뭐라고?"

"하우배… 아니지. 도태수가 죽인 하정민 양이요. 도태수는 정충만 씨 지시를 받고 하정민 양을 살해했죠? 그렇죠?"

그때, 쨍그랑- 부엌에서 무언가 깨지는 소리가 들려왔다. 설거지를 하던 신금자가 들고 있던 접시를 바닥에 떨어뜨린 것이다. 굳어버린 충만에 접시를 놓친 신금자까지…. 동금은 짐짓 걱정스러운 표정을 지으며 충만을 향해 말했다.

"날도 추워지는데 어떡하죠? 당분간 강남경찰서 유치장에서 지내게 되실 것 같은데요. 사주 잘 본다고 소문난 정충만 선생님께서, 이번 관재수는 못 보셨나봅니다?"

동금은 수석과 함께 자리에서 일어났다. '하정민'이라는 이름 석 자에 머리 회로가 정지된 듯했던 충만은, 두 형사가 대문 밖으로 나갈 즈음에야 정신을 차리곤 후다닥 그 뒤를 쫓아 나왔다.

"박 형사, 너 증거도 없이 함부로 나서면 이번에는 불법 수사로 구속할 거야!"

"이젠 용 검사랑 합동 수사라도 하시게요? 아, 그래서 지금까지 용태복 검사의 불법 수사에 협조하셨나? 어디 누가 구속되나 지켜보시죠."

＊ ＊ ＊

같은 날 오후 만복교회

동금과 수석이 기다리고 있는 담임목사실로 이성민 목사가 들어왔다. 이성민은 단정한 머리카락에 안경을 썼고, 쌍꺼풀진 큰 눈을 하고 있었다. 설교를 마치고 돌아온 그는 형사들의 맞은편에 앉으며 입을 열었다.

"저를… 만나러 오셨다고요? 태왕배 장로 폭행 사건은 다 끝난 것으로 알고 있는데요.”

“실은 다른 일로 왔습니다.”

“다른 일이시라면…?”

“정충만에게 오랜 시간 협박을 받아오고 계시죠?”

순간, 이성민의 얼굴에 짙은 그늘이 드리웠다. 동금은 그 심경의 변화를 놓치지 않고 말을 이었다.

“그 일에 대해 도움을 드리고, 또 받고자 왔습니다. 협박을 받고 계신 이유도 이미 잘 알고 있으니….”

그때, 이성민이 찻잔을 만지작거리며 동금의 말을 잘랐다.

“나는 모르는 일입니다.”

동금은 부인하는 이성민을 똑바로 쳐다보며 차분히 입을 열었다.

“목사님, 정충만 같은 브로커는 절대로 먹잇감을 포기하지 않습니다. 지금 해결하지 않으시면, 앞으로도 정충만에게 목사님은 먹음직스러운 먹잇감으로 계속 남을 겁니다.”

이성민의 눈동자가 흔들렸다. 동금은 그를 향해 냉정한 시선을 유지하며 말을 이었다.

“진실을 밝혀주셔야 합니다. 분명히 말씀드리지만, 저는 목사님을 설득하러 온 게 아닙니다.”

“…그런 거 없습니다. 정충만이라는 사람도 모르고 협박 같은 것도 없어요. 이만 나가주시기 바랍니다.”

이성민은 동금의 눈을 피하며 이만 나가달라 요청했다. 그러나 동금은 자리에서 일어나지 않았다.

“목사님, 제가 가지고 있는 증거가 어떤 건지 궁금하지 않으십니까?”

"나가주세요, 나가달란 말입니다!"

거의 울먹이다시피 말하는 이성민을 향해, 동금의 입술이 이름 석 자를 읊었다.

"하. 정. 민."

동금의 입 밖으로 나온 이름을 듣는 순간, 이성민의 눈이 경악으로 물들었다. 마치 절대 불러서는 안 될 악마의 이름이라도 들은 듯한 표정이었다.

"그, 그, 그걸… 어떻게…?"

이성민의 눈앞에 5년 전 그날이 펼쳐졌다.

5년 전… 성민이 충만을 처음 만난 날

"정 회장님, 대단한 분이라고 들었습니다. 도움이 필요합니다."

"진정하시고 천천히 말씀해보세요."

이성민과 충만, 두 사람은 교회와 멀리 떨어진 찻집에서 마주 앉아 있었다. 둘은 본래 어떠한 연고도 없는 사이였으나, 곤란한 상황에 처한 이성민이 문제를 해결하고자 수소문 끝에 충만을 찾아오게 되었다.

"강 장로 말로는… 어떤 일이든 해결 못 하시는 게 없다고 들었는데요. 정말입니까?"

이성민이 충만을 향해 매달리다시피 말했다.

"물론입니다. 자, 이제 본론으로 들어가 보시죠."

충만 같은 악마의 입장에서, 이성민처럼 갈급한 사람은 잘 차려진 한 끼 식사와 같았다. 그렇게 이성민은, 스스로 악마의 올가미에 목을 걸었다.

"결혼 생활이… 행복하지 않습니다. 아니, 우울합니다. 정신과 치료까지 받았어요. 교회에서는 존경받는 목사지만, 집에 돌아가면 저는 아무것도 아닙니다."

충만은 차를 마시며 부드럽게 대화를 유도했다.

"저런… 그래서, 어떻게 되신 겁니까?"

"그러다 1년 전쯤에… 한 여자를 만났습니다."

"누구인가요?"

"우리 교회 신도인 하정민이라는 여자입니다. 21살이죠…. 너무 젊고 통통 튀는 아이예요."

충만은 속으로 웃었다. 그는 머릿속으로 '결국 사내새끼들이란' 하는 생각을 하면서도, 입으로는 다른 말을 내뱉었다.

"첫눈에 반하셨군요."

"네…. 부끄럽지만 그렇습니다. 저는… 그 아이와 관계를 맺었습니다. 하지만 저는 지금 그대로를 원했어요. 그런데 그 아이는… 저와 새로운 삶을 원합니다."

"그래서… 정리를 하신 건가요?"

"네, 한 달 전에 관계를 끝냈습니다. 그런데…."

충만이 알 만하다는 얼굴로 이성민의 말을 가로챘다.

"그 친구는 받아들이지 않는군요."

이성민은 고개를 격하게 끄덕이며 토로했다.

"네. 그때부터 저를 괴롭히기 시작했어요. 장인어른과 제 아내에게 모든 걸 폭로하겠다고 협박하고 있습니다. 제발, 제발 도와주십시오…!"

이성민이 고개를 숙이며 부탁하자, 충만은 빙그레 미소를 지으며 답했다.

"알겠습니다. 제가 한번 만나보겠습니다…."

＊ ＊ ＊

"목사님…?"

동금의 목소리에 이성민은 현재로 되돌아왔다. 그가 동금을 쳐다보자, 동금이 다시 차분히 이야기를 시작했다.

"목사님은 정충만에게 문제 해결을 부탁한 뒤에도 하정민 양과 한 달 정도 만남을 이어갔습니다. 그리고… 정충만은 두 사람이 밀회를 나눌 곳으로 가평 별장을 섭외해 주었죠."

"어, 어떻게 그것까지…."

"혹시 그 이유를 의심해본 적은 없으십니까? 왜 정충만은 직접 나서서 두 사람이 만날 장소까지 섭외해준 걸까요?"

이성민은 그게 대체 무슨 소리냐는 듯 동금을 바라보았다. 그리고 잠시 후, 창백해진 얼굴로 외마디 신음을 내뱉었다.

"아… 서, 설마…!"

"네, 그 가평 별장은 정충만과 태왕배의 사냥터였습니다. 목사님이 거기서 저지르신 불장난은 모두 녹음되고 촬영되었어요. 그뿐만이 아닙니다. 정충만은 목사님이 본인에게 문제를 해결해 달라고 찾아왔을 때도 녹음을 해두었어요. 그 모든 파일들이 지금 제 손에 있습니다."

이성민은 털썩 주저앉아 두 손으로 얼굴을 감쌌다. 가려진 눈으로부터 흘러내린 두 줄기 눈물이 손 아래로 떨어졌다.

"목사님, 피해자로 진술하실 수 있는 기회를 드리겠습니다."

'피해자'라는 말에 이성민이 고개를 들었다. 그는 눈물이 범벅된 얼굴로, 애처롭게 동금을 쳐다보았다.

"한때 하정민 양을 통해 위로를 얻으셨잖습니까? 억울하게 죽임 당한 하정민 양의 영혼은 5년째 구천을 떠돌고 있을 겁니다. 가족들은 사체는커녕 생사도 모를 테고요. 잘못을 바로잡으세요. 이번이 마지막 기회입니다."

＊ ＊ ＊

12월 9일 밤 10시 강남경찰서 강력 3팀 사무실

이틀 후… 밤 10시가 넘은 늦은 밤에 한 남자가 강력 3팀 사무실을 찾아왔다. 목도리로 얼굴을 가리고 있었지만, 동금은 보자마자 그가 누구인지 알 수 있었다.

"이쪽으로 오시죠. 기다리고 있었습니다."

이성민은 동금이 안내해 준 자리에 앉아 이야기를 시작했다.

"박 형사님, 지난 5년간 정충만에게 받은 협박을 모두 말씀드리겠습니다."

동금은 이성민에게 녹차를 한 잔 건네며 맞은편에 앉았다.

"천천히 말씀하세요."

"5년 전…. 저는 정충만에게 정민이가 저를 괴롭히지 못하게 해달라 부탁했습니다. 하지만 폭행하라고 지시한 적은 절대 없습니다. 더욱이, 살해하라는 지시는 꿈에도 한 적이 없어요!"

이성민은 손을 부들부들 떨며 말했다. 동금은 믹스커피를 홀짝이며 조심스럽게 물었다.

"그럼 하정민 씨는 어떻게 된 겁니까?"

"그게… 처음에는 정민이가 교회나 집 앞까지 따라와 불쑥불쑥 나타났습니다. 아무리 사정하고 애원해도 소용없었어요. 그러다 보니… 가평 별장에서 만남을 조금 더 지속하게 됐습니다…. 그런데…. 갑자기 어느 날인가부터 사라진 겁니다."

"그게 언제인가요?"

"정충만에게 부탁하고 두 달쯤 지났을 때였습니다. 처음에는 다행이라고 생각했죠. 하지만…."

이성민이 잠시 말을 잇지 못하자 동금이 말문을 다시 열었다.

"정충만이 무언가를 요구하던가요?"

"…며칠 후에 정충만이 전화를 했습니다. '목사님 덕분에 내 손에 피까지 묻었다'고요. 그 말을 듣는 순간 온몸이 얼어붙었습니다."

"그래서요?"

"정충만은 내게 수고비라며 5억을 요구했습니다. 나는 어쩔 수 없이… 그 돈을 줬고요."

"그리고… 5억으로 끝났을 리 없고요."

이성민은 끔찍하다는 표정으로 고개를 끄덕였다.

"네, 이후로도 정충만은 수시로 내게 돈을 요구했습니다. 한 번은 3천만 원, 한 번은 5천만 원…. 거절이라도 하면 곧장 정민이를 들먹이며 협박했어요."

"최근에도 요구가 있었습니까?"

"지난여름의 일입니다. 정충만이 갑자기 전화해서는 신임 장로인 태왕배를 장로들 저녁 모임에 불러내라고 했어요. 그러고는 자신도 초대해 귀빈 대우를 하라고 했습니다."

동금은 알 것 같다는 표정을 지으며 작게 한숨을 내쉬었다.

"처음에는 거절했습니다. 그런데 정충만이 정민이와의 불륜 사실을 폭로하겠다고 협박했어요. 장인어른과 아내에게 모두 알리겠다고…."

"결국에는 하신 거군요."

"네…. 그날 저녁 모임에 자신을 유일한 외부 손님으로 초대해서는, 자기를 '형님'이라고 부르며 오래된 사이인 것처럼 행동하라고 강요했어요."

동금이 '흠….' 하는 표정으로 물었다.

"왜 그런 걸 시켰을까요?"

"나중에 알고 보니…. 태왕배에게 자신이 담임목사인 저와 친분이 두텁다는 걸 보여주려던 거였습니다. 저를 이용한 거죠."

"그날 이후로도 협박은 계속됐습니까?"

"예, 정충만은 시키는 대로만 하면 아무 일 없을 거라고 했지만… 실제로는 끝이 없었어요. 그러던 중에 형사님이 날 찾아온 겁니다. 그리고 정민이 얘기를 하신 순간… 더는 견딜 수가 없었습니다."

이성민은 목도리를 벗고 울음을 터뜨렸다. 동금은 그런 이성민에게 작게나마 위로를 건넸다.

"목사님, 용기 내주셔서 감사합니다. 이제 정충만의 협박에서 벗어날 수 있을 겁니다. 혹시 고소장은 가져오셨나요?"

이성민은 동금에게 서류를 내밀며 입을 열었다.

"내일 기자회견을 열 예정입니다."

"기자회견을 하신다고요?"

"예…. 모든 것을 밝히고… 목사직을 포함한 모든 자리에서 내려오려 합니다.”

동금은 담담한 표정으로 고개를 끄덕였다. 이성민은 그런 동금을 보며, 울먹이는 얼굴로 물었다.

“형사님… 정민이의 시신을 찾을 수 있을까요?”

동금은 즉답하지 않았다. 하정민의 시신을 찾는 일은 도태수가 입을 열어야 가능했기 때문이다. 도태수는 여전히 다른 범죄 사실에 대해 묵비권을 행사 중이었으므로, 장담할 수가 없었다. 이성민은 거듭 동금의 손을 붙잡으며 부탁했다.

“박 형사님, 정민이의 시신이라도 꼭 찾아 주십시오. 부탁입니다!”

* * *

12월 11일 아침 8시 30분경 논현동 정충만의 집

충만은 동금을 비롯한 강력 3팀 형사들에 의해 자신의 집에서 체포당했다. 하정민의 살해를 도태수에게 지시하고, 이성민에게 지난 5년간 10억 원을 뜯어낸 공갈 혐의였다. 충만은 체포에는 순순히 응했지만, 범행에 대해서는 모두 부인했다. 동금이 ‘이성민과 하정민의 가평 별장 섹스 몰카’와 ‘이성민이 충만에게 무릎을 꿇고 비는 장면’ 등을 증거로 제시했지만, 충만은 모르쇠로 일관했다. 결국 동금이 마지막 카드를 꺼냈다.

“목사님, 들어오시죠!”

이성민이 수석의 손에 이끌려 사무실로 들어왔다. 의자에 앉아 있던 충만이 이성민을 보자 눈을 크게 떴다.

“어? 담임목사님! 여기 웬일입니까?”

충만이 반갑다는 듯 일어서서 손을 내밀었다. 이성민은 충만의 손을 외면한 채 맞은편 의자에 앉았다.

"정충만 씨, 이성민 목사님과 대질조사를 하겠습니다."

동금이 말을 들은 충만이 웃는 얼굴로 능청을 떨었다.

"대질조사요? 뭘 대질한다는 겁니까? 이 목사님하고 저는 좋은 사이인데?"

대질조사가 시작되자, 이성민은 충만의 악행을 구체적으로 하나하나 털어놓기 시작했다.

"정충만 씨, 당신은 하정민 양을 납치해 살해한 뒤 저를 협박했습니다. 수고비라며 5억 원을 요구했고, 그 이후에도 계속 돈을 뜯어 갔어요."

이성민이 떨리는 목소리로 말하자, 충만은 깜짝 놀란 표정을 지으며 손사래를 쳤다.

"뭐? 하정민을 내가 살해했다고? 이 목사님, 농담이 심하시네요! 나는 그저 중간에서 좀 도와드린 것뿐인데, 살해라니요? 박 형사님, 이거 증거 있습니까?"

충만이 동금을 쳐다보며 억울하다는 표정을 지었다. 이성민이 울분 가득한 얼굴로 다시 입을 열었다.

"그럼 지난여름 장로 모임은 어떻게 설명하실 겁니까? 당신이 저보고 태왕배 앞에서 당신을 '형님'이라고 부르기를 강요했잖아요!"

이성민의 말을 들은 충만은 의자에서 벌떡 일어나며 소리쳤다.

"내가 언제 태왕배 앞에서 형님이라고 부르라고 협박했다는 거요!"

충만은 손가락으로 성민을 가리키며 날뛰기 시작했다.

"당신이 먼저 그렇게 부른 거 아닙니까! 우리가 오래된 사이니까,

자연스럽게 형님이라고 부른 거지! 내가 언제 강요했어요?”

“거짓말하지 마세요! 당신이 분명히…!”

“아니, 목사라는 양반이 거짓말로 생사람을 잡네?!”

충만은 허공에 손을 휘저으며 분개했다.

“박 형사님, 이거 보세요. 내가 뭘 잘못했다고 이런 누명을 씌우는 겁니까? 나는 그저 이 목사님 부탁을 받아서 좀 도와드린 것뿐이라고요!”

충만이 동금을 향해 양손을 벌리며 억울하다는 표정을 지었다.

“정충만 씨, 앉으세요.”

동금이 차갑게 말하자, 그제야 충만은 입을 닫고 자리에 앉았다.

“정충만 씨, 마지막으로 한 번 더 묻겠습니다. 이성민 목사를 협박한 사실이 없습니까?”

“없습니다! 단 한 번도 없어요!”

충만이 손을 흔들며 단호하게 말했다.

“오히려 이 목사님이 나한테 고마워해야 하는 거 아닙니까? 내가 하정민 양을 설득하느라 얼마나 애를 먹었는지 아세요?”

충만은 마치 자신이 피해자인 것처럼 목소리를 높였다.

“그런데 이제 와서 나보고 협박을 했다니요? 이건 배은망덕이에요, 배은망덕! 목사님, 하느님이 보고 계십니다!”

이성민의 얼굴이 창백해졌다. 충만의 뻔뻔함에 말문이 막혀버린 것이다.

“정충만 씨, 그럼 이 녹음 파일은 뭐라고 설명하시겠습니까?”

동금이 노트북을 돌려 충만에게 보여주자, 충만의 얼굴에 당황한 기색이 스쳤다. 그러나 그는 얼른 태연한 표정을 지으며 말했다.

"녹음 파일이요? 어디, 뭐가 있는지 한번 들어나 봅시다."

충만은 뻔뻔하게 모든 범행을 끝까지 부인했으나 차고 넘치는 증거로 인해 결국 구속되었다. 며칠 전 동금의 장담대로⋯ 유치장에 입감되는 신세가 된 것이었다.

＊ ＊ ＊

충만은 구속된 지 사흘 만에 유치장 안에서 동금을 찾았다. 수갑을 찬 채 강력 3팀 사무실로 들어온 충만은, 의자에 앉자마자 동금에게 엄살을 부렸다.

"박 형사님, 나이가 드니 수갑 차고 있는 것도 힘에 부치네요. 예전 같지가 않아요! 일단 이 수갑 좀 풀어주면 안 됩니까?"

동금은 앉아 있던 자리에서 일어나 충만의 수갑을 풀어주었다.

"이번에는 뭘 가지고 거래하려고요? 형사는 머리가 안 좋아서 검사처럼 줄 게 없는데요."

"내가 박 형사님 수사에 도움이 될 만한 정보를 가지고 있어요. 태왕배와 송명준 의원의 관계에 대한 정보입니다."

동금은 관심 없다는 표정으로 업무 중인 모니터를 향해 고개를 돌렸다.

"그거라면 이미 알고 있습니다. 송명준이 부장검사 시절, 마지막으로 담당했던 사건이 태왕배의 뇌물 사건이었죠. 그때 태왕배의 동업자가 징역 10년을 선고받고 구치소에서 자살한 사실까지 다 알고 있습니다."

동금의 말을 들은 충만의 얼굴이 굳었다. 동금이 자신의 생각보다 훨씬 많은 정보를 알고 있었던 것이다. 충만은 입술을 잘근잘근 씹으며 머리를 굴렸다.

'한 실장이 분명 박 형사를 해결해 준다고 했는데….'

충만은 다급해졌다. 믿었던 어르신 카드가 통하지 않고 있었다.

"그럼… 이건 어떻습니까? 태왕배는 양철구를 모르는 게 맞습니다. 하지만 태왕배가 내 운전기사였던 도태수를 보더니 그러더군요. 오래전에 어디서 본 사람 같다고요. 그래서 내가 태수에게 물어봤어요. 태수가 대답은 안 했지만, 둘이 서로 아는 눈치였습니다."

동금은 충만이 그러든 말든 여전히 모니터에만 두 눈을 박은 채 키보드를 두들겼다. 결국 안달이 난 충만은 다른 이야기를 떠벌리기 시작했다.

"도태수가 양철구를 죽인 사실은 나도 전혀 몰랐습니다! 태수가 내 운전기사 역할을 하긴 했지만, 대국파 행동대장 출신이라 나도 부담스러웠어요. 유명 건달로서 대우해 주지 않을 수 없었습니다. 고객에게 받은 돈도 일부를 하우배에게 보너스로 줬을 정도라고요!"

동금이 그제야 충만을 향해 고개를 돌리더니 무심하게 툭- 질문을 던졌다.

"좋습니다. 믿어 드리죠. 그렇게나 부담스러운 도태수를 당신 운전기사로 추천한 사람이 누구입니까?"

충만은 한참 뜸을 들였다. 동금이 던진 이 질문이, 자신에게 얼마나 쓸모 있는 카드가 될지 고민하는 듯했다. 잠시 후 생각을 마친 충만은 흰 이빨이 드러나게 웃으며 입을 열었다.

"송명준, 그 자식이 도태수를 당분간 맡아 달라고 내게 부탁을 했습니다. 송명준이 도태수에게 무슨 약점이 잡혔는지 몰라도…. 억지로 내게 맡기는 느낌이었어요!"

동금이 놀라움을 감추지 못하고 물었다. 전혀 생각지 못한 뜻밖의 정보였던 것이다.

"뭐라고요…? 그럼 송명준이 도태수를 알고 있었다는 말입니까?"

"그렇다니까요! 내가 이 마당에 그런 인간을 위해 거짓말하겠습니까?"

충만은 송명준이 만신창이가 되어버렸다는 사실을 알고 있었다. 충만에게 있어 그는 더 이상 재기할 수 없는, 버릴 패가 되어버린 것이다. 충만은 이때다 싶었는지 용태복에게 걸었던 수작질에 다시 시동을 걸었다.

"박 형사님…. 내가 이성민 담임목사에게 받은 10억 중 5억 원은 범죄 금액에서 빼 주시면 안 되겠습니까? 그 정도면 처벌도 좀 낮아질 것 같은데요…?"

그 순간, 동금의 얼굴이 변했다. 그는 한겨울 동장군 같은 냉소를 지으며, 충만을 혼내듯 일갈했다

"정충만 씨, 내가 그 좆만한 새끼하고 같아 보입니까? 나는 거래 같은 거 안 합니다. 증거로 승부하는 게 형사거든요. 어림없는 수작은 그만두고 유치장으로 돌아가세요. 그 안에서, 당신 같은 브로커랑 얽혔다는 이유 하나 때문에 억울한 일을 당한 사람들에게 석고대죄할 생각이나 하세요. 제발 사람이면, 사람답게 반성할 줄 알란 말입니다!"

충만의 새하얗게 질린 얼굴로 입을 딱 벌린 채 턱을 덜덜 떨었다. 그러곤 다시 수갑을 찬 뒤, 유치장으로 끌려갔다.

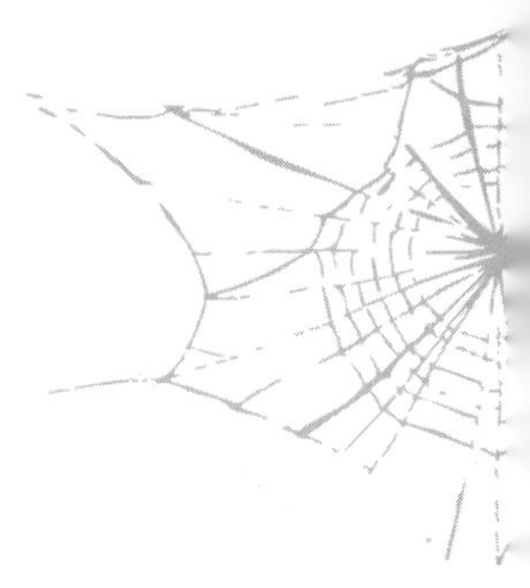

24
단죄(斷罪)

12월 15일 강남경찰서 현관 앞

찬바람이 매섭게 부는 겨울날, 송명준이 경찰에 출석했다. 초췌한 모습으로 차에서 내린 그는, 열띤 취재 경쟁을 펼치는 기자들 앞에서 기자회견을 시작했다.

"뉴스에 나온 동영상 속 인물과 목소리는 내가 아닙니다. 누군가 조작한 동영상이죠. 경찰은 이 증거를 누구로부터 어떻게 입수했는지, 그 경위를 명백히 밝혀야 할 것입니다. 선량한 정치인을 함정에 빠뜨리려는 사람이 누구인지에 대해서도, 꼭 밝혀주기 바랍니다."

송명준이 기자들과의 문답을 마치고 경찰서로 들어가려는 찰나, 검은색 승용차 한 대가 나타났다. 기자들의 시선이 일제히 그 차로 향했다. 잠시 후 멈춘 차 뒷자리에서 김기식이 굳은 표정으로 모습을 드러냈다.

송명준은 김기식과 눈이 마주치자 서둘러 경찰서 안으로 들어갔다. 김기식 또한 송명준으로부터 시선을 거두고 몰려오는 기자들에게 고개를 돌렸다.

$* * *$

　송명준은 동금과 테이블 하나를 두고 마주 앉았다. 그의 모습은 검찰청에 당당히 나타났던 때와 달리, 차기 대권을 노리던 4선 중진이라 보기 민망할 정도로 초라해져 있었다.

　"박 경위, 자네 뉴욕총영사관에 파견 근무까지 다녀온 촉망받는 친구라며? 국가의 도움으로 외국까지 가서 녹을 먹었던 친구가 왜 이렇게까지 무리하게 수사를 하나? 대체 수사를 누구한테 배웠기에 이런 식인 거야?"

　동금은 그런 송명준을 빤히 쳐다보며 오른손 새끼손가락으로 귀를 후볐다.

　"이 친구가…!"

　동금은 발끈한 송명준의 말을 자르며 질문을 던졌다.

　"4월 4일, 선릉역 앞 카페에서 이정명 변호사님과 단둘이 만나 무슨 대화를 나누셨습니까?"

　동금이 이정명 변호사의 일정표를 제시하며 추궁했다. 그러나 송명준은 고개를 가로저으며 애매하게 말을 돌리며 둘러댔다.

　"기억에 없네. 내가 연수원 동기인 이정명 변호사님을 오다가다 만날 수도 있지 않겠나? 그게 뭐 그리 의심받을 일인가?"

　"의원님이 이정명 변호사님을 만나고 난 뒤, 태왕배가 대국파 행동대장 양철구에게 이정명 변호사님의 청부살인을 사주했습니다. 그리고 의원님과 태왕배는, 충명회 활동을 함께 하며 뇌물을 주고받는 관계였고요."

　뇌물이라는 말에 송명준이 버럭 화를 냈다.

"아직 판결이 나기도 전인데 뇌물이라니! 자네, 무죄 추정의 원칙도 모르나? 어디 경찰이 판사 흉내를 내려고 드는 거야?!"

동금은 송명준의 두터운 낯짝에 헛웃음을 지었다. 그래서 질문이 아닌 추리를 풀어놓기로 했다. 송명준이 제 입으로는 순순히 범행을 자백하지 않을 것이라 생각됐기 때문이다.

"의원님. 거산마을 그린벨트가 해제될 것처럼 연기를 피워 태왕배가 사기를 치도록 돕고, 태왕배로부터 정치자금을 받아 다음 대선자금을 마련할 목적이었다는 것도 저는 다 알고 있습니다."

"박 군, 소설을 너무 많이 본 것 아닌가? 자네는 지금 다큐가 아닌 픽션을 얘기하고 있어! 수사는 다큐로 찍어야 하지 않겠나?"

송명준은 이제 동금을 형사가 아닌 '박 군'이라 부르며 하대하고 있었다. 그러나 동금은 아랑곳하지 않고 조사를 이어갔다.

"의원님은 14년 전, 경기도 용인에 있는 설산개발 공동대표 태왕배의 뇌물사건 담당 검사셨죠?"

송명준이 자세를 고쳐 앉으며 입을 열었다.

"내가 왕년에 한 가닥 했던 검사라서 말이야. 너무 많은 사건을 맡았다 보니 기억이 가물가물하네."

동금은 대충 넘어가려는 송명준에게 연이어 질문을 던졌다.

"대국파 행동대장 도태수는 잘 아시죠? 정충만 운전기사 말입니다."

송명준은 잠시 흠칫했지만, 재빨리 태도를 바꾸어 허장성세를 부렸다.

"내가 검찰에 있을 때 깡패 꽤나 잡았지. 뭐, 그중에 한 놈일지도 모르겠군!"

동금은 진실을 가리기 급급한 송명준을 보며 쏩쏩하게 웃었다. 광주경찰청 조폭팀 구본찬 형사 덕분에 도태수에 관한 다수의 정보를 알아둔 상태였다.

도태수는 칼을 잘 다루는 데다 조직 내에서 신망도 높아, 삼십 대 초반의 나이에 대국파 넘버 3인 행동대장까지 올랐다. 그러자 그런 도태수를 질투하는 선후배들이 생겨나기 시작했고, 그 와중에 경쟁 조폭과 큰 싸움이 벌어져 검찰의 수사를 받게 되었다. 대국파에서는 간부급 중 누가 총대를 멜 것인지 격론이 오갔다. 그리고 결국, 어린 나이에 출세 가도에 들어섰던 도태수에게 그 역할이 주어졌다. 당연히 도태수는 항명했다. 대국파를 탈퇴하겠다고 나선 것이다. 대국파는 도태수에게 탈퇴 조건으로 '아킬레스건 하나'와 '검찰 수사 총대'를 요구했고, 도태수는 별수 없이 이를 승낙했다. 그리고 당시, 이 수사를 담당했던 사람이 송명준 부장검사였다. 도태수의 사정을 알게 된 송명준은 그를 선처했고, 도태수는 그런 송명준에게 충성하기 시작했다.

"좋습니다. 의원님 말씀대로 지금부터는 다큐로 질문하겠습니다."

달라진 동금의 표정에 송명준의 얼굴이 굳었다.

"14년 전, 태왕배에게 돈 가방을 받아 차 트렁크에 실은 적 있으시죠? 오래됐어도 그 정도는 기억할 수 있을 것 같은데요?"

송명준이 저도 모르게 고개를 갸웃했다. 약 14년 전, 그는 다음 해 총선에 출마하고자 태왕배로부터 선거자금을 받은 적이 있었다. 당시 그는 태왕배의 동업자인 이은실의 아버지 이만용에게 죄를 덮어씌워주는 대가로, 현금 10억을 받아 차 트렁크에 실었던 것이다. 동금이 기억을 더듬는 듯한 송명준을 보며 말을 이었다.

"의원님이 태왕배로부터 10억이 든 돈 가방을 받은 날짜와 시간을 불러드리겠습니다. 듣고 맞는지 답변해주시죠."

송명준은 동금의 말에 헛웃음을 터뜨렸다. 지금으로부터 14년 전이라면, 동금의 나이는 겨우 스무 살 남짓일 때였다. 송명준 스스로도 날짜를 기억 못 하는데 그 시간을 불러 확인시켜주겠다니…

"박 군, 자네 생긴 것과 달리 허풍이…."

"2010년 5월 5일, 밤 11시 27분 17초. 용인 우전초등학교 정문 앞에서 받으셨더군요. 제 말이 맞습니까?"

송명준은 크게 당황하며 놀란 표정을 지었다. 동금의 말을 듣는 순간, 14년 전 그날이 떠올랐기에….

14년 前 5월 5일

검은색 그랜저 승용차가 '우전초등학교'라 적힌 교문 앞에 서 있었다. 잠시 후 뒤에서 에쿠스 승용차가 나타나더니 그랜저 뒤로 천천히 다가왔다. 에쿠스가 멈추자, 운전석에서 한눈에 봐도 거구인 남자가 내렸다. 젊은 태왕배였다. 왕배는 트렁크에서 큰 가방을 꺼내들고 그랜저 차량으로 걸어갔다. 왕배가 다가오자 그랜저 운전석의 남자가 버튼으로 트렁크 문을 열어주었다. 왕배는 커다란 가방을 그랜저 트렁크에 넣고는 운전석의 남자에게 꾸벅- 허리를 굽히며 말했다.

"하늘 같으신 영감님, 말씀하신 10억입니다."

운전석의 남자…. 14년 전의 송명준은 왕배를 향해 고개를 끄덕인 뒤, 그랜저를 출발시켜 초등학교 앞을 떠났다.

＊　＊　＊

송명준은 등골이 서늘해지는 것을 느끼며 현실로 돌아왔다. 정확하게 기억할 수는 없었지만, 오월의 어느 날쯤이었던 것은 확실했다. 시간도 늦은 밤이 맞았다. 초등학교였는지는 모르겠지만, 학교 정문이었던 것도 사실이었다.

"그럼 질문에 묵묵부답한 것으로 조서에 기재하겠습니다."

송명준은 정신이 반쯤 나간 채 물끄러미 동금을 바라보았다. 그러자 송명준의 옆에 앉아 있던 변호인이 입을 열었다.

"형사님, 돈을 받은 일시와 장소를 특정한 경위를 알려주시죠."

동금은 입꼬리를 살짝 올리며 변호사에게 말했다.

"또 용태복 검사를 시켜서 우리 사무실로 동영상 빼앗으러 오려고요? 좋습니다. 만에 하나 또 그런 짓을 벌이신다 하더라도, 방어권 보장 차원에서 정정당당하게 알려드리겠습니다."

동금은 노트북을 돌려 송명준과 변호인이 볼 수 있게 만들어 준 뒤, 영상 하나를 틀어주었다. 우전초등학교 정문을 찍는 CCTV 영상이었다. 그 영상에는 조금 전 송명준이 떠올렸던 장면이 그대로 재생되고 있었다. 송명준은 그제야 동금이 날짜와 시간을 정확하게 불러 줄 수 있었던 이유를 알 수 있었다. 태왕배가 송명준의 그랜저 트렁크에 돈 가방을 넣는 순간이, 정확하게 '밤 11시 27분 17초'였던 것이다.

"도태수가 갖고 있던 동영상입니다. 당시… 의원님의 충성스러운 운전기사였죠?"

그랬다. 당시 송명준의 운전기사로 일하던 도태수는 차를 청소하던 중, 트렁크에서 10억이 든 돈 가방을 발견했다. 그는 본능적으로 이것이 송명준의 약점이 될 것이라 직감했고, 즉시 블랙박스를 확인하여 덩치 큰 남자가 트렁크에 가방을 넣어주는 것을 확인했다. 뇌물을 확인한 도태수는 나중을 위해 좀 더 확실한 그림과 정보를 원했고, 돈을 준 남자의 얼굴을 확보하고자 거래가 이루어진 우전초등학교로 찾아갔다. 그러곤 송명준 부장검사의 힘을 이용해, 시설 담당 교사로부터 받은 CCTV 영상을 촬영해 두었던 것이다.

도태수는 구명줄로 믿고 있던 송명준이 태왕배로부터 홍삼박스를 받는 영상이 뉴스에 나오자 그로부터 등을 돌렸다. 무엇보다 14년 전 우전초등학교 정문 앞 CCTV 영상이 결정적이었다. 동금이 이 영상을 내밀자, 더 버티지 못하고 영상에 대해 털어놓았다.

"도태수… 이 개새끼가…!"

사태를 파악한 송명준이 저도 모르게 욕설을 내뱉었다. 그러나 동금의 공격은 여기서 끝이 아니었다.

"이정명 변호사님이 14년 전 태왕배 뇌물사건의 1심 재판관이셨죠?"

동금은 이정명의 일정표를 살피던 중, '4월 4일 오후 5시 선릉역 스타벅스 MJ'라는 메모 옆에 휘갈겨 쓰여진 '2010.7.14.'를 발견했다. 그리고 조사 끝에, 이 날이 송명준의 총선 출마 선언 겸 출판기념회였다는 사실을 알아냈다. 이후 동금은 이정명의 부인 정은주와 함께 이정명의 서재를 샅샅이 뒤졌고, 빛바랜 신문 스크랩 하나를 찾을 수 있었다. 신문기사는 고려일보의 보도 사진으로, 출판기념회를 연 송명준이 사람들과 악수를 나누는 모습이 선명하게 담겨 있었다. 놀라운 것은 그 배경이었다. 사진 속 송명준의 바로 뒤편에, 커다란 덩치를 가진 남자가 웃는 얼굴로 서 있었던 것이다. 다름 아닌 태왕배가….

14년 전, 이정명은 이 기사를 본 순간 깨달았다. 왜 그 당시 모든 죄가 이은실의 아버지 이만용에게 쏠렸는지…. 어째서 그가 감옥 안에서 자살하게 되었는지…. 송명준과 태왕배의 유착관계를 알게 된 이후, 이 죄책감은 이정명을 평생 괴롭혔다. 그렇게 시간이 흘러가던 중, 이정명은 우연히 맡게 된 거산마을 그린벨트 사건에서 다시 태왕배와 맞닥뜨리게 된 것이다. 그리고 조사를 통해, 송명준이 속해 있는 국민당에서 강남 그린벨트 해제를 공약으로 검토하다가 백지화시켰다는 사실을 알게 되었다. 그뿐만 아니라, 국민당 선거대책본부 공동위원장인 송명준이 그 뒤에 있었다는 사실까지도…. 결국 이정명은 송명준을 직접 만나 따지기로 했다. 그렇게 이루어진 만남이 2025년 4월 4일, 선릉역 근처 스타벅스 카페에서의 만남이었다.

2025년 4월 4일 선릉역 근처 스타벅스

스타벅스 로고가 보이는 한적한 구석 자리…. 이정명은 송명준과 마주 앉아 분노 가득한 목소리로 입을 열었다.

"이번엔 또 태왕배와 무슨 일을 꾸미려는 거야? 자네는 이미 14년 전에도 나를 속여 억울한 사람을 자살하게 했어!"

송명준은 분노하는 이정명을 향해 비웃음을 날리며 답했다.

"형님, 증거 있어요? 14년이나 지난 일을 가지고 왜 이러실까? 나이도 많으신데 이젠 세상일에 관심 끊고 편히 사세요. 그리고 그 일은 바보같이 속은 형님 탓을 해야지, 왜 내 탓을 하고 그럽니까? 속인 놈만 나빠요? 속은 놈도 나쁜 거예요!"

송명준의 말 같지도 않은 말에 이정명의 손이 떨렸다.

"이 못된 놈! 대통령이 되겠다는 사람이 왜 사기꾼, 건달들과 어울려 다니고 있어? 자네는 대통령이 아니라 공직에서도 물러나야 할 사람이야!"

"형님, 집에서 손녀 재롱이나 보며 지내세요. 아니면 형수님과 낙향해서 공기 좋은 데에서 사시던가. 뒷방 늙은이가 뭘 할 수 있다는 겁니까?"

송명준의 말을 듣던 이정명의 눈에 독기가 서렸다.

"이 나쁜 놈…. 내가 네 녀석 실체를 반드시 세상에 알려주마!"

＊ ＊ ＊

동금은 이정명과의 만남을 떠올리는 송명준을 추궁했다.

"태왕배가 얼마나 갈대보다 못한 인간인지 모르시는 건 아니죠? 대통령을 목전에 둔 송명준 의원님이 아니라, 교도소가 목전인 피의자 송명준에게 과연 떨어진 콩고물이 있다고 생각할까요?"

송명준은 비웃음이 체념인지 모를 헛웃음을 지었다. 그러자 곁에 있던 변호인이 나섰다.

"형사님, 다 좋습니다. 하지만 뇌물죄 공소시효가 10년인 사실 정도는 알고 계시죠? 백번 양보해서 송 의원님이 태왕배로부터 14년 전에 뇌물을 받았다 쳐도, 이미 공소시효가 지났는데 어떻게 처벌할 수 있습니까?"

송명준이 변호인의 말에 반색했다. 아직 빠져나갈 구멍이 있다는 희망을 갖게 된 것이다. 그러나 동금은 전혀 당황하지 않고 변호인을 똑바로 보며 되물었다.

"과연 그럴까요?"

"…뭐요?"

당황한 변호인이 얼떨결에 묻자, 동금이 한심하다는 눈으로 입을 열었다.

"변호사님. 일반 뇌물죄야 공소시효가 10년이지만, 10억 이상의 뇌물은 형법이 아니라 '특정범죄 가중처벌 등에 관한 법률'이 적용되어 공소시효가 15년으로 연장되는 거 모르십니까?"

변호인은 망치로 한 대 얻어맞은 듯, 멍청한 표정으로 동금을 쳐다보았다. 송명준도 허탈함이 가득 담긴 신음소리를 내며 고개를 떨어뜨렸다.

'끝이구나….'

송명준의 머릿속에는 지난 14년간의 세월이 주마등처럼 스쳐 지나갔다. 태왕배의 10억, 그 돈으로 쌓아 올린 정치 인생, 마지막 보루라고 믿었던 공소시효마저 무너진 지금 이 순간까지…. 그는 마치 마라톤 42.195킬로미터를 달려 결승선을 700미터 앞두고 쓰러진 선수처럼, 면죄부라는 결승선을 불과 7개월 앞두고 붙잡혀버린 꼴이었다.

"왜 도태수에게 양철구를 살해하라고 지시했습니까?"

송명준은 모든 것을 내려놓은 듯, 영혼이 빠져나간 기계처럼 담담히 이야기를 시작했다.

나름대로 왕년의 수사통이었던 송명준은 경찰이 양철구를 검거하자 고민에 빠졌다. 자신에게까지 그 영향이 미칠까 우려됐던 것이다. 실제로 이정명 살해사건의 관계도는 다음과 같았다.

태왕배 → 도태수 → (양철구) → 이정명 → 송명준 → 도태수 → 태

왕배

　이 연결 고리는 마치 실로 꿰어진 구슬처럼 하나만 건드려도 전체가 드러날 수 있는 위험한 구조였다. 양철구가 입을 열면 도태수가 드러나고, 도태수가 드러나면 결국 송명준 자신까지 도달하게 되는 구조였다. 송명준은 전직 검사 출신답게, 냉철하게 판단을 내렸다.

　'양철구가 없어지면 도태수가 드러나지 않는다. 그러면 나도 숨길 수 있다.'

　송명준은 이 긴 사슬에서 가장 약한 고리를 끊어내기로 했다. 산불이 번지는 것을 막기 위해 중간에 방화선을 만드는 것처럼, 가장 이해관계가 없어 보이는 도태수와 양철구의 구간을 끊기로 한 것이다. 양철구라는 증인을 제거함으로써, 자신까지 이어지는 증거의 사슬을 끊는 것. 이것이 도태수에게 양철구 살해를 지시한 이유였다.

　"결과적으로 당신이 저지른 일은 범죄를 범죄로 덮으려는 악순환에 불과했습니다. 하나의 살인을 숨기기 위해 또 다른 살인을 저지르다니… 하늘이 그걸 가만두리라 생각한 겁니까? 그거야말로 손바닥으로 하늘을 가리려는 짓 아닐까요?"

　동금의 일갈을 들은 송명준은 말 없이 눈물 한 방울을 떨어뜨렸다. 그 눈물이 후회의 눈물인지 억울함의 눈물인지는… 하늘만이 알 터였다.

＊ ＊ ＊

　동금은 서울구치소 조사실에서 도태수와 마주 앉았다. 그는 도태수 앞에 양철구의 차키를 던지듯 놓으며, 몇 번이나 했던 질문을 다시 던졌다.

"도태수, 네 집에서 찾아낸 양철구의 차키야. 양철구, 네가 죽였지?"

이미 여러 번 물었으나 돌아오지 않던 답이, 마침내 도태수의 입에서 흘러나왔다.

"…그래요. 내가 죽였습니다."

도태수가 동금의 눈을 똑바로 바라보며 대답했다. 송명준의 진술에 양철구의 차키까지 들이밀자 더는 버틸 도리가 없었다.

"양철구를 죽인 이유는?"

"송명준 의원이 부탁했습니다."

"이유는?"

"이유는 말해주지 않았지만… 대략 짐작은 했습니다. 단, 이거 하나마은 분명히 합시다. 송명준의 지시가 없었다면, 난 철구를 죽이지 않았을 겁니다. 정말입니다."

동금은 수사 서류를 훑어보며 입을 열었다.

"11년 전 네가 용인에서 사람을 때려 숨지게 한 사건, 기억하지? 경찰은 살인죄로 송치했는데 검사는 폭행치사죄로 죄명을 변경했어. 최소 20년을 감옥에 있어야 할 네가 6년 만에 나온 거야. 이것도 송명준 의원이 도와준 거였지?"

도태수의 입가에 희미한 미소가 번졌다. 동금은 그런 도태수를 노려보며 말을 이었다.

"네가 용인에서 때려죽인 사람…. 그 사람은 태왕배가 하는 부동산 개발 부지의 지주였어. 하지만 너는 당시 수사를 맡았던 경찰들에게 묵비권을 행사했고, 송명준이 너를 폭행치사로 바꿔주었지. 당연히 태왕배는 아무 처벌도 받지 않았고 말이야.”

도태수가 대답 대신 눈을 피하자, 동금은 확정타를 날리듯 말했다.

“태왕배와 너는…. 네가 송명준의 집사 노릇을 할 때부터 알고 있는 사이였던 거야.”

도태수가 놀란 얼굴로 동금을 쳐다보았다. 마치 누구도 알아차릴 수 없으리라 믿었던 비밀을 들킨 것처럼….

“내가 태왕배를 처음 만났을 때, 태왕배는 양철구가 아닌 ‘대국파’라는 말에 깜짝 놀랐어. 그 말인즉, 태왕배는 양철구는 몰랐지만 대국파는 알고 있었단 얘기지. 그러니 정리해보면, 태왕배가 알고 있던 사람은 ‘현 대국파 행동대장 양철구’가 아니라, ‘전 대국파 행동대장 도태수’였다는 얘기가 성립하는 거야. 정충만의 재판장에서도 그랬지. 넌 충만의 운전기사로 그 자리에 찾아온 것처럼 보였지만, 실제로는 증인석에 나온 태왕배에게 더 정중히 인사를 건네더군. 난 그때 확신했어. 네가 더 오래 연을 맺어온 사람은, 정충만이 아니라 태왕배라는 사실을 말이야.”

잠시 정적이 흘렀다. 그리고 마침내… 도태수가 허탈한 웃음과 함께 입을 열었다.

“대단하군. 박 형사… 아니, 박 형사님. 정말로 대단하십니다. 그 관계를 알아차리리라고는 꿈에도 몰랐습니다.”

동금은 드디어 도태수가 단단히 세워두었던 성문을 무너뜨렸음을 느꼈다.

“너는 교도소에서 6년을 살고 나온 뒤, 다시 태왕배를 찾아갔어. 그렇지?”

“맞습니다. 송명준 의원의 소개로 정충만의 운전기사를 시작했지만, 왕배 형님은 여전히 내게 한 번씩 용돈을 주셨어요. 14년 전부터 그랬던 것처럼….”

“그렇게 너와 관계를 이어오던 태왕배가 다시 도움을 요청했어. 해결사 역할로 말이야.”

“예, 맞아요. 다음 대선이 코앞이었던 송명준 의원은 이정명 변호사의 폭로 예고 때문에 불안해했습니다. 송명준 의원은 이를 왕배 형님에게 의논했고, 왕배 형님은 나를 해결사로 끌어들였죠.”

동금이 언성을 높여 말했다.

“송명준과 태왕배, 둘 모두에게 너는 훌륭한 칼이었던 거지. 이미 나쁜 짓을 나눈 사이이니 눈치 볼 것도 없었고!”

도태수는 작게 한숨을 내쉬었다. 동금은 눈을 날카롭게 뜨며, 다음 단계로 넘어갔다.

“그럼 이제 하정민 양 이야기를 해볼까? 하정민은 만복교회 담임목사 이성민의 애인이었어. 그 여자도 네가 죽였지?”

“…모르는 일입니다.”

도태수가 고개를 저었다. 동금은 다시 성문을 걸어 잠근 그를 노려보며 차갑게 웃었다.

“사체가 발견되지 않으면 죄를 덮을 수 있다고 생각하는 거야? 이걸 보고도 그렇게 모르쇠로 나올 수 있을까?”

동금이 노트북을 도태수 앞으로 돌렸다. 화면에는 동영상 파일 목록이 떠 있었다. 그중 하나를 발견한 도태수의 얼굴이 사색이 되었다. 파일 제목은 ‘하정민_2020.05.17.’이었다.

“이… 이게 어떻게…?”

“정충만 휴대폰에 들어 있던데? 스페어타이어 속에 숨겨뒀던 그 휴대폰 말이야."

동금의 말을 들은 도태수는 이해가 되지 않는다는 얼굴로 입을 열었다.

"그건… 그건 파손됐을 텐데…? 복구할 수 없다고…?"

동금은 그런 도태수를 보며 씩 웃었다.

"그러게 말이야. 손목이 부러지는 것까지 감수했는데…. 그 안에 있던 것들이 이렇게 멀쩡하게 내 손에 있으니 당황스러운가 봐?"

도태수는 참담한 표정으로 동금과 파일들을 번갈아 보았다.

"정충만 휴대폰 속에는 생각지도 못한 동영상과 녹음 파일이 정말 많더군. 여기, 이성민과 하정민이 태왕배의 가평 별장에서 섹스를 나누는 동영상도 있고…. 이것도 네 작품이지? 정충만의 지시로 촬영한 거 맞지?"

도태수는 정말 모든 것을 포기한 표정으로 고개를 끄덕였다.

"네…. 정충만이 시켰습니다. 이성민 목사를 협박하기 위해서…."

동금은 노트북을 다시 자신에게로 돌리며 도태수를 노려보았다.

"네가 손목 골절을 당하면서까지 휴대폰을 파괴하려고 했던 이유는 하나였어. 이 휴대폰 속에는, 정충만의 범죄행각들뿐만 아니라 네가 벌인 범죄 증거도 있었기 때문이지. 경찰서에서 도둑질을 하겠다는 생각까지 하며 이걸 손에 넣으려 했던 이유도 짐작이 가. 정충만이 하는 짓을 보아왔으니, 너도 그렇게 사람들을 협박하면 큰돈을 벌 수 있으리라 생각한 거야. 그렇지?"

도태수는 정신이 반쯤 나간 듯, 실성한 사람처럼 빙긋 웃으며 입을 열었다.

"보셨다시피 거기엔 온갖 자료들이 있잖습니까? 나라고 정충만처럼 되지 못할 이유가 없다고 생각했습니다. 그 휴대폰은 말 그대로 황금알을 가득 밴 거위였으니까요. 그래서 이혜정… 아니, 이세인이라 했지? 그 씨발년…. 그년을 이용하기로 한 겁니다. 그 휴대폰만큼은 포기할 수 없었거든요.”

도태수의 입에서 이세인이 언급되자 동금이 주먹을 움켜쥐며 벌떡 일어났다. 그는 덥석! 도태수의 멱살을 잡아 주먹을 날리려다가, 초인적인 인내심을 발휘해 그를 던져버리듯 자리에 앉히고는 떨리는 주먹을 풀었다.

“한 번만 더 그따위로 입 놀려봐. 이빨을 전부 부숴버릴 테니까.”

도태수는 으드득- 이를 갈며 동금을 노려보았다. 전직 조폭 행동대장이자 칼잡이라는 이름값답게, 여전히 독기가 살아 있는 모습이었다. 동금은 그런 도태수를 호랑이 같은 눈으로 노려보며, 포효하듯 입을 열었다.

“도태수. 너는 양철구 살인과 하정민 살인을 비롯한 수많은 범죄에 가담했어. 겉으로는 있어 보이는 척 가오를 잡지만, 실상은 그냥 더러운 무뢰배일 뿐이야. 피의자 신분으로 나를 만난 걸 다행으로 알아. 길거리에서 마주쳤으면 넌 내 손에 죽었을 거야.”

도태수의 어깨가 미세하게 떨렸다. 동금은 마치 침을 뱉듯 그를 향해 마지막 말을 건넸다.

“그러니까 이제 쓸데없는 계산질은 그만하고, 하정민의 시신이 어디 있는지 말해. 그게 네가 할 수 있는 마지막 속죄니까.”

도태수는 허탈한 웃음을 지으며 동금을 쳐다보았다. 동금은 그런 도태수를 향해 다시 한 번 주먹을 날리려는 듯 커다란 오른손을 뻗었다. 도태수는 저도 모르게 움찔- 하며 상체를 뒤로 물렸다. 그러자 동금이 순식간에 도태수의 머리채를 휘어잡았다.

"억!"

도태수의 입에서 외마디 비명소리가 터졌다. 동금을 보는 그의 눈빛이 달라졌다. 완벽한 패배였다.

"야, 도태수. 내 말 알아들었어? 알아들었으면 눈깔에 힘 풀고 대답이나 해. 이 좆만한 씨발 새끼야."

＊ ＊ ＊

강남경찰서 강력 3팀 조사실

동금은 수갑을 찬 김기식 부장검사와 마주 앉아 있었다. 며칠 전, 충명회 회원 모두가 경찰에 구속되었던 것이다. 송명준은 국회의원이라 불체포특권이 있었지만, 여론이 악화됨에 따라 국회에서 표결 끝에 영장실질심사에 출석하게 되었다.

"박 형사님…."

김기식이 힘없는 목소리로 먼저 말문은 열었다.

"한 가지만 물어보겠습니다. 정충만의 휴대폰 말입니다. 그건 복구할 수 없는 상태였다고 들었는데…. 어떻게 된 겁니까?"

동금은 자신을 빤히 쳐다보고 있는 김기식을 향해 천천히 답했다.

"맞습니다. 그 휴대폰은 이미 사망 선고가 내려진 상태였습니다."

"그럼 도대체 어떻게 그 안에 들어 있는 파일들이 세상에 나오게 된 겁니까? 홍삼박스 동영상부터 녹음 파일… 만복교회 담임목사 동영상까지…. 내 머리로는 도저히 이해할 수가 없네요."

김기식은 정말로 궁금해 못 참겠다는 얼굴로 동금을 쳐다보고 있었다. 동금은 그런 김기식에게 빙그레 미소를 지었다.

"아마 그럴 겁니다. 도태수가 부순 휴대폰은 정말로 복구가 불가능했으니까요. 어떤 아름답고 현명한 여자의 희생이 없었다면, 그 자료들은 세상에 나오지 못했을 겁니다."

"그게 무슨…? 여자라니요?"

김기식이 눈을 가늘게 뜨며 물었다.

"이세인 씨 말입니다."

"이세인? 구속된 그 여자가 뭘 했다는 겁니까?"

"이세인 씨는 도태수의 부탁으로 강남경찰서 주차장에 압수되어 있던 정충만의 휴대폰을 손에 넣었습니다. 여기까지는 검사님도 아시는 내용이죠?"

김기식이 고개를 끄덕이며 조급하게 물었다.

"그래서요?"

동금은 자신감 있게 이야기를 이어갔다.

"나는 도태수를 미행하면서 그의 행동 패턴을 파악해 두었습니다. 도태수는 항상 사람들의 예상과 다르게 움직였죠. 그날도 마찬가지였습니다. 전화로는 형사들을 속이기 위해 이세인 씨에게 큰길로 오라 유도하면서, 실제로는 반대로 움직였죠. 나는 이걸 예상했습니다."

"그래서요?"

"당시, 나는 강남경찰서 정문 경비실에서 이세인 씨를 지켜보고 있었습니다. 그리고 몸짓과 손짓으로 신호를 보냈죠."

"무슨 신호 말입니까?"

"정충만의 휴대폰을 핸드백 안에 넣으라고요."

"…뭐라고요?"

김기식의 눈이 커졌다.

"현명한 세인 씨는 내 신호를 정확히 알아차렸죠. 그녀는 강남경찰서 정문을 나가기 직전, 정충만의 휴대폰을 자신의 핸드백에 넣었습니다. 그리곤 정충만의 휴대폰 케이스를 벗겨 그녀 자신의 휴대폰 케이스와 바꿔치기했죠."

"아니, 잠깐만… 그렇다면 도태수가 부순 휴대폰이….""

동금이 웃으며 말을 이었다.

"맞습니다. 도태수가 이세인 씨의 손에서 가로챈 휴대폰은 정충만의 것이 아니라 세인 씨의 것이었습니다. 두 사람의 휴대폰 기종이 같았기에 가능했던, 거짓말 같은 작은 기적이었죠. 도태수는 케이스를 보고 당연히 그것이 정충만의 휴대폰이라 확신한 겁니다."

그랬다. 동금이 손에 넣은 모든 자료들은, 세인이 바꿔치기한 정충만의 휴대폰으로부터 얻어낸 것이었다. 송명준이 태왕배로부터 10억을 받는 14년 전 영상, 이성민이 정충만을 찾아가 하정민에 대해 부탁하던 녹음 파일, 가평 별장에서의 이성민과 하정민의 섹스 동영상, 그 외 도태수와 정충만이 저지르고 기록으로 남겨둔 모든 범죄 자료들이 그 안에 있었다.

동금은 세인이 구속되자마자 자신의 손에 들어온 자료들을 하나씩 파고들기 시작했다. 충명회 회원들의 목줄기를 물어뜯기 위한 반격을 시작한 것이다. 그중 하나가 바로 송명준이 태왕배로부터 뇌물을 받는 14년 전 영상이었다. 동금은 영상 속 학교 이름과 날짜만 가지고 수사한 끝에, 당시 시설 담당 교사였던 박재용 교사를 찾아냈다. 그리고 그로부터 '다리를 절던 남자가 찾아와 검사의 지시라며 CCTV 영상을 촬영해 갔다'는 증언을 확보했다. 이처럼 휴대폰 속 파일들의 정황과 사실을 집념과 오기로 파헤침으로써, '송명준' '태왕배' '정충만' '도태수'를 비롯한 충명회 전원의 범죄들을 낱낱이 파악했다.

"박 형사님이… 모든 걸 계획한 거였군요."

진실을 알게 된 김기식이 완전히 당했다는 표정으로 조사실 천장을 올려다보았다. 동금은 뿌듯한 표정으로 고개를 끄덕였다.

"네. 나는 도태수의 행동 패턴을 읽고 있었고, 세인 씨는 내 신호를 완벽하게 따라줬죠. 세인 씨의 순간적인 판단력과 용기가 수사를 성공으로 이끌어순 겁니다."

천장을 쳐다보던 김기식이 동금에게로 시선을 옮기며 물었다.

"그럼… 포렌식 센터에서 용태복이 가져간 휴대폰도…?"

"검사님, 용 검사한테 들으셨죠? 내가 그때 얼마나 울었는지 말입니다."

동금이 씩 웃자 김기식이 어처구니가 없다는 표정을 지었다.

"그래요…. 용 검사가 말하더군요. 형사들이 오열하며 빼앗기지 않으려고 했다고…."

"네, 전부 연기였습니다. 함께 울음을 터뜨려준 김정선 형사는 물론이고 힘껏 저를 말린 신수석 경위와 침통한 표정의 부기원 팀장님, 그리고 권수찬 반장님까지…. 그 순간 우리 팀 모두 '연기자'로 하나가 되었죠."

김기식은 푸하하ー 헛웃음을 터뜨리더니 이내 머리를 쥐어뜯을 듯 감싸쥐며 중얼거리기 시작했다.

"이렇게… 이렇게 완전히 당해버렸을 줄이야…!"

김기식은 여유롭게 웃고 있는 동금을 노려보며 말했다.

"박 형사… 자네가 나를, 아니 우리를 완전히 농락한 거였군…!"

동금은 정신차리라는 듯 김기식의 말을 정정했다.

"아닙니다. 입을 삐뚤어졌어도 말은 바로 하셔야죠. 나는 그저 진실을 밝혔을 뿐입니다. 당신들이 기를 쓰고 묻어버리려 했던, 진실을 말입니다."

김기식은 후- 한숨을 쉬더니, 잘못을 용서받고 싶은 어린아이처럼 돌변하여 동금에게 속삭이기 시작했다.

"박 형사님…. 난 송명준을 따라하다가 결국 이 모양 이 꼴이 됐습니다. 어떻게… 좀 봐주면 안 되겠습니까? 나 같은 부장검사 따위가 뭐 대단하다고 그런 일들을 주도했겠습니까? 그냥… 그냥…!"

김기식은 그야말로 비참하고 구차하기 짝이 없는 악인의 말로를 보여주고 있었다. 결국 보다못한 동금이 일갈을 날렸다.

"한 번쯤은 진실을 말씀하시죠! 송명준이라고요? 아니요, 당신 자신의 욕망과 그 욕망에 부채질을 해 준 악마, 정충만을 따라다닌 거죠!"

동금이 조사실을 나가자, 김기식은 책상에 머리를 박으며 오열했다. 조사실 안을 가득 채운 그의 울음소리가, 얼마나 완벽한 패배를 당했는지를 대변해주고 있었다.

＊ ＊ ＊

이름까지 '모세'로 개명했던 왕배는 살인교사와 뇌물 제공 등으로 징역 35년을 선고받았다. 대(大) 브로커 정충만은 만복교회 담임목사 이성민에 대한 공갈죄와 공직자들에 대한 뇌물공여죄로 징역 5년을 선고받았다. 차기 대통령을 꿈꾸었던 송명준은 살인교사 및 뇌물수수죄 등으로 징역 30년을 선고받았다. 태왕배로부터 받은 뇌물죄와, 도태수를 시켜 대국파 행동대장 양철구 살해를 사주한 혐의였다. 황태균과 홍동일, 김기식은 모두 징역 3년을 선고받았다. 마지막으로 도태수는 양철구와 하정민에 대한 살인죄로 무기징역을 선고받았다.

이은실은 동금이 선물한 충명회 회원들 동영상 기사로 올해의 기자상을 받았다. 또한 충명회 수사 후 동금도 경감으로 특진했다. 권수찬은 다음 인사에서 그토록 원했던 서울경찰청 광역수사대 조폭팀 팀장으로 영전했고, 김정선은 다른 경찰서로 이동하지 않고 강남경찰서에서 여성 강력 3팀장으로 승진해 동금과 계속 함께 근무했다. 신수석도 그 이후 경감으로 승진하여 경찰청 국가수사본부로 근무지를 옮겼다. 부기원 또한 승진하여, 고향인 정읍경찰서 형사과장으로 내려가게 되었다. 그리고 마침내… 누명을 쓰고 구속되었던 세인이 무죄 석방되는 날이 다가왔다.

＊ ＊ ＊

12월 31일 오후 서울구치소 정문 앞

새벽부터 내린 폭설로 세상이 온통 하얗게 덮여 있었다. 따사로운 겨울 햇살이 세상을 덮은 눈과 만나 보석처럼 빛을 내는 사이… 그 반짝임 사이로 누군가 천천히 걸어 나왔다.

"…세인 씨."

동금의 입에서 그녀의 이름이 흘러나왔다. 세인은 영장실질심사 때 입었던 단정한 코트 차림으로, 눈보다 아름다운 미소를 지으며 동금을 향해 다가왔다.

"동금 씨…!"

동금이 다가오자 세인이 총총걸음으로 다가오며 그의 이름을 불렀다. 잠시 후 마주 선 두 사람은 말없이 서로의 눈을 바라보았다. 동금이 천천히 손을 들어 세인의 어깨에 쌓인 눈송이를 털어냈다. 세인의 눈가가 붉어졌다. 동금이 고개를 끄덕이자, 세인이 작게 웃었다. 흰 눈송이 하나가 두 사람 사이로 조용히 내려앉았다. 그때, 동금이 부스럭- 외투 안주머니로 손을 넣어 무언가를 꺼냈다.

"…?"

동금은 고개를 갸우뚱하는 세인에게 미소를 지으며, 손에 든 무언가를 내밀었다. 그가 내민 것은… 눈송이보다 더 아름답게 빛나는 다이아몬드 반지였다. 순간, 놀란 표정이 되었던 세인의 눈시울이 순식간에 붉어지며 눈물을 맺었다.

"세인 씨, 우리…."

"네, 좋아요…!"

세인은 동금의 말이 끝나기도 전에 대답했다. 동금 또한 눈시울이 붉어졌다. 두 선남선녀는 누가 먼저랄 것도 없이 끌어안고 키스를 나누었다. 송이송이 내려오는 새하얀 보석들이 꽃잎처럼 흩날리며, 동금과 세인의 사랑을 축하했다.

"진즉 이럴 것이지!"

수찬이 눈물을 글썽이며 중얼거리자, 기원도 삼촌 같은 미소를 지으며 두 사람을 향해 박수를 보냈다. 수석도 어린아이같이 기뻐하며 박수를 보탰다. 정선 또한 입에 두 손을 모은 채, 뜨겁게 눈물을 흘리며 두 사람을 소리 없이 축하했다. 박수를 치던 기원이 들뜬 목소리로 입을 열었다.

"자, 그럼 우리 어디 가서 뜨뜻한 거라도 마시자! 오늘 같은 날은 기념을 해야지 않겠어야? 오늘은 내가 쏜다!"

＊ ＊ ＊

동금은 뉴욕총영사관 파견 근무를 마치고 귀국을 앞둔 시점에 부인 황지혜를 사고로 잃었다. 이후 한국에 돌아온 뒤 지혜의 불행한 사고를 아는 형사들은 없었다. 가족들을 제외하면, 과거 광수대 시절 팀장이자 동금의 대부인 윤명규와 이무성 변호사 정도가 이 사실을 아는 사람의 전부였다. 그러던 중에 용태복에 의해 황지혜가 사망했다는 사실이 폭로된 것이다.

사실, 동금은 세인을 처음 만났을 때 너무나도 혼란스러웠다. 세인의 모습에서 지혜의 모습이 너무 많이 겹쳐 보였다. 그녀를 볼 때마다 지혜가 생각났기에, 가슴이 찢어질 것만 같았다. 그래서 되도록 세인을 피하려고 애를 썼다. 하지만 시간이 흐르면서 이상한 일이 벌어졌다. 세인을 보지 않으려 마음먹을수록 오히려 그녀가 그리워지기 시작한 것이다. 동금은 그 마음이 지혜를 그리워하는 마음인지 아니면 세인을 그리워하는 마음인지 분간할 수 없었다. 중요한 것은… 어느새 세인을 향한 동금의 마음이 순수한 사랑으로 변해 있다는 사실이었다. 그렇게… 두 사람의 인연은 결혼으로 이어졌다. 두 사람 사이에는 금방 아이가 생겼고, 그 아이의 이름은 영혼의 단짝이었던 황지혜의 이름을 따서 박지혜로 지었다.

25
에필로그

3년 6개월 후 강남 남해일식

서울경찰청 광역수사대장 임상범 총경은 자신이 아끼는 팀장 몇 명을 저녁 식사 자리에 초대했다. 이날 모임은 서울경찰청 광역수사대와 중앙지검 광역수사대 담당 검사들의 친목 도모 자리로, 그중에는 동금도 끼어 있었다. 약속 장소로 가는 도중 임상범이 팀장들에게 설명했다.

"오늘 모임은 검찰에서 주최하는 모임이다. 용대권 부장검사가 게스트 한 분을 초대하겠다고 미리 귀띔을 주던데…. 사업체 몇 개를 경영하는 건실한 사업가라는 거야. 용 부장검사가 소개하는 사람이니, 믿을 만한 사람으로 보여서 오케이 했다."

잠시 후 도착한 자리에는 용대권을 포함한 검사 세 명이 먼저 도착해 있었다. 그렇게 모임이 시작되고 얼마 지나지 않아 일식집 여자 매니저의 목소리가 들려왔다.

"회장님 들어오십니다."

미리 이야기를 들어 두었던 경찰과 검사들은 몸을 일으켜 게스트를 맞이했다. 잠시 후 나이 많은 남자가 모습을 드러내자 용대권이 그를 소개했다.

"우리 형님입니다. 잘 사귀어 두세요. 정말 대단한 분입니다. 필요하다고 말만 하면 매진된 KTX 열차표까지 바로 구해 주시는 분이시죠!"

멋진 청록색 정장을 입은 남자는 용대권의 소개에 쑥스러워하며 참석자들과 인사를 나누었다. 그가 동금에게 자신의 명함을 건네며 말했다.

"반갑습니다. 성승희라고 합니다."

"서울청 광수대 박동금 팀장입니다."

두 사람은 명함을 주고받으면서 악수를 나누었다. 악수를 나누며 빙그레 미소를 짓던 동금은 건네받은 명함을 천천히 살펴보았다.

[정승희, 덕산엔지니어링 회장, 010-3425-000×]

인사를 마친 정승희가 자리에 앉자 본격적인 술자리가 시작되었다. 잠시 후 분위기가 무르익자 임상범이 입을 열었다.

"용 부장님께 들으니 정 회장님이 사주를 잘 보신다면서요? 맞습니까?"

"사주도 사주지만, 내가 작명에 일가견이 있습니다. 여기 계신 용 부장도 원래 이름은 태복이었어요. 내가 보니 '태복'을 '대권'으로 바꾸면 큰 정치인이 될 거라고 생각했죠. 아무리 그렇다지만 용 부장이 정식 개명까지 할 줄 누가 알았겠습니까?"

정승희의 말을 들은 모두가 감탄하는 가운데, 용대권과 박동금만이 알 수 없는 웃음을 짓고 있었다.

＊ ＊ ＊

2시간 후. 모임이 끝나자 정승희는 참석자들의 배웅을 받으며 검은색 벤츠 승용차에 올랐다. 용대권이 그의 뒷좌석 문을 닫아 주며 인사했다.

"형님, 조심히 들어가세요."

"아우, 먼저 가네!"

동금은 그런 두 사람의 모습을 멀찍이서 지켜보았다. 정승희 또한 그런 동금을 발견하자 흰 이를 드러내며 씩 웃어 보였다. 하지만 몇 초 지나지 않아 정승희의 얼굴은 휴지조각처럼 구겨지고 말았다. 동금이 다른 사람들 모르게 왼팔을 가슴에 대고 손가락 욕을 하고 있었던 것이다. 정승희는 차창 유리를 올려 닫으며 짜증 가득한 목소리로 성질을 부렸다.

"박 형사 저 녀석은 아직도 저 모양이네! 내가 물 한 바가지만 부으면 꽃이 활짝 핀다고 몇 번을 알려줘? 저래서야 어디 출세하겠나!"

잠시 후 정승희는 휴대폰을 꺼내 들더니 어딘가에 전화를 걸었다.

"한 고문? 나 용 부장 만나서 한잔하고 가는 중이야!"

정승희로부터 한 고문이라 불린 사람은, 3년 전 청와대를 나와 지금은 대기업 고문으로 있는 한덕준이었다. 두 사람은 마치 추억담을 나누듯, 3년 전 '충명회' 사건을 안줏거리 삼아 대화를 나누었다.

"그때 송명준이 얼마나 독하게 형님을 물고 늘어지던지…. 내가 웬만하면 공치사 같은 거 안 하는 인간인데, 그때는 진짜 어르신께 얼마나 공을 들였는지 모른다니까요?"

"알지! 그래서 내가 동생을 평생 은인으로 모시지 않나!"

한덕준과의 통화를 마친 정승희는 송명준의 얼굴을 떠올리며 입꼬리를 올렸다.

'모든 사람들이 송명준을 우두머리로 알고 있었지. 언론도, 검찰도, 심지어 박동금 그놈까지도…. 송명준이 모든 것을 조종하는 실세라고 믿었겠지.'

정승희의 눈에 차가운 승리의 빛이 스쳤다.

'하지만 송명준은 내가 내세운 허수아비였을 뿐이야. 충명회가 송명준에 충성하는 모임이라고? 송명준의 '명'자를 따서?'

정승희는 속을 숨기지 못하겠다는 듯 입을 가린 채 킬킬거리며 웃기 시작했다.

'충명회는 나 정충만의 '충'자를 딴 거야. 내가 만든 모임이라고! 송명준은 단지 얼굴마담이었지. 송명준도 황태균도 김기식도… 모두 내가 그 자리에 앉힌 거라고!'

정승희는 차창 밖을 바라보며 만족스러운 미소를 지었다. 그는 모든 것이 자신의 계획하에 이루어졌다는 자만에 도취된 채, 올라오는 술기운을 만끽했다.

＊ ＊ ＊

"하여간… 바퀴벌레 같은 인간이라니까…."

동금은 멀어지는 충만의 차를 보며 고개를 가로저었다. 3년 전만 해도 정충만이었던 그가 정승희 회장이 되어 나타났다. 심지어 그는 이름뿐만 아니라 얼굴까지 바꾸었다. 길고 가늘었던 눈을 쌍꺼풀 수술로 꽃사슴처럼 크고 동그랗게 만들었고, 보톡스를 맞아 나이보다

젊어 보이게 외모를 바꾸었다. 곱슬머리였던 헤어스타일까지 2:8 가르마로 바꾸며 나름대로 완벽한 변신을 이루어냈다. 그러나… 동금의 타고난 눈썰미를 벗어날 수는 없었다.

"잡아야지…. 또 더러운 짓을 벌이면… 몇 번이고 잡아줘야지. 그게 형사가 할 일이니까."

겨울이 되면, 하늘에서는 어김없이 눈이 내린다. 그리고 그 눈이 쌓이면, 빙판길에 다치는 사람이 생긴다. 충만과 같은 브로커들도 마찬가지다. 그들은 언제든 눈처럼 소리 없이 나타난다. 그러므로 형사들이 할 일은, 그 더러운 인간들 때문에 다치는 사람이 없도록 열심히 청소를 하는 것뿐이다. 하늘에서… 눈이 내리지 않게 할 방법은 없으니까.

– 끝

강남 형사 : chapter 4. 브로커

펴낸날   초판 1쇄 2026년 2월 13일

지은이   알레스 K
펴낸이   임혁준
펴낸곳   더스토리정글
출판등록   2023년 12월 4일 제2023-000131호
(07788) 서울시 강서구 마곡중앙로 161-8 두산더랜드파크 B동 1007호
전화 02)6365-2001   팩스 02)6499-2040
onenessmedia@naver.com

ISBN   979-11-990246-4-9 (03810)

이 도서의 국립중앙도서관 출판시도서목록(CIP)은 서지정보유통지원
시스템 홈페이지(http://seoji.nl.go.kr)와 국가자료공동목록시스템
(http://www.nl.go.kr/kolisnet)에서 이용하실 수 있습니다.

- 책값은 뒤표지에 표시되어 있습니다.
- 잘못된 책은 구입하신 서점에서 교환해 드립니다.

책임편집   크리스 한, 서지영